LARS ENGELS, Jahrgang 1992, ist Werbetexter und Autor. So oft wie möglich zieht es ihn vom Schreibtisch weg in die Natur, um neue Inspiration zu sammeln. Er lebt in Neuss, doch die Geschichten von der Moorlandschaft an der Rhön haben ihn schon immer fasziniert.

LARS ENGELS

TOTES MOOR

Janosch Janssen ermittelt

Ullstein

Besuchen Sie uns im Internet:
www.ullstein.de

Wir verpflichten uns zu Nachhaltigkeit
- Klimaneutrales Produkt
- Papiere aus nachhaltiger
  Waldwirtschaft und anderen
  kontrollierten Quellen
- ullstein.de/nachhaltigkeit

Originalausgabe im Ullstein Taschenbuch
1. Auflage Februar 2023
© Ullstein Buchverlage GmbH, Berlin 2023
Umschlaggestaltung: bürosüd° GmbH, München
Titelabbildung: mauritius images / Gyorgy Marinkas / Alamy
Gesetzt aus der Albertina powered by *pepyrus*
Druck und Bindearbeiten: ScandBook, Litauen
ISBN 978-3-548-06627-1

DER NOTRUF

19. Februar 2009
02:47 Uhr

»Rettungsdienst, Leitstelle Fulda. Wo befinden Sie sich?«

»Ja, hallo … hier ist Matilda … Matilda Nolte. Ich hatte einen Unfall, bitte kommen Sie schnell. Hier ist noch ein anderes Auto. Wir sind ineinandergefahren. Ich weiß nicht, was mit dem anderen Fahrer ist. Er bewegt sich nicht.«

»Ganz ruhig. Bitte sagen Sie mir erst einmal, wo Sie sind!«

»Auf der 284 Richtung Grimmbach. Ungefähr auf Höhe der Wasserkuppe, glaube ich.«

»Sind Sie verletzt? Sind außer Ihnen und dem anderen Fahrer noch weitere Personen vor Ort?«

»Nein, nur ich und der Mann im anderen Auto. Ich weiß nicht, ob er noch lebt. Er regt sich nicht. Ich … ich habe mir am Kopf wehgetan, und irgendwas ist mit meinen Rippen. Aber ansonsten bin ich okay.«

»Notarzt und Rettungswagen sind auf dem Weg zu Ihnen. Können Sie für mich nachsehen, wie es dem anderen Fahrer geht?«

»Klar, ich gehe sofort rüber. Ich weiß nur nicht, wie lange mein Handy noch durchhält. Beeilen Sie sich … bitte!«

AM NÄCHSTEN DRAN

5. Oktober 2018

Manchmal, wenn der Wind besonders stark aus Richtung Osten wehte, legte sich der feuchte Torfgeruch des Roten Moors über ganz Grimmbach und überlagerte alles andere.

Er überdeckte den Duft nach frisch gebackenen Brötchen, Croissants, Laugenecken und den viel gerühmten Rhön-Krusties, der frühmorgens aus der Traditionsbäckerei Trautmann im Ortskern drang.

Auch vor der Geruchsmixtur aus Benzin, Reifengummi und Filterkaffee rund um die Tankstelle der Wigands an der Hauptstraße machte er nicht halt. Genauso wenig wie vor den Kunststoffausdünstungen des Ein-Euro-Ladens, den Weihrauchschwaden aus der Kapelle St. Konrad oder dem Bratenaroma aus der Küche des Gasthofs Zur Post.

Meist verflog der Geruch rasch wieder, aber Janosch hatte ihn oft noch Tage danach in der Nase gehabt. Selbst während seines Jahres *Work & Travel* in Neuseeland oder seiner Zeit in Frankfurt hatte er ab und an geglaubt, ihn zu riechen – ganz unvermittelt und plötzlich, am Gate im Flughafen von Auckland, an einer Straßenkreuzung inmitten des Bankenviertels oder in den Büros des Frankfurter Polizeipräsidiums, weit entfernt vom nächsten Moor.

Seit er nach Grimmbach zurückgekehrt war, meinte er, den Moorgeruch noch viel intensiver als sonst wahrzunehmen – satt und nass und auf eine bedrohliche Weise vertraut.

Als er an diesem Morgen direkt nach dem Aufstehen das Fenster seines ehemaligen Kinderzimmers aufriss und die hereinströmende Luft inhalierte, war sie auch ganz schwach vom Moordunst durchsetzt.

Der Geruch löste immer den gleichen Gedanken in ihm aus: *Du musst so schnell wie möglich wieder von hier weg.*

Er stemmte die Arme auf die Fensterbank. Es bahnte sich einer dieser klaren, goldenen Herbsttage an. Erste Sonnenstrahlen glommen auf den Dächern der Ortschaft, die typischen morgendlichen Nebelbänke zogen sich allmählich in die umliegenden Wälder zurück.

Gemeinde Grimmbach. Knapp tausenddreihundert Einwohner.

Und einer davon war jetzt wieder er.

Sosehr er es auch wollte, allzu bald würde er daran nichts ändern können. Dafür gab es vorher noch viel zu viele Dinge zu erledigen.

Gähnend lief er zurück durch sein einstiges Kinderzimmer, in dem die Zeit seit neun Jahren stillstand. Ein Museum seines Teenagerlebens, aus dem er bei der erstbesten Gelegenheit geflohen war.

Selbst drei Monate nach seiner Rückkehr entdeckte er in dem Raum immer wieder Details, die Erinnerungen in ihm freisetzten. Diesmal waren es die Fußballpokale auf der

Kommode, denen eine dünne Patina aus Staub ihren Glanz raubte. Seinem Papa zuliebe war Janosch damals in der B-Jugend des SV Grimmbach gewesen, hatte jedoch meistens nur die Ersatzbank gedrückt.

Nach einer Saison war er schließlich nicht mehr zum Training gegangen, dafür hatte er zu sehr mit seinen Mannschaftskollegen gefremdelt und zu wenig Spaß am Sport gehabt. Seine Zeit hatte er stattdessen lieber mit Lesen und Videospielen verbracht.

Er schlurfte ins Badezimmer am Ende des schmalen Flurs. Die Leuchtstoffröhre über dem Spiegel sprang sirrend an und beschien die altmodischen Fliesen. Viele von ihnen waren gesprungen, die Fugen mit schwarzen Schimmelflecken besprenkelt. Jede Ecke des fensterlosen Bads schrie »dringend renovierungsbedürftig«, ein Zustand, der sich auf Janoschs gesamtes Elternhaus übertragen ließ.

Doch damit würde er sich selbst womöglich nicht mehr herumplagen müssen. In ein paar Tagen stand der Termin mit dem Immobilienmakler an. Mit etwas Glück würden sich schon bald Käufer finden, die vor dem offensichtlichen Arbeitsaufwand nicht zurückschreckten und ihnen das Haus vielleicht sogar zu einem akzeptablen Preis abnehmen würden.

Als er sich kurz und heiß abgebraust hatte, stand der Dampf im Bad so dicht wie in einer Sauna. Janosch wischte mit der Faust einen Kreis im beschlagenen Spiegel frei.

Beim Zähneputzen betrachtete er sich selbst. *Der kleine Hobbit*, so hatten sie ihn in der Schule immer genannt – zum einen wegen seiner Fantasy-Leidenschaft, vor allem aber wegen seiner Körpergröße.

Er war exakt ein Meter dreiundsechzig groß. Das wusste er so genau, weil es die einheitliche Mindestkörpergröße für Polizisten war. Einen Zentimeter kleiner, und er hätte sich einen anderen Beruf suchen müssen. Natürlich gab es noch die Möglichkeit, dieses Defizit durch besondere sportliche Leistungen auszugleichen, aber daran war bei ihm auch nicht zu denken gewesen.

Gerade so genügend.

Diese Einschätzung zog sich wie ein Fluch durch seine gesamte Laufbahn. Gäbe es so etwas wie den geborenen Polizisten, Janosch wäre das genaue Gegenteil.

Seine kastanienbraunen Locken und seine oftmals geröteten Pausbacken unterstrichen noch einmal eine gewisse Ähnlichkeit zu Tolkiens Auenlandbewohnern. Meistens trug er Kontaktlinsen, aber spätestens, wenn er seine Brille aufsetzte, kam einem bei seinem Anblick wohl am ehesten das Wort *drollig* in den Sinn – und das war nun wirklich keine Beschreibung, die man als Polizist gerne über sich hörte.

Auf dem Weg hinunter in die Küche erhaschte er zwischen den Stäben des Treppengeländers hindurch einen kurzen Blick auf seine Mutter.

Und merkte sofort, dass etwas nicht stimmte.

»Mama!« Janosch brachte die letzten Treppenstufen mit einem Satz hinter sich. »Alles in Ordnung?«

Seine Mutter kauerte auf dem Boden, den Rücken gegen die Küchenzeile gelehnt. Sie trug noch immer die Kleider von gestern. Ihr graues lockiges Haar stand in alle Richtungen ab, ihr Gesicht war bleich und eingefallen. Als er ihr über die Schulter strich, bemerkte er, wie ihr die schweißdurchtränkte Bluse an der Haut klebte.

»Bist du die ganze Nacht hier gewesen?«

Er wollte ihr aufhelfen, umfasste ihre Oberarme.

Erst jetzt schien sie ihn wahrzunehmen. Sie blinzelte und sagte mit kratziger Stimme: »Janosch! Nach dem Abendessen, da ist mir ganz anders geworden. So eine Panik, die in mir aufgekommen ist. Das hat mich die ganze Nacht beschäftigt.«

»Komm her!« Er drückte sie an sich. Sie zitterte am ganzen Körper. »Setz dich erst einmal, du musst einen Schluck trinken.«

Er bugsierte sie an den Küchentisch, nahm ein Glas aus dem Oberschrank und füllte es mit Leitungswasser.

»Hast du an deine Medikamente gedacht?«, fragte er, als er das Glas vor ihr abstellte und sich an den Tisch setzte.

Sie öffnete ihr rundes Pillendöschen aus Metall, in dem noch die Kapseln für den vorigen Abend waren. »Oje, die habe ich vergessen …«

»Nicht schlimm, dann nimmst du sie einfach jetzt, und dann bringe ich dich ins Bett, du bist doch bestimmt wahnsinnig müde.« Er griff nach ihren Händen und strich über die rauen, aderigen Handrücken.

Als er aufstand und den Wasserkocher startete, schalt er sich selbst. Wie hatte er nur so achtlos sein können? Normalerweise hatte er immer genau im Blick, ob sie an die regelmäßige Einnahme dachte und es ins Bett geschafft hatte.

Aber gestern waren seine aktuellen Ermittlungen in diesem Fall der schweren Körperverletzung in Gersfeld so nervenzehrend und anstrengend gewesen, dass er nach dem Abendessen sofort eingeschlafen war.

Er lehnte sich gegen die Küchenzeile, die sich schon in dem Haus befand, solange Janosch denken konnte. Beige Holzfronten, die Arbeitsplatte in Granitoptik. Das konstante Brummen des altersschwachen Kühlschranks drang bis hinauf in sein Kinderzimmer und hatte ihn früher manchmal in den Schlaf gewiegt. Er erinnerte sich genau daran, wie er als Junge oft mit baumelnden Beinen auf der Arbeitsplatte gesessen und sein Papa ihm einen Eisbecher gemacht hatte – zwei Kugeln Schoko, Smarties, extra Sahne.

Papa …

Aufmerksam beobachtete er, wie seine Mutter nacheinander die Tabletten in ihren Mund steckte und sie mit großen Schlucken herunterspülte.

Inzwischen konnte er alle ihre komplizierten Namen auswendig, konnte sie aufsagen wie ein lateinisches Gedicht.

Er goss sich heißes Wasser in einen Becher mit dem halb abgeblätterten Logo *Blumenhaus Janssen*, seilte einen Beutel Grüntee darin ab, nippte, verbrannte sich die Zunge, stellte ihn weg und sog scharf die Luft ein.

»Mama, wir müssen mal reden …«

Sein Diensthandy klingelte in der Hosentasche und unterbrach ihn jäh. Gab es neue Erkenntnisse in dem Fall aus Gersfeld?

»Janssen?«, meldete er sich.

»Herr Janssen, hier ist die Leitstelle«, sagte eine Frauenstimme ernst.

Er runzelte die Stirn. »Oh, mit Ihnen hätte ich jetzt nicht gerechnet. Was gibt's denn?«

»Sind Sie noch in Grimmbach oder auf dem Weg zum Präsidium?«

Was sollte das werden? Kontrollierte jetzt schon die Leitstelle, ob man es rechtzeitig zum Dienstantritt schaffte?

»Öhm, ich bin noch zu Hause, aber ich wollte gerade aufbrechen«, antwortete er vorsichtig.

»Das ist gut, Herr Janssen«, sagte die Frau von der Leitstelle in ihrem *No-Nonsense*-Tonfall, »Folgendes: Wir haben gerade den Anruf von zwei Wanderern reinbekommen, die im Roten Moor unterwegs waren. Sie sagen, dass sie eine Frauenleiche entdeckt haben. Eine Streife aus Hilders wird jeden Moment vor Ort sein, aber Ihre Kollegen von der Kripo müssen erst aus Fulda anrücken. Da sind Sie gerade derjenige, der am nächsten dran ist. Sie wohnen ja praktisch um die Ecke.«

Das Blut rauschte in Janoschs Ohren. Längst versunkene Erinnerungen trieben an die Oberfläche seines Bewusstseins. Er musste sich an der Arbeitsplatte abstützen.

»Herr Janssen, sind Sie noch da?«

Er räusperte sich und zerriss die Gedankenkette, die sich unweigerlich in seinem Kopf zusammensetzte. Das musste alles nichts heißen – keine voreiligen Schlüsse ziehen.

»Bin da. Sorry, ich war abgelenkt.«

»Kein Problem«, sagte sie, wenn auch mit leicht entnervter Stimme. »Die Kollegen und die beiden Wanderer warten auf Sie am Parkplatz Moordorf. Wissen Sie, wo das ist?«

»Selbstverständlich. Bin unterwegs.«

Als er auflegte, schaute ihn seine Mutter aus geweiteten Augen an. Mit hektischen, unerwarteten Situationen wie dieser konnte sie nur schlecht umgehen.

»Ich muss leider sofort los. Ein Notfall!«, sagte er, während er seine braune Lederjacke von der Stuhllehne nahm.

»Aber du … dein Frühstück …«

Er rieb ihr über die Schulter und gab ihr einen Kuss auf das schweißnasse Haar.

Es tat ihm leid, sie so hier sitzen zu lassen, aber er hatte keine andere Wahl. Er musste umgehend aufbrechen. Dabei trieb ihn noch nicht einmal so sehr sein Pflichtbewusstsein als Polizist, sondern ein beißender Drang nach Gewissheit.

Alle Sorgen und Probleme, die ihn den ganz Morgen beschäftigt hatten, waren wie fortgewischt. Übrig geblieben war nur noch eine einzige Frage:

War es Matilda?

VOM UNFALLORT ENTFERNT

19. Februar 2009

»Wir nähern uns der Unfallstelle«, gab Olaf per Funk durch.

Mit heulenden Sirenen jagte der Streifenwagen über die Landstraße, mitten hinein in die dunklen Wälder der Rhön.

Samstagnacht, Frontalkollision auf der Landstraße, zwei Verletzte, einer davon bewusstlos. Eine Geschichte, die sich hier so oder so ähnlich in Endlosschleife wiederholte. Und es würde ihn nicht wundern, wenn Alkohol darin eine tragende Rolle spielte. So war es immer. Eine Party. Mehr Drinks als gedacht. Die Selbstüberschätzung – »Ich kann noch fahren, kein Problem. Passiert schon nichts.«

Und dann passierte doch etwas.

Aus den Augenwinkeln schaute er zu seiner Kollegin Sabine, die sich gerade den Träger ihres Notfallrucksacks über die Schulter zog.

In einiger Entfernung durchschnitten die Scheinwerferkegel von stehenden Fahrzeugen die Regenschlieren. Dort musste es sein.

Olaf trat auf die Bremse und fuhr rechts ran. Er festigte noch einmal seinen Griff ums Lenkrad. Obwohl er diesen Beruf jetzt schon seit mehr als zwanzig Jahren machte, löste dieser Moment kurz vorm Eintreffen immer noch Nervosität in ihm aus. Was würde ihn erwarten?

Er schaltete Sirene und Scheibenwischer aus. Einen Moment lang war nur das Trommeln des Regens auf dem Dach zu hören.

»Auf geht's«, seufzte Sabine.

Sie zogen sich ihre Kapuzen über und stiegen aus. Der Regen hämmerte auf ihn ein, als stünde er unter einem Duschkopf. Im Gegenlicht der Scheinwerfer brauchte er einige Momente, um sich zu orientieren.

Bei einem der Unfallfahrzeuge handelte es sich um einen VW Sprinter mit dem Logo Blumenhaus Janssen, unterhalb stand eine Adresse aus Grimmbach. Der andere Wagen war ein roter Fiat 500. Die Vorderfronten der beiden Autos waren eingedellt, die Windschutzscheibe des Fiats zersplittert. Eine Spur aus Scherben zog sich quer über die Straße.

Diese Art von Zusammenstößen hatte Olaf schon so häufig gesehen, dass er zumindest grob einschätzen konnte, was geschehen war. Einer der Wagen musste von seiner Fahrbahnseite abgekommen und in den anderen gekracht sein. Die Bremsspuren, die selbst jetzt im schwachen Licht deutlich zu sehen waren, zeugten davon, dass es nicht mit allerhöchster Geschwindigkeit geschehen war.

Der Fiat musste sich einige Male um die eigene Achse gedreht haben, seine Schnauze zeigte jetzt in dieselbe Richtung wie die des Lieferwagens. Den Rest mussten die Unfallgutachter klären.

»Wo ist die Anruferin?«, fragte Sabine verwirrt.

Sie war noch neu im Job, Anfang zwanzig, Kommissariatsanwärterin, mit zurückgebundenem blonden Haar und strenger Miene – angetrieben von einem idealistischen Tatendrang, den Olaf noch zu gut aus seiner eigenen Anfangszeit kannte.

Sie nahm ihre Taschenlampe zur Hand und leuchtete den Fahrerraum des Fiats und die naheliegende Umgebung aus. »Hallo!?«, rief sie. »Hier ist die Polizei! Bitte machen Sie sich bemerkbar, soweit Sie es können!«

»Ungewöhnlich«, meinte Olaf und holte selbst seine Taschenlampe hervor. Normalerweise liefen die Unfallbeteiligten bei ihrem Eintreffen sogleich auf sie zu, winkten sie heran, riefen. Doch die Anruferin hier schien wie vom Erdboden verschluckt.

»Hallo!?«, brüllte er jetzt selbst. »Ist da jemand?«

Nur das monotone Prasseln des Regens. Nichts. Kein Lebenszeichen.

Er hielt den Lichtkegel der Taschenlampe auf den Transporter. Die Fahrerkabine war ebenfalls verwaist. Die zerfetzten Überreste des Airbags hingen über Lenkrad und Armaturenbrett. Als Olaf um den Wagen herumging, entdeckte er, dass eine der Hecktüren offen stand.

War das durch die Wucht des Aufpralls geschehen? Oder hatte jemand sie geöffnet?

»Hallo? Sind Sie hier?«, rief er in den stockfinsteren Laderaum, erhielt zur Antwort aber nur den Hall seiner eigenen Stimme.

Er machte auch die andere Flügeltür auf und strahlte hinein. Im Inneren herrschte ein Chaos aus aufgerissenen Säcken Erde, zerbrochenen Blumentöpfen, Laubbesen, Gartenscheren, Schaufeln und Pflanzen – hauptsächlich Geranien, Hyazinthen und Tulpen. Aber auch hier war keine Menschenseele.

Sabine und er trafen wieder am Streifenwagen ein.

»Hast du so etwas schon einmal erlebt?«, fragte sie, während er nach dem Funkgerät griff.

Er schüttelte den Kopf. »Ich habe mal mitbekommen, dass sich stark traumatisierte Personen von der Unfallstelle entfernt haben. Aber gleich beide? Bei diesem Dreckswetter? Und dann auch noch bei einem vergleichsweise harmlosen Ausgang?«

Er meldete der Leitstelle die neue Situation und erkundigte sich, wie die Anruferin namens Matilda Nolte am Telefon geklungen habe.

»Sie soll den Umständen entsprechend gefasst und klar gewirkt haben«, sagte er schließlich zu Sabine, als er das Funkgerät weggesteckt hatte. »Sie schicken Verstärkung, um die Suche zu starten.«

»Mitten in der Nacht werden wir die beiden niemals finden«, sagte Sabine und schaute zu den hoch aufragenden Wäldern zu beiden Seiten der Straße. Schon wenige Meter hinter der ersten Linie Baumstämme verschluckte die Dunkelheit alles.

Olaf nickte. Er kannte die Gegend gut. Nicht weit von hier war die Wasserkuppe. Ihren Gipfel bestieg er ab und an mit seinen beiden Söhnen, die ihn jedes zweite Wochenende besuchten.

»Wenn wir sie nicht schnell finden, rückt hier der ganz große Bahnhof an.« Er leuchtete mit seiner Taschenlampe den gegenüberliegenden Waldrand aus. »Helikopter, Spürhunde, Suchtrupps … bei so was verstehen wir keinen Spaß.«

Zuvor mussten sie die Unfallstelle noch besser sichern. Zu dieser Zeit war zwar nicht mehr mit viel Verkehr zu rechnen, dennoch sollten die anrückenden Kollegen nicht denken, sie würden ihre Arbeit nicht richtig machen. Er wollte gerade Sabine darauf ansprechen, als hinter ihnen ein Rascheln erklang.

Sie fuhren herum und richteten die Lichtkegel ihrer Taschenlampen auf das Unterholz des Waldes.

»Es ist niemand hier … es ist einfach niemand hier. Wie vom Erdboden verschluckt.«

Die Stimme des Mannes war zitternd und rau. Mit unsicheren Schritten trat er hinaus auf die Straße. Die grellen Lichtstrahlen tänzelten genau auf seinem Gesicht, sodass er blinzelnd die Hand vor die Augenpartie hielt.

Olaf schätzte ihn auf Anfang fünfzig. Dunkle, durchnässte Haarsträhnen klebten ihm auf der Stirn, auf der eine große Platzwunde *klaffte. Er hatte dicke Tränensäcke und trug einen Vollbart. Unter seiner Daunenjacke hatte er noch einen karierten Pyjama an, seine Füße steckten in abgewetzten Turnschuhen.*

»Gut, dass Sie da sind«, sagte der Mann gehetzt, als Olaf und Sabine ihre Taschenlampen senkten und auf ihn zukamen. »Ich kann den anderen Fahrer einfach nicht finden.«

»Ganz langsam, der Reihe nach«, redete Olaf auf ihn ein. »Fangen wir einfach erst mal damit an, wer Sie sind und welchen Wagen Sie gefahren sind.«

»Ah ja, genau. Harald Janssen mein Name. Mir gehört der Transporter. Die Papiere habe ich noch im Handschuhfach. Soll ich sie eben holen?«

»Da kümmern wir uns gleich drum«, sagte Sabine. »Und Sie haben wirklich niemanden gesehen? Keine junge Frau?«

Janssen schüttelte den Kopf. »Nein, niemanden. Ich muss kurz bewusstlos gewesen sein. Als ich aufgewacht bin, war ich hier allein. Ich habe gerufen, bin dann in den Wald gelaufen. Da war niemand.«

»Okay. Wir schauen jetzt erst einmal, dass wir Ihre Verletzungen versorgen«, sagte Olaf. »Der Rettungsdienst wird jeden Moment eintreffen, dann übergeben wir Sie an die Kollegen.«

Mit dem Lichtschein der Taschenlampe glitt er ein weiteres Mal über Janssens Körper. Er wollte sehen, ob der Mann außer seiner Platzwunde noch weitere äußerliche Verletzungen davongetragen hatte. Sein Blick blieb an den Handrücken und Handgelenken hängen. Blutige Kratzspuren, noch ganz frisch glänzend, an beiden Armen. Sie machten nicht den Anschein, als wären sie eine Folge des Unfalls.

»Ziemlich heftige Kratzer da.«

Janssen blinzelte. »Oh, die kommen von den Ästen und Sträuchern. Ich hatte ja gar kein Licht dabei.«

»Aha.«

Olaf schaute Janssen noch hinterher, während Sabine ihn behutsam zum Streifenwagen führte. Dann wandte er sich wieder dem Waldrand zu. Unheimlich, dachte er, wie schnell das Licht doch von dem Fichtenwald verschluckt wurde. Er überlegte, ob er selbst noch einmal nach Matilda Nolte suchen sollte, zumindest bis die Verstärkung eintraf.

Wenn sie die junge Frau nicht bald fanden, würde es hier in Kürze von Kriminalpolizei wimmeln. Und spätestens dann würde sich Herr Janssen einigen unangenehmen Fragen stellen müssen.

DAS ROTE MOOR

5. Oktober 2018

Wenn man ganz genau hinschaute, sah man noch die Überreste des blütenumkränzten Logos von *Blumenhaus Janssen* an der Fensterscheibe des Wettbüros.

Ich kann's einfach nicht abschalten, dachte Janosch. Selbst jetzt, wo er in Eile und mit dem Kopf ganz woanders war, glitten seine Gedanken kurz zu seinem Vater. Wie jedes Mal, wenn er an dem Anbau seines Elternhauses vorbeilief.

Der Blumenladen war Papas Ein und Alles gewesen. Nach seinem Tod hatten sie ihn nicht weiterbetreiben können und die Ladenfläche vermietet. Keines der neuen Geschäfte hatte sich lange halten können, weder der Bubble-Tea-Laden noch der Secondhandladen oder der Copyshop. Das Wettbüro stellte mit inzwischen drei Jahren den Rekord auf. Manchmal saßen der Besitzer und einige seiner Kunden noch bis tief in die Nacht auf Plastikstühlen vor dem Laden, tranken Bier, rauchten, palaverten lautstark und brachten Janosch um seinen Schlaf.

»Sie sind doch bei der Polizei! Rufen Sie doch mal Ihre Kollegen wegen der Ruhestörung!«, hatte ihm die Rentnerin von gegenüber letztens erst gesagt.

Janosch hätte das nur zu gern getan, allerdings wollte er es sich nicht mit dem Besitzer des Wettbüros verscherzen. Im Moment waren sie auf die Mieteinnahmen angewiesen.

Er stieg in seinen blauen Škoda Fabia, der auf dem Kiesplatz vor dem Haus stand, und warf seine Tasche auf den Rücksitz. Für einen Moment lehnte er die Stirn gegen das Lenkrad und atmete tief durch. Noch war überhaupt nichts klar. Warum sollte es ausgerechnet Matilda sein? Warum jetzt auf einmal? Erst mal abwarten. Bei der Person konnte es sich auch um jemand völlig anderen handeln.

Als er seinen Puls halbwegs unter Kontrolle gebracht hatte, drehte er den Zündschlüssel um und fuhr vom Hof. Den Škoda hatte er als Gebrauchtwagen gekauft, als er nach Frankfurt gezogen war. Mittlerweile hatte das Auto an die zweihunderttausend Kilometer runter und machte jeden TÜV-Termin zur Nervenprobe.

Janosch machte sich nicht viel aus Autos, genau genommen hasste er sie sogar, und er würde den Wagen noch so lange fahren, bis er finanziell nicht mehr tragbar war. Alles Schlechte, das bislang in seinem Leben geschehen war, hatte sich um Autos gedreht. Am liebsten würde er keines von den Dingern besitzen, aber daran war in seinem Beruf und gerade hier in der Rhön nicht zu denken.

»Wer viel schaut, der sieht auch viel.«

Die Haare auf Papas Unterarm klebten an der Haut. Seine Uhr mit dem rissigen Lederarmband schlackerte ums Handgelenk, als er auf Seiten- und Rückspiegel zeigte.

»Das Mantra hat mir mein alter Fahrlehrer eingebläut. Du musst

immer alles im Blick haben«, fuhr Papa fort. »Radfahrer, Fußgänger, jemand im toten Winkel. Lieber zweimal schauen als einmal zu wenig.«

Sie standen mit seinem Lieferwagen auf dem Parkplatz Moordorf, und Janosch durfte das erste Mal hinterm Steuer sein. Sonntagmorgens ganz in der Früh, leichter Nebel, noch keine Wanderer weit und breit. Der ideale Verkehrsübungsplatz.

Janosch hatte unzählige Stunden seines Lebens auf dem Beifahrersitz dieses Transporters verbracht, war die Erdbrocken im Fußraum gewohnt, das Chaos aus Gartenscheren, Rechnungen, Parktickets und zerknüllten Brötchentüten auf dem Armaturenbrett, den steten Geruch nach brackigem Blumenwasser. Jetzt war es seltsam, diesen so vertrauten Ort auf einmal aus dieser neuen Perspektive wahrzunehmen.

Papa zupfte in seinem dunklen Vollbart herum, wie immer, wenn er angespannt oder nachdenklich war.

»Okay, jetzt drück einmal die Kupplung durch, die ist ganz links …«

In der Nacht vor neun Jahren hatte Papa selbst nicht richtig geschaut. Hatte nicht rechtzeitig Matildas Fiat gesehen, der auf seine Fahrspur gewechselt war.

Eine Millisekunde zu spät reagiert.

Ein Crash.

Und nichts war mehr so wie vorher gewesen.

Janosch ließ die schmalen Straßen von Grimmbach schnell hinter sich und fuhr über die B278 Richtung Moor. Mit dem Auto waren es gerade einmal zehn Minuten, trotzdem kam ihm die Strecke unwahrscheinlich lang vor.

Seine Lenkbewegungen waren wie ferngesteuert. Als

würde ein anderer im Fahrersitz sein und ihn unaufhaltsam und stoisch zum Fundort bringen.

Je näher er dem Roten Moor kam, desto dichter wurde der Nebel, eine graue Wand, die den strahlenden Sonnenaufgang schnell vergessen machte. Seine Scheiben beschlugen, und er musste die Lüftung höher stellen. Düstere, eng stehende Fichten ragten zu beiden Seiten in den Himmel, als bildeten sie ihm ein schweigendes Geleit durch die trüben Nebelbänke.

Schließlich bog er auf den Parkplatz Moordorf ab. Auf dem weitläufigen Gelände standen nur sechs Autos, eines davon die Streife. Ein Beamter unterhielt sich vor dem Wagen mit zwei jungen Männern in Outdoor-Kluft.

Janosch parkte gleich neben ihnen, ungefähr auf Höhe des NABU-Hauses. Er stieg aus und kramte seinen Dienstausweis aus der Gesäßtasche, aber seine Hand war so zittrig, dass ihm das Plastikkärtchen zu Boden fiel.

Oh Gott! Das Blut schoss ihm in den Kopf. Er kniete sich hin und sammelte umständlich den Ausweis auf.

»Ja-Janssen, Kriminalpolizei«, stellte er sich den drei Männern vor.

Der Streifenbeamte – ein untersetzter Kerl Ende vierzig mit stahlgrauem Bürstenhaarschnitt – schaute ihn sichtlich enttäuscht an. Tut mir leid, Kollege, dachte Janosch, aber mit mir wirst du jetzt erst mal vorliebnehmen müssen.

Die beiden jungen Männer schienen noch zu sehr mit sich selbst beschäftigt, um seinem Missgeschick größere Beachtung zu schenken. Ihre Gesichter waren aschfahl, und ihre Blicke huschten unruhig zwischen Janosch und dem

Schutzpolizisten hin und her. Sie trugen beide Windjacken und schwere Wanderstiefel. Einer von ihnen war von der Hüfte abwärts durchnässt und seine Hose schlammverkrustet.

»Wegener, Streifenleiter«, stellte sich der Beamte vor. »Mein Kollege sichert gerade die Fundstelle im Moor, ich wollte noch einmal in Ruhe mit den beiden Herren hier reden.«

Janosch wandte sich an die jungen Männer und deutete auf die riesigen Kamerataschen, die ihnen vom Hals baumelten. »Sie wollten im Moor Fotos machen?«

»Ich studiere Wildbiologie an der Uni Gießen«, erklärte einer von ihnen. Er hatte eine Glatze und trug eine dickrandige Brille. »Ich schreibe im Moment an meiner Masterarbeit über Bodenbrüter in renaturierten Mooren. Mein Freund hier hilft mir dabei, die Nester zu finden und zu dokumentieren. Das ist alles mit den Rangern abgesprochen.«

»Wie sind Sie auf die Tote gestoßen?«

»Wir waren auf der anderen Seite des Moorsees unterwegs, in einem der unzugänglicheren Teile des Moors, den selbst die Ranger nur selten betreten. Da hat Clemens zwischen den Seggen auf einmal etwas Leuchtendes gesehen.«

»Seggen?«, fragte der Streifenbeamte Wegener.

»Ein Grasgewächs, das gern in Feuchtgebieten wächst, typisch für das Moor«, erklärte Janosch. »Sehr trügerisch, weil es den Anschein von festem Grund erweckt.«

Sein Vater hatte ihn früher oft auf Spaziergänge ins Moor mitgenommen und ihm dabei alles über seine vielfältige Pflanzenwelt erzählt.

Er legte den Kopf schief. »Etwas Leuchtendes, sagten Sie. Können Sie das genauer beschreiben?«

Clemens, deutlich jünger als sein glatzköpfiger Freund, sommersprossig und mit raspelkurzen blonden Haaren, antwortete:

»Fast wie ein Irrlicht, wenn ich es nicht besser wüsste. Ein Schimmern im Moor. Ich habe mich ihm genähert und gesehen, dass es so eine runde Solarleuchte war, die zwischen den Seggen trieb – so eine, die Leute in ihren Teich oder ihren Pool setzen. Ich war so perplex, dass ich ausgerutscht und bis zur Hüfte eingesunken bin. Gregor hat mich zum Glück schnell wieder rausgezogen, aber dabei habe ich im Wasser etwas Komisches am Fuß gespürt.«

»Wir haben dann mal mit der Taschenlampe reingeleuchtet. Und da hat etwas geglitzert, reflektiert. Wir konnten es kaum erkennen, weil der Moorsee so trüb und schlammig ist. Ich habe mir dann einen Ast genommen und wollte es herausfischen. Da dachte ich noch, dass vielleicht irgendwelche Leute ihren Müll im Moor abgeladen haben, auch wenn das mit der Leuchte natürlich seltsam war. Bis wir sie dann erkannten …«

»Bis Sie was erkannten?«, fragte Janosch mit angehaltenem Atem.

»Wir konnten einen Arm sehen, dann ganz kurz ein Gesicht. Eine junge Frau. Und das Glitzern, wir glauben, sie trägt einen Paillettenrock oder so.«

In Janoschs Magen bildete sich ein Vakuum, flau und leer. Einen Moment lang schloss er die Augen.

Hartes, flackerndes Stroboskoplicht. Tastende Lichtstrahlen glitten über die wogende Masse der Tanzenden. Die Luft in dem niedrigen Gewölbekeller war stickig, schwer von Schweiß und Hormonen.

VORABI-PARTY – FULDA 2009 hing als Banner über dem Bartresen.

Gerade als der DJ Disturbia von Rihanna startete und die ersten Bässe wummerten, wagte sich Janosch auf die Tanzfläche.

Er hielt die CD-Hülle in seiner Hand umklammert und bahnte sich einen Weg zwischen den Tanzpaaren hindurch.

Eigentlich ging er nicht gern auf Partys. Und wenn er sich doch dazu hinreißen ließ, dann stand er meistens nur mit einer Flasche Bier am Rand und wippte allerhöchstens ein bisschen mit dem Fuß im Takt der Musik.

Aber heute nicht. Heute musste er auf die Tanzfläche.

Aus Versehen rempelte er ein Mädchen an, das dadurch etwas von seinem Drink verschüttete. Er murmelte einige Entschuldigungen vor sich hin und sah zu, dass er schnell in der Menge verschwand.

Sein Blick wanderte suchend über die Abiturienten, die immer wieder blitzartig in gleißendes Licht getaucht wurden. Matilda entdeckte er schließlich in der Mitte des Saals. Sie tanzte ganz für sich allein, die Lider geschlossen, der Mund halb geöffnet.

Einige Momente lang beobachtete Janosch nur, wie sie ihre schmalen Hüften kreisen ließ, wie sie ihr schulterlanges dunkelrot gefärbtes Haar zurückwarf und die Arme in die Höhe reckte.

Sie trug ein schwarzes Top, das ihr knapp bis über den Bauchnabel reichte, und über ihrer schwarzen Strumpfhose einen silberfarbenen Minirock mit Paillettenbesatz, der genauso hell glitzerte wie die Discokugel über ihnen.

Matilda …

Sie tanzte nicht, weil sie die anderen Leute beeindrucken oder mit irgendjemandem anbandeln wollte. Sie tanzte einfach nur, weil sie die Musik liebte, weil sie sich frei fühlen und sich in ihr verlieren wollte.

Das hatte sie Janosch erzählt, an dem Abend im Jugendhaus.

Ich mache das jetzt einfach, sagte er sich, nahm allen seinen Mut zusammen und ging auf sie zu.

Der Paillettenrock, dachte Janosch. Das Outfit, das Matilda in der Nacht ihres Verschwindens getragen hatte.

»Bringen Sie mich zu ihr«, sagte er.

Zu viert liefen sie den abschüssigen Parkplatz hinunter zur B278. Wenn man hier die Straße überquerte und dem Pfad weiter folgte, gelangte man geradewegs ins Moor. Aber sie schlugen nicht die Wanderroute ein, sondern bogen nach rechts ab.

»Zu der Stelle kommt man am besten über die Wirtschaftswege, bei den Heckrindern vorbei«, erklärte einer der Studenten. »Urrinder, die hier auf natürliche Weise das Gelände entbuschen.«

»Das Letzte, was wir hier gerade brauchen, sind Biologievorträge«, grummelte Wegener.

Für einige Meter folgten sie dem Wirtschaftsweg und verließen ihn schließlich, um sich querfeldein dem Ufer des Moorsees zu nähern.

Hätte man Janosch gesagt, dass zwischen den Stämmen der Fichten Dutzende extrem leistungsstarke Nebelmaschinen aufgestellt waren, er hätte es auf Anhieb geglaubt, so dicht und undurchdringlich war der Dunst inzwischen.

Er verlieh der ganzen Situation etwas Traumhaftes, und

wenn Janosch ehrlich mit sich war, dann nahm er sie noch als genau das war: ein grotesker, absurder Traum.

»Wegener, sind Sie das?«, drang es plötzlich auf breitem Rhöner Platt an sie heran.

»Ganz richtig!«, erwiderte der Beamte. »Ich habe Gesellschaft mitgebracht.«

Als sie näher kamen, schälten sich die Umrisse des anderen Streifenpolizisten aus dem Nebel. Der Geruch seines billigen Aftershaves kündigte ihn an, noch bevor sie seine Gesichtszüge sahen. Er war etwas älter als sein Kollege, die Augen wässrig und die Zähne von Nikotin verfärbt.

»Sie sind von der Kripo?«, fragte er Janosch.

»KK Janssen, ich bin erst einmal nur die Vorhut.«

»Sollen wir dann noch auf Ihre dienstälteren Kollegen warten?«

»Nein, ich würde mir gerne umgehend ein Bild vom Fundort machen, wenn's keine Umstände macht.«

»Na gut, klar. Sie machen die Ansagen.« Der Beamte musterte ihn missbilligend. »Passen Sie auf, wo Sie hintreten. Ich bin hier vorhin schon einmal ordentlich mit dem Fuß eingesunken.«

Er wandte sich um und führte ihn weiter zum Ufer. Janosch verdrehte kurz die Augen. Es geschah öfter mal, dass ältere Kollegen ihn nicht für voll nahmen. Aber davon durfte er sich jetzt nicht beeindrucken lassen.

Bei jedem ihrer Schritte schmatzte der Boden geräuschvoll. Janosch trug nur Sneaker, deren Sohlen schon jetzt durchweicht waren, aber das ignorierte er. Konzentriert hielt er den Blick auf den Untergrund gerichtet, um nur nicht auf eine durchlässige Stelle zu treten.

Er erkannte Fieberklee, Wollgras und die Stängel von Sumpfblutaugen, die ihre Blütezeit im August schon länger hinter sich hatten – all die Pflanzen, die sein Vater ihm bei ihren Spaziergängen gezeigt hatte.

»Hier ist es«, sagte der Student namens Gregor.

Der Moorsee tat sich unvermittelt vor ihnen auf. Janosch atmete tief durch und ließ den Ausblick für einen Moment auf sich wirken, bereitete sich auf das vor, was er gleich sehen würde.

Nur noch dünne Nebelfetzen hingen über der spiegelglatten Oberfläche. Auf der gegenüberliegenden Uferseite erstreckte sich eine Wand aus Holzpfosten, die dafür sorgen sollte, dass der renaturierte See nicht zu viel Wasser verlor. Eigentlich kannte Janosch den Stausee nur aus dem Blickwinkel von dort drüben. Direkt hinter der Holzwand erstreckte sich der Wanderpfad auf dem alten Gleisbett der Loren, mit denen hier bis in die Siebziger hinein der Torf abtransportiert worden war. An den Wochenenden liefen dort Hunderte von Menschen vorbei, hielten inne, machten Fotos. Hatte Matilda hier jahrelang vor all ihren Augen im Wasser gelegen?

Das milchige Licht der Solarleuchte durchdrang den Nebel und zog seinen Blick an. Ein Irrlicht, das dich auf dunkle Pfade führt, dachte Janosch. Wer hatte die Poollampe hier platziert? Wollte er, dass die Leiche gefunden wird?

Gregor ging in die Hocke und griff nach dem Ende eines

armdicken Birkenasts, der gleich neben der Leuchtkugel aus dem Wasser hinausragte.

»Ich habe mit dem Ast versucht, die Leiche an die Oberfläche zu ziehen. Er klemmt unter der Achsel fest, dadurch konnte ich sie ohne große Mühe etwas höher bekommen.«

»Das hätten Sie besser gelassen«, sagte Janosch. »Der Moorsee ist eine sauerstoffarme und kalte Umgebung, in der sich die Leiche wahrscheinlich über Jahre hinweg befunden hat. An der Luft kann sich das Gewebe jetzt sehr schnell zersetzen.«

Sein rechtsmedizinisches Wissen deckte nur die Grundlagen ab, und er wollte sich schon lange in diesem Bereich fortbilden, aber so viel wusste er zumindest.

Er beugte sich neben dem Studenten über das trübe Wasser. Dabei bemerkte er, dass die Solarlampe über eine dünne Metallkette mit irgendetwas Schwerem im Wasser verbunden war. Offensichtlich, damit sie nicht wegtrieb und weiter den Weg zur Toten aufzeigen konnte. Kein Zweifel, sie stand mit ihr im Zusammenhang.

Er schaltete die Taschenlampe seines Handys ein, um eine noch bessere Lichtquelle zu haben. Einige Momente schaute nur sein eigenes verschwommenes Spiegelbild zwischen dem Seggengras zurück, aber dann gab das Gewässer doch einen Einblick in seine Tiefen preis.

Es war, als würde er geradewegs in die Vergangenheit sehen.

Direkt unter der Oberfläche zeichneten sich vertraute Gesichtszüge ab, die hohen Wangen, die spitze Nase. Ganz wächsern, bleich und verquollen, dennoch so vertraut. Konserviert, vom kalten Moorsee wie von Bernstein eingeschlossen.

Er bräuchte nur die Hand ausstrecken, und er könnte sie berühren.

Ohne Zweifel, es war Matilda.

Der Rest ihres Körpers lag verborgen in der Dunkelheit, nur das Glänzen des Paillettenrocks ließ sich erahnen.

Alles drehte sich. Janosch stützte sich mit der Faust im Uferschlick ab.

Hinter ihm erklangen gedämpft die Bruchstücke eines Gesprächs.

Er wandte sich um.

Wegener senkte gerade das Funkgerät. »Die Kripo ist im Anmarsch, sie sollten in fünf Minuten hier sein. Die Quester höchstpersönlich ist dabei.«

Kalter Schweiß bildete sich in Janoschs Nacken.

Kriminaloberrätin Diana Quester, Leiterin der Kriminalpolizei in Fulda.

Er konnte sich auf etwas gefasst machen.

Seine Chefin würde alles andere als erfreut sein, ausgerechnet ihn hier anzutreffen.

FEHLER

Die Betablocker lagen in einer Plastiktüte auf dem Beifahrersitz. Diana hatte den Anruf erhalten, als die Apothekerin ihr gerade noch ein paar Taschentücher und Salbeibonbons dazugepackt hatte.

Sie hätte beinahe vergessen, wieder ihre Kreditkarte einzustecken, und war mit dem Handy am Ohr hinausgestürmt.

Zurück im Auto, hatte sie ihr Magnet-Blaulicht mit Martinshorn aufs Dach gesetzt und sich einen Weg durch den zäh fließenden Rushhour-Verkehr in der Fuldaer Innenstadt gebahnt.

Jetzt waren es nur noch wenige Minuten bis zum Fundort. Sie überholte von Dunggestank umhüllte Traktoren und vollgepackte Schulbusse, jagte durch die 50er-Zonen von Brand und Reulbach, bog kurz vor Grimmbach rechts ab und befand sich auf der Bundesstraße Richtung Rotes Moor.

Immer wieder warf sie Seitenblicke auf das Apothekentütchen.

Eigentlich sollte sie kürzertreten.

Mehr auf sich achtgeben.

»Ganz ehrlich, wenn du so weitermachst wie jetzt, dann

wirst du keine sechzig«, hatte ihre Tochter ihr erst noch vor einiger Zeit gesagt.

Und jetzt dieser Leichenfund.

Natürlich war ihr als Allererstes der Name Matilda Nolte in den Kopf gekommen. Das Mädchen, das wie vom Erdboden verschluckt worden war. Spuckte er sie jetzt wieder aus? Nach all dieser Zeit?

Sie hatten die ganze Gegend rund um das Rote Moor mehrmals mit Wärmebildkameras und Spürhunden abgesucht, hatten Hunderte von Freiwilligen das Unterholz durchkämmen lassen, gefühlt jeden Quadratzentimeter der Rhön auf den Kopf gestellt. Wie konnte sie Matilda dort nicht gefunden haben?

Mit einer scharfen Rechtskurve bog sie auf den Besucherparkplatz des Moors ein. Sie hielt direkt in einer der vorderen Parktaschen, zog die Handbremse an und verstaute das Medikament im Handschuhfach. Niemand sollte einen Blick darauf erhaschen.

Als sie ausstieg, umfing sie aufgeregtes Stimmengewirr. Der Parkplatz wimmelte bereits vor Beamten, mehrere Streifenwagen, ein Wagen des THW und ein Transporter der KTU verteilten sich über die Fläche – die Leute trugen Koffer mit Material zum Moor oder standen in Kleingruppen zusammen und berieten sich.

Ein breit gebauter Hüne entdeckte sie und hielt auf sie zu.

Es war nie schwer, Frank Nehring in einer Menschenmenge ausfindig zu machen. Mit seinen über zwei Metern überragte er die meisten um mindestens einen Kopf, seine massige Statur tat ihr Übriges.

Diana würde es nicht wundern, wenn der Anruf aus der Leitstelle ihn beim allmorgendlichen Gewichtestemmen erreicht hatte.

Der Erste Kriminalhauptkommissar arbeitete seit mehr als fünfzehn Jahren eng mit ihr zusammen und war so etwas wie ihre rechte Hand.

»Morgen, Frau Quester«, grüßte er mit seiner tiefen Reibeisenstimme.

Auch wenn sie sich beide schon so lange kannten, siezten sie sich konsequent weiter. Darauf legte Diana Wert.

Sie sparte sich die überflüssigen Begrüßungsfloskeln: »Bringen Sie mich direkt zum Fundort. Sie haben die Wegstrecke lang Zeit, mich auf den aktuellen Stand zu bringen.«

Nehring nickte. Schnellen Schrittes brachen sie auf.

»Die Rechtsmedizin aus Gießen ist angefragt, Frau Dr. Wöhrl ist auf dem Weg hierhin. Vorher wollen wir den Leichnam nicht rausholen. Die Pathologin soll entscheiden, wie groß das Risiko ist, dass er sich an der Luft zersetzt.«

»Richtige Entscheidung.«

»Das THW ist bereits vor Ort, die Feuerwehr wird uns Amtshilfe bei der Bergung leisten. Das Gelände ist schwer zugänglich. Wir müssen zusehen, wie …«

»Frau Quester, entschuldigen Sie, Frau Quester!«, rief auf einmal eine Stimme hinter ihnen. Diana erkannte sie sofort und stieß einen tiefen Seufzer aus.

...

Quester und Nehring überquerten bereits die B278, als Janosch seine Chefin erkannte.

Er musste seinen ganzen Mut aufbringen, um den beiden hinterherzulaufen und zuzurufen. Auf der Liste der Menschen, vor denen er eine Heidenangst hatte, lag Diana Quester unanfechtbar auf Platz eins, knapp gefolgt von ihrem Schatten und Mann fürs Grobe, Frank Nehring.

Die beiden liefen unbeirrt weiter.

Janosch musste praktisch joggen, um die hoch aufragende, drahtige Diana Quester und ihren Kollegen einzuholen und mit ihnen Schritt zu halten.

»Was macht Janssen hier?«, fragte Quester an Nehring gewandt.

In ihrem wehenden Kaschmirmantel mit Stehkragen, den hochhackigen Lederstiefeln und mit der Armani-Brille und den graublonden, zum Dutt gebundenen Haaren war sie so einschüchternd wie eh und je.

»War die Idee der Leitstelle, ihn als Erstes hierhinzuschicken«, erklärte ihr Kollege. »Er wohnt in Grimmbach, von dort konnte er in fünf Minuten hier sein.«

»Aha.« Quester schürzte die Lippen. »Wenn die Leitstelle weiter so tolle Ideen hat, werde ich bald mal ein ernstes Wörtchen mit den Kollegen dort sprechen müssen.«

»Frau Quester, ich …«, setzte Janosch an.

»Gehen. Sie.«

Es gab Siezen. Und dann gab es das Siezen von Diana Quester. Ihre Betonung und ihr Tonfall machten unmissverständlich klar, wie viel Distanz sie zwischen sich und ihr Gegenüber bringen wollte. Und bei Untergebenen wie Janosch unterstrich jede einzelne Silbe das Machtgefälle.

Aber so leicht ließ er sich nicht davon abbringen.

»Ich möchte darum bitten, in diese Ermittlungen involviert zu werden«, sagte er.

»Herr Janssen, ich wiederhole mich nur höchst ungern: Gehen Sie!«

»Ich bin doch jetzt schon einmal hier. Ich war der erste Kriminalbeamte am Fundort und habe die Leiche gesichert!«

Jetzt blieb Quester abrupt stehen. Sie wandte sich ihm zu und beugte sich herunter, sodass sie mit ihren Gesichtern auf gleicher Höhe waren. Sie funkelte ihn an.

»Das ganze Polizeipräsidium Osthessen dankt Ihnen auch vielfach für Ihren heldenhaften Einsatz«, sagte sie sarkastisch. »Das haben Sie großartig gemacht. Trotzdem: Wenn Sie diesen Ermittlungen helfen wollen, Herr Janssen, dann verschwinden Sie!«

»Aber …«

»Herr Janssen, allmählich frage ich mich, ob Sie noch der deutschen Sprache mächtig sind!?«, blaffte sie ihn an. »Was verstehen Sie nicht an der simplen Anweisung ›Gehen Sie!‹?«

»Aber ich kann helfen! Niemand steckt in der Materie so tief drin wie ich.«

»Eben. Sie sind persönlich viel zu sehr in die Sache verstrickt.«

»Sie doch auch …«

Das letzte Wort hauchte Janosch nur noch. Da hatte er bereits an ihrem Gesichtsausdruck erkannt, dass er einen Fehler begangen hatte.

Den Kommentar hätte er sich besser verkniffen.

Eine Ader an ihrem Hals pulsierte. Sie hob den Zeigefinger.

»Ich habe mich maßgeblich dafür eingesetzt, dass Ihre Versetzung von Frankfurt nach Fulda genehmigt wird. Schon da hatte ich Zweifel, ob ich Sie wirklich in meinem Dezernat haben möchte. Überstrapazieren Sie also bitte nicht meine Geduld! Verstehen wir uns?«

Janosch schluckte trocken. Er nickte und wich ihrem stechenden Blick aus.

»Und jetzt fahren Sie nach Fulda, und kümmern Sie sich um Ihre wirklichen Aufgaben. Das ist hier kein Wunschkonzert!«

Damit marschierte sie weiter und ließ Janosch sprachlos am Rande des Moors stehen.

...

»War ich zu hart?«, fragte Diana an Nehring gewandt.

»Wäre bestimmt auch eine Nummer einfühlsamer gegangen. Aber Sie haben natürlich recht, den jungen Kerl können wir hier jetzt am allerwenigsten gebrauchen.«

»Dabei kann ich ihn verstehen, nach allem, was mit seinem Vater geschehen ist«, seufzte sie. »Ich würde natürlich den Teufel tun und ihm das sagen.«

Auf dem Wanderpfad entlang des Moorsees sammelten sich die Schaulustigen. Manche von ihnen hatten es sich schon richtig bequem gemacht und stützten die Unterarme auf die Palisade aus Holzpfosten. Einige nahmen Bilder und

Videos mit ihren Handys auf, schwatzten über das Vorgehen der Polizei oder spekulierten – wenn Diana die Gesprächsfetzen richtig deutete –, wen oder was man im Wasser gefunden hatte.

Nicht lange, bis die Lokalpresse hier eintreffen würde. Und wenn ans Licht kam, dass es um einen Leichenfund ging, würden ihr die überregionalen Zeitungen und Presseagenturen schnell nachfolgen. Spätestens wenn sich tatsächlich herausstellen sollte, dass es sich bei der Toten um Matilda Nolte handelte, würden auch die Übertragungswagen der TV-Sender hier einfallen.

Diana kannte die immer größer werdenden Wellen der Medienaufmerksamkeit nur allzu gut. All das hier hatte sie schon einmal mitgemacht, es war ein grausames Déjà-vu.

»Ich will, dass das gesamte Seeufer abgesperrt wird. Sorgen Sie dafür!«, trug sie Nehring auf. »Den Fundort sofort abschirmen! Warum stehen da noch keine Stellwände und keine Zelte? Wo ist der verdammte Sichtschutz!?«

»Wir sind dran, keine Sorge«, erwiderte Nehring eilfertig.

»Und holen Sie jemanden heran, der sich bestmöglich mit der Gegend auskennt. Ein Ranger, ein Förster, wer auch immer. Ich will wissen, wie regelmäßig an der Fundstelle jemand vorbeikommt, seit wann der See in seiner jetzigen Form besteht, wie das Areal beschaffen ist, einfach alles.«

»Wird gemacht.«

»Danke.«

Diana blieb kurz stehen und inhalierte die kühle Luft. Ihre Hände zitterten. Sie versteckte sie in ihren Manteltaschen.

...

»Wohin waren Sie eigentlich unterwegs, so mitten in der Nacht?«
Diana musterte Harald Janssen, der mit einem provisorischen Kopf-
verband auf der Liege im Rettungswagen saß.

»Ich wollte meinen Sohn von einem Freund abholen«, sagte er.
»Den Janosch. Sie müssten ihn sogar kennen, er ist in der gleichen
Stufe wie Ihre Tochter.«

»Und welcher Freund ist das, bei dem Ihr Sohn ist?« Diana schlug
eine neue Seite in ihrem Notizbuch auf und setzte den Kugelschreiber
an.

»Beim Ben. Benjamin Fallmer, auch in derselben Stufe.« Janssen
zog seine buschigen Augenbrauen zusammen. »Schreiben Sie das jetzt
wirklich auf? Glauben Sie mir etwa nicht und wollen das nachprüfen?«

»Nur Routine.«

Diana unterstrich den Namen und klappte das Buch zu.

Inzwischen tauchte ein ganzer Fuhrpark an Einsatzfahrzeugen die
Unfallstelle in flackerndes Blaulicht. Der Abschleppwagen war bereits
angerückt und hob den Fiat von Matilda Nolte mit dem Kran auf seine
Ladefläche. Das Blech des Wracks ächzte geräuschvoll bei jeder noch so
kleinen Bewegung des mechanischen Arms.

Der Bereich war großräumig abgesperrt, und Beamte in gelben
Warnjacken lenkten die wenigen Autofahrer, die um diese Uhrzeit hier
vorbeikamen, mit ihren Winkerkellen über die Gegenfahrbahn. Einige
der Wagen fuhren extra langsam, um einen möglichst guten Blick auf
den Unfall zu erhaschen.

Diana warf einem von ihnen einen missbilligenden Blick hinterher. Gaffer. Es gab kaum einen Menschenschlag, den sie mehr verach-
tete.

Der Rettungssanitäter trat auf sie zu, ein blasser Kerl mit Brille und blondem Pferdeschwanz, umwölkt von starkem Deogeruch. »Wir würden jetzt gerne mit dem Patienten ins Krankenhaus fahren. Sind Sie fertig mit Ihren Fragen?«

»Einen Moment noch«, sagte sie, ohne den Sanitäter dabei anzuschauen. Sie fixierte wieder Janssen. »Und Sie sind nach dem Unfall sofort bewusstlos gewesen und erst wieder aufgewacht, als Frau Nolte bereits verschwunden war?«

»Ja, verdammt!« Janssens Lippen zitterten. »Das sage ich doch schon die ganze Zeit.«

»Wirklich ein ausgesprochen schlechtes Timing, was?«

Janssen starrte sie an. »Wollen Sie damit irgendwas andeuten?«

»Nein, nein.« Diana wandte sich an den Rettungssanitäter. »Jetzt bin ich fertig … gute Besserung, Herr Janssen!«

Der Sanitäter schloss zusammen mit seinem Kollegen die Hintertüren des Krankenwagens. Janssen warf Diana noch einen letzten bösen Blick durch den kleiner werdenden Spalt zu.

Knatternd startete der Motor. Diana blieb in den Auspuffgasen stehen, bis der Wagen in den Grauschraffuren der Regennacht verschwunden war.

Kurz darauf mischte sich ein neues Geräusch unter das Prasseln. Mit kreischenden Rotoren jagte ein Polizeihubschrauber über ihre Köpfe hinweg. Sie mussten Matilda Nolte finden. Hoffentlich würde der Pilot mithilfe seiner Wärmebildkamera erfolgreich sein. Doch irgendetwas tief in ihrer Magengrube sagte ihr, dass er nichts entdecken würde. Dass er unverrichteter Dinge zum Flugplatz zurückkehren würde.

In ihrer Laufbahn hatte sie oft bei Nacht und Nebel an irgendwelchen Unfallstellen gestanden. Traurige, harte Routine.

Aber hier war etwas anders. Das hatte sie bereits gespürt, als man sie aus dem Bett geklingelt hatte. Als sie Marius über den Rücken gestrichen hatte und aufgestanden war.

»Was ist passiert?« Seine schlaftrunkene Stimme, halb ins Kissen genuschelt.

»Ein Unfall.«

»Und da rufen sie dich an?«, hatte ihr Mann überrascht gefragt.

»Na ja. Eigentlich ist es kein Unfall, sondern ein Vermisstenfall.«

Inzwischen merkte Diana den Regen gar nicht mehr, der mit unverminderter Intensität auf sie einhämmerte. Frank Nehring trat zu ihr und spannte seinen Schirm über sie beide.

»Was denken Sie?«, fragte er.

»An der Sache ist was faul.«

»Es kann doch sein, dass das Mädchen einfach nur desorientiert in den Wald gelaufen ist. Wäre nicht das erste Mal, dass so etwas geschieht.«

»Nein, da steckt mehr dahinter.«

»Und woran machen Sie das fest? Sagt das Ihr Instinkt?«

»Instinkt ist was für Tiere«, entgegnete Diana. »Ich vertraue meinen Beobachtungen. Sie hat ihr Handy und ihre Handtasche in ihrem Auto liegen gelassen.«

»Wie gesagt, Gehirnerschütterung, verwirrt …«

»In der Leitstelle hat man aber gesagt, dass sie am Telefon gefasst und sortiert geklungen haben soll. Wir bekommen bald die Aufzeichnung.«

»Das muss nichts heißen«, sagte Nehring.

»Harald Janssen wurde direkt eingeschnappt, als ich ihm nur ein paar simple Fragen gestellt habe. Außerdem glaube ich die Story mit der Bewusstlosigkeit nicht. Das wirkt nicht wie ein Zufall.«

»*Das Mädchen hat in seinem Notruf selbst gesagt, der Mann sei bewusstlos …*«

Diana verzog den Mundwinkel. Es brachte nichts, hier weiter zu diskutieren. Sie hatten gegenläufige Interpretationen der Situation. Die Entwicklung der Faktenlage würde zeigen, wer von ihnen recht behalten würde. Das mochte sie so an Nehring. Er gehörte zu den wenigen, die ihr regelmäßig widersprachen.

»Eine Sache noch: Nennen Sie Matilda nicht ein Mädchen. Sie ist achtzehn, eine junge Frau.« Sie entriss ihm den Schirm und lief weiter.

• • •

2009. Fast zehn Jahre her.

So viel hatte sich seitdem in Dianas Leben verändert.

Marius und sie waren seit acht Jahren geschieden, ihre Tochter längst fertig mit ihrem Studium und inzwischen junge Ärztin in einer Praxisgemeinschaft hier in Grimmbach.

Diana hatte die entscheidenden Schritte in ihrer Karriere gemacht, war Kriminaloberrätin, bestens vernetzt, mit äußerst illustren Kontakten bis weit rauf ins hessische Innenministerium und in die Staatsanwaltschaft, nicht zuletzt mit berechtigten Ambitionen auf die Position als Polizeipräsidentin.

Nehring stellte eine der wenigen Konstanten zwischen damals und heute dar. Er war immer an ihrer Seite gewesen, absolut loyal und verschwiegen. Natürlich kursierten im Dezernat Gerüchte, besonders seit Dianas Scheidung, dass zwischen ihnen beiden etwas lief, aber nichts könnte abwegiger sein.

Nehring und sie passierten die Infohütte, in der Übersichtstafeln zu Flora und Fauna des Roten Moors hingen, und liefen über knarzende Bohlenwege tiefer in das Naturschutzgebiet hinein. Fahles Sonnenlicht zerfaserte zwischen den Kronen der Birken und sprenkelte den torfigen Grund.

»Wir haben einen Weg durch den Karpatenbirkenwald gesichert. Über ihn gelangt man schneller und einfacher zum Fundort als über die Wirtschaftswege«, erklärte Nehring. »Gleich müssen wir rechts abbiegen.«

»Wenn es sich bei der Toten wirklich um Matilda handelt, werde ich Nussbaum darum bitten, persönlich die Ermittlungen leiten zu dürfen«, sagte Diana.

Staatsanwalt Quentin Nussbaum konnte man vieles vorwerfen, aber sicher nicht, dass er medienscheu wäre. Ein PR-wirksamer Cold Case war genau die Art von Fall, bei der er sich nur zu gerne selbst inszenierte. Diana würde ihn mit Vergnügen gewähren lassen und mehr als genug Gelegenheiten für die Darlegung seiner Null-Toleranz-Politik bieten. Sie lieferte ihm seine Bühne, er gewährte ihr dafür im Gegenzug nahezu unbegrenzten Handlungsspielraum.

»Wenn sich die neuen Spuren mit unserer Version des Tathergangs von damals decken, dann ist doch alles klar«, meinte Nehring. »Es gab doch schließlich einen Schuldigen.«

»Ich glaube, das kommt sehr darauf an, wen man fragt.«

»Ihn selbst können wir jedenfalls nichts mehr fragen.«

»Nein«, seufzte Diana und spürte das Gewicht ihrer Fehler. »Nein, das können wir nicht.«

VÄTER

»Maaahlzeit! Na, auch schon da!?«

Tarek Güler begrüßte Janosch so unüberhörbar laut in ihrem Büro, dass die gesamte dritte Etage des Polizeipräsidiums ihn hören musste. »Du ziehst ja vielleicht ein Gesicht. Bist du so spät dran, weil du unterwegs noch deine schlechte Laune abholen musstest?«

»Ach, halt die Klappe!« Janosch ließ sich auf seinen Sessel sinken. Ihre Schreibtische standen in dem schmalen Büroraum direkt gegenüber. »Ich musste ins Rote Moor. Anruf von der Leitstelle.«

Tarek weitete die Augen und lehnte sich vor. »Ach, du warst bei diesem Leichenfundort!? Ich habe noch mitbekommen, wie hier gefühlt das ganze Präsidium abgerückt ist. Aber was hattest *du* denn dort verloren?«

»Bei der Leitstelle dachten sie, ich könnte schon mal den Fundort sichten. Ich wohne doch direkt um die Ecke.«

»Stimmt, du lebst ja in der Pampa. Und?«

»Und was?«

»Hast du sie gesehen? Hast du die Tote gesehen?«

»Du bist so sensationsgeil, es ist abstoßend.« Janosch fuhr

seinen Rechner hoch, um sich abzulenken und die Unterhaltung abzublocken.

»Okay, verstehe, ist vielleicht gerade ein schlechter Zeitpunkt.« Tarek senkte mit halbherzig gespielter Betroffenheit den Blick. »Ein paar Kollegen habe ich schon munkeln hören, es könnte sich um die Nolte handeln, die junge Frau, die 2009 verschwunden ist.«

Tarek war Kriminalhauptkommissar und hatte ein halbes Jahr früher als Janosch im Polizeipräsidium Osthessen angefangen. Der Liebe wegen hatte er sich von Duisburg nach Fulda versetzen lassen, um endlich mit seiner Freundin zusammenzuziehen.

Er war ein Außenstehender, noch viel mehr als Janosch selbst, und das machte ihn unfassbar wertvoll und wichtig für ihn. Anders als die meisten Kollegen, die aus Fulda und Umgebung stammten, reagierte er auf den Namen Janosch Janssen völlig unvoreingenommen. Ein Glücksfall, dass ihnen beiden ein gemeinsames Büro zugewiesen worden war.

Janosch loggte sich mit seinen Personaldaten ein, wobei er sich mehrfach vertippte, und öffnete seine Programme.

»Ich hole mir einen Tee«, sagte er, während er weiter Tareks Blick auf sich spürte.

»Mach mir bitte auch einen! Schön stark!«

Auch wenn er erst mal aus Tareks Sichtfeld entkommen war, wurde Janosch das Gefühl nicht los, beobachtet zu werden. Auf dem Weg zum Pausenraum warf er immer wieder Blicke über seine Schulter zurück. Als er am Wasserkocher stand und schon einmal die zwei Tee-Eier aus Tareks und seiner kleinen Truhe mit schwarzen Teeblättern befüllte, traten zwei Kollegen ein. Ihre lebhafte Unterhaltung erstarb sofort, und sie nickten Janosch kurz zu, halb argwöhnisch, halb bemitleidend. Sie füllten sich Filterkaffee nach und sahen zu, dass sie wieder verschwanden.

Wenn es sich bestätigte, dass die Tote Matilda war, dann würde Janoschs Name wieder häufig auf den Fluren zu hören sein – getuschelt, geraunt, hinter vorgehaltener Hand.

Janosch balancierte ihre zwei randvollen Tassen dampfenden Tee zurück ins Büro. Es war absurd, jetzt wieder durch die endlosen Flure mit ihren grauen Teppichböden zu laufen. Als wäre der Morgen im Moornebel nur ein Albtraum gewesen, der ihn kurz vorm Aufwachen heimgesucht hatte.

Er kam zurück in ihr Zweierbüro und stellte die Tassen ab.

»Aaah! Çok güzel!« Tarek rieb sich die Hände. »So ein schöner Schwarztee, der lässt die Welt gleich ganz anders aussehen.«

Sie stießen mit ihren Tassen an – ein lieb gewonnenes Ritual –, pusteten in sie hinein und genehmigten sich einen ersten Schluck.

»Die Quester war schon vor Ort, hmm?«, fragte Tarek und kratzte sich an seinem akkurat getrimmten Vollbart.

»Selbstverständlich.«

»Lass mich raten, für dich hieß es dann wieder: ›Husch, zurück ins Körbchen! Das übernehmen die großen Jungs und Mädchen.‹«

»Aber so was von.«

»Na, dann ein herzliches Willkommen zurück im tristen grauen Polizeialltag.«

Tarek machte eine ausschweifende Geste und beschrieb mit seinem Sessel eine Hundertachtziggraddrehung – wie als Aufforderung, die Atmosphäre ihres Büros noch einmal in all ihrer geballten Trostlosigkeit in sich aufzunehmen: den Ausblick auf den betongrauen Parkplatz, die Rollcontainer voller Aktenordner, den Jahreskalender, herausgegeben von der Verkehrswacht, die vertrockneten Philodendren auf der Fensterbank mit ihren verstaubten Blättern (eine Schande, wenn man bedachte, dass Janoschs Papa Blumenhändler gewesen war). Die einzigen Blickfänge bildeten der MSV-Duisburg-Wimpel an der Wand hinter Tarek und die zwei großen hölzernen Buchstützen in Form der Argonath-Statuen aus *Der Herr der Ringe* auf Janoschs Schreibtisch.

Er schlürfte Tee, ging einen Moment lang sein Mailpostfach durch, konnte sich aber auf nichts konzentrieren. Er öffnete seinen Browser. Zunächst klapperte er die Seiten der Presseagenturen und großen Tages- und Wochenzeitungen ab. Als er dort nichts fand, wandte er sich den regionalen Medien zu, entdeckte dort jedoch auch nichts über den Leichenfund im Roten Moor. Wahrscheinlich war es noch viel zu früh dafür. Und so, wie er Diana Quester kannte, würde sie so lange wie möglich versuchen, die Entdeckung unter Verschluss zu halten.

Er fuhr sich durch den Lockenschopf und lehnte sich zurück. Wie konnte er wieder an den Ermittlungen teilhaben? Er wollte es auf jeden Fall. Aber momentan hätte er auch genauso gut bei der Stadtreinigung arbeiten können, so schlecht standen die Chancen darauf.

Tareks Telefon klingelte. Er meldete sich mit »Güler!«,

lauschte mit zunehmend aufgeregterer Miene dem Anrufer und stellte einige kurze Rückfragen.

»Ja, ja, wir kommen sofort vorbei!«, sagte er schließlich und legte auf. Er grinste Janosch an. »Schnapp dir deine Jacke! Ich glaube, ich habe da etwas, das dich ablenken wird. Die Tochter aus Gersfeld will aussagen.«

...

Den Fall von schwerer Körperverletzung, in dem Tarek und er gerade ermittelten, hatte Janosch kurzzeitig komplett verdrängt. Das war bemerkenswert, denn die Geschichte war nichts, was einem normalerweise schnell aus dem Kopf ging.

Vor sechs Tagen war ein achtundvierzigjähriger Mann in Gersfeld brutal zusammengeschlagen worden. Diverse Schürfwunden, mehrere geprellte Rippen, ein blaues Auge und eine gebrochene Nase sprachen eine mehr als deutliche Sprache.

Einziges Problem: Das Opfer wollte partout nicht aussagen, geschweige denn Anzeige erstatten.

Erst eine Nachbarin hatte sich bei der Polizei gemeldet und von Leon Zimmers schweren Verletzungen berichtet.

Inzwischen waren Janosch und Tarek bereits zweimal bei ihm gewesen, hatten jedoch nichts aus ihm herausbekommen. Wenigstens hatte er sie empfangen und sie seine Blessuren begutachten lassen, das war aber bereits das Höchste der Gefühle gewesen.

Warum wollte er nicht reden? Hatte er so große Angst vor seinem Angreifer, dass es ihm die Lippen versiegelte?

War es ein Freund oder Verwandter, den er aus irgendeinem Grund decken wollte? Oder steckte noch viel mehr dahinter?

»Hoffentlich ist die Tochter vom Zimmer etwas gesprächiger als ihr Altvorderer«, sagte Tarek, während er den VW Passat an der Ruine Ebersburg entlanglenkte. Die Sandsteinruinen schienen zwischen den halb entblätterten Baumkronen hindurch, ein Relief vor dem dunkel drohenden Wolkenhimmel.

Nicht mehr lange, bis sie in Gersfeld waren.

»Sie wird uns wohl kaum nur zum Kaffeetrinken eingeladen haben«, meinte Janosch. »Ich frage mich nur, warum sie so lange gezögert hat.«

Sabrina Zimmer wohnte auf derselben Straße wie ihr Vater. Er vermietete Ferienhäuser und -wohnungen in Gersfeld und Umgebung, was zu dem unvermeidbaren Slogan *Zimmer von Zimmer* geführt hatte, den man hin und wieder auf Werbetafeln las. Dementsprechend einfach musste es für seine Tochter gewesen sein, eine eigene Bleibe zu finden. Sie musste praktisch nur durch Papas Katalog blättern.

»Sorry, wenn ich noch einmal drauf zurückkomme, aber das Thema lässt mich einfach nicht los …«, setzte Tarek an.

Janosch seufzte und versank im Beifahrersitz. Er ahnte, was jetzt wieder kommen würde.

»Die Sache damals mit dem Verschwinden von Matilda Nolte. Du bist doch auf besondere Weise damit in Verbindung gewesen. Irgendwas munkeln die Kollegen schon die ganze Zeit.«

»Jetzt tu nicht so unwissend! Du kennst doch eh schon

die ganze Story. Andernfalls wärst du wohl der Einzige im Präsidium, an dem sie bisher vorbeigegangen ist.«

»Ich schwöre es!« Tarek hob abwehrend die Hände vom Lenkrad, was bei seinem rasanten Fahrstil jedes Mal dafür sorgte, dass Janosch kurz den Atem anhielt. »Ich bin ja auch noch ganz frisch aus Duisburg hier. Ich kenne noch nicht den ganzen Flurfunk.«

»Du hast es auch nicht gegoogelt? Dir die alten Nachrichten dazu durchgelesen?«

»Nope. Ich wollte es unverfälscht hören. Von dir.«

»Dann muss ich dich leider enttäuschen. Für die Geschichte reicht der Rest der Autofahrt nicht.«

Sie fuhren bereits an den Becken der hiesigen Fischzucht vorbei, von hier aus waren es nur noch fünf Minuten bis zum Ortskern.

»Auch nicht für die Kurzversion?«, fragte Tarek ernst.

»Ein anderes Mal.«

Damit verschränkte er die Arme vor der Brust und lehnte den Kopf gegen das Seitenfenster, spürte das Vibrieren der Scheibe an seiner Schläfe. Leichter Regen setzte ein, und er beobachtete, wie die ersten Tropfen ihre Bahnen auf dem Glas zogen und sich immer weiter verästelten.

...

»Janosch, komm schon! Wach auf!«

Ein heftiges Rütteln an seiner Schulter.

Blinzelnd öffnete er die Augen. Und schaute in das besorgte Gesicht von Benjamin Fallmer. Das Strahlen der Deckenspots blendete ihn so sehr, als hätte man Flutlicht direkt auf Janosch gerichtet.

Er hatte keinerlei Orientierung, weder räumlich noch zeitlich.

»Was ... was ist denn los?«, fragte er mit ausgedörrtem Mund. Dabei bemerkte er, dass getrocknete Brocken von Erbrochenem an seinem Kinn klebten.

Seine Erinnerungen kehrten zurück, leider zeitgleich mit der Übelkeit. Er hustete heftig, spürte, wie sich sein gesamter Rumpf zusammenzog.

»Oh nein, nicht schon wieder!« Ben drückte ihm einen Putzeimer in die Hand. Das Gefäß war bereits reichlich gefüllt, was nicht wirklich dabei half, den Würgereiz länger zurückzuhalten.

Er hielt den Eimer umklammert und übergab sich hinein. Nur noch Magensäure kam über seine Lippen.

Ben setzte sich neben ihn auf das Bettsofa und klopfte ihm auf den Rücken. »Wird schon, wird schon! Lass es raus! Du hast dich bei Whisky-Cola auch wirklich nicht zurückgehalten.«

Es musste mitten in der Nacht sein.

Sie waren in Bens Zimmer im Dachgeschoss. Hier gab es alles, was man sich als Junge mit achtzehn, neunzehn nur erträumen konnte: ein Erkerfenster mit Panoramablick über die Rhön, riesiger Flachbildfernseher (natürlich mit Playstation 3, Wii und Xbox 360), Hi-Fi-Anlage, E-Gitarre, Schuhschrank mit der Sneaker-Sammlung. Den Fallmers fehlte es an nichts, ihnen hatte auch die Finanzkrise im letzten Jahr nichts ausgemacht, und das sah man am deutlichsten im Zimmer ihres Sohnes, dem sie praktisch jeden Wunsch erfüllten.

»Geht's wieder?«, fragte Ben, als sich Janoschs Magen ein wenig beruhigt hatte und nur noch ein einzelner Speichelfaden von seiner Unterlippe baumelte.

Janosch nickte stumm.

Er sortierte die Ereignisse der Nacht. Zuerst war er in Fulda auf der Vorabi-Party gewesen, weil er Matilda die CD hatte geben wollen. Ein Mixtape, nur für sie zusammengestellt. Sie hatte es angenommen, sich bedankt, sich sogar länger mit ihm unterhalten, doch am Ende hatte sie ihn stehen gelassen.

Entmutigt und Hilfe suchend war Janosch mit dem Nachtexpress-Bus nach Grimmbach zurückgefahren und zu Ben gelaufen.

Seinem besten Freund war nicht nach Feiern zumute gewesen. Allmählich war absehbar, dass er das Abi nur noch durch ein mittel-großes Wunder bestehen würde – und selbst dann mit einem Noten-durchschnitt, der vom Numerus clausus von Fächern wie Jura, Medizin oder BWL hoffnungslos weit entfernt sein würde. Vor allem aber war all das meilenweit entfernt von den Wunschvorstellungen seiner Mut-ter.

Ben hatte immer mehr auf seine Fußballerkarriere als auf seine Schullaufbahn gesetzt. Er war wahrscheinlich das größte Talent, das der SV Grimmbach jemals hervorgebracht hatte. Bei den Heimspielen waren schon mehrere Scouts da gewesen, und er war sehr bald zu einem größeren Verein in Fulda gewechselt, sogar ein Probetraining bei Ein-tracht Frankfurt stand inzwischen im Raum.

Aber seine Mutter hatte eigentlich andere Pläne für ihn gehabt und konnte sich nie so wirklich für die Linksverteidiger-Qualitäten ih-res Sohnes erwärmen. Was sie Ben auf der einen Seite an materiellen Möglichkeiten bot, das verwehrte sie ihm wiederum vollständig, wenn es um Wärme oder Verständnis ging. Wenn sich ihre Investitionen in Form von Nachhilfestunden oder finanziellen Zuwendungen in Rich-tung der Schule nicht auszahlten, dann riss ihr sehr schnell der Ge-duldsfaden.

Der Haussegen bei den Fallmers hing jedenfalls gründlich schief. So sehr, dass Janosch sich manchmal fragte, ob das wirklich nur an Bens wenig berauschenden schulischen Leistungen lag oder ob noch mehr dahintersteckte.

Bens Mutter war bei Freunden in Frankfurt, also hatte er Janosch hereingebeten, sich Drinks aus dem Barschrank organisiert, und sie beide hatten sich bei Whisky-Cola über Frauen im Allgemeinen und Matilda im Speziellen ausgelassen. Janosch hatte ordentlich vorgelegt und war Ben bald um zwei Gläser voraus gewesen.

Irgendwann hatten sie beschlossen, Janoschs Vater anzurufen, damit er ihn abholte. Harry Janssen war eine treue Seele, der sich auch dann hinters Steuer klemmte, wenn man ihn mitten in der Nacht aus dem Schlaf klingelte. Außerdem stellte er wenig Fragen und ließ Janosch seine Freiräume, selbst wenn er sturzbesoffen bei ihm auf dem Beifahrersitz hing.

Genau das, was sie gebraucht hatten, denn Bens Mutter sah es im Moment nicht gern, wenn jemand bei ihm zu Hause war. Janosch musste verschwinden, bevor sie aus Frankfurt zurückkam.

»Ist mein Vater da?«, fragte er schwach.

»Das ist ja die Sache.«

Ben fuhr sich durch sein strähniges dunkelblondes Haar. Obwohl er Alkohol deutlich besser vertrug und auch gar nicht so viel getrunken hatte, sah er mindestens genauso bleich und abgekämpft aus, wie Janosch sich fühlte.

»Was meinst du?«

»Es … es tut mir furchtbar leid. Die Polizei ist hier, zusammen mit deiner Mutter. Dein Vater hatte einen Unfall und ist im Krankenhaus.«

Mehr brauchte es nicht, damit Janosch schlagartig wieder nüchtern war.

...

Die beiden Polizeitaucher entstiegen dem Moorsee wie Wassergeister, verwunschene Kreaturen aus der Tiefe. Ihre feuchte schwarze Neoprenhaut verformte sich bei jeder Bewegung zu grotesken Faltenbergen, ihre Sauerstoffflaschen waren Buckel, ihre übergroßen Taucherbrillen-Augen reflektierten das trübe Licht.

Zwischen sich trugen sie ein großes rotes Rettungstuch. Die Leiche, die darauf lag, wirkte wie eine Opfergabe, ein erlegtes Beutetier. Zuvor hatte der See auf gnädige Weise das ganze Ausmaß der Leichenbeschaffenheit unter seiner Oberfläche verborgen, jetzt trat es offen und mit voller Wucht zutage.

Das Gewebe war gräulich-grün verfärbt, schien in seiner Konsistenz beinahe bröckelig zu sein. Mundpartie und Lippen fehlten, Kinn und Stirn waren stark verformt, die Augenhöhlen leer. Wie die missglückte Wachsfigur eines Menschen, aus der Form geraten und zerlaufen.

Diana fiel sofort auf, dass die Kleidung auf Höhe des Bauchraums zerfetzt war. Normale Auflösung des Stoffs? Oder die Folge von Stichverletzungen?

»Saponifikation«, sagte Rechtsmedizinerin Dr. Clara Wöhrl mit Blick auf den Leichnam. »Wie ich es erwartet habe.«

»Also Verseifung?«, meinte Diana.

»Exakt.« Dr. Wöhrl nickte ihr zu. »Verseifung des Körperfetts. Wir haben es mit einer sogenannten Fettwachsleiche zu tun.«

»Helfen Sie mir kurz«, hakte Nehring nach. »Also eine Moorleiche? Sie sieht recht gut konserviert aus.«

»Sie wurde vielleicht hier im Roten Moor gefunden, aber sie ist keine Moorleiche im klassischen Sinne, sondern eine Wasserleiche. Der sauerstoffarme und kalte See hat jedoch dazu geführt, dass das Fettgewebe in eine weißliche, schmierige Masse umgewandelt wird. Nach und nach bildet sie eine seifenartige Schicht rund um den Körper, die mit der Zeit immer härter wird und schließlich sogar bröckelt. Außerdem habe ich mit einem der Moor-Ranger gesprochen. In dem See leben keine Tiere, dafür ist der Sauerstoffgehalt darin zu niedrig. Das war ebenfalls vorteilhaft für den Erhalt der Leiche, sie wurde nicht angefressen.«

»Wieso ist sie nicht aufgestiegen?«, fragte Nehring. »Wasserleichen sind doch eigentlich Saisongeschäft. Spätestens im Sommer hätten sich so viele Fäulnisgase in ihr bilden müssen, dass sie nach oben gestiegen wäre.«

»Schau dir das zerschnittene Oberteil an«, entgegnete Diana. »Möglicherweise konnten sich gar keine Gase bilden.«

»Das ist auch meine Vermutung«, sagte Dr. Wöhrl.

Die Taucher hatten sich durch die Seggen gekämpft und legten die Leiche unter einer weißen Zeltplane am Ufer ab. Dr. Wöhrl ging neben ihr in die Hocke und schob mit ihren behandschuhten Fingern vorsichtig den schwarzen Stoff hoch. Der gesamte Bauchraum war von augenscheinlichen

Einstichwunden übersät. Diana zählte mindestens ein Dutzend.

»Sehen Sie?«, meinte Dr. Wöhrl. »Die inneren Organe waren so massiv perforiert, dass jegliche Gase sofort entwichen sind. Sie konnte gar nicht hochsteigen.«

»Sehr wahrscheinlich haben wir damit auch direkt einen Hinweis auf die Todesursache.«

»Und das Gärtnermesser mit Matildas Blut, das wir damals gefunden haben, war womöglich wirklich die Mordwaffe«, ergänzte Nehring.

Schon einige Male zuvor hatte Diana mit Dr. Clara Wöhrl zusammengearbeitet. Die Leiterin der Gießener Rechtsmedizin war mit Ende dreißig noch recht jung für ihre Position, bekleidete diese jedoch mit unaufgeregter Sachlichkeit und großer Kompetenz. Dafür verzieh Diana ihr auch ihre gelegentlichen wortreichen Exkurse.

»Eine Frage bleibt dann allerdings noch«, sagte Nehring und schaute auf die Solarleuchte, die inzwischen ebenfalls geborgen worden war. Sie war an einen Ziegelstein gekettet gewesen, damit sie neben der Toten an Ort und Stelle geblieben war. »Warum kommt ausgerechnet jetzt jemand auf die Idee, dass die Leiche gefunden werden soll? War es ein Täter, ein Komplize oder ein Zeuge? Warum dieses Licht, um auf sie aufmerksam zu machen?«

»Das stimmt«, sagte Diana nachdenklich. »Dem Ursprung dieser seltsamen Solarleuchte müssen wir auf jeden Fall auf den Grund gehen. Kennen wir ihn, wird sich vielleicht auch alles andere ergeben.«

Wöhrl beäugte den Bauch der Toten eingehender und

strich den Pony ihrer schwarzen Kurzhaarfrisur zur Seite. Die Rechtsmedizinerin presste die karmesinroten Lippen aufeinander, ihre penibel geschminkten Züge spannten sich an.

Diana legte den Kopf schief. »Was ist los? Haben Sie noch etwas bemerkt?«

»Das kann ich Ihnen sagen, wenn wir die Sektion durchgeführt haben«, sagte Wöhrl und stand auf. »Jetzt müssen wir schnell sein. Die Leiche muss umgehend in den Kühlwagen. Die erhöhte Umgebungstemperatur tut ihr ganz und gar nicht gut.«

»Und tun Sie mir bitte noch einen Gefallen«, fügte Diana hinzu. »Vergleichen Sie Zahnprofil und DNA möglichst schnell mit denen von Matilda Nolte. Die Proben haben wir vorliegen.«

Dabei stellte dieser Vorgang für Diana nur reines Protokoll dar. Spätestens als sie den Paillettenrock an der Toten gesehen hatte, war ihr klar gewesen, dass es Matilda war. Sie erinnerte sich nur zu gut an die Personenbeschreibung der jungen Frau, die sie selbst herausgegeben hatte.

Du bist es wirklich. Nach so langer Zeit. Wer hat dir das angetan?, dachte sie. Wer hat dich so sehr gehasst, dass er dir den Bauch zerfetzt hat? War er es gewesen? Wäre er dazu in der Lage gewesen?

Die Zweifel waren wieder da, stärker als jemals zuvor.

Dianas Puls raste.

...

»Wie geht's Ihrem Vater?«, fragte Tarek und lehnte sich auf dem schmalen Sofa vor.

»Besser, viel besser.« Sabrina Zimmer klammerte sich an ihre riesige Kaffeetasse. Jedes Mal, wenn sie einen Schluck trank, verschwand ihr halbes Gesicht. Beinahe kam es Janosch vor, als wolle sie sich dahinter verstecken. »Und Sie wollen wirklich nicht auch einen Kaffee?«

Janosch und Tarek schüttelten synchron den Kopf.

»Nein, danke, wir sind beide leidenschaftliche Teetrinker«, sagte Janosch.

»Oh, den hätte ich auch da. Pfefferminz, grünen Tee, Zitrone …«

Tarek hob abwehrend die Hände. »Das ist sehr nett, aber wir sind da bei unserer Teeauswahl recht eigen.«

»Ah, Janosch, dich kann ich eigentlich auch duzen, oder?«, fragte sie. Sabrina Zimmer war in der Schulzeit für einige Monate mit Janoschs bestem Freund Ben zusammen gewesen, daher kannten sie sich flüchtig.

»Klar, gern«, sagte er und setzte ein Lächeln auf.

Die Zweizimmerwohnung im ersten Stock eines Mehrfamilienhauses am Rande von Gersfeld musste tatsächlich eine der Ferienwohnungen von Sabrina Zimmers Vater sein. Mit der zweckmäßigen, anonymen Auswahl an Möbelstücken und Deko erinnerte sie Janosch an die Apartments, in denen er mit seinen Eltern bei ihren Urlauben an der Nordsee oder im Allgäu übernachtet hatte. Daran änderten auch die Familienfotos, Unterlagen und Lehrbücher nichts, die hier überall verteilt lagen.

Sabrina Zimmer bemerkte Janoschs Blick. »Mein Papa ist

so lieb und lässt mich hier übergangsweise wohnen. Ich bin gerade frisch getrennt und aus der gemeinsamen Wohnung raus. Mein Papa ist so ein lieber Mensch … ich weiß nicht, wer ihm so etwas antun sollte.«

Tarek und Janosch schauten sich einen Sekundenbruchteil an. Das bedeutete wohl schon mal, dass die Tochter ihnen den Täter auch nicht auf dem Silbertablett servieren würde.

»Sie haben uns hergebeten«, kam Tarek darauf zu sprechen, »was können Sie uns denn über den Angriff auf Ihren Vater sagen? War es vielleicht Ihr Ex?«

»Nein, der hat ganz sicher nichts damit zu tun. Ich weiß, dass es um Geld gegangen ist. Viel Geld.«

»Wie kommen Sie darauf?«

Statt der Tasse hielt sich die junge Frau jetzt ihre Hände vor das sommersprossige Gesicht. »Na ja, mein Vater, er hatte gerade etwas Schwierigkeiten damit. Die Saison lief nicht so gut, viele Ferienwohnungen sind den Sommer über leer geblieben. Die Leute buchen lieber günstig über irgendwelche Onlineplattformen, die mein Papa meidet wie der Teufel das Weihwasser. Aber er meinte, dass er sich Geld besorgen würde. Es gäbe da jemanden, der ihm garantiert etwas leihen würde.« Sie kräuselte die Lippen. »Tja, und zwei Tage später hören dann seine Nachbarin und ich nachts diese Schreie und Kampfgeräusche. Das kann doch kein Zufall gewesen sein.«

»Irgendeine Ahnung, wer dieser unbekannte Geldgeber sein könnte?«, fragte Janosch.

Sie zuckte mit den Schultern und ließ den Kopf hängen,

die Sorge um ihren Vater war ihr nur allzu deutlich anzusehen.

»Er redet nicht mehr mit mir!« Sie nahm das letzte Taschentuch aus dem Spender auf dem Sofatisch und wischte
sich über die geröteten Augen. »Nur weil ich ihm gesagt habe,
dass ich mit der Polizei sprechen werde.«

»Hast du in der Nacht, in der dein Vater angegriffen
wurde, irgendetwas Auffälliges bemerkt? Ein Auto, das hier
sonst nicht steht? Eine ungewöhnliche Person?«, fragte Janosch. »Wenn dein Vater den Täter wirklich nicht preisgeben
will, dann kann jeder noch so kleine Anhaltspunkt nützlich
sein.«

Er hatte das Gefühl, sich selbst beim Reden zuzuhören,
so sehr funktionierte er gerade auf Autopilot, spulte die zu
erwartenden Fragen ab, ohne wirklich auf die Antworten zu
hören.

Sabrina Zimmer zog nachdenklich ihre hellen Augenbrauen zusammen, musste aber schließlich verneinen.
»Nichts, an das ich mich erinnern könnte. Seit dem Tod meiner Mutter wohnt er allein, sein Haus ist gleich schräg gegenüber. An diesem Abend habe ich ferngesehen und dann auf
einmal diese Schreie gehört. Ich bin raus auf den Balkon und
wollte schauen, was da los ist. Es war schon halb zehn abends
und stockfinster, also konnte ich kaum etwas erkennen. Die
Straßenbeleuchtung lässt hier auch mehr als zu wünschen
übrig. Ich konnte Frau Roth, die Nachbarin von gegenüber,
bei sich im Vorgarten stehen sehen. Zunächst konnte ich
nicht einordnen, woher die Geräusche kamen. Als ich dann
gemerkt habe, dass sie vom Haus meines Vaters stammen

mussten, war es auch schon vorbei. Frau Roth und ich sind zu seiner Tür und haben geklingelt. Er hat nicht geöffnet, nur gerufen, dass er seine Ruhe haben will.«

»Sie haben niemanden wegfahren sehen oder mitbekommen, dass sich jemand vom Haus entfernt hat?«, fragte Tarek.

»Nein, überhaupt nicht. Das ist leider alles.«

Tarek warf Janosch einen erneuten Blick zu. Inzwischen konnten sie die Mimik des jeweils anderen recht gut lesen. *Den Sprit hätte sich der deutsche Steuerzahler sparen können, das hier war absolut für die Katz,* stand ungefähr in Tareks Gesicht geschrieben.

»Vielen Dank für deine Aussage, wir bleiben an der Sache dran«, sagte Janosch, und sie kämpften sich beide umständlich aus den viel zu weichen Sofapolstern.

Frau Zimmer entgegnete nichts, sondern fixierte einen unbestimmten Punkt an ihrer Wohnzimmerwand.

»Eins noch«, sagte sie langsam. »Eine Sache fällt mir gerade wieder ein.«

»Wir sind ganz Ohr.« Tarek wandte sich wieder zu ihr.

»Bevor die Schlägerei losging, lief Musik. Ganz laut. Das fand ich ungewöhnlich, weil mein Vater eigentlich nie etwas hört. Erst recht nicht in so einer Lautstärke.«

Am liebsten hätte Janosch die Augen verdreht. Wie sollte ihnen dieser Hinweis bitte weiterhelfen? Andererseits – wer wusste, wozu es noch gut sein würde? Niemals durfte man etwas voreilig ausschließen.

»Was für ein Song war es denn?«, fragte Tarek.

»Das weiß ich leider nicht mehr, aber es war irgendetwas Älteres. So aus den Neunzigern oder den frühen Zweitausendern. Etwas Rockiges. Wenn ich's wieder höre, fällt es mir bestimmt sofort wieder ein.«

»Du kannst dich gerne melden, wenn du es im Radio hörst. Man weiß ja nie«, sagte Janosch.

Sie verabschiedeten sich und stiegen wieder in den Wagen, den Tarek gleich am Straßenrand abgestellt hatte. Dabei bemerkte Janosch, dass sie von der gegenüberliegenden Seite beobachtet wurden.

Leon Zimmer stand auf den Eingangsstufen seines Hauses und funkelte sie böse an. Noch immer waren seine Blessuren deutlich zu sehen, sein rechtes Auge verquollen, ein großes Pflaster auf der Stirn, das Gesicht von Schürfwunden überzogen.

»Da freut sich ja jemand, dass wir hier sind«, murrte Tarek und startete den Motor. »Und was war das bitte für ein Gespräch gerade? Die Sache mit dem Song!? Voll schräg!«

»Wer weiß, vielleicht überführen wir den Täter anhand seines Musikgeschmacks«, meinte Janosch und lauschte unterdessen mit halbem Ohr aufs Radio.

Gerade liefen die Sechzehnuhrnachrichten:

»Im Biosphärenreservat Rotes Moor in der Rhön ist in den frühen Morgenstunden eine Frauenleiche gefunden worden«, verkündete die Sprecherin. Janosch drehte lauter. »Über Alter und Identität der Toten ist noch nichts Weiteres bekannt. Die Kriminalpolizei Fulda hat die Ermittlungen übernommen. Und jetzt zum Wetter …«

»Na, das war ja kein großer Erkenntnisgewinn«, meinte Tarek, als sie losfuhren. »Hör mal, ich habe einen ganz guten Draht zur Quester. Ich kann mal mit ihr sprechen und versuchen, ein gutes Wort für dich einzulegen. Mit etwas Glück lässt sie dich doch mitspielen.«

»Danke, das ist nett. Aber ich fürchte, die Sache ist ausweglos. Keine Chance.«

»Hängt wohl auch mit dem Matilda-Nolte-Fall zusammen, oder?«

»Ja«, seufzte Janosch. »Vor allem hängt es damit zusammen, dass mein Vater damals der Hauptverdächtige war.«

...

Den Rest des Arbeitstages brachten sie mit Papierkram und einigen weiteren Runden Schwarztee zu, bis Janosch sich schließlich in den Feierabend verabschiedete.

Auch wenn es wahrscheinlich der bisher unproduktivste Tag seiner Laufbahn gewesen war, er war sehr froh über die Ablenkung gewesen.

Bereits auf der Rückfahrt nach Grimmbach merkte er, wie schwer es ihm fiel, mit seinen Gedanken allein zu sein. Er betäubte sie mit möglichst laut aufgedrehter Musik und ließ die Seitenfenster zur Hälfte herunter, damit ihm der Fahrtwind kalt ins Gesicht brauste.

Als er in Grimmbach eintraf, war die Dämmerung schon weit fortgeschritten, und nur noch verwaschenes Zwielicht fiel durch die zerklüftete Wolkendecke. Die sprichwörtlichen Bürgersteige waren bereits lange hochgeklappt worden, der Ort schien wie ausgestorben. Lediglich eine ältere Dame war unterwegs, die mit ihrem Yorkshireterrier Gassi ging.

Die Leute versteckten sich vor der Nachricht, kam es Janosch unwillkürlich in den Sinn. Weil die Grimmbacher – genau wie er selbst – schon lange wussten, wer die Leiche im Moor war. Jetzt verbarrikadierten sie sich hinter geschlossenen Fensterläden und heruntergelassenen Rollos, so als würde Matilda Nolte nachts wie eine Untote durch die Straßen streifen, wiedererwacht, zurückgekehrt.

Janosch war nicht mehr nach Kochen zumute, und er wollte es auch nicht seiner Mutter aufbürden, also steuerte er *Ingo's Schnellimbiß* an – nur echt mit Deppenapostroph und »ß«. Ingo hieß in dem Laden schon lange niemand mehr, und die Betreiber hatten in den letzten Jahrzehnten häufig gewechselt, nur das Ladenschild und die Basis-Speisekarte waren exakt gleich geblieben. Hier servierte man seit jeher den klassischen Mix aus Pizza, Dönertellern, überbackenen Schnitzeln, Nudelgerichten, Currywurst, Pommes und – abhängig vom gegenwärtigen Inhaber – waghalsigen Ausflügen in die griechische, indische oder asiatische Küche.

Das Essen war im besten Fall unterdurchschnittlich, und um manche Gerichte machte man am besten einen weiten Bogen, wenn man nicht den nächsten Tag auf der Toilette zubringen wollte, dennoch war der Schnellimbiss in solchen Fällen wie heute immer Janoschs erste Anlaufstation. Viel andere Gastronomie existierte hier in Grimmbach auch nicht, zumindest nicht um diese Zeit.

Er parkte zwischen den Lieferwagen vor der Ladenfront und trat ein. Das altvertraute Bimmeln der Türglocke erklang. Janosch umfing die Hitze des Pizzaofens und der Geruch nach Dönerfett. Auf einem vorsintflutlichen Röhrenfernseher oben in der Zimmerecke lief stumm ein Fußballspiel, auf den Tischen präsentierten sich ein paar Plastikkürbisse als unmotivierte Herbstdeko.

»Ah, Janssen junior!«, grüßte ihn der schmerbäuchige Donny hinter der Theke. Der Mittfünfziger arbeitete bereits seit mehr als zwanzig Jahren beim Schnellimbiss – nur vorübergehend als Aushilfe, wie er mindestens genauso lange betonte – und gehörte praktisch zum Mobiliar wie die abgewetzten Holzstühle, die kitschigen Toskanabilder an den Wänden oder das blinkende OPEN-Neonschild im Fenster. »Wie geht's, wie steht's? Das Übliche?«

»Jep.«

Janosch kletterte auf einen der Barhocker. Das Übliche bedeutete in diesem Fall eine große Pizza Salami für ihn und eine mittlere Pizza Vier Jahreszeiten für seine Mutter.

Donny rieb sich die Pranken an seiner fleckigen Schürze ab, nahm eine Flasche Pils aus dem Kühlschrank und machte sie auf.

»Geht aufs Haus«, sagte er, als er das Bier vor Janosch abstellte. »Kann mir vorstellen, dass du's gebrauchen kannst.«

»Da-danke«, erwiderte Janosch überrascht, umfasste den taubenetzten, kühlen Flaschenhals und genehmigte sich einen großen Schluck. »Wie kommst du darauf?«

»Dein Ernst?« Donny lachte auf, was Erschütterungen über sein ganzes bärtiges Doppelkinn entsandte. Er nahm zwei Teigkugeln und knetete aus ihnen Pizzaböden. »Die Leiche im Moor? Wir wissen doch alle, als wer sich das herausstellen wird. Lassen sie dich denn an dem Fall arbeiten?«

Donny hatte gerade einen Klecks Tomatensoße auf einem

der Fladen verteilt, hielt jetzt aber mit der Kelle in der Hand inne und schaute neugierig zu Janosch auf.

Dieser schüttelte mit dem Kopf. Selbst wenn er in die Ermittlungen involviert wäre, er würde es Donny nicht erzählen. Das Imbiss-Urgestein besaß viele Qualitäten, Verschwiegenheit zählte jedoch definitiv nicht zu ihnen.

»Auf jeden Fall ist es heute auffällig ruhig. Kaum Umsatz«, sagte Donny und belegte weiter die Pizzen. »Den Leuten ist die Nachricht auf den Magen geschlagen. An deren Stelle wäre mir allerdings auch nicht gerade nach Essen zumute.«

Janosch knibbelte an dem Etikett seiner Bierflasche herum. »Was meinst du?«

»Hör zu, ich habe nie daran geglaubt, dass dein Vater irgendetwas damit zu tun hatte. Dein alter Herr war ein ganz feiner Kerl, der würde nicht einmal einer Fliege was zuleide tun. Habe ich immer gespürt. Das war damals eine einzige Hexenjagd. Am meisten tun mir natürlich die Eltern von der armen Matilda leid. Die Noltes waren ja schon immer ein bisschen in der Esoterik-Ecke unterwegs gewesen, aber seit ihrem Verschwinden sind die beiden völlig abgedriftet. Redeten davon, dass das Moor ihnen ihr Kind genommen hat.«

Während Donny die Pizzen in den Ofen schob, leerte Janosch in schnellen Zügen sein Bier. Nirgendwo gab es hier ein Entkommen vor der Vergangenheit. Egal, wohin er ging, sie lauerte überall, hinter jeder Tür und in jedem Gespräch.

»Nein, er war's nicht«, bestätigte Janosch.

»Die Leute hier haben Dreck am Stecken, das merkt man. Der wirkliche Täter ist immer noch da draußen«, Donny wedelte mit einem leeren Pizzakarton Richtung Fenster, »vielleicht wohnt er ja sogar noch in Grimmbach. Irgendwas ist hier faul, das sage ich dir.«

Janosch stützte sich auf seinen Unterarmen ab. »Woran machst du das fest?«

Donny zuckte mit den Schultern, während er die Pizzen aus dem Ofen holte und noch mit Oregano bestreute. »Das ist so ein Gefühl. Man kriegt so einiges mit, wenn man Gäste hier hat oder bei den Menschen zu Hause ausliefert. Die meisten bemerken gar nicht, wie viel sie manchmal preisgeben.«

»Hast du auch etwas Konkretes?«, fragte Janosch vorsichtig.

Donny reckte die buschigen Augenbrauen in die Höhe. »Wird das eine Befragung? Du hast doch gesagt, du ermittelst nicht.«

»Stimmt auch«, erwiderte Janosch. »Ich ermittle nicht in der Sache.«

Er bezahlte, bedankte sich abermals für das Bier und bekam von Donny noch Grüße an seine Mutter aufgetragen, dann trat er mit den zwei Pizzakartons hinaus in die kalte Nacht.

»Noch nicht«, fügte er leise wispernd hinzu.

· · ·

Diana Quester goss sich Yamazaki Single Malt Whisky nach und schaltete den Fernseher wieder laut. Die Werbung war vorbei, die Sendung über zwanzig hohle Muskelprotze und operierte Püppchen, die auf einer Insel die wahre Liebe suchten (dabei natürlich äußerst leicht bekleidet), ging weiter.

Wüssten die Leute im Präsidium, dass sie zu Hause am liebsten Trash-TV schaute, ihnen würden wohl die Kinnladen auf die Füße klappen. Aber für Diana stellte es die ideale Hintergrundberieselung dar. Vor einigen Jahren war sie durch Zufall beim Herumzappen bei einer dieser Sendungen hängen geblieben und hatte es recht erfrischend gefunden, den Protagonisten bei ihrem hysterischen Streit über Nichtigkeiten zu lauschen. Ein absoluter Kontrast zu ihrer Tätigkeit.

Sie saß am lang gestreckten Nussbaumtisch im Wohn-Ess-Bereich. Einen Moment schaute sie zur Glasfront, hinter der sich ihre großzügige Terrasse erstreckte. Nur noch vereinzeltes Licht glomm in den Fenstern des Neubau-Wohnkomplexes am Fuldaer Stadtrand. Hauptsächlich wohnten hier gut verdienende junge Familien, Diana stellte als geschiedener Single eher die Ausnahme dar. Die Atmosphäre unter den Nachbarn war freundlich, aber klar distanziert und anonym. Genau das, wonach sie gesucht hatte, als sie vor sechs Jahren hierhergezogen war. Sie wollte von niemandem behelligt werden, nicht so wie in der Rhön. Nicht so wie in Grimmbach. Wo die Leute über alles tratschten, was sie anbelangte – ihre Ehe beziehungsweise deren Zerbrechen, ihre Ermittlungen, ihre Tochter.

Sie wandte sich wieder ihrer Arbeit zu und trank einen Schluck Whisky.

Die Unterlagen verteilten sich über die gesamte Fläche des Tisches. So tat sie es immer – erst mal alles vor sich ausbreiten und anschließend einen Überblick verschaffen. Es waren die gesamten Akten zum ungeklärten Vermisstenfall Matilda Nolte, der vorläufige (relativ ernüchternde) Bericht der Spurensicherung zu der seltsamen Solarleuchte und zu dem heutigen Leichenfundort im Roten Moor sowie die Vernehmungsprotokolle der beiden Wildbiologen, die die Tote entdeckt hatten. Außerdem war gegen Feierabend noch der Bericht von Janosch Janssen zu seiner Sicherung des Fundorts reingekommen, der ihr allerdings nur ein müdes Lächeln abgerungen hatte.

Janssen.

Diesen Namen würde sie in den Akten noch häufig lesen.

Im Nolte-Fall waren beide ins Feld der Tatverdächtigen gerückt. Vater und Sohn.

Janosch hatten sie nur kurz im Visier gehabt, seinen Vater Harry Janssen dafür aber umso länger und gründlicher. Sie dachte häufiger an ihre letzte Vernehmung von Harry Janssen zurück, als sie sich selbst eingestehen wollte. Das stickige, enge Zimmer. Die Verzweiflung auf seinem Gesicht. Die empörten Ausrufe seines Anwalts.

Sie nippte an ihrem Whisky. Leider konnte der ihr auch nicht die Erinnerungen aus dem Kopf spülen. Seufzend lehnte sie sich zurück. Wenn sie ehrlich zu sich war, dann war das hier gerade nicht mehr als Beschäftigungstherapie.

Frau Dr. Wöhrl hatte ihr zugesichert, sich noch im Laufe des Abends mit einem vorläufigen Obduktionsbericht bei ihr zu melden. In dieser Hinsicht war die Rechtsmedizinerin absolut zuverlässig und hielt sich an ihre Abmachungen, allerdings ging es inzwischen bereits auf elf Uhr zu.

Was hatte sie herausgefunden? Die Ungewissheit machte Diana unruhig. Am liebsten wollte sie alles sofort wissen, über jegliche Vorgänge laufend im Bilde sein. Das war natürlich ein unmögliches Unterfangen, aber so tickte sie nun einmal. Sie brauchte die Kontrolle.

Im Fernsehen begann die nächste Werbepause. Entnervt schaltete Diana aus.

Sie räumte die Unterlagen zusammen, stellte das leere Whiskyglas ins Spülbecken und ging ins Bad, um sich abzuschminken. Gerade wischte sie sich mit einem Wattepad die Stirnpartie ab, als ihr Handy vibrierte. An ihrem Spiegelbild konnte sie nur allzu deutlich ihre eigene Reaktion ablesen: geweitete Augen, aufgeblähte Nasenflügel, zusammengepresste Lippen.

Das musste Dr. Wöhrl sein.

Sie nahm den Anruf an und fragte unverwandt: »Was haben Sie für mich?«

»Ihnen auch einen schönen Abend! Aber Sie haben wahrscheinlich recht, zu so einer fortgeschrittenen Stunde sollte man sich die Zeit für Höflichkeitsfloskeln lieber sparen«, begrüßte die Rechtsmedizinerin sie ironisch. »Nach der Sofort-Obduktion habe ich drei Fakten für Sie, aufsteigend sortiert nach Brisanz. Erstens: Bei der Toten handelt es sich tatsächlich um Matilda Nolte, die zahnmedizinische Identifikation hat da keinen Zweifel gelassen.«

Diana lehnte sich gegen den Rand ihrer Badewanne und wickelte eine ihrer Haarsträhnen auf. »Wie zu erwarten. Was noch?«

»Sie starb durch insgesamt vierzehn Einstichwunden im

Bauchraum, der Tod ist höchstwahrscheinlich durch multiples Organversagen und/oder massiven Blutverlust eingetreten.«

Auch das war keine überraschende Erkenntnis. Der Finger um ihre Strähne verharrte. Hoffentlich kam noch etwas Verwertbares. »Und der letzte Fakt?«

»Matilda Nolte war im dritten Monat schwanger.«

Diana ließ ihre Strähne los. Sie wollte nicht glauben, was sie gerade gehört hatte. Das stellte alles auf den Kopf.

Wer war der Vater?

Und war er auch derjenige, der sie getötet hatte?

FLÜCHTIGE FORMATIONEN
AUS TREIBSAND

Janoschs Mutter hatte erst drei Stücke ihrer Pizza geschafft, als ihr bereits die Augen zufielen. Sie versank in ihrem speckigen Ledersessel, das Kinn sackte regelmäßig auf ihre Brust, woraufhin sie jedes Mal kurz aufschrak.

»Mama, willst du nicht schon mal ins Bett gehen?«, fragte Janosch vorsichtig.

»Ach, geht schon«, murmelte sie schlaftrunken. »Aber der Lothar kann gerne den Rest meiner Pizza haben, wenn er Hunger hat.«

»Das lasse ich mir nicht zweimal sagen!« Lothar Malewski langte nach dem Karton und zog ihn zu sich herüber. Er lachte dröhnend. Seine Lache hatte Janosch bereits in Kindheitstagen irritiert. Ihr tiefer Bass wollte eher zu einem massigen Bären von einem Mann passen, nicht aber zu dem hageren, schmalgesichtigen Lothar.

Er war vorbeigekommen, als Janosch und seine Mutter gerade mit ihren Pizzen vor dem Fernseher gesessen hatten. Viele Jahre lang hatte er als Florist im Blumenladen seines Vaters gearbeitet. So sehr ein Teil der Familie, dass Janosch ihn manchmal sogar »Onkel Lothar« genannt hatte.

Nach dem Tod seines Vaters hatte er noch eine Weile versucht, das Geschäft alleine weiterzuführen. Ein chancenloses Unterfangen. Nach den Vorfällen hatten die Grimmbacher den Laden gemieden, als würden sie durch das Überschreiten der Türschwelle zu Mitwissern oder Komplizen werden. Außerdem war sein Vater derjenige gewesen, der die Leute mit seiner charmanten Beratung und empathischen Art für sich eingenommen hatte – egal ob zum Hochzeitsgesteck oder Trauerkranz, er hatte ihnen stets die passenden Worte mit auf den Weg geben können. Der zurückhaltende, reservierte Lothar konnte zwar kunstvolle Sträuße binden, brillierte allerdings nicht gerade im direkten Kundenkontakt.

»Es ist gut, zu sehen, wie du dich um deine Mutter kümmerst«, meinte Lothar und biss in ein Stück Pizza. »Trotz des ganzen Stresses mit dem Job. Ich weiß, es ist keine Dauerlösung, aber für den Moment war das hier genau das, was Susanne gebraucht hat.«

Lothar war derjenige gewesen, der Janosch dazu bewogen hatte, wieder zurück nach Grimmbach zu kommen. Er erinnerte sich noch sehr gut an seine Worte aus dem entscheidenden Telefonat: »Ich versuche, mich um sie zu kümmern, Janosch. Ich bin so oft wie möglich bei ihr. Aber es geht ihr zusehends schlechter. Sie vergisst ihre Tabletten, ist manchmal total apathisch oder verliert sich in ihren Gedanken. Sie braucht jemanden, den sie kennt. Sie braucht dich.«

Wie sollte er Lothar jemals für alles danken?

In den Tagen nach Papas Tod hatte er sich um alles gekümmert, ihnen die Presse vom Leib gehalten und den Haushalt geschmissen.

Lothar hatte selbst keine Familie mehr. Seine Frau und seine Tochter waren vor mehr als zwanzig Jahren bei einem Wanderunfall in den bayerischen Alpen ums Leben gekommen. Seitdem hatte er sich in die Arbeit gestürzt, und die Janssens waren praktisch zu seiner Ersatzfamilie geworden.

Janosch betrachtete seine Mutter. Das bläuliche Flackern des Fernsehers leuchtete ihre erschöpften Züge aus. Janosch mochte diese Momente, weil er sich sicher sein konnte, dass Mama gerade garantiert nicht von ihren Ängsten heimgesucht wurde.

Papa war ihr Anker gewesen. Der Mann, mit dem sie eine Existenz aufgebaut und ein Kind großgezogen hatte. Mit seinem Tod war jeglicher Halt, jeglicher Alltag weggebrochen.

Die grausamen und plötzlich hereinstürzenden Ereignisse des Frühjahrs 2009 hatten ihre Angstattacken ausgelöst.

Janosch war damals so sehr mit sich selbst beschäftigt gewesen, dass er den Zustand seiner Mutter gar nicht richtig wahrgenommen hatte. Etwas, wofür er sich inzwischen furchtbare Vorwürfe machte.

Er hatte nur noch aus Grimmbach fortgewollt, hatte alles andere ausgeblendet, das Jahr Neuseeland war eine Flucht gewesen. Vielleicht auch unbewusst die Flucht vor der Verantwortung, sich um seine Mutter zu kümmern.

»Die sollten das alles einfach auf sich beruhen lassen, das mit der Matilda und deinem Vater. Das bringt doch jetzt keinem mehr etwas«, meinte Lothar und starrte unbewegt auf den Fernsehbildschirm, auf dem stumm die Nachrichten liefen. »Das hat dein Papa nicht verdient, dass das alles noch mal ans Licht gezerrt wird. Das haben wir alle nicht verdient. Ich weiß noch, wie zerstört und verzweifelt er in den letzten Tagen gewesen ist. Wie oft ich irgendwelchen Fusel bei ihm gefunden habe. Ich hätte es kommen sehen sollen, vor allem, nachdem er dieses furchtbare Verhör mit der Quester hatte. Ich sag's dir, Junge, diese Frau hat ihn überhaupt erst dazu getrieben. Sie trägt die größte Verantwortung für seinen Tod.«

»Du hättest es nicht verhindern können«, sagte Janosch, »niemand von uns hätte es verhindern können.«

Das war zumindest das, was er sich seit Jahren einredete, um irgendwie weiterleben zu können.

Lothar und ihn verknüpfte eine tragische Symmetrie mit dem Tod seines Vaters: Lothar war der Letzte gewesen, der Harald Janssen lebend gesehen hatte. Und Janosch war der Erste gewesen, der ihn tot aufgefunden hatte.

Einen flüchtigen Moment lang schaute er Lothar von der Seite an. Warum sprach er sich so sehr dagegen aus, dass der Fall noch mal neu aufgerollt wurde?

...

3:29 Uhr.

Janosch fand nicht in den Schlaf.

Seit Stunden wälzte er sich hin und her, seine Bettdecke schon ganz zerwühlt.

Er drehte den Wecker um, damit seine roten Leuchtziffern ihn nicht länger mit den dahinschwindenden Nachtstunden konfrontierten.

Eigentlich hatte er seine Einschlafprobleme wieder recht

gut im Griff gehabt. Sie waren nach dem Tod seines Vaters entstanden, und in den schlimmsten Phasen hatte er nächtelang keine einzige Sekunde Schlaf abbekommen.

Meistens war er irgendwann frustriert aus dem Bett gestiegen, hatte Sachen im Haushalt erledigt, sich durch diverse Fantasy-Reihen gelesen oder für sein Studium gelernt. Alles Mögliche hatte er versucht, um endlich zuverlässig abschalten und wegdämmern zu können: Schlaftherapie, Melatonin-Einnahme, Gewichtsdecken und vieles mehr. Aber nichts hatte wirklich dabei geholfen, das Gedankenkarussell in seinem Kopf zum Stillstand zu bringen.

Janosch schüttelte noch einmal sein Kissen aus und drehte es um, damit er auf der kühlen Seite liegen konnte.

Die vielen Bilder und Eindrücke des vergangenen Tages liefen vor der Schwärze seiner geschlossenen Lider ab. Vor allem ein Anblick ließ ihn nicht mehr los: Matildas zerfallenes Gesicht unter der Wasseroberfläche des Moorsees, so vertraut und doch so völlig fremd.

Er setzte sich auf und schaltete seine Nachttischlampe ein. Es half nichts. Er kam einfach nicht zur Ruhe.

In einer der Kommoden standen noch Aktenordner und Schnellhefter mit seinen alten Schulsachen. Er hatte sich vorgenommen, sie irgendwann einmal durchzuschauen und auszusortieren.

Wahllos zog er einige Ordner heraus, blätterte die Papiere durch, blieb kurz mit seinem Blick an alten Zeugnissen und Klassenarbeiten hängen. Wo war die Abizeitung?

Er entdeckte sie schließlich zwischen einem Stapel alter Comichefte.

Mit angehaltenem Atem schlug er sie auf.

Damals hatte sich das Zeitungskomitee lange nicht entscheiden können, wie es mit der Causa Matilda Nolte umgehen sollte. Sie hatte als vermisst gegolten. Man hatte eine Art von Gedenkseite gestalten wollen, allerdings sollte sie nicht zu endgültig herüberkommen, sollte auf gar keinen Fall wie eine Traueranzeige wirken.

Herausgekommen war eine (zumindest Janoschs Meinung nach) etwas missglückte, nichtssagende Botschaft: *In Gedanken sind wir bei dir* stand in großer schwarzer Schrift über einem Schwarz-Weiß-Porträtfoto von Matilda. Darunter waren die eingescannten Unterschriften von allen aus ihrem Jahrgang.

Das Bild zeigte Matilda im Urlaub. Janosch hatte nie herausgefunden, wo es aufgenommen worden war. Palmenblätter hingen ins Motiv hinein. Im Hintergrund ließ sich eine Strandpromenade erahnen. Matilda trug ein Jeanshemd mit hochgekrempelten Ärmeln und lächelte breit und strahlend und sommersprossenbesprenkelt in die Kamera. Ihr Nasenpiercing funkelte in der Sonne, ein kleiner silberner Stecker, ein Detail, das er für immer mit ihr verband. Wann immer er bei jemandem so ein Piercing entdeckte, er musste unweigerlich an sie denken.

In den Monaten vor ihrem Verschwinden war Matilda nicht in einer Beziehung gewesen. Ihren Ex-Freund – einen furchtbaren Typen aus Fulda, bei dem Janosch nie verstanden hatte, was sie an ihm gefunden hatte – hatte sie zuvor bei einer Halloweenparty abserviert.

Viele der Jungs in der Oberstufe hatten sich Hoffnungen

gemacht, bei ihr landen zu können. Janosch war einer von ihnen gewesen.

Selbstverständlich hatte es jede Menge Gerüchte gegeben, dass sie mit diesem oder jenem angebandelt hatte, aber Janosch hatte nie etwas davon geglaubt.

Inzwischen schaute er mit einem traurigen, aber nachsichtigen Lächeln auf seine damalige Matilda-Obsession zurück. Er hatte sie auf ein Podest gestellt, hatte in seinem Kopf ein Idealbild von ihr erschaffen.

Was weißt du eigentlich wirklich über sie?, fragte er sich.

Er wusste lediglich, dass es damals an Silvester im Jugendhaus Grimmbach einen kurzen Moment zwischen ihnen gegeben hatte, in dem alles möglich gewesen zu sein schien.

...

Janosch fand Matilda draußen hinter dem Jugendhaus.

Das neue Jahr war schon fast zwei Stunden alt. Ab und an schraubten sich noch vereinzelte Feuerwerkskörper heulend in den wolkenverhangenen Nachthimmel, aber die meisten hier in Grimmbach hatten schon ihre Munition verballert und widmeten sich wieder dem Trinken und Tanzen.

Auf dem kleinen Rasenstück lagen leere Sektflaschen und die Überreste von Raketenbatterien, Böllern und Wunderkerzen. Ein Schlachtfeld, dessen ganzes Ausmaß erst im grauen, nüchternen Morgenlicht ersichtlich sein würde.

Die Luft war schneidend kalt, durchsetzt vom beißenden Geruch nach Schwefel. Janosch ließ eine Spur dicker Atemwolken hinter sich, als er über das feuchte Gras stapfte.

Matilda saß auf einer der Schaukeln des kleinen Spielplatzes. Sie hielt die beiden Ketten umfasst und tänzelte mit den Spitzen ihrer Vans über den Kies, sodass sie leicht hin und her schwang.

»Ist's okay, wenn ich mich dazusetze?«, fragte Janosch zögerlich.

Sie schaute über ihre Schulter. Ihre grünen Augen schimmerten – sie war einer der wenigen Menschen, bei denen er sich bewusst die Augenfarbe gemerkt hatte. Ihr Blick war glasig. Wie betrunken war sie? Sie hob die Mundwinkel. »Klar doch!«

Ihre Stimme war klar, kein Lallen, kein Stottern. Nichts an ihr ließ vermuten, dass sie vielleicht zu viel Alkohol intus hatte.

Janosch hockte sich auf die Schaukel neben ihr und nahm mit seinen Beinen etwas Schwung. »Ich habe ewig nicht mehr geschaukelt.«

»Das solltest du ab und an mal ausprobieren. Ich mache es supergern. Ich schwinge so hoch, wie ich kann. Bis ich fast das Gefühl habe, dass ich mich bald überschlage. Sorgt dafür, dass ich den Kopf freibekomme.«

Eine Weile saßen sie nur schweigend nebeneinander. Irgendwo heulte die Sirene eines Rettungswagens, von drinnen drangen schnelle Bässe.

»Hast du Vorsätze für das neue Jahr?«, fragte Janosch. Etwas Besseres wollte ihm nicht einfallen.

»Mit dem Trinken aufhören hat jedenfalls schon mal nicht geklappt.« Schmunzelnd hob sie die Flasche Beck's aus dem Kies und nahm einen Schluck. »Also im Ernst: Wenn wir mit der Schule durch sind, will ich erst einmal ein Jahr nach Australien. Work & Travel. Ich weiß, das ist voll das Klischee. Aber Australien ist nun mal der Ort, der am weitesten von hier entfernt ist.«

»Ich find's voll cool. Ich hatte mir auch vorgenommen, vielleicht nach Neuseeland zu reisen.«

»Ha, dann kann ich dich ja mal von Down Under aus besuchen.« Sie knuffte ihm kurz gegen den Oberarm. Eine beiläufige Geste, die er jedoch mehr als deutlich wahrnahm.

»Das … das wäre cool«, sagte er mit trockenem Mund.

»Neuseeland, das ist, weil du auch so ein großer Herr-der-Ringe-Fan bist, oder? Da haben sie doch die Filme gedreht.«

Janosch spürte, wie ihm das Blut in den Kopf schoss. Zum Glück war es so dunkel. Oh Gott, davon hatte sie gehört? Eigentlich stand er immer zu seiner Fantasy-Leidenschaft, aber vor ihr war es ihm peinlich, und er kam sich vor wie ein uninteressanter Nerd.

»Ja, stimmt«, sagte er schwach.

»Ich habe noch nicht einmal die Filme gesehen, muss ich gestehen. Aber ich kann das total nachvollziehen – diese Sehnsucht nach fremden Welten, nach einer anderen Realität. Hier wegzukommen.«

»Wirklich?«

Sie gluckste. »Würde ich es dir sonst erzählen? Ich bin im Literaturklub bei Herrn Richter, da lesen wir nur leider gar keine Fantasy. Vielleicht könntest du mir ja mal eines der Bücher ausleihen.«

Janosch konnte seine Aufregung kaum verbergen. »Oh ja, klar, gerne, ich bringe dir mal den Hobbit in der Schule vorbei.«

»Oh, das wäre super! Weißt du, das klingt jetzt seltsam, aber ich habe so eine Art Schrein. Davon weiß kaum jemand. Ein kleines Versteck hinter einem losen Stück Wandverkleidung. Darin sammle ich alles, das mir irgendetwas bedeutet. Hauptsächlich Dinge rund ums Fernweh, eine kleine Zitatesammlung. Vielleicht schaffen es ja auch ein paar Passagen aus dem Hobbit da rein.«

»Da gibt es auf jeden Fall ein paar.«

Von drinnen erklangen Rufe. Eine ihrer Freundinnen stand in der Tür. »Hey, Tilda! Kommst du!? Wir wollen weiter!«

»Ich schätze, ich muss los.« Matilda schwang sich von der Schaukel.

Bevor sie ging, stellte sie sich noch vor Janosch, umfasste ihrerseits die Kettenglieder seiner Schaukel.

»Das hat gutgetan«, sagte sie. »Du solltest beim FBI Verhöre leiten oder so. Du sorgst dafür, dass ich Dinge erzähle, die ich sonst niemandem erzähle. Das … das ist bemerkenswert.«

»Vielleicht bin das auch nicht ich, sondern das Bier«, scherzte er. Das Herz pochte ihm bis zum Hals. Warum musste sie gehen? Warum schon jetzt? Er hatte das Gefühl, dass sie noch bis zum Morgengrauen hätten weiterreden können.

Sie lachte. Ihre Hand wanderte die Schaukelkette herunter und strich kurz über seine.

»Frohes neues Jahr!«, sagte sie.

• • •

Janosch schlug die Abizeitung zu.

Natürlich!, ging es ihm durch den Kopf.

Er musste zu Matildas Eltern, er musste in ihr altes Kinderzimmer. Womöglich gab es dieses Versteck noch immer, und es war über die Jahre hinweg unentdeckt geblieben.

Die plötzliche Erinnerung elektrisierte ihn so sehr, dass an Schlaf endgültig nicht mehr zu denken war. Stattdessen stand er auf, machte den Abwasch, setzte Teewasser auf und las schließlich die alten Zeitungsartikel über Matilda Noltes Verschwinden:

SOKO-Leiterin Diana Quester: »Beweislage lässt nur eine
Schlussfolgerung zu.«

Brutaler Blumenhändler? Hauptverdächtiger in Vermisstenfall
Harald J. stundenlang im Polizeipräsidium Fulda

Diana Quester: »Staatsanwaltschaft bereitet Anklage vor.«

War es Suizid? Harald J. tot aufgefunden

Mit jeder Schlagzeile und jedem Artikel verdichtete sich die Wut in Janoschs Bauch noch mehr, bildete einen bleiernen, eiskalten Klumpen.

Sie haben dich nicht in Ruhe gelassen, Papa, sie haben dir einfach keine Chance gegeben.

Er goss sich gerade neuen Tee auf, als seine Mutter die Treppe herunterkam. Sie trug noch ihr Nachthemd, und die Haare standen ihr wirr in alle Richtungen ab.

»Och, Janosch, du bist ja schon wach!«, sagte sie besorgt. »Wieder die Schlafprobleme?«

Er nickte. »Das hat mich gestern alles ziemlich mitgenommen.«

»Dann melde dich doch krank. So völlig übermüdet solltest du nicht mit dem Auto fahren.«

»Das geht schon, Mama.« Er holte eine zweite Tasse aus dem Oberschrank. »Möchtest du auch einen Tee? Oder lieber Kaffee?«

»Kaffee, dein Tee ist mir zu stark.«

»Kommt sofort.«

Er lächelte. Sie schien heute einen guten Tag zu haben, war klar und ansprechbar. Er setzte einen Filterkaffee auf, dann schaute er auf die Küchenuhr.

Viertel vor sieben. Es war zumindest einen Versuch wert,

bei Tarek anzurufen. Mit dem Handy am Ohr ging er ins Wohnzimmer und tigerte vor der altmodischen, dunklen Schrankwand auf und ab.

Es klingelte und klingelte.

Sein Blick blieb an einem Foto von ihm und seinen Eltern auf seiner Konfirmationsfeier hängen. Sein Vater hatte den massigen Arm um seine Schultern geschlungen und grinste stolz, seine Mutter lächelte wie immer etwas vorsichtig – als könne jederzeit ein unvorhersehbares Unheil hereinbrechen.

Janosch erwartete schon die Mailbox, als Tarek doch noch abnahm.

»Was ist denn in dich gefahren?«, rief sein Kollege. »Du hast mich im Bad erwischt. Ich muss aufpassen, dass ich das Handy nicht mit Rasierschaum vollschmiere.«

»Sorry, dass ich mich so früh melde, aber ich brauche deine Hilfe.«

»Alles, was du brauchst, mein Lieber.«

»Du musst mich decken. Ich komme heute etwas später rein, ich habe noch etwas zu erledigen.«

»Sag doch, du musst zum Arzt.«

»Das ist leider nicht so einfach. Ich erkläre es dir später.«

»Kein Ding, ich lasse mir eine gute Story einfallen.«

Janosch steckte sein Handy weg und kehrte ins Wohnzimmer zurück, wo seine Mutter gerade ihr Pillendöschen durchsuchte.

»Oh, ich glaube, ich habe nicht mehr genug Adumbran. Könntest du vielleicht nachher kurz bei Frau Dr. König vorbeifahren und mir das neue Rezept abholen? Ich hatte da schon gestern kurz angerufen. Natürlich nur, wenn es dir keine Umstände macht.«

»Klar, Mama!«

»Du bist ein Schatz.«

Er gab ihr einen flüchtigen Schmatzer auf die Schläfe und zog sich hastig Lederjacke und Stiefel an. Jetzt musste Tarek ihm noch ein paar Minuten länger den Rücken freihalten.

Von seinem Elternhaus waren es nur ein paar Autominuten bis zur Praxisgemeinschaft von Dr. Nadine König. Die Allgemeinmedizinerin war schon seit Jahrzehnten die Hausärztin seiner Familie und kannte Janosch von klein auf. Er war ein kränkliches Kind gewesen. Impfungen, Masern, Angina, Gürtelrose, Windpocken, die schwere Grippe in der neunten Klasse – die Ärztin mit der sachten Stimme und dem Silberblick hatte ihm bei allem beigestanden.

Die Praxis lag im Erdgeschoss eines unscheinbaren Klinkerbaus mit Flachdach. Die Deko-Vogelscheuchen aus Keramik, die auf den Eingangsstufen saßen, waren immer noch dieselben wie in seiner Jugend.

Janosch drückte die Türklingel, kurz darauf brummte das Türschloss, und er lief über die blank gebohnerten Natursteinfliesen des Hausflurs zur Praxis.

Es war noch wenig los. Im Wartezimmer hinter den Glasbausteinen saßen nur drei versprengte Patienten, niemand stand am Empfangstresen. Von irgendwoher drang gedämpftes Husten. Der Herbst war bislang mild gewesen, der Start der Erkältungssaison schien noch bevorzustehen.

»Janosch Janssen«, stellte er sich der älteren Sprechstundenhilfe vor. »Ich bin hier, um ein Rezept für meine Mutter abzuholen – Susanne Janssen. Adumbran. Sie hatte vorher angerufen.«

Über ihre halbmondförmigen Brillengläser hinweg schaute die Frau ihn durchdringend an. »Ach – ja, klar! Der kleine Janssen.«

Sie hackte mit ihren rot lackierten, langen Fingernägeln auf der mechanischen Cherry-Tastatur herum. Nur zu gut konnte Janosch sich vorstellen, wie sie später ihren Nachbarinnen oder Freundinnen von dieser Begegnung erzählen würde: *Ich hatte den Sohn von den Janssens bei uns in der Praxis … ja, schlecht sah der aus … Jetzt taucht diese Tote im Sumpf auf. Was das wohl mit ihm macht. Und seine Mutter erst, die Ärmste ist auch nicht zu beneiden …*

Als der Drucker gerade ratternd das Rezept ausspuckte, kam eine junge Frau im weißen Kittel aus dem Labor. Sie trug Mom-Jeans und einen beigen Cardigan. Ihr blondes, bauschiges Haar hatte sie zu einem Pferdeschwanz zurückgebunden, ihr fein gezeichnetes, blasses Gesicht kam Janosch vage bekannt vor.

Sie legte ein Klemmbrett auf dem Tresen ab und schaute kurz zu ihm auf. Ihre Augenbrauen schossen in die Höhe. »Janosch? Bist du das?«

Er blinzelte irritiert, versuchte, sich an sie zu erinnern.

»Helen Quester!«, rief sie und setzte ein nachsichtiges Lächeln auf. »Bald vielleicht schon Dr. Quester.«

Natürlich! Helen war früher auch in seiner Stufe gewesen. Jetzt erkannte er sie. Und entdeckte in ihren Zügen auch ihre Mutter wieder – Diana Quester. Wo die kantigen Wangenknochen bei der Kriminaloberrätin für eine gewisse Härte sorgten, verliehen sie ihrer Tochter lediglich eine ätherische Eleganz. Es sind die Augen, dachte Janosch. Sie waren nicht so stechend und durchdringend wie die von Diana Quester – zwar auch wachsam, aber eher auf eine besorgte, zugewandte Art.

Es war seltsam, jemandem mit dem Nachnamen Quester gegenüberzustehen und nicht gleich einen Fluchtinstinkt in sich zu spüren.

»Meine … meine Mutter hatte gar nicht gesagt, dass du jetzt hier bist«, sagte er.

Er biss sich auf die Unterlippe. Wie blöd klang das denn! Das hörte sich so an, als würde er seiner Mutter vorwerfen, ihn nicht vorgewarnt zu haben.

»Ich bin hier als Assistenzärztin, während ich noch an meiner Promotion arbeite. Ich habe in Marburg studiert, ich war schon immer sehr heimatverbunden«, erklärte sie. Selbst beim Sprechen schien sie zu lächeln. »Ich habe gehört, dass du wieder da bist. Wie geht's dir?«

»Na ja, ich bin nicht ganz so heimatverbunden wie du. Ich habe auch eigentlich nicht vor, lange in Grimmbach zu bleiben.«

»Und ich kann mir vorstellen, dass meine Mutter dir das Leben auch nicht gerade einfacher macht. Nach allem, was passiert ist.« Sie lachte. »Eigentlich haben wir eine Menge zu bereden. Das sollten wir mal in Ruhe machen. Was denkst du?«

Janosch war so perplex, dass er nur einen unzusammenhängenden Phrasencocktail hervorbrachte. »Ja, sicher!«, »Ich muss los!« und: »Bestimmt, klar.«

Als er schon in Richtung Tür lief, rief ihm die Sprechstundenhilfe nach: »Herr Janssen, Sie haben das Rezept vergessen!«

· · ·

Auf der Autofahrt versuchte Janosch, seine widerstreitenden Gefühle zu ordnen – in seinem übernächtigten Zustand ein mentaler Kraftakt.

Mit Helen Quester hatte er in seiner Schulzeit nie sonderlich viel zu tun gehabt. Hier und da mal ein paar nette Worte gewechselt, mehr nicht. Sie hatten kaum Kurse gemeinsam gehabt und waren in unterschiedlichen Freundeskreisen gewesen. Helen hatte sich immer sehr auf die Schule konzentriert. Von Anfang an war es ihr erklärtes Ziel gewesen, Medizin zu studieren.

Und jetzt? Hatte Helen ihn mit ihrer Frage nach einem Treffen zu einem Date eingeladen? Oder interpretierte er da jetzt zu viel hinein?

Ihm war vor Aufregung noch so warm, erst jetzt bemerkte er, dass er gar nicht die Heizung im Škoda angeschaltet hatte.

Er drehte sie auf und stellte auch gleichzeitig das Radio lauter. Verkehrsnachrichten. Eine Wortwolke aus Stau, Verzögerungen, Geisterfahrer, Vollsperrung.

Im Umgang mit Frauen seines Alters – vor allem, wenn er sich zu ihnen hingezogen fühlte – verhielt er sich immer etwas zu linkisch und ungeschickt. Er war ein Spätzünder gewesen, hatte seine Jungfräulichkeit erst in seinem Auslandsjahr in Neuseeland verloren. Ein Mädchen aus Marseille, das auf derselben Obstplantage wie er gearbeitet hatte, hatte sich seiner erbarmt (wenn man es so ausdrücken wollte). Ihr Name war Claire gewesen. Ihr Haar hatte nach Äpfeln gerochen, ihre Haut nach Sonnencreme.

Vielleicht waren noch nicht einmal seine Schüchternheit und seine geringe Körpergröße das Problem, sondern dass er immer noch nicht von Matilda loslassen konnte. Was ist eigentlich verkehrt mit dir?, dachte er. Du trauerst auch jetzt noch einem toten Mädchen hinterher, das nie wirklich was von dir gewollt hat.

. . .

Die Noltes wohnten am Rande von Grimmbach. Zumindest hatten sie das in der Zeit getan, als Matilda verschwunden war. Janosch hoffte, dass sie nicht weggezogen waren, sonst wäre sein Plan spätestens beim Blick auf das Klingelschild zunichte.

Auf der ruhigen Stichstraße herrschte noch morgendlicher Frieden. Nur die Postbotin schob ihr quietschendes Lastenfahrrad über den Bürgersteig. Doppelhaushälften mit Klinkerfassaden reihten sich aneinander. Die Rasenflächen waren akkurat gemäht, die Carports frisch lackiert und die Fußwege – wahrscheinlich unter dem Einsatz von Laubbläsern – von Blättern befreit. An einem Mast in einem der Gärten hatte jemand eine Eintracht-Frankfurt-Flagge gehisst.

Einzig die Hausnummer 34 fiel aus dem Raster des deutschen Kleinstadt-Idylls. Der Vorgarten des weiß getünchten

Flachdach-Bungalows war völlig überwuchert, ein einziges Gestrüpp aus wilden Rosen, knorrigen Baumgerippen und dichten Sträuchern, die in alle Richtungen sprossen. Lange Reihen bunter tibetischer Gebetsfahnen hingen in den Zweigen und flatterten im Wind.

Janosch parkte direkt vor dem Grundstück und stieg aus. Als er auf halbem Weg durch den Garten war, ging bereits die Haustür auf.

Matildas Mutter blickte ihm entgegen, einen Bademantel um ihren schlanken Körper geschlungen. Er kannte ihr Erscheinungsbild noch von diversen Zeitungsfotos und von ihrem Auftritt bei *Aktenzeichen XY: ungelöst*, aber mit der Frau aus diesen Aufnahmen hatte sie nur noch wenig gemeinsam. Nur allzu deutlich hatten die letzten Jahre ihre Spuren hinterlassen. Eigentlich müsste sie weit größer sein als Janosch, aber ihr Rücken war so krumm und gebeugt, dass sie mit ihm auf Augenhöhe war. Ihr Haar war grau geworden, außerdem war ihre Brille neu. Er suchte nach Ähnlichkeiten zu Matilda und fand sie schließlich bei den hellgrünen, funkelnden Augen.

»Janosch? Du?« Ihre Stimme ein erstauntes Krächzen.

Sein Herzschlag beschleunigte sich. Er bohrte seine Fingernägel in die Handinnenflächen. Irgendwie musste er hier jetzt durch. Er holte tief Luft.

»Frau Nolte, ich …«

»Du bist doch jetzt bei der Polizei, oder?«, unterbrach sie ihn und fuhr fort, ohne seine Antwort abzuwarten: »Geht es um die Leiche, die im Moor gefunden worden ist? Es ist Matilda, oder? Bist du hier, um uns das zu sagen?«

Janosch beschlich das Gefühl, dass das hier eine ganz schlechte Idee gewesen war. Aber auf genau diese Unterhaltung hatte er sich eingestellt. Wenn sie ihn nur endlich mal zu Wort kommen ließe!

»Hören Sie, ich arbeite nicht offiziell an dem Fall. Und es ist noch nicht klar, ob es sich bei der Toten um Matilda handelt. Mir ist nur etwas eingefallen, das ich gerne überprüfen würde. Etwas, das Matilda mal gesagt hat.«

Sie runzelte die Stirn. »Und was soll das sein?«

»Lassen Sie mich rein, dann erkläre ich es Ihnen.«

Einige Momente lang zögerte sie, dann stemmte sie die Tür ganz auf. »Komm!«

Er schluckte. Mit der Türschwelle überschritt er auch gleichzeitig eine absolute Grenze. Er ermittelte auf eigene Faust und suchte sogar Zeugen auf. Würde Kriminaloberrätin Quester das jemals erfahren, sie würde ihn wahrscheinlich vor dem Polizeipräsidium lynchen lassen.

Im Haus der Noltes roch es nach Räucherstäbchen und altem, feuchtem Holz. Matildas Mutter führte ihn ins Wohnzimmer, wo jede Menge Traumfänger von den Fenstern hingen. Astrologische Schaubilder bedeckten die Wände, in einer Ecke standen afrikanische Holzfiguren mit lang gezogenen Gliedmaßen.

Kurz erinnerte er sich daran, was Donny ihm gestern Abend gesagt hatte: *Die Noltes waren ja schon immer ein bisschen in der Esoterik-Ecke unterwegs gewesen, aber seit ihrem Verschwinden sind die beiden völlig abgedriftet …*

Auf einem in die Jahre gekommenen Klavier stand ein Bild von Matilda in einem opulenten goldfarbenen Rahmen.

Es war das gleiche, das auch in der Abizeitung abgedruckt worden war. Allerdings in Farbe und nicht in Schwarz-Weiß.

Matildas Mutter bemerkte seinen Blick.

»Ich wollte nie ein Schwarz-Weiß-Bild von ihr hier haben«, sagte sie. »Das habe ich sowieso nie verstanden. Die Menschen sterben, und dann nimmt man auch noch all ihren Fotos die Farbe und Wärme.«

Janosch dachte an seinen Papa und pflichtete ihr innerlich bei. Sie beide hatten einen großen Verlust hinnehmen müssen. Die Noltes hatten ihre Tochter verloren, er seinen Vater.

Im Gegensatz zu so vielen anderen in Grimmbach hatten sich Matildas Eltern nie den Anschuldigungen gegen seinen Vater angeschlossen, hatten sich nie zu den Ermittlungen geäußert.

Allein deswegen hatte Janosch es überhaupt gewagt, hierherzukommen.

»Ludger ist gerade bei einer Schülerin. Ich hoffe, ich kann dir auch allein weiterhelfen.«

Ludger Nolte arbeitete als Musiktherapeut, soweit Janosch informiert war. Seine Frau hatte mal einen Laden für Töpferware gehabt, den sie allerdings kurze Zeit nach Matildas Tod aufgegeben hatte. Welcher Tätigkeit sie inzwischen nachging, wusste er nicht.

»Weißt du eigentlich, warum das Rote Moor so genannt wird?«, fragte Frau Nolte mit einem Mal.

Janosch zuckte mit den Schultern. »Ich habe immer geglaubt, der Name käme durch das rote Heidekraut, das dort wächst.«

»Das denken die meisten«, sagte sie, »aber in Wirklichkeit gibt es noch einen anderen Grund. Aus alten Legenden und Sagen.«

Er legte den Kopf schief.

Sie sprach weiter: »Vor langer Zeit soll ein ganzes Dorf im Moor versunken sein. Doch drei Mädchen aus dem versunkenen Dorf kehrten jedes Jahr zurück und besuchten die Feste der umliegenden Dörfer. Jahr für Jahr gesellten sie sich zu den Tanzenden, aber sie durften niemals länger als bis Mitternacht bleiben, dann verschwanden sie wieder im Moor. In einer dieser Festnächte verguckten sich ein paar Dorfjungen in sie. Als es Mitternacht schlug, folgten sie den hübschen Jungfrauen ins Moor, aber verloren sie im dichten Nebel. Irgendwann schaute einer von ihnen an sich herunter – und sie erkannten, dass sich das Moor um sie herum blutrot verfärbt hatte.« Frau Nolte seufzte, wobei sich ihr gesamter Brustkorb aufbäumte. »Vielleicht ist meine Matilda jetzt auch eine von ihnen.«

Die Noltes hatten immer ihre eigenen Theorien zum Verschwinden ihrer Tochter gehabt. Wahrscheinlich war das auch der Grund dafür gewesen, dass sie sich für die profanen Erkenntnisse der Polizei nie gänzlich interessiert hatten.

Vielleicht hat es ihnen geholfen, dachte Janosch. Vielleicht konnten sie nur so Matildas Verschwinden bewältigen, indem sie die Realität fast vollends ausgeblendet haben.

»Das ist eine interessante Legende«, sagte Janosch vorsichtig. »Der Grund meines Besuchs ist allerdings, dass ich gerne einmal einen Blick in Matildas altes Zimmer werfen würde.«

Verwundert zog sie die Augenbrauen hoch. »Oh, da werde ich dich wohl leider enttäuschen müssen. Es ist überhaupt nicht mehr in demselben Zustand wie damals, wir haben es fast vollständig neu möbliert. Wir ... wir mussten uns diesen Raum zurückerobern, verstehst du? Die Trauer sollte ihn nicht ewig besetzt halten.«

»Um die Möbel geht es mir gar nicht so sehr«, sagte er.

»Na gut, dann komm mal mit.«

Sie führte ihn zurück in den lang gestreckten Flur und lief ihn ganz bis zum Ende durch. Vor einer Tür auf der rechten Seite blieb sie stehen. Einen Moment hielt sie inne, ihr Brustkorb weitete sich. Schließlich umfasste sie die Klinke und drückte die Tür auf.

Kalte, abgestandene Luft drang ihnen entgegen. Janosch meinte, schwach den Geruch von Schimmel wahrzunehmen. In dem ungeheizten Raum standen ein Hometrainer, ein Wäscheständer, bestimmt zwei Dutzend übereinandergestapelte Umzugskisten, mehrere Taschen für Musikinstrumente – unter anderem für ein Cello und für ein Saxofon – und einige anscheinend ausgemusterte Haushaltsgeräte.

»Im Moment ist es eine Abstellkammer, na ja, eher eine Rumpelkammer«, sagte Frau Nolte. »Wir wissen nicht so recht, was wir mit dem Raum anfangen sollen. Ganz normal nutzen wollen wir ihn nicht.« Sie streckte die Hand aus. »Dort hat ihr Bett gestanden, das Fußende Richtung Fenster.«

Sie zeigte auf die holzvertäfelte Wand auf der rechten Seite. Geradeaus waren zwei große Fenster sowie eine Terrassentür, die hinaus in den nicht minder verwilderten Hintergarten führte.

»Auf der Fensterbank hat sie immer mit einem Kissen gesessen und stundenlang gelesen«, sagte Frau Nolte.

»Die Terrassentür«, meinte Janosch, »ist sie auch von außen aufschließbar?«

Sie nickte. »Wenn es bei Matilda später wurde, ist sie nachts auch oft über die Terrasse rein.« Sie blinzelte heftig. »Deshalb haben wir uns in dieser Nacht auch erst einmal nicht viel dabei gedacht, als wir sie nicht heimkommen gehört haben. Das war normal. Bis dann die Polizei anrief …«

»Es tut mir leid, ich will mir gar nicht ausmalen, wie das für Sie gewesen sein muss«, sagte Janosch.

Frau Nolte wischte sich über die Augenwinkel und zog die Nase hoch. »Jetzt bleibt mir nur noch die naive Hoffnung einer Mutter. Nach der *Aktenzeichen*-Sendung und den Zeitungsberichten haben sich Zeugen gemeldet, die meinten, sie irgendwo erkannt zu haben. In Berlin, auf Kreta, in Tschechien … aber wenn ich ehrlich bin, dann habe ich all das nie wirklich glauben können. Ich habe immer gewusst, dass das Moor sie geholt hat.« Sie räusperte sich. »Ich warte kurz vor der Tür, in Ordnung? Lass es mich wissen, falls du etwas findest.«

Er nickte ihr verständnisvoll zu.

Als Frau Nolte zurück in den Flur gegangen war, rief er sich noch einmal Matildas Worte aus der Silvesternacht ins Gedächtnis: »… *ein kleines Versteck hinter einer losen Wandverkleidung* …«

Er rückte den Hometrainer und einige Umzugskisten beiseite und ging vor der Holzwand in die Knie. Nach und nach klopfte er jede einzelne der weiß lackierten Dielen ab, klemmte seine Fingernägel in die Zwischenräume, rüttelte an ihnen, überprüfte, ob eine von ihnen nachgab.

Aber nirgendwo klang es hohl, keine von ihnen ließ sich auch nur ein paar Millimeter bewegen.

Er arbeitete sich weiter die Wand entlang, räumte immer mehr Sachen beiseite und robbte auf dem Laminatboden herum, bis seine Knie ganz verdreckt waren.

Vielleicht befand sich das Versteck gar nicht hier in ihrem Raum, oder es war schon längst entdeckt und geräumt worden. Aber davon hatte er nie etwas in den Fallakten gelesen.

Er war schon kurz davor, aufzugeben, als sich die letzte untere Diele direkt an der Ecke zur Außenwand doch bewegen ließ. Die zwei Nägel, mit denen sie befestigt war, waren lose. Janosch konnte sie mit etwas Geschick herausziehen, und ein wenig Putz bröckelte herunter. Vorsichtig löste er das Brett heraus.

Jegliche Müdigkeit war von ihm abgefallen. Mit pochendem Herzen schaute er in den schmalen Hohlraum – etwa von der Größe eines Schuhkartons –, der zum Vorschein kam. In ihm befanden sich mehrere mit Gummibändern zusammengeschnürte Bücher und ein Brillenetui.

Eine Zeitkapsel aus dem Jahr 2009, eine direkte Verbindung zu Matildas Jugend.

Aus seiner Jackentasche holte er Plastikhandschuhe und einen Beutel für Beweismittel. Als er die Handschuhe übergestreift hatte, nahm er fast ehrfürchtig die Bücher heraus und wischte den Staub von ihnen.

Er schaute die Titel durch. Es waren eine englische Ausgabe von *On The Road* von Jack Kerouac, *Gut gegen Nordwind* von Daniel Glattauer, *Das andere Geschlecht* von Simone de Beauvoir, *Der Joker* von Markus Zusak und *Nachtzug nach Lissabon* von Pascal Mercier, außerdem noch eine ledergebundene Notizkladde.

Kurz legte er die Bücher weg und öffnete das dunkle Brillenetui. Leer. Nur ein zerknülltes Putztuch war darin. Auf der Rückseite war das Logo des örtlichen Optikers. Zumindest schon einmal ein Anhaltspunkt.

Aber soweit er wusste, hatte Matilda niemals eine Brille getragen. Gehörte das Etui überhaupt ihr selbst?

Er wandte sich wieder den Büchern zu, löste das spröde gewordene Gummiband und blätterte durch die vergilbten Seiten der Kladde. Es war eine Sammlung von Zitaten.

»I haven't been everywhere, but it's on my list« – Susan Sontag

»There's nothing like deep breaths after laughing that hard. Nothing in the world like a sore stomach for the right reasons« — Stephen Chbosky, The Perks of Being a Wallflower

Bei einem der letzten Zitate hielt Janosch inne und spürte, wie sein Herz auf die Größe einer Rosine zusammenschrumpfte:

»There is nothing like looking, if you want to find something. You certainly usually find something, if you look, but it is not always quite the something you were after.« – J. R. R. Tolkien, The Hobbit

Sie hatte es gelesen, sie hatte den *Hobbit* tatsächlich gelesen! Aber davon durfte er sich jetzt nicht ablenken lassen. Er blätterte weiter durch das Buch, aber außer Textpassagen ließ sich nichts in ihm finden. Keinerlei Hinweise auf Orte, Personen oder Zeiten.

Allmähliche Ernüchterung machte sich in ihm breit.

Sollte dieser atemberaubende Fund am Ende keine neuen Hinweise liefern?

Er wandte sich den weiteren Büchern zu. Als er *Nachtzug nach Lissabon* aufschlug, fiel ein zusammengefaltetes DIN-A4-Blatt heraus. Darauf standen eng geschriebene Zeilen winziger blauer Kugelschreiber-Buchstaben, so fest auf das Papier gedrückt, dass man die Reihen auch einfach hätte ertasten können:

Meine liebe Matilda,

du liebst die Bücher, die wir durchgehen, genauso sehr wie ich. Deine Gedanken zu Kerouac und Arundhati Roy haben mich noch lange beschäftigt und fasziniert.

Deshalb hoffe ich, dass dir auch dieses hier gefallen wird. Auch wenn es, zugegeben, die Geschichte eines alten Mannes ist, so musste ich bei Nachtzug nach Lissabon doch sofort an deine Reisepläne denken, von denen du so oft erzählst. Besonders ein Zitat aus dem Buch ist bei mir hängen geblieben:

»Unser Leben, das sind flüchtige Formationen aus Treibsand, von einem Windstoß gebildet, vom nächsten zerstört. Gebilde aus Vergeblichkeit, die verwehen, noch bevor sie sich richtig gebildet haben.«

Das Leben ist kurz und vergänglich, deshalb will ich nicht länger damit warten. Lass uns über dieses Buch sprechen. Und über tausend andere. Lass uns uns noch einmal bei mir zu Hause treffen, so wie damals.

Voller Hoffnung auf deine Antwort,
dein B.

Als Erstes erkannte Janosch die mikroskopisch kleine Schrift wieder, dann den melodramatischen Schreibstil und schließlich das Namenskürzel »B«.

Er konnte nicht fassen, was er gerade gelesen hatte.

Hatte wirklich Björn Richter diesen Brief verfasst?

Er war Deutsch- und Englischlehrer in ihrer Stufe gewesen, außerdem Leiter des Literaturclubs und verheiratet, soweit Janosch wusste.

Das änderte alles. Wann war dieser Brief geschrieben worden? Was war danach passiert? Und gab es noch mehr von ihnen?

Wut brodelte in ihm auf. Warum war das nicht schon längst entdeckt worden? Wie wären die Ermittlungen dann verlaufen?

Sorgsam faltete er die Seite wieder zusammen und steckte sie in den Beweisbeutel. Er musste sofort ins Präsidium.

BRÖCKELNDE BILDER

6. Oktober 2018

Die Mitglieder der neu gegründeten SOKO *Rotes Moor* dräng-
ten sich in den Besprechungsraum. Diana Quester stand mit
verschränkten Armen neben dem Whiteboard und wartete
darauf, dass Ruhe einkehrte.

Frank Nehring wollte den Beamer anwerfen, aber Diana
hielt ihn mit einem Kopfschütteln zurück. Die Kollegen sollten selbst merken, dass ihre Chefin auf sie wartete.

Sie ließ den Blick über die Anwesenden schweifen. Ein
schlagkräftiges, gutes Trüppchen hatten sie in der kurzen
Zeit zusammengestellt, eine passende Kombination aus
kompetenten alten Hasen und jungen, motivierten Kollegen
am Anfang ihrer Laufbahn. Ihr persönlich war der Männer-
anteil etwas zu groß, aber der Personalschlüssel gab leider
nicht viel anderes her.

Die meisten bemerkten, dass Diana sie beobachtete, und
verstummten teilweise inmitten eines Satzes. Ein Oberkom-
missar stellte seinen Kaffeebecher weg, den er gerade erst
zum Mund geführt hatte.

Schweigen legte sich über die Gruppe, und Diana spürte,
wie sich alle Augenpaare auf sie richteten. Die Erwartung

und Aufmerksamkeit machten sie nicht im Ansatz nervös, ganz im Gegenteil. Beinahe genoss sie es schon. Sie hatte die Kontrolle über diesen Raum und diese Situation. Ihr Herzschlag ging ganz ruhig, zum ersten Mal seit dem Fund im Moor. Die Routinen, Abläufe und Hierarchien ihrer Arbeit – sie gaben ihr Halt.

»Meine Damen und Herren, ich begrüße Sie in der SOKO *Rotes Moor*«, sagte sie nach dieser bedacht gesetzten Pause. Jetzt nickte sie Nehring zu, und er schaltete den Beamer ein. »Lassen Sie uns keine Zeit verlieren.«

Auf dem Whiteboard erschien das Porträtfoto von Matilda Nolte.

Aufgeregtes Gemurmel.

»Also stimmt es!«, raunte ein Kollege in der vordersten Reihe seinem Nebenmann zu.

Diana ließ diese erneute Woge der Unruhe abebben, dann fuhr sie fort: »Inzwischen konnten wir die Tote, die gestern Morgen im Moorsee des Biosphärenreservats Rotes Moor entdeckt worden ist, zweifelsfrei als die Vermisste Matilda Nolte identifizieren.«

Auf der nächsten Folie war die Solarlampe aus dem Moorsee aus verschiedenen Perspektiven abgebildet, daneben standen Produktname und -beschreibung. »Das ist die Leuchte, mit der uns eine bislang unbekannte Person offensichtlich zur Leiche führen wollte. Erste Recherchen haben leider ergeben, dass es ein sehr geläufiges Modell ist, das praktisch in jedem Baumarkt zu finden ist. Auch ein genaues Herstellungsdatum konnten wir bislang nicht ausmachen.«

Die Präsentation wechselte zur nächsten Folie und zeigte

nun Bilder des Leichnams auf dem Seziertisch, darunter auch eine Nahaufnahme der Einstichwunden im Bauchraum. In der Stille, die nun in dem Besprechungsraum herrschte, hätte man einen Trauergottesdienst abhalten können.

»Der Tod trat durch massiven Blutverlust und/oder multiples Organversagen ein. Tiefe und Beschaffenheit der Wunden stimmen mit der mutmaßlichen Tatwaffe überein, die wir 2009 im Waldstück nahe der Unfallstelle sichergestellt haben.«

Die nächste Folie. Auf ihr war das Gärtnermesser mit dem Griff aus Buchenholz und der gekrümmten Stahlklinge abgebildet.

»Neben Matilda Noltes Blutspuren an der Klinge konnten wir auf dem Griff Fingerabdrücke von Harald Janssen, seinem Sohn Janosch Janssen, der Aushilfe Lothar Malewski und einer unbekannten Person sicherstellen.«

Sie machte ein paar Schritte vor.

»Aber noch einmal zurück zu Frau Nolte. Bei der Obduktion wurde außerdem festgestellt, dass sie im dritten Monat schwanger war.«

Erneut ging erstauntes Raunen durch die Reihen.

Diana hob beschwichtigend die Hände in die Höhe. »Meine Damen und Herren, so aufregend diese Neuigkeit auch ist, sollte sie diesen Raum verlassen und an die Presse dringen, werde ich die verantwortliche Person höchstpersönlich zur Rechenschaft ziehen.«

Schnell herrschte wieder Schweigen. Sehr gut, dachte sich Diana und sprach weiter: »Nach wie vor ist bei Weitem nicht auszuschließen, dass es sich bei dem damaligen Hauptverdächtigen Harald Janssen weiterhin um den Täter handelt. Allerdings eröffnet die Schwangerschaft völlig neue Ermittlungsansätze und lässt womöglich auch ein neues Motiv zu.« Sie machte eine ausschweifende Geste. »Bislang gab es keinerlei Hinweise darauf, dass sich Matilda Nolte in einer romantischen Beziehung befand. Ihr Umfeld machte keine Angaben dazu, dass sie in den letzten Monaten sexuell gewesen ist.«

»Von ihrem damaligen Ex-Freund Dennis Braun hatte sie sich bereits im Oktober des Vorjahres getrennt«, warf Nehring ein, »trotzdem werden wir ihn natürlich noch einmal routinemäßig überprüfen.«

»Es ist nun von oberster Priorität, die Identität des Vaters festzustellen.« Diana verschränkte die Arme vor dem Brustkorb. »Die Rechtsmedizin konnte DNA-Material aus dem Fötus gewinnen. Wir werden es mit den damaligen Hauptverdächtigen abgleichen, außerdem mit allen Sexualstraftätern, die zu dieser Zeit in der Gegend gemeldet oder aktiv gewesen sind.«

Der Beamer wechselte zum nächsten Chart, das ein grobes vorläufiges Organigramm der SOKO zeigte. Diana wollte gerade ansetzen, um die Aufgabenverteilung zu klären, als die Tür des Konferenzraums aufflog.

Niemand anderer als Janosch Janssen trat ein.

Wenn man vom Teufel spricht …, ging es Diana durch den Kopf.

Janssen hatte einen Beweisbeutel dabei, den er vor sich ausgestreckt hielt – beinahe schon in einer triumphierenden Geste. »Frau Quester, ich muss sofort mit Ihnen sprechen!«

Die Ader pulsierte wieder. Sie musste sich zusammenreißen, ihn nicht direkt anzubrüllen.

»Herr Janssen, Sie sehen vielleicht, dass ich gerade etwas beschäftigt bin!?« Ihre Stimme zitterte vor Wut.

Er schaffte es nicht, den Blickkontakt zu ihr zu halten, und begutachtete sein Schuhwerk. Trotzdem knickte er noch nicht ein und sagte mit fester Stimme: »Das kann nicht warten! Es geht um den Fall!«

Nehring schnaubte ungläubig. Die anderen Mitglieder der SOKO starrten Janssen halb amüsiert, halb mitleidig an.

»Was wichtig ist und was nicht, das entscheide, glaube ich, immer noch ich und nicht Sie«, zischte sie. »Und jetzt warten Sie bitte draußen vor der Tür. Wenn ich mit dem Briefing der SOKO durch bin, können wir uns sehr gerne unterhalten.«

...

Er konnte es nicht fassen!

Janosch fiel es immer noch schwer, seine Wut zu zügeln.

Jetzt stand er hier wie ein Hund draußen vor der Tür! Er dachte, er könne der Quester dieses Mal die Stirn bieten, angetrieben von seinem geballten Zorn.

Was hatte er sich nur dabei gedacht? Dass er sie vor versammelter Mannschaft bloßstellen könnte? Beweisen könnte, wie schlampig und oberflächlich 2009 ermittelt worden war?

Er lehnte an der Flurwand gegenüber der Tür des Konferenzraums, die Hände in den Hosentaschen vergraben, und überlegte, ob er noch ein Stoßgebet abgeben sollte.

Von drinnen erklang das kurze Klopfen auf den Tischplatten, dann strömten die Beamten aus der Tür. Selbst die hartgesottenen Routiniers warfen ihm Blicke zu, als wäre er ein Lebensmüder.

Als Vorletzter verließ Nehring das Besprechungszimmer und widmete ihm im Vorbeigehen ein missbilligendes Kopfschütteln.

Dann: Auftritt Diana Quester.

Sie stand breitbeinig im Türrahmen.

»Sie sind ja tatsächlich noch hier«, sagte sie überrascht.

»Haben Sie geglaubt, ich haue ab?«

»Zuzutrauen wäre es Ihnen.«

»Dann kennen Sie mich nicht gut genug.« Er drückte den Rücken durch.

Als Antwort reckte sie nur eine Augenbraue in die Höhe.

»Kommen Sie!« Sie deutete ins Innere des Konferenzraums.

Janosch überquerte mit großen Schritten den Flur. So schnell würde er sich nicht kleinkriegen lassen.

»Setzen Sie sich doch bitte!« Quester lief zu einem Pult mit zwei Pumpkannen. »Möchten Sie etwas trinken? Kaffee? Tee?«

Argwöhnisch ließ sich Janosch auf dem Rand von einem der vorderen Stühle nieder. Er traute der plötzlichen versöhnlichen Stimmung kein bisschen.

»Nein, danke«, lehnte er ab. Er platzierte den Beweisbeutel auf dem Tisch vor sich.

Diana Quester stellte einen Stuhl ihm gegenüber ab, setzte sich und schlug die Beine übereinander. Sie betrachtete den Inhalt der durchsichtigen Kunststofftüte. »Was haben Sie da?«

Janosch atmete tief durch. »Den Beweis dafür, wie unsauber und oberflächlich 2009 Ihre Ermittlungen gewesen sind.«

Sie wirkte aufrichtig angegriffen, so als hätte er ihr übelste Beleidigungen an den Kopf geworfen. Nach einigen Momenten fing sie sich wieder und sagte: »Sie haben kein Publikum mehr, abgesehen von mir, also sparen Sie sich die Theatralik. Was ist drin?«

»Die Gegenstände, die sich in einem geheimen Versteck in Matilda Noltes ehemaligem Jugendzimmer befunden haben. Bücher, ein Notizbuch, ein leeres Brillenetui.«

»Lassen Sie mich mal sehen!«

Janosch reichte ihr ein Paar Einweghandschuhe und den Beutel. »Beachten Sie besonders den Brief in *Nachtzug nach Lissabon*. Er stammt von ei…«

»Pssst!«, brachte sie ihn zum Schweigen.

Mit konzentrierter Miene durchblätterte Quester jedes einzelne Buch und Matildas Zitatensammlung, las den Brief von Björn Richter und klappte das Brillenetui auf.

»Sie haben eigenmächtig die Familie Nolte aufgesucht?«

In ihrer Stimme lag kein Vorwurf, es ging scheinbar um eine reine Feststellung der Sachlage.

Janosch nickte.

»Haben Sie der Familie gegenüber irgendwelche Äußerungen über den Stand unserer Ermittlungen gemacht?«

»Natürlich nicht.«

»Ihr Glück. Und das Versteck – wie sind Sie darauf gestoßen? Wie wussten Sie davon?«

»Mir ist wieder eingefallen, dass Matilda mir einmal davon erzählt hat. Und jetzt frage ich mich, warum ihr Zimmer nicht gründlicher durchsucht worden ist. Das Versteck war lediglich ein Hohlraum hinter einem losen Wandpaneel. Jeder halbwegs gute Ermittler hätte es finden müssen. Dieser Brief ... Herr Richter ... dieser Fund hätte die Ermittlungen in eine ganz andere Richtung geführt ...«

»... in eine Richtung weg von Ihrem Vater«, vollendete Diana Quester.

Janosch spürte, wie er sich wieder in Rage redete. Sollte sie ihn doch wieder nach Frankfurt versetzen! Was gab es schon für ihn hier außer bösen Erinnerungen und einer kranken Mutter? Sollte sie ihn doch anherrschen oder irgendein Disziplinarverfahren lostreten! Er musste es sagen, sonst würde es ihn für immer auffressen.

»Hätten Sie nicht so eine Hetzjagd veranstaltet, würde mein Vater noch leben!«

Die Wangen der Kriminaloberrätin röteten sich, und einen Augenblick lang glaubte Janosch, sie würde ihn gleich nach allen Regeln der Kunst zusammenfalten.

Aber nichts dergleichen.

Sie seufzte, stand auf, nahm eine Tasse von einem Stapel, dazu noch einen Löffel und ein Päckchen Zucker, und zapfte sich Kaffee.

Ließ sie Janosch absichtlich in seiner Wut köcheln, oder brauchte sie einen Moment für sich selbst, um ihre Gefühle zu ordnen?

Sie setzte sich wieder ihm gegenüber, ließ den gesamten Zucker in den Kaffee rieseln und rührte um. Dann schlug sie den Löffel gegen den Rand der Tasse – klack! – Klack! – Klack!

»Ich bin nicht dafür verantwortlich, was Ihr Vater getan oder nicht getan hat«, sagte sie und nippte an ihrem Kaffee.

»Warum hat er sich dann ausgerechnet wenige Stunden nach Ihrem Verhör umgebracht?!« Janosch wurde laut.

»Hören Sie zu, Herr Janssen«, sie leerte die Kaffeetasse in einem Zug und stellte sie auf dem Boden ab, »ich stand zu dieser Zeit unter einem enormen Druck. Erinnern Sie sich noch an Henrik Bergius? Den Überfall auf den Geldtransporter in der Innenstadt?«

»Selbstverständlich, das ging in der Presse rauf und runter. Dabei sind doch über zwei Millionen Euro erbeutet worden!«

»Zwei Millionen dreihundertsechsundfünfzigtausendeinhundertvierundzwanzig Euro, um genau zu sein. Ich war damals die leitende Ermittlerin. Als bereits alle Hinweise eindeutig auf Bergius zeigten, war ich diejenige, die im entscheidenden Augenblick zögerte. Bergius konnte mit dem Geld untertauchen, bevor ich den Zugriff genehmigt habe. Bis heute fehlt von ihm jede Spur, ebenso wie von seiner Beute. Südamerika, Asien, die Karibik … niemand weiß, wohin er sich abgesetzt hat. Ein Fehler, der mir hart angekreidet wurde. Aber das Schlimmste war, dass die Herren in den oberen Ebenen annahmen, mein Zögern hätte etwas mit meinem Geschlecht zu tun gehabt.« Sie verzog den Mund, als hätte sie einen schlechten Geschmack auf der Zunge gespürt. »So etwas wollte ich nicht noch einmal geschehen lassen. Als dann wenige Monate später Matilda Nolte verschwand, hatte ich einen Ruf wiederherzustellen. Ich wollte den Fall schnell abschließen. Vielleicht ein wenig zu schnell. Das ist alles, was ich zu diesem Thema sagen werde.«

Janosch ließ die Worte auf sich wirken. Quester hatte nicht direkt Fehler eingestanden, aber zumindest hatte sie eine Erklärung für ihr Handeln gegenüber ihm und seinem Vater geliefert. Er spürte einen Hauch Genugtuung, aber sie reichte ihm nicht. Nicht einmal ansatzweise.

Bevor er jedoch diesen Moment weiter ausnutzen konnte, kam Quester auf die aktuellen Entwicklungen zurück: »Der Hinweis auf diesen Herrn Richter ist höchst interessant. Ich frage mich, ob er in Betracht kommt …«

»… der Täter zu sein? Auf jeden Fall!«

»Nein, der Vater zu sein. Matilda war im dritten Monat schwanger.«

Janosch stand der Mund offen. Sein Hirn nahm die Information zwar auf, konnte sie allerdings nicht verarbeiten. Schwanger, Matilda war schwanger gewesen. Das änderte alles! Er dachte wieder an ihr Gespräch in der Silvesternacht zurück. Damals hatte sie bereits ein neues Leben in sich getragen, ein Leben, das nie das Licht der Welt erblicken sollte.

»Offensichtlich sind Sie schon mal nicht der Vater, sonst würden Sie wohl kaum so fassungslos sein«, sagte Quester. »Im besten Fall sind die Briefe dieses Lehrers und die Schwangerschaft Puzzlestücke, die perfekt ineinanderpassen.«

»Ich kann mir nicht vorstellen, dass Richter der Vater ist.«

»Und ich kann mir vorstellen, dass Sie sich eine Menge nicht vorstellen können.«

Janosch verdrehte die Augen und stand auf. »Also gut, ich gehe dann mal.«

Als er bereits halb zur Tür war, hielt sie ihn auf: »Herr Janssen, wo wollen Sie hin?«

Er wandte sich um. »Ich …«

»Sie sind ab jetzt Teil der SOKO *Rotes Moor* und befolgen meine direkten Anweisungen.«

»Gestern klang das aber noch ganz anders.«

»Heißt das, Sie wollen doch nicht?«

»Nein, äh, doch, natürlich!« Er stutzte. »Aber wieso?«

»Ich werde Sie sowieso nicht davon abhalten können, also legen Sie los, bevor ich es mir anders überlege.« Sie schmiss ihm den Schlüssel eines Audi zu. Umständlich fing er ihn auf. »Fahren Sie meinen Wagen vor, ich komme gleich nach. Wir statten diesem Herrn Richter einen Besuch ab.«

...

»Was? Janssen ist Teil der SOKO?«

Nehring verschluckte sich fast an seinem Proteindrink, als Diana ihm von der Neuigkeit berichtete.

Sie war ohne Anklopfen in sein Büro gekommen und hatte sich auf den Besucherstuhl gesetzt. Der Raum glich eher einem Hobbykeller oder einer Man Cave. An den Wänden hingen Konzertplakate von Rammstein bis AC/DC, in der Ecke stand ein Punchball aus Leder, und es hing der schwache Geruch von kaltem Zigarettenrauch in der Luft. Nehring rauchte ab und an heimlich bei offenem Fenster, wie sie und wahrscheinlich das halbe Präsidium natürlich längst wussten.

Er fing sich wieder und klopfte sich mehrmals auf die massige Brust. »Woher kommt der Sinneswandel?«

»›Sei deinen Freunden nah, doch deinen Feinden noch näher‹ – so heißt es doch, oder?«, sagte Diana.

»Aber stellt Janssen wirklich einen ernst zu nehmenden Gegner dar? Der Junge wäre wahrscheinlich schon damit überfordert, eine Verkehrskontrolle durchzuführen.«

»Zumindest diese Beweismittel konnte er auftreiben.« Sie legte den Beutel auf Nehrings Schreibtisch. »Wer weiß, was er noch zutage fördern könnte. Darauf will ich es nicht ankommen lassen.«

»Dann schieben Sie ihm doch den Riegel vor!«

Diana hob einen Mundwinkel. »Selbst wenn ich ihn suspendieren würde, ließe er sich wohl nicht davon abbringen. Ich will die Kontrolle behalten. Besser er berichtet direkt an mich, als sein eigenes Süppchen zu kochen.« Nehring besah die Bücher und das Etui. Sie klärte ihn in knappen Worten über ihren Ursprung auf. »Geben Sie das bitte in die Spurensicherung, und überprüfen Sie die Optiker in Grimmbach. Und tun Sie mir einen riesigen Gefallen: Fahren Sie bei den Noltes vorbei, und räumen Sie hinter Janssen auf. Unterrichten Sie die Eltern über die Identität der Leiche, und schauen Sie, ob wir im Haus möglicherweise noch mehr übersehen haben.«

Nehring war nie gut darin gewesen, seine Emotionen zu verbergen. Auch jetzt konnte sie sofort an seinem Gesicht ablesen, wie verstimmt er über diese undankbare Aufgabe war. »Und was soll der Junge jetzt machen?«

»Ich fahre mit ihm zu diesem Lehrer. Er war ein ehemaliger Schüler, vielleicht hilft er mir weiter.«

Vorhin hatte der junge Kommissar es tatsächlich geschafft, sie kurzzeitig aus der Reserve zu locken. Das würde sie nicht mehr zulassen. Sie musste vorsichtig sein. Ihre spontane Idee, Janssen in die SOKO zu holen und ihn auf diese Weise an die kurze Leine zu nehmen, konnte schnell nach hinten losgehen. Sie durfte ihn nicht zu nah an sich heranlassen.

Sie stand auf.

»Und lassen Sie das Rauchen hier drin. Sie glauben ja nicht im Ernst, das würde niemand mitbekommen«, sagte sie noch. »Wir haben eine Vorbildfunktion für die Belegschaft, also reißen Sie sich zusammen.«

● ● ●

Mit dem Ärmel seines Pullovers wischte Janosch die Schweißabdrücke vom Lenkrad ab. Die Quester sollte nicht mitbekommen, wie sehr ihn das Manövrieren des Audis gefordert hatte. Er war darauf bedacht gewesen, jetzt bloß keinen Kratzer in den Wagen zu fahren.

Jetzt stand er vor dem Haupteingang und wartete auf die Kriminaloberrätin. Er kam sich vor wie ein besserer Chauffeur. War es das, was Quester am Ende wollte? Ihn auf eine neue Weise demütigen? Seine Müdigkeit war längst verflogen, die Nachricht von Matildas Schwangerschaft und seine unerwartete Aufnahme in die SOKO waren wie zwei Schwalle Eiswasser ins Gesicht gewesen.

Quester kam, umrundete das Auto und riss die Fahrertür auf. »Was sitzen Sie noch da? Los! Auf den Beifahrersitz!«

»Ich … ich dachte, ich soll auch weiterfahren.« Er löste den Sicherheitsgurt und stieg an ihr vorbei aus dem Wagen.

»Heute Nachmittag steht für mich noch eine Pressekonferenz an«, sagte sie, als sie hinter dem Lenkrad Platz genommen hatte. »Nichts für ungut, aber zu der möchte ich pünktlich erscheinen.«

Janosch hatte sich noch nicht einmal wieder auf dem Beifahrersitz angeschnallt, da brauste sie schon los.

Vor den fest installierten Blitzern auf der Petersberger Straße bremste sie routiniert ab, ansonsten jagte sie weit jenseits der 50 km/h durch Fulda.

»Ich habe mir Björn Richters Daten besorgt. Er wohnt inzwischen in Dipperz. Keinerlei Vorstrafen, nichts. Nicht einmal Verkehrsdelikte«, sagte Quester. »Was können Sie mir über ihn erzählen? Hatten Sie Unterricht bei ihm?«

»Ein Schuljahr lang, aber das war noch vor der Oberstufe gewesen. Er war beliebt, seine Literaturclub-AG wurde regelmäßig bei den Anmeldungen überrannt, sodass die Plätze im Losverfahren vergeben werden mussten.«

»Ich schätze, der Großteil dieser Literaturbegeisterten war weiblich?«

Janosch nickte. »Herr Richter war gut aussehend, damals auch gerade erst Ende dreißig, und hatte einen gewissen Charme. Man spürte wirklich seine Leidenschaft für Bücher, und er konnte einen damit regelrecht anstecken.«

»Wie es scheint, hat er nicht nur eine Leidenschaft für Bücher gehabt«, sagte Quester süffisant.

»Es gab immer mal wieder Gerüchte, er hätte was mit Schülerinnen gehabt, aber das hielt ich nur für das übliche Gerede und Getratsche.«

Er dachte an ihre Tochter Helen, die er erst heute Morgen in der Arztpraxis getroffen hatte. War sie damals auch in Richters Literaturclub gewesen? Würde Diana Quester sie auch noch einmal dazu befragen?

Sie hielten an einer Ampel in einem anonymen Gewerbegebiet am Rande von Fulda.

»Es kommt eine Menge Arbeit auf uns zu«, sagte Quester. »Wir werden noch einmal alles aufrollen, die gesamten Ereignisse der Nacht vom achtzehnten auf den neunzehnten Februar von Grund auf neu rekonstruieren. Ich will wissen, wer jeder einzelne Gast auf dieser Party gewesen und wann er oder sie gegangen ist. Was Matilda Nolte getrunken hat. Den genauen Streckenverlauf ihrer letzten Fahrt. Die Aufenthaltsorte und Alibis ihres gesamten Umfelds, alles. Einen lückenlosen chronologischen Ablauf. Nach einem Jahrzehnt wird das zwar schwierig sein, aber nicht unmöglich.« Sie schaute kurz zu ihm herüber, während sie auf der Landstraße Richtung Dipperz einen langsamen VW mit Hamburger Kennzeichen überholte. »Wir können gleich mit Ihnen anfangen.«

Überrumpelt erwiderte Janosch ihren Blick. »Mit mir? Soll das hier ein Verhör werden? Das haben Sie doch damals schon tausendmal mit mir durchgekaut!«

»Kein Grund, sich gleich wieder aufzuregen, Herr Janssen«, wies sie ihn zurecht. »Bestreiten Sie, am achtzehnten Februar auf der Vorabi-Party im *Scott's Palace* in Fulda gewesen zu sein?«

»Nein, natürlich nicht.«

»Gut, dann lassen Sie uns das schnell hinter uns bringen. Reine Routine, wie man so schön sagt. Sie haben auf der Party mit Frau Nolte gesprochen, richtig?«

Quester muss sich bereits durch die gesamten Akten gearbeitet haben. Sie weiß über alles Bescheid, dachte Janosch. Er rutschte auf dem Beifahrersitz herum und antwortete:

»Ich habe ihr eine CD geschenkt. Ein Mixtape. Songs, von denen ich glaubte, dass sie ihr gefallen würden … aber wahrscheinlich hat sie es gar nicht mehr hören können.«

»Da wäre ich mir nicht so sicher«, sagte Quester. »Im CD-Player ihres Wagens haben wir eine CD mit der Aufschrift *Matildas Mixtape* sichergestellt. Das wird Ihres sein, nehme ich einmal an.«

Überrascht sog Janosch die Luft ein. »Also doch!«

»Sie hatten Gefühle für Frau Nolte, oder?«

Er errötete. »Ist das wirklich von Belang?«

»Das werte ich als ein Ja.« Sie kicherte amüsiert, fast mädchenhaft, ein untypischer Laut für sie. »Wie hat Frau Nolte auf das Geschenk reagiert?«

»Nicht so, wie ich es mir erhofft hatte.«

»Und was heißt das genau?«

»Sie war irritiert, wollte die CD erst gar nicht annehmen. Ich war gekränkt. Das war dann auch der Grund, warum ich die Party verlassen habe und zu meinem Freund Ben gefahren bin.«

Das war noch nicht alles gewesen. Matilda hatte ihm

diese eine Sache gesagt, die ihn zutiefst verstört hatte. Aber bevor er Quester einweihte, wollte er zuerst selbst ergründen, was diese Worte im Lichte der neuen Erkenntnisse bedeuten könnten.

»Ah ja, Herr Benjamin Fallmer, Ihr Alibi«, sagte Quester. »Eine recht illustre Familie, diese Fallmers. Nach der Finanzkrise und ihrer Entlassung bei der Sparbank hatte sich Gabriela Fallmer ja relativ schnell wieder gefangen. Inzwischen ist sie ein richtiger Platzhirsch im Tourismusbereich. Haben Sie noch Kontakt zu dem Sohn?«

Janosch schüttelte den Kopf.

Seit seiner Ankunft hatte er immer wieder mal überlegt, sich bei seinem alten Freund zu melden. Der Kontakt war abgebrochen, als Janosch nach Neuseeland geflogen war. Ben hatte ihn zwar kurz nach Beginn seiner Polizeiausbildung noch einmal in Frankfurt besucht, aber dann hatten sie sich schleichend verloren.

Er fragte sich, wie es ihm wohl ging und was er jetzt machte. Mit der vielversprechenden Fußballkarriere hatte es jedenfalls nicht geklappt, eine schwere Knieverletzung hatte ihr ein jähes Ende bereitet. Janoschs letzter Stand war gewesen, dass Ben eine Ausbildung bei einer Fahrschule in Grimmbach begonnen hatte.

Er sah aus der Windschutzscheibe auf die sanft geschwungenen Hügel der Rhön. Heimat war eine gefährliche Sache. Er hatte geglaubt, er könne sich ihr entziehen. Nur ein paar Wochen seiner Mutter helfen, nur zu Besuch, erst gar nicht an alte Kontakte von früher anknüpfen, schnell wieder verschwinden.

Aber je mehr er sich in Matildas Fall vertiefte, desto klarer wurde ihm: Wenn er ihn wirklich lösen wollte, führte an der Vergangenheit kein Weg vorbei.

• • •

»So, da wären wir!«, sagte Diana Quester.

Gemeinde Dipperz. Das Tor zur Rhön, wie Janosch mal in einem Prospekt gelesen hatte. In der Mitte der Backsteinbau der römisch-katholischen Kirche, um den sich Einfamilienhäuser mit Solardächern und einige Hofgebäude scharten.

Björn Richter wohnte in einem Neubau am Rande des Ortes, ebenfalls reichlich mit Solarmodulen eingedeckt.

»Sie halten sich erst einmal nur dekorativ im Hintergrund«, sagte Quester zu Janosch, als sie an der Tür klingelte.

Eine fröhliche Melodie drang als Läuten aus dem Inneren. Kurz darauf öffnete ihnen eine junge Asiatin. Sie trug eine Jeans, die an den Knien zerrissen war, und ein weißes, fleckiges T-Shirt. Ihre Haare waren zu einem Pferdeschwanz gebunden, ihre Hände und ihre Brillengläser waren mit Mehl bestäubt. Aus dem Haus drang Essensgeruch.

Quester und Janosch tauschten verwunderte Seitenblicke aus. Seine Vorgesetzte fing sich aber sofort wieder, hielt ihren Dienstausweis hoch und sagte: »Diana Quester und Janosch Janssen, Kriminalpolizei. Ist Herr Richter zu Hause?«

Die junge Frau starrte auf den Ausweis und wischte sich aufgeregt die Hände an der Jeans ab. »Gibt es ein Problem? Steckt Björn in Schwierigkeiten?«

Ihr Deutsch war grammatikalisch absolut korrekt, allerdings von einem starken Akzent unterlegt.

»Keine Sorge, nichts dergleichen«, erwiderte Quester. »Wir würden nur gerne etwas mit ihm abklären.«

»Gerade ist er in seiner Schreibhütte, aber zum Essen sollte er bald wiederkommen – wenn Sie also warten möchten?«

»Seine Schreibhütte?«, hakte Quester nach.

Janosch spielte weiter seine Rolle als stummes Beiwerk. Es beeindruckte ihn, mit was für einer Effizienz und Klarheit die Kriminaloberrätin auftrat.

»In die Hütte zieht er sich zurück, um an seinem Buch zu schreiben«, sagte die junge Frau. »Es ist eine ehemalige Jagdhütte im Wald. Sie liegt am Igelbach, gleich in der Nähe.«

»Ich glaube, dann schauen wir direkt dort vorbei. Vielen Dank für Ihre Hilfe!«

Sie verabschiedeten sich und stiegen wieder ins Auto.

»Der Wanderparkplatz Saubrücke müsste dieser Hütte am nächsten sein, das ist in der Nähe vom Stöckeshof«, sagte Janosch. »Das sind ein paar Minuten von hier.«

»Sie taugen ja richtig was als Wanderführer.«

»Mein Vater war früher viel mit mir unterwegs«, sagte er leise.

Quester startete den Motor, löste die Handbremse und fuhr los. »Eine Hütte in einem abgelegenen Waldstück. Die Sache wird immer interessanter.«

»Wer war wohl diese Frau bei ihm zu Hause?«, fragte sich Janosch.

Quester fuhr die Langenbieberstraße entlang und schaltete schnell in den höchsten Gang. »Ich vermute, dass Herr Richter sein Interesse an jungen Frauen noch lange nicht verloren hat.«

»Er ist inzwischen Mitte fünfzig, sie wird nicht einmal halb so alt wie er gewesen sein.«

»Bei Frau Nolte war es nicht anders …«

Nur zwei weitere Autos standen auf dem Parkplatz. Sie stellten den Wagen ab, überquerten die schmale Brücke und traten in das Zwielicht des Waldes. Die Luft war feucht und schwer und roch erdig. Ein unangenehmer Nieselregen hatte eingesetzt, der zielgenau durch jede Lücke in der Kleidung drang und kalt im Gesicht prickelte. Das Blätterdach bot ihnen Schutz, und der Niederschlag verkam zu einem fernen Plätschern, nicht zu unterscheiden von dem des Baches. Er schlängelte sich zwischen jahrzehntelang abgeglätteten Kieselsteinen entlang und trieb heruntergefallenes Laub wie kleine Boote mit sich. Sie folgten seinem Lauf, bis Quester auf einmal zur Seite deutete. »Dort! Das muss sie sein!«

Eine winzige Hütte drängte sich zwischen die Tannen. Der orange Schein einer Schreibtischlampe strahlte aus dem einzigen Fenster. In der offenen Tür stand ein Mann, offensichtlich Björn Richter, mit vor der Brust verschränkten Armen.

Ein vor lauter Laub kaum erkennbarer Trampelpfad führte zum Eingang. Diana Quester lief voraus. Mit ihren Pumps trug sie denkbar ungeeignetes Schuhwerk, ließ sich das aber überhaupt nicht anmerken.

»Die Ordnungshüter!«, begrüßte sie Richter, als sie näher kamen. »Ich habe Sie bereits erwartet.«

»Ihre Mitbewohnerin hat Sie also vorgewarnt«, bemerkte Quester.

Sie hielt ihm ihren Dienstausweis unter die Nase und stellte sie beide vor. Richters Blick blieb an ihm hängen. Janosch meinte, eine Mischung aus Erkennen und Erstaunen in seinen tief liegenden, rotädrigen Augen zu lesen.

Mittlerweile bot Richters Erscheinung nur noch die vage Erinnerung an einen gut aussehenden Mann. Sein Gesicht war aufgedunsen und rosig, das dunkelblonde, damals immer aufwendig durchgeföhnte Haar war schütter. Von dem charmanten, smarten Lehrer, der mit raumgreifenden Schritten durch die Schulflure stolziert war, hatten die Jahre nicht mehr viel übrig gelassen.

»Trang wollte mir nur schnell Bescheid sagen, dass Sie auf dem Weg sind. Das ist ja kein Verbrechen, oder?« Sein Kichern klang nervös. »Außerdem ist sie nicht meine Mitbewohnerin, sondern meine Verlobte.«

»Aha«, erwiderte Quester.

»Sind Sie hier, um meinen Beziehungsstand zu untersuchen? Oder worum geht es?« Er winkte sie ins Innere der Hütte. »Kommen Sie doch erst einmal aus diesem Schmuddelwetter heraus, und dann stehe ich Ihnen gerne Rede und Antwort.«

Sie traten ein. In dem kleinen Raum sorgte eine mobile Standheizung für wohltuende Wärme. Auf der einfachen Werkbank unter dem Fenster thronte eine Schreibmaschine, die von mehreren Stapeln Papier und Büchertürmen umgeben war. Das Schreibwerkzeug passte zu Richter. Schon zu Janoschs Schulzeit hatte der Lehrer einen gewissen Hang zur

Dramatik gehabt. Ein Laptop als Arbeitsinstrument wäre ihm wahrscheinlich viel zu schnöde gewesen, es musste schon so eine umständliche, romantische Schreibmaschine sein.

Am anderen Ende des Raums gab es eine zweckmäßige Küche mit zwei Herdplatten – auf einer von ihnen stand ein gusseiserner Wasserkessel, aus dem es bereits dampfte.

»Wie praktisch, das Teewasser ist gerade fertig!«

Quester und Janosch nahmen auf einem durchgesessenen Ledersofa Platz, auf dessen Rückenlehne mehrere Wolldecken ausgebreitet waren.

Richter stellte zwei Emaille-Tassen vor ihnen ab, goss das sprudelnd heiße Wasser ein und reichte ihnen eine Holzkiste voller Teebeutel.

Für einen Tee-Fan wie Janosch war die Auswahl ernüchternd, trotzdem griff er nach einem Beutel grünem Tee mit Zitrone.

Quester tunkte einen Beutel Pfefferminztee in ihre Tasse und fixierte Richter, der sich mittlerweile ihnen gegenüber auf seinen ledergepolsterten Bürosessel gesetzt hatte.

»Sie schreiben hier also an Ihrem Buch? Ein Roman?«

»Genau, mein Opus magnum! Seit Jahren arbeite ich schon an dem Stoff, habe mehrere Fassungen verworfen, immer wieder redigiert. Im Unterricht ist es zwar gut und schön, mit meinen Schülerinnen und Schülern über Literatur zu reden, aber sie zu erschaffen, das ist noch einmal etwas ganz anderes! Ach, die Leiden eines Künstlers, irgendwann wird es mal so weit sein, dass ich eine Leseprobe an einen Verlag schicken kann, ich … Ich schweife ab, entschuldigen

Sie!« Er machte eine wegwerfende Handbewegung. Janosch konnte sich vorstellen, dass er zu diesem Thema stundenlang weiterschwadronieren konnte.

»Schreiben Sie in Ihrem Buch auch über Matilda Nolte?«

Richters jovialer Gesichtsausdruck verflog abrupt. Sie hatten ihn völlig auf dem falschen Fuß erwischt. »Ma-Matilda Nolte? Das Mädchen, das verschwunden ist?«

»Genau, die junge Frau, die verschwunden ist.«

Quester lächelte das erste Mal, seit sie die Hütte betreten hatten. Ein zufriedenes Raubtier, das seine Beute in die Enge getrieben hatte.

»Was soll ich denn damit zu tun haben?«, fragte Richter unschuldig.

»Bei der Weiterführung der Ermittlungen sind wir auf einen höchst interessanten, wenn auch recht einseitigen Schriftverkehr gestoßen.«

Aus ihrer Manteltasche holte sie eine Kopie seines eingescannten Briefs.

Richter starrte so fassungslos auf das Blatt, als würde er die tote Matilda Nolte selbst anschauen.

»Haben Sie dazu etwas zu sagen?«, fragte Quester, als er weiter stumm blieb.

Er blickte auf, musterte aber nicht sie, sondern Janosch.

»Sie! Jetzt erinnere ich mich wieder an Sie! Sie waren mit Matilda in einer Stufe! Janssen, da hat's bei mir geklingelt! War Ihr Vater nicht sogar damals der Hauptverdächtige?«

Die ganze Zeit war sich Janosch nur wie ein stiller Zuschauer vorgekommen. Jetzt wieder so in die Situation hineingezogen zu werden beschleunigte seinen Herzschlag enorm.

Bevor er etwas erwidern konnte, sprang Quester ein: »Wir sind aber nicht wegen Herrn Janssens Vater hier, sondern Ihretwegen. Bestreiten Sie, dass der Brief von Ihnen ist?«

Richter zuckte mit den Schultern. »Nein, natürlich nicht. Mehr als den Brief gibt es jedoch nicht. Matilda war eine faszinierende junge Frau, lebhaft, so voller Ideen und Tatendrang, so anziehend.«

Janosch kratzte sich im Nacken. Auch wenn er es sich nicht so recht eingestehen wollte, er konnte Richters Worte nachvollziehen, so unangenehm ihm das auch war. Er hatte sich ebenfalls von Matilda in ihren Bann ziehen lassen, hatte etwas an ihr entdeckt, das ihn nicht mehr losgelassen hatte.

»Sparen Sie sich das Pathos«, brachte Quester den Lehrer schließlich zum Schweigen. »Sie haben sich einer Ihrer Schülerinnen angenähert, das sind erst einmal die Fakten. Ich kann mir vorstellen, dass Ihr Kollegium und die Schulleitung diese Information nicht allzu positiv aufnehmen würden.«

»Deshalb würde ich mich freuen, wenn wir diese Angelegenheit vertraulich behandeln könnten«, sagte Richter mit einem leichten Flehen in der Stimme.

»Was ich noch erwähnen sollte«, sagte Quester, »Matilda war im dritten Monat schwanger, als sie ermordet worden ist. Beinahe könnte man den Eindruck gewinnen, ihr Liebhaber hat sie umgebracht, damit das gemeinsame Kind nicht ans Licht kommt und sein Ruf und seine Stelle nicht in Gefahr geraten.«

Der Lehrer erschrak zunächst, als er diese Neuigkeiten erfuhr, doch dann legte er eine Reaktion an den Tag, mit der Janosch nicht im Entferntesten gerechnet hätte: Er lachte. Ein bitteres, zynisches Lachen.

»Darf ich fragen, was so lustig ist?« Quester reckte den Kopf vor.

»Diese Anschuldigung ist absolut unhaltbar. Schwanger konnte sie nämlich garantiert nicht von mir sein.« Er zog die Nase hoch. »Sagt Ihnen der Begriff ›immunologische Sterilität‹ etwas?«

»Ich kann es mir denken. Sie sind unfruchtbar.«

»Hätte nicht geglaubt, dass mir das irgendwann mal zugutekommen würde. Bisher hat es mir nur eine Scheidung eingebracht.« Seine Miene war versteinert. Mit dem Zeigefinger glitt er über einen Riss im Lederbezug der Armlehne. »Ich weiß es erst, seit es bei meiner damaligen Frau und mir den konkreten Kinderwunsch gab. Erst probierst du es so lange, bis du dir schließlich eingestehst, dass etwas nicht stimmen kann. Meine Frau war völlig gesund und fruchtbar, der Fehler lag bei mir. Und irgendwann hat sie für sich entschieden, dass ihr Kinderwunsch größer war als ihr Wunsch, ihr Leben mit mir zu verbringen.«

»Können Sie es denn nachweisen?«, fragte zur Abwechslung mal Janosch.

»Klar – ärztliche Atteste, Diagnosen, Untersuchungsergebnisse, der ganze Papierkram. Was immer Sie brauchen.«

»Erst einmal alles«, sagte Quester und machte sich eine Notiz auf ihrem Handy. »Also gut, wir können Sie vorerst als Vater ausschließen, das klärt jedoch noch lange nicht Ihr Verhältnis zu Matilda. Wie hat sie auf diese Avancen reagiert? Haben Sie sich ihr jemals körperlich angenähert?«

»Sie hat mit mir gespielt. Ich glaube, es hat ihr gefallen, mich um den Finger zu wickeln und dann immer wieder wegzustoßen. Ihr hat die Aufmerksamkeit gefallen. Manchmal hat sie mich in der Literatur-AG extra aufreizend angesehen, hat unter dem Tisch die Beine gespreizt, wenn sie einen Rock getragen hat. Aber wir haben das nie besprochen. Ich bin ihr nie auf den Leib gerückt. Es ist nie etwas passiert. Es gibt nur diesen einen Brief.«

Janosch war von Richters Worten angewidert. Das klang nicht nach der Matilda, die er kennengelernt hatte. Er konnte sich unmöglich vorstellen, dass sie zu so etwas imstande gewesen wäre.

»Es gab kein Antwortschreiben von Matilda? Keinen weiteren Schriftwechsel?«, fragte er.

Der Lehrer schüttelte den Kopf. »Nein, nichts. Allerdings hätte ich nicht gedacht, dass Matilda meinen Brief aufheben würde. Und erst recht nicht, dass ich ihn fast zehn Jahre später unter die Nase gehalten bekomme.«

Quester verzog keine Miene. »Können Sie sich daran erinnern, ob Frau Nolte jemals seltsame Bemerkungen gemacht hat? Über etwaige Feinde? Liebschaften? Irgendetwas, das ihr Angst bereitet hat?«

»Puh, das ist jetzt schon Jahre her. Nicht, dass ich wüsste.« Richter lehnte sich in seinem Sessel zurück, der ein erbarmungswürdiges Quietschen von sich gab. »Meistens ging es nur um die Bücher, die wir aktuell im Literaturklub gelesen haben, Zitate, ihre Sehnsucht nach der großen, weiten Welt.«

Janosch spürte einen Stich in der Brustgegend. Er dachte an die Silvesternacht mit Matilda zurück. Es traf ihn härter als gedacht, dass sie diese Gedanken nicht exklusiv mit ihm geteilt hatte, sondern auch mit diesem schmierigen Pseudoliteraten.

»Falls Ihnen doch noch etwas einfällt, melden Sie sich. Ich hoffe wirklich für Sie, dass Sie uns nicht angelogen haben. Sonst können Sie schon mal das Strafgesetzbuch auf Ihre Lektüreliste setzen.« Quester legte ihre Visitenkarte auf den Tisch. »Janssen, wir müssen los. Ich komme zu spät zu meiner PK.«

• • •

»Den Herzschmerz bei der Scheidung von seiner Frau habe ich ihm nicht abgekauft«, sagte Quester auf der Rückfahrt.

Die Dämmerung setzte bereits ein, und sie saßen tief versunken im Dunkeln des Wageninneren, nur angestrahlt vom Armaturenbrett. Es überraschte Janosch jedes Mal aufs Neue, wie kurz die Tage bereits geworden waren.

»Wie kommen Sie darauf?«, fragte er.

»Glauben Sie mir, ich habe etwas mehr Erfahrung mit Männern als Sie. Leider auch mit Männern wie ihm«, sagte sie. »Ihm scheint es nicht ungelegen zu kommen, dass er jetzt so ein junges Ding an seiner Seite haben kann.«

»Und das, was er zu Matilda gesagt hat? Nehmen Sie ihm das ab?«

»Mein Gefühl sagt mir, dass er noch mehr weiß, als er uns erzählt hat. Aber Gefühle, Herr Janssen, sind erst mal zweit-

126

rangig. Überprüfen Sie seine Sterilität, und checken Sie noch einmal sein Umfeld und seine Vergangenheit. So schnell ist er noch lange nicht aus dem Schneider. Und schreiben Sie ein anständiges Protokoll zu der Vernehmung.«

Sie fuhren vor dem Polizeipräsidium Osthessen vor.

»Noch etwas, Janssen«, sagte Quester, als er die Beifahrertür schon halb geöffnet hatte.

Er zuckte leicht zusammen. Was kam jetzt?

»Ja?«, fragte er vorsichtig.

»Das haben Sie gut gemacht heute. Aber lassen Sie sich das bloß nicht zu Kopf steigen.«

Janosch murmelte ein erstauntes »Danke!« und schwebte bis zum Eingang des Präsidiums.

. . .

»Na, lässt du dich hier auch mal blicken?«, begrüßte Tarek ihn in ihrem Büro. »Ich wollte schon bald eine Vermisstenmeldung für dich rausgeben.«

»Sorry, war ein wilder Tag.« Janosch sackte in seinen Sessel und startete den Rechner.

»Seit dem Leichenfund im Moor scheinst du ja nur noch solche zu haben.«

»Und als wäre das noch nicht genug, bin ich jetzt auch Teil der Sonderkommission.«

Tarek verschluckte sich an seinem Tee. »Gestern wollte die Quester dich doch noch öffentlich vierteilen!?«

»Ich bin mir auch nicht ganz im Klaren darüber, woher der Sinneswandel gekommen ist.«

»Aber Glückwunsch!«, sagte Tarek mit aufrichtigem Tonfall. »Du spielst jetzt bei den großen Jungs und Mädels mit.«

»Hat sich bei dem Zimmer-Fall etwas Neues ergeben?«, wechselte Janosch das Thema. Ihm war es unangenehm, auf einmal diese Sonderrolle einzunehmen.

»Nope, da trete ich leider auf der Stelle. Der alte Zimmer schweigt weiter wie ein Grab, seine Tochter hat bislang auch keine musikalische Erkenntnis gehabt, und in der Nachbarschaft hat nach wie vor niemand etwas mitbekommen.«

»Uff, frustrierend!«

»Du sagst es! Alles nicht ganz so aufregend wie bei dir … Apropos, im Regional-TV läuft gerade die Pressekonferenz mit der Quester. Lust, reinzuschauen?«

»Mach an!«

Janosch rollte herüber zu Tareks Seite. Dieser startete den Livestream des Senders in seinem Browser. Die Pressekonferenz lief bereits. Diana Quester stand zusammen mit dem Pressesprecher vor einer Aufstellwand im Foyer des Präsidiums. Ein ganzer Strauß aus Mikrofonen mit unterschiedlichsten Sender-Logos hing vor ihrer Brust.

Es war seltsam, eben noch neben ihr im Auto gesessen zu haben und sie jetzt auf dem Bildschirm zu sehen.

Äußerlich ruhig und gelassen klärte sie die Öffentlichkeit über die jüngsten Entwicklungen auf. Als Diana geendet hatte, gab der Pressesprecher den anwesenden Journalisten die Chance, ihre Fragen zu stellen.

Die Reporterin eines Fuldaer Radiosenders meldete sich: »Ist damit der damalige Hauptverdächtige Harald Janssen nicht länger im Fokus?«

»Wir ermitteln weiter in alle Richtungen, und im Moment können wir nichts ausschließen«, kommentierte Quester knapp.

»Dein alter Herr ist also noch nicht entlastet«, meinte Tarek zu Janosch.

»Leider nicht«, gab er ermattet zurück.

Dabei konnte er Quester natürlich auf einer rein sachlichen Ebene verstehen. Papa war derjenige gewesen, der Matilda als Letzter lebend gesehen hatte. Sein Gärtnermesser war erwiesenermaßen die Tatwaffe. Als man ihn damals gefunden hatte, waren seine Unterarme von Kratzern überzogen gewesen, die man auch als Kampfverletzungen interpretieren konnte. Das Einzige, was fehlte, war ein Motiv.

»Auch wenn sie dir jetzt mal ein wenig Zuckerbrot statt Peitsche gegönnt hat, nimm dich vor der Quester in Acht«, meinte Tarek unvermittelt. »Die macht das nicht aus Nächstenliebe. Sobald du für sie keinen Nutzen mehr hast, wird sie dich fallen lassen.«

»Das ist mir klar.«

Die Pressekonferenz plätscherte ihrem Ende entgegen. Nur noch belanglose Fragen kamen aus dem Reporterpublikum.

»Ich mache mal langsam aus und trete den Heimweg an«, sagte Tarek. »Wie sieht's bei dir aus?«

»Ich bleibe noch ein wenig.«

Sie verabschiedeten sich voneinander, und Janosch rollte wieder zurück vor seinen Rechner. Der Parkplatz leerte sich zusehends, von draußen drang regelmäßig das Schließen von Bürotüren zu ihm. Janosch mochte die Atmosphäre, wenn er spät nach Feierabend fast der Einzige im Präsidium war, ab und an hatte er sogar das Gefühl, sich erst dann richtig konzentrieren zu können.

Er merkte die schlaflose Nacht in seinen Knochen. Aber er wollte noch nicht nach Hause. Es gab noch so viel, das er überprüfen musste.

Björn Richter schied als möglicher Vater von Matildas Kind aus. Natürlich würden sie seine Sterilität überprüfen, aber für den Moment mussten sie ihm glauben.

Als nächster möglicher Erzeuger kam Dennis Braun infrage, Matildas Ex-Freund aus Fulda. Soweit Janosch wusste, hatten sie sich bereits Ende Oktober getrennt, aber womöglich waren sie danach noch einmal intim geworden.

Er machte sich einen Black-Gunpowder-Tee, dann blätterte er die Fallakte durch und suchte nach Brauns Namen. Er war zwei Tage nach Matildas Verschwinden von Nehring und Quester vernommen worden – zumindest das. Es gab eine Niederschrift des Gesprächs:

21. Februar 2009, 11:20
Zeugenvernehmung Dennis Braun
Anwesende: EKHK Diana Quester, KHK Frank Nehring,
Dennis Braun
Vernehmungsführer/-in: EKHK Diana Quester

Quester: Herr Braun, fürs Protokoll, Sie möchten keinen Anwalt bei diesem Gespräch anwesend haben?
Braun: Nee, wie bereits gesagt, ich brauche keinen! Ich

habe nichts zu verbergen. Und ich bin ja als Zeuge hier, nicht wahr?

Nehring: Korrekt. Trotzdem muss Ihnen natürlich bewusst sein, dass Partnern bzw. Ex-Partnern bei einem Vermisstenfall oder möglichen Gewaltdelikt eine besondere Aufmerksamkeit zukommt.

Braun: Joa. Ist mir klar. Ich bin der Erste, bei dem Sie klopfen. Aber grundlos.

Quester: Wo waren Sie denn in der Nacht vom achtzehnten auf den neunzehnten Februar?

Braun: In meiner WG in Fulda, zusammen mit meinen Mitbewohnern und ein paar Kollegen. Wir haben gefeiert, ein bisschen was getrunken. Ein bisschen was geraucht, von dem ich Ihnen jetzt besser nichts erzähle.

Nehring: Und die können das bestätigen?

Braun: Natürlich.

Quester: Sie und Frau Nolte waren bis Ende Oktober ein Paar. Wie kam es zur Trennung?

Braun: Tilda hat sich verändert. Ich glaube, sie hat mich aussortiert. Ich habe nicht mehr zu ihrem neuen Leben gepasst.

Quester: Wie meinen Sie das? Können Sie das ein wenig ausführen?

Braun: Na ja, Tilda wollte immer hoch hinaus. Die ganz große Welt. Sie wollte viel mehr als die Provinz. Die Rhön und dieses Kaff Grimmbach wurden zu klein für sie. Also hat sie sich nach Fulda orientiert, aber das hat ihr auch bald nicht mehr gereicht. Ich hatte bei ihr das Gefühl, dass sie nur auf

Durchreise war. Ich habe da irgendwann nicht mehr ins Konzept gepasst.

Quester: Herr Braun, bitte, etwas konkreter!

Braun: Was soll ich sagen, ich bin ein Hänger! Mein SoWi-Studium läuft nicht so richtig, ich habe so ein paar Aushilfsjobs, die meiste Zeit chille ich halt auf dem Sofa. Am Anfang war das für Matilda spannend. Älterer Typ aus Fulda, studiert schon, interessiert sich für Bücher. Aber dieser Neuheitsfaktor hat sich mit der Zeit abgebaut. Sie hat das Interesse verloren. Ich wurde für das neuere, spannendere Modell ausgetauscht.

Nehring: Ausgetauscht? Matilda hatte einen neuen Partner? Das hat uns gegenüber bisher noch niemand erwähnt.

Braun: Das ist auch nur so eine Vermutung von mir. Etwas Handfestes habe ich nicht. Aber in den Wochen vor der Trennung wurde sie immer seltsamer, hatte irgendwelche Termine, tat geheimniskrämerisch. An Halloween waren wir dann auf der Party eines Freundes in Fulda. Sie hatte sich als Vampirin verkleidet, das weiß ich noch, es war ein Albtraum, die Zähne zu befestigen. Sie hatte ziemlich viel getrunken und hat den Schlussstrich gezogen. Am nächsten Tag, als sie wieder nüchtern war, ist sie dabei geblieben.

Quester: Dieser mysteriöse Freund, den Sie hier aufbauen … könnte es nicht auch andere Gründe für Frau Noltes Heimlichtuerei gegeben haben?

Braun: Wenn ja, dann kenne ich sie nicht.

Quester: Hat Sie diese ganze Situation nicht furchtbar eifersüchtig gemacht? Wütend? So knallhart abserviert zu werden?

Braun: Ehrlich gesagt, habe ich mich relativ schnell damit abgefunden. Sie war ein Mädchen, das überhaupt noch nicht mit sich selbst klarkam und gar nicht wusste, was sie vom Leben wollte. Damit musste ich rechnen.

Nehring: Nach der großen Liebe klingt das aber nicht gerade.

Braun: Muss es das denn sein? Und wie ist das irgendwie für Ihren Fall relevant?

Quester: Okay, anderes Thema: Haben Sie nach der Trennung noch einmal Kontakt mit Frau Nolte gehabt?

Nehring: Wir haben uns noch ein-, zweimal auf Partys von gemeinsamen Freunden gesehen, ab und an noch kurz geschrieben, aber ansonsten war Funkstille …

Janosch schob die Fallakte beiseite und genehmigte sich einen Schluck Tee. Brauns Andeutungen zu Matildas möglichem neuen Partner wirkten in ihm nach. Er musste Quester darauf ansprechen. Waren sie der Sache nachgegangen? Oder war es ein weiteres loses Ende ihrer bisherigen Ermittlungen?

War diese mysteriöse Person der Vater ihres ungeborenen Kindes?

Und sagte Braun über die Zeit nach der Trennung die Wahrheit? Hatte er Matilda danach wirklich nicht mehr getroffen?

Sie würden ihn ausfindig machen und erneut befragen müssen. Aber das war nur eine von vielen Aufgaben, die vor ihnen lagen.

Er gähnte heftig und hielt sich die Hand vor den Mund.

Vielleicht war der vielversprechendste nächste Schritt, erst mal wieder eine Portion Schlaf abzubekommen.

...

Diana breitete ihre Finger um Cornelius' schweißglänzenden Glatzkopf und drückte ihn zwischen ihre gespreizten Beine. Er schob ihren Rock hoch, umfasste ihre Schenkel und setzte gezielt seine Zunge ein.

Sie schloss die Augen und ließ ihn los, ließ alles los, verkrampfte ihre Hände in die Sofakissen, legte den Kopf in den Nacken. Kreuzte die Fußknöchel hinter Cornelius' breitem Rücken. Bewegte ihr Becken. Genoss den warmen, vibrierenden Rhythmus, der durch ihren ganzen Körper pulsierte.

Einige Gedanken an den Fall streiften sie noch, zogen aber rasch weiter. Bis es nur noch diesen Moment gab.

Ihr Klingelton.

Plötzlich nahm sie ihn wahr.

Sie konnte gar nicht sagen, ob er gerade erst losgegangen war oder schon länger plärrte.

Das Diensthandy.

Zumindest Cornelius ließ sich davon nicht irritieren und machte weiter. Sie versuchte, das Klingeln auszublenden, aber es hörte und hörte nicht auf.

Seufzend drückte sie Cornelius weg, rollte zur Seite und nahm das Telefon vom Couchtisch.

»Ja, bitte?«, meldete sie sich.

»Entschuldigen Sie die Störung so spät am Abend. Hier ist Björn Richter.«

Ihr Herz machte einen Satz. Der Lehrer! Jetzt schon! Diana stand auf, zupfte im Gehen ihren Rock zurecht und machte die Terrassentür auf.

»Diana, ernsthaft!?«, rief Cornelius, der weiter vor dem Sofa kniete.

Ihn hatte sie sofort vergessen!

Sie schaltete kurz das Handy auf stumm und sagte: »Bleib genau so! Ich bin sofort zurück!«

Sie zog die Schiebetür hinter sich zu und lehnte sich an die Brüstung. Heftiger Wind ließ ihr Haar flattern und blähte ihre halb aufgeknöpfte Bluse auf.

Sie hielt sich wieder das Handy ans Ohr. »Herr Richter, wie schön! Ich habe mit Ihrem Anruf gerechnet, jedoch zugegebenermaßen nicht so früh.«

»Das heißt nicht, dass ich mir die Sache einfach gemacht habe«, sagte der Lehrer. Er klang anders als noch am Nachmittag in der Hütte, fahrig und angespannt. »Praktisch seit Sie weggefahren sind, habe ich mit mir gerungen. Ich muss es Ihnen sagen.«

Diana verkrampfte ihre Hand um das Geländer. »Schießen Sie los.«

»Es stimmt nicht, dass ich ihr einfach nur diesen einen Brief geschrieben habe.«

»Wie meinen Sie das?«

»Na ja, ich habe sie ab und an beobachtet. Nicht weil ich ihr etwas antun wollte, Gott bewahre, ich wollte einfach nur Teil ihres Alltags sein, wollte sehen, was sie macht. Wenn sie beim Leichtathletiktraining war, sich mit Freunden getroffen hat … ich war öfter mal in der Gegend, stand mit dem Auto

135

eine Straße weiter. Sie wird davon nichts mitbekommen haben.«

»Das nennt man wohl Stalking, Herr Richter. Und dabei haben Sie etwas gesehen?«

»Ja, mir ist aufgefallen, dass sie regelmäßig mit dem Fahrrad zur Tankstelle der Wigands gefahren ist. Von dort aus hat sie dann verschiedene Häuser in Grimmbach abgefahren. Mal waren es nur drei, mal sieben oder acht, meistens dieselben. Im Ort war es ein offenes Geheimnis, dass der alte Wigand Drogen vertickt hat, irgendein Zeug, das aus dem Osten kam. Später ist er ja auch dafür eingebuchtet worden.«

Diana malmte die Kieferknochen aufeinander. Ihr fiel auf, dass Richter ihre Gespräche wie eine Unterrichtsstunde strukturierte. Er erzählte immer etwas und ließ sie dann auf die Schlussfolgerung kommen.

»Frau Nolte soll also eine Drogenkurierin gewesen sein?«

»Genau, das wäre der naheliegende Gedanke!«, rief er aus. »Macht durchaus Sinn, wenn man es sich mal so überlegt. Ein junges Mädchen, da schöpft natürlich erst mal niemand Verdacht. Vielleicht ist sie dabei irgendwann an den Falschen geraten. Wer weiß, mit was für Typen der Wigand noch zu tun gehabt hat.«

»Warum haben Sie das nicht gleich gesagt?«

»Offen gestanden: aus Angst. In Grimmbach sollte man sehr vorsichtig damit sein, was man preisgibt und was nicht.«

»Was wollen Sie damit andeuten?«

»Schauen Sie sich Matilda an. Den Vater von Janssen. Ich will nicht so enden wie die beiden. Dieser Ort … Er geht nicht sehr gut mit Menschen um.«

Diana ließ seine Worte zunächst so stehen. »Bitte kommen Sie morgen auch noch einmal ins Präsidium, und geben Sie dazu eine offizielle Aussage ab.«

Als sie aufgelegt hatte, stieß sie sich mit der flachen Hand gegen die Stirn. Erst die Briefe, jetzt Matildas mögliche Verbindung in die Drogenszene! Wie viel hatten sie noch übersehen? Wie konnte sie damals nur so blind gewesen sein? Diesmal musste sie es besser machen. Nicht nur für ihr berufliches Fortkommen, sondern auch für ihren eigenen Seelenfrieden.

»Lassen Sie uns nicht in einem schlechten Licht dastehen«, hatte der Polizeipräsident ihr heute noch nach der Pressekonferenz zugeraunt.

Es stand einiges auf dem Spiel.

Cornelius winkte ihr von drinnen zu und streckte fragend die Arme aus. Er war Anwalt für Arbeitsrecht hier in Fulda, Ende vierzig, ebenfalls geschieden, mit breitem Ruderverein-Kreuz und gewitztem Charme. Sie hatten sich über ein Onlinedating-Portal kennengelernt, und Diana hatte ihn schnell zu ihrer bevorzugten Anlaufstelle für unverbindlichen Sex erkoren.

In Nächten wie diesen, in denen sie dringend Druck abbauen und abschalten musste, war ein Anruf bei ihm die erste Option. Er arbeitete meistens genauso lang wie sie und kam direkt von seiner Kanzlei herübergefahren, die Krawatte schon gelöst und das Sakko über die Schulter geworfen.

Aber in letzter Zeit versuchte er immer häufiger, sie zum Abendessen einzuladen oder sie zu einem gemeinsamen Wellnesswochenende zu überreden. Eigentlich hatten sie vereinbart, hieraus nie etwas Ernstes zu machen, Cornelius schien das allerdings allmählich zu vergessen.

Wenn das so weitergeht, muss ich bald den Schlussstrich ziehen, dachte sie, als sie zurück in die Wohnung ging.

»Machen wir's schnell«, sagte sie und knöpfte ihre Bluse auf. »Morgen habe ich jede Menge zu tun.«

ALTE FREUNDE

7. Oktober 2018

Na super, nur eine Kasse geöffnet!

Seufzend reihte sich Janosch in die Schlange ein, die bis hinten zu den Kühlregalen reichte. Er stellte seinen Einkaufskorb ab und schaute auf die Uhr. Schon halb neun! Die Quester würde ihn öffentlich ausweiden, wenn er zu spät kam.

Warum hatte er sich auch dazu hinreißen lassen, die Einkäufe für seine Mutter noch vor der Arbeit zu erledigen?

In den letzten Tagen hatte es seine Mutter nicht geschafft, aus dem Haus zu gehen, und Janosch war zu beschäftigt mit sich selbst und dem Fall gewesen, um den leeren Kühlschrank zu bemerken.

So konnte es nicht weitergehen! Der Zustand seiner Mutter war der eigentliche Grund gewesen, warum er überhaupt wieder hierhergekommen war. Das durfte er nicht so ausblenden.

Wenigstens hatte er in der vergangenen Nacht schlafen können. Er hatte sich etwas Melatonin-Spray verabreicht, einen Meditations-Podcast gestartet und war wenig später in einen komatösen Schlaf versunken.

Beim ersten Blick auf sein Handy hatte ihn dann gleich

eine SMS von Diana Quester begrüßt – gesendet um 23:47 Uhr:

»Morgen 9 Uhr treffen bei Tankstelle Express, Grimmbach. Gruß DQ.«

Ihnen auch einen guten Morgen!, hatte er nur verschlafen gedacht. Was führte sie jetzt zu der Tankstelle? Hatte sie neue Erkenntnisse gewonnen?

Jemand tippte ihm gegen die Schulter.

»Entschuldigen Sie?«, erklang eine zittrige Stimme hinter ihm.

Er wandte sich um.

Hinter ihm stand eine gebrechliche Frau im beigen Mantel und mit silberner Dauerwelle. Ihre altersfleckige Hand schwebte noch immer direkt vor ihm.

»Junger Mann, Sie sind doch der kleine Janssen, oder?«

»Ähm, ja, genau«, sagte er und versuchte zu verbergen, wie genervt er war. Diese Schlange ging auch gerade überhaupt nicht vorwärts!

Obst & Gemüse Scheyer – oder schlicht *Gemüse-Scheyer*, wie ihn die meisten nannten – war ein kleiner Lebensmittelladen im Ortskern von Grimmbach. Ein einstiger Tante-Emma-Laden, der keiner der großen Ketten angehörte, eine wirkliche Seltenheit in dieser Zeit.

Die faltenzerfurchte Miene der alten Frau hellte sich auf. »Ach, du erinnerst dich bestimmt nicht mehr an mich, ich bin die Inge Kirchner! Früher war ich Stammkundin bei deinem Papa im Laden. So schöne Sträuße wie bei ihm gab's in der ganzen Rhön nicht. Die waren für das Grab meines Mannes, da haben mich auf dem Friedhof die Leute ständig drauf angesprochen und gefragt, wo ich die herhabe.«

»Das ist sehr schön, das freut mich«, erwiderte Janosch, den es aufrichtig rührte, wenn Leute noch so gerne an die Arbeit seines Vaters zurückdachten.

»Jedenfalls habe ich gehört, du bist jetzt bei der Polizei, stimmt's?«

Er nickte. »Ja, ich habe in Frankfurt die Ausbildung gemacht.«

»Dann ist's gut, dass ich dich erwische. Ich wohne gleich gegenüber von einem dieser neuen Ferienbungalows vom *Hotel Moorblick*. Gestern Abend war da ein Höllenlärm los, sage ich dir! Ein junger Mann und eine Frau, die haben sich richtig in die Haare gekriegt, ein riesiges Geschrei! Ich habe nicht verstanden, worum es ging, aber ich hatte das Gefühl, die würden sich jeden Moment gegenseitig zerfleischen. An Schlaf war natürlich nicht mehr zu denken gewesen!«

»Warum haben Sie nicht meine Kollegen informiert?«

»Ach, die wollte ich nicht mit so einer Lappalie behelligen.«

Aber mich schon?, dachte Janosch im Stillen.

»Am besten wenden Sie sich direkt an Frau Fallmer. Als Inhaberin hat sie auch darauf zu achten, dass ihre Gäste die Nachtruhe einhalten.«

Gabriela Fallmer, die Mutter von Janoschs Jugendfreund Ben, war nach der Schließung ihrer Sparbank-Filiale in die Tourismusbranche gewechselt. Sie hatte das heruntergekommene Grimmbacher *Hotel Moorblick* in einen modernen Wellnesstempel verwandelt.

Endlich wurde eine zweite Kasse aufgemacht, und Janosch konnte dem Gespräch durch einen Wechsel in die andere Schlange entfliehen.

Als Janosch bei der Tankstelle vorfuhr, stand Diana Quester bereits vor den Zapfsäulen und schaute demonstrativ auf ihre Armbanduhr.

Er stieg aus und lief auf sie zu. »Entschuldigen Sie die Verspätung.«

»Um Entschuldigung kann man nur bitten«, entgegnete sie schroff. »Kommen Sie!«

Sie war wieder ganz die Alte. Zuckerbrot und Peitsche, kam ihm Tareks Ausspruch von gestern Abend in den Sinn.

Nur einige Kumuluswolken bedeckten den klaren blauen Himmel. Das helle Licht förderte erbarmungslos die Unansehnlichkeit der Tankstelle *Express* zutage. Vom ausladenden Betondach bröckelte der Putz, die weiß gekachelten Wände des Verkaufsraums überzog der Ruß und Schmutz von Jahrzehnten. Die Neonröhren hinter dem X in *EXPRESS* waren defekt, sodass es sich als *E PRESS* las.

»Warum sind wir überhaupt hier?«, fragte Janosch.

»Was wissen Sie über dieses Etablissement, Herr Janssen?«

»Früher war sie mal mehr Drogenumschlagplatz als Tankstelle, der alte Besitzer saß dafür auch im Knast. Vor allem Zeug aus dem Osten, das er verschachert hat. Hauptsächlich Crystal, aber wohl auch Teile.«

»Was, wenn ich Ihnen sage, dass Frau Nolte womöglich eine seiner Kurierinnen gewesen ist?«

Janosch blieb stehen. »Wie bitte?«

»So sehen Sie also aus, wenn Ihr vorgefertigtes Bild von jemandem zu bröckeln beginnt.« Sie verzog einen Mundwinkel. »Der Lehrer hat mich gestern Abend noch angerufen und mir das erzählt. Er hat sie wohl dabei beobachtet.«

Matilda – eine Drogenkurierin? Das konnte er sich nicht vorstellen! Warum hätte sie das tun sollen? Hatte sie so sehr das Geld gebraucht? Für ihre Reiseträume? War ihr dies schließlich zum Verhängnis geworden?

»Wie lange wollen Sie noch da rumstehen?«, drängte Quester. »Los, los!«

Gleich vor dem Eingang brummte eine altersschwache Tiefkühltruhe vor sich hin, in der Beutel voll Eiswürfel und verschiedene Sorten Stieleis auslagen.

Ein junger Typ im Trainingsanzug war bei den Saugstationen, befreite seinen Benz von Staub und Dreck und hing dabei so tief vornübergebeugt im Fußraum, dass sein Hintern aus der Hose hervorlugte. Ansonsten war keine Menschenseele zu sehen.

»Ein trostloser Ort«, kommentierte Diana.

»Passend zu Grimmbach.«

Sie traten ein und wurden vom Geruch von Brühwürstchen-Wasser, Filterkaffee und Aufback-Croissants empfangen. Hinter dem Verkaufstresen lief leise ein Radio und spielte Schlagerlieder.

»Welche Zapfsäule?«, fragte der Mann an der Kasse gelangweilt, ohne von seinem Handy aufzuschauen.

Diana hielt ihm ihren Dienstausweis unter die Nase.

»Keine.«

Schnell schaltete der Mann den Handybildschirm aus – Janosch konnte gerade noch eine Videoseite mit barbusigen Frauen erkennen.

Der Mann rückte seine Schirmmütze mit dem Tankstellen-Logo zurecht und schaute auf. Aknenarben überzogen seine großporigen Wangen, er hatte einen dünnen schwarzen Kinnbart, und in seinem linken Ohrläppchen steckte ein silberner Ring.

»Sie sind …?«, fragte Diana.

»Ralf Wigand, mir gehört die Tanke.« Er verschränkte die Arme vor der Brust. »Was wollen Sie denn hier?«

»Vorher hat das Geschäft Ihrem Vater gehört, richtig? Thilo Wigand?«

»Wenn Sie den sehen wollen, dann müssen Sie rüber zum Neuen Friedhof. Mein Alter ist vor zwei Jahren gestorben, Lungenkrebs, ging alles ganz schnell.«

»Mein Beileid. Dann werden wir wohl mit Ihnen vorliebnehmen müssen.« Diana ließ sich von der abweisenden, schroffen Art des Tankstellenbesitzers nicht aus der Ruhe bringen.

»Stört's, wenn ich dabei ein bisschen die Regale einräume? Ich habe zu tun.«

»Solange Sie dabei unsere Fragen beantworten können, können Sie tun und lassen, was Sie möchten.«

An der Tankstelle herrschte alles andere als großer Andrang, und die Regale waren für Janoschs Augen reichlich gefüllt. Was wollte Wigand damit bezwecken? Sie ablenken? Zeigen, wie egal ihm ihr Besuch war?

Er kehrte mit einem Wägelchen voller Produkte aus dem Lager zurück.

»Ihr Vater wurde wegen Drogenbesitz und -handel verurteilt«, sagte Diana.

Wigand räumte Chipstüten ein. »Das ist mir durchaus geläufig. Und?«

Langsam reichte es! Janosch gefiel dieser Tonfall überhaupt nicht. »Wenn Sie sich nicht etwas kooperativer zeigen, können wir ja mal überprüfen, was Sie hier außer Nachos sonst noch so verkaufen.«

»Die Tankstelle ist das einzige Geschäft, das ich von meinem Vater übernommen habe.« Er funkelte Janosch an. »Oder glaubst du, dass Söhne immer die Verbrechen ihrer Väter wiederholen? Du bist schließlich auch nicht zum Mädchenmörder geworden, soviel ich weiß.«

Janosch ballte die Fäuste. Wigand hatte ihn also auch erkannt. Ihm war klar, dass er sich auf solche Spielchen nicht einlassen durfte. Doch die Worte kamen über seine Lippen, bevor er sich beherrschen konnte:

»Es gab keinen Beweis, dass er es getan hat. Mein Vater ist nie verurteilt worden!«

»Vielleicht nicht von einem Richter, aber auf jeden Fall von den Leuten hier. Und das ist für die meisten am Ende das einzige Urteil, das wirklich zählt.«

Diana ging dazwischen: »Lassen wir doch das Geplänkel und kommen zurück zum eigentlichen Anlass dieses Gesprächs.« Sie schaute Janosch warnend an. »Wir haben Grund zu der Annahme, dass Matilda Nolte – der Name ist

Ihnen sicher *geläufig* – damals für Ihren Vater Kurierfahrten gemacht hat. Wissen Sie etwas davon?«

»Wie ich damals schon im Prozess gesagt habe: Ich habe von den ganzen Machenschaften meines alten Herrn nichts mitgekriegt. Ich habe in der Tanke ausgeholfen, aber was immer er auch sonst getrieben hat, hat er von mir ferngehalten.«

»Sie haben Frau Nolte also nie hier gesehen?«

Er zuckte mit den Schultern. »Kann sein, dass sie mal hier gewesen ist, wenn ihre Eltern getankt haben.«

Janosch glaubte ihm kein Wort. Ralf Wigand war immer ein höchst umtriebiger, gefährlicher Kerl gewesen, der sich auf den Kirmesfesten in der Rhön nie für eine Schlägerei zu schade gewesen war. Oft hatte er mit zwielichtigen Leuten aus den Nachbarorten am Marktplatz mit ihren Mofas rumgehangen und Leute angepöbelt. Janosch konnte sich nicht vorstellen, dass er nichts vom Nebengeschäft seines Vaters mitbekommen hatte.

Diana schien es genauso zu sehen. »Gab es denn unter den Kontakten Ihres Vaters Personen, denen Sie einen Mord zutrauen würden? Könnte Matilda Nolte an den Falschen geraten sein?«

»Keine Ahnung, ich habe seine Kontakte ja nicht gekannt.«

»Sind die nicht durch den Prozess ans Licht gekommen? Hat Ihr Vater nie mit Ihnen über seine Geschäfte gesprochen?«

»Da hat er sich lieber ausgeschwiegen.«

»Dann kommen Sie ja ganz nach ihm …« Diana wandte sich zum Gehen. »Herr Janssen, wir sind hier fertig.«

»Dann mal Auf Wiedersehen!«, rief Wigand ihnen knurrig hinterher.

»Davon gehe ich aus«, erwiderte Diana. Im Freien sagte sie zu Janosch: »Er weiß mehr. Genau wie Richter. Aber im Gegensatz zu dem Lehrer wird sich Wigand wohl eher nicht abends melden und alles ausplaudern.«

»Es muss noch weitere Personen gegeben haben, die von diesen Machenschaften etwas mitgekriegt haben. Zulieferer, Konsumenten … wir müssen nur die Akten vom Prozess gegen Wigand senior durchgehen, da werden wir sicher auf reichlich Namen stoßen.«

»Zweifelsohne«, sagte Quester. »Und, Herr Janssen, lassen Sie sich von Kerlen wie diesem Wigand nicht so schnell aus der Reserve locken. Sie sind Polizist, das darf Ihr Gegenüber niemals vergessen.«

. . .

»Unsere nächste Station: der Optiker«, verkündete Quester. »Vielleicht haben wir hier etwas mehr Glück.«

Optik Schellenberg lag im überschaubaren historischen Ortskern von Grimmbach. Genau genommen bezog sich dieser Titel nur auf eine einzelne Häuserzeile aus restaurierten Fachwerkbauten.

Sie hatten nebeneinander direkt vor dem Marktbrunnen geparkt und liefen auf das Geschäft zu. Der Name prangte in goldenen Lettern über dem herbstlich dekorierten Schaufenster, in dem Brillenmodelle verschiedenster Preisklassen auslagen. Der Laden bot das genaue Gegenteil zu der heruntergewirtschafteten Tankstelle der Wigands.

Die fröhlich läutende Türglocke kündigte sie beim Eintreten an. Eine ältere Frau kam gleich auf sie zu. »Guten Tag! Wie darf ich Ihnen weiterhelfen? Suchen Sie eine Brille für Ihren Sohn?«

Das brachte Quester zum ersten Mal dazu, dass sie einen Augenblick sprachlos war. »Ich … ähm … das ist nicht mein Sohn! Wir sind von der Kriminalpolizei! Mein Name ist Diana Quester, das hier ist Janosch Janssen. Wir haben einige Fragen an Sie.«

»Oh, bitte entschuldigen Sie vielmals! Wie unangenehm!«

Ihr strahlend weißes Lächeln war so offen und vertrauenerweckend, man konnte ihr diesen Lapsus nicht übel nehmen. Sie trug eine schwarze Weste, darunter eine bordeauxfarbene Bluse, selbstverständlich eine Brille – mit runden Gläsern –, und das Haar hatte sie zu einem lockeren Pferdeschwanz zurückgebunden.

»Was führt Sie denn her?«, fragte die Optikerin freundlich.

Quester holte den Beweisbeutel mit dem aufgeklappten, leeren Brillenetui hervor.

»Das hier.«

Sie legte es auf eine Glasvitrine mit mehreren *Ray-Ban*-Brillen.

»Das ist ja eines von uns! Darf ich?« Die Frau streckte die Hand danach aus.

»Nur zu, Frau …«

»… Schellenberg, eingeheiratet. Ich leite das Geschäft zusammen mit meinem Mann.«

Sie hielt den Beutel hoch und begutachtete aufmerksam das Etui. »Den Inhalt haben Sie nicht? Keine dazugehörige Brille?«

»Nein, leider nicht. Nur das Etui und das Putztuch«, sagte Janosch. »Wir hatten gehofft, Sie könnten uns vielleicht etwas mehr über das Etui erzählen. Es wurde im Zusammenhang mit dem Mordfall Matilda Nolte entdeckt, also muss es mindestens vor neun Jahren verkauft worden sein.«

Sobald er Matildas Namen erwähnt hatte, fror ihr Lächeln ein. Sie ließ den Beutel zurück auf die Vitrine sinken, als wäre er mit Hundekot gefüllt. Nervös schaute sie zwischen Janosch und Diana hin und her.

»Entschuldigen Sie mich kurz, ich hole meinen Mann dazu. Er ist hinten in der Werkstatt.«

Frau Schellenberg trat den Rückzug an und verschwand durch eine Seitentür.

»Ein sehr plötzlicher Stimmungswechsel«, sagte Quester und betrachtete mit wenig Interesse die verschiedenen Brillengestelle.

»Scheint generell ein schlechtes Thema hier im Ort zu sein.«

Wenige Momente später kehrte die Inhaberin mit ihrem Gatten im Schlepptau zurück. Herr Schellenberg war einen Kopf kleiner als seine Frau, mit weißem Wattehaar an beiden Seiten seines kahlen Schädels und einer rotädrigen Knollennase. Über seinem weißen Hemd trug er einen dunkelblauen

Pullunder. Sein buschiger Schnäuzer wackelte bei jedem seiner Worte auf und ab.

»Guten Tag, Emil Schellenberg, ich grüße Sie!«, sagte er hastig. »Leider können wir zu dem Etui keine Angaben machen. Das kann praktisch jedem Kunden gehört haben, der jemals bei uns eine Brille gekauft hat. Und jetzt würde ich Sie freundlichst darum bitten, zu gehen.«

Das Leuchten in seinen verengten Augen war alles, nur nicht freundlich.

...

Zurück im Präsidium, kamen sie mit Frank Nehring und dem Rest der SOKO zusammen. Der Konferenzraum, in dem Quester gestern das Briefing abgehalten hatte, war inzwischen zu einer veritablen Einsatzzentrale geworden.

Auf mobilen Stellwänden gaben etliche Fotos, ausgedruckte Dokumente und Post-its einen Überblick über Zeitverläufe, Zeugenaussagen, Tatverdächtige, Ergebnisse der Obduktion und Spurensicherung.

In Ermangelung an Alternativen pumpte sich Janosch ausnahmsweise mal einen Kaffee. Er gab großzügige Mengen Kaffeesahne und Zucker hinzu, um den Eigengeschmack der Brühe zu überdecken. Was würde er jetzt für einen ordentlichen Oolong-Tee geben!

Der Vormittag war absolut ernüchternd verlaufen. Es fiel ihm schwer, seinen Frust herunterzuschlucken und weiterzumachen. Tankstellenbesitzer Wigand, die Optiker – es war nur allzu offensichtlich, dass sie mehr wussten. Aber ohne weitere Beweise dafür würden sie nichts aus ihnen herausbekommen.

Janosch kam es vor, als hätte sich ganz Grimmbach gegen sie verschworen. Was verbargen sie?

»Meine Damen und Herren, wir treten auf der Stelle«, konstatierte Diana Quester. »Was wir bisher definitiv wissen: Björn Richter ist nicht der Vater, er ist nachgewiesen unfruchtbar, das Ergebnis des Vaterschaftstests steht zwar noch aus, aber wir gehen stark davon aus, dass er negativ sein wird. Auch alle anderen DNA-Vergleiche mit damals aktiven Sexualstraftätern in der Gegend waren negativ. Die Gegenwart hat uns bisher nicht weitergebracht, konzentrieren wir uns also vielleicht lieber auf die Vergangenheit.«

Sie zog eine der Stellwände heran, auf der die Ereignisse des Februars 2009 chronologisch aufgelistet waren.

»Die Nacht vom achtzehnten auf den neunzehnten Februar 2009«, begann Quester, »Matilda Nolte ist auf der Vorabi-Party im *Scott's Palace* in Fulda. Laut Zeugenaussagen hat sie lediglich Cola und Radler getrunken. Sie ist nicht lange geblieben und hat das Gelände wahrscheinlich zwischen ein Uhr fünfzehn und ein Uhr zwanzig allein in ihrem Fiat verlassen. Und jetzt kommen wir zu einem Punkt, den wir bis heute nicht klären konnten.«

Quester deutete auf eine Karte der Rhön, auf der das *Scott's Palace* in Fulda, die Unfallstelle auf der B284 und Matildas Elternhaus in Grimmbach markiert waren.

»Zur Unfallstelle auf Höhe der Wasserkuppe bräuchte man bei normalem Fahrtempo und zu dieser Zeit circa dreißig Minuten. Der Unfall geschieht allerdings erst ungefähr eine Stunde und zwanzig Minuten nachdem Frau Nolte die Party verlassen hat. Wir haben also eine Lücke von fünfzig Minuten, in denen wir nicht wissen, wo sie gewesen ist oder wen sie getroffen hat.«

Nehring übernahm und zeigte auf die Bilder eines alten, aufschiebbaren Handys und einer Geldbörse: »Matilda besaß ein Nokia N81 und ein rotes Portemonnaie aus Leder. Beides wurde in ihrem Auto sichergestellt, auf dem Handy fanden sich keinerlei auffällige Kontakte oder Anrufe. Die letzte Nummer, mit der sie verbunden war, war die 112.«

»Die andere Person, die in den Unfall verwickelt war: Harald Janssen«, fuhr Quester fort. »Besitzer eines Blumenladens in Grimmbach, auf dem Weg gewesen, seinen Sohn Janosch Janssen von seinem Freund Benjamin Fallmer abzuholen.«

Janosch spürte, wie sich alle Blicke – mal mehr, mal weniger unauffällig – auf ihn richteten. Ein Gefühl wie von tausend heißen Nadelstichen breitete sich über seine Haut.

»Janssen sagt aus, dass er von Matilda Noltes Verschwinden nichts bemerkt hat. Er sei ohnmächtig gewesen, und als er aufwachte, war sie bereits nicht mehr am Unfallort. Seine Aussage wirkt zunächst glaubhaft«, sie warf Janosch einen Seitenblick zu, »allerdings wird zwei Tage später von Suchtrupps im Wald nahe der Unfallstelle ein Gärtnermesser gefunden. An der Klinge das Blut von Matilda Nolte, am Griff die Fingerabdrücke von, wie bereits gesagt, vier Personen: Janosch Janssen, Harald Janssen, Lothar Malewski und einer unbekannten Person. Janosch und Malewski haben für die Tatnacht ein Alibi, Harald Janssen hingegen befand sich unmittelbar am Tatort, weshalb sich die Ermittlungen zunächst auf ihn fokussierten. Dem Haftrichter reicht es noch nicht für U-Haft, ich nehme ihn in die Zange, will ein Geständnis aus ihm herauspressen, er …« Sie brach ab, schaute zu Janosch.

Er wandte den Blick ab. An einer der Stellwände entdeckte er ein Foto seines Vaters. Ein grobkörniges, altes Ausweisbild, auf dem er ausdruckslos in die Kameralinse schaute. Es wurde Papa und seinem schelmischen Mienenspiel, seinen Grimassen und seinem tiefen, dröhnenden Lachen nicht einmal ansatzweise gerecht. »Ein blumiges Gemüt, das hat er, der Herr Janssen«, wie eine Nachbarin immer über ihn gesagt hatte. Unvorstellbar, dass er zum Selbstmord fähig gewesen sein soll.

Lothars Fingerabdrücke, rief sich Janosch ins Bewusstsein. Sie waren auch auf dem Heft des Messers gewesen. Nichts Ungewöhnliches, er hatte es bei der Arbeit genauso häufig verwendet wie Janosch und sein Vater. Dennoch ließ ihn der Gedanke nicht mehr los. Warum hatte er sich gestern Abend – für seine Verhältnisse ziemlich heftig – gegen die Ermittlungen ausgesprochen? Aus den Akten hatte er entnommen, dass Lothar als Alibi einen Kneipenbesuch angegeben hatte. Waren die Zeugen wirklich hieb- und stichfest?

Und die unbekannte Person, wer konnte das sein? Ab und an hatten sie das Messer auch an Kunden gegeben, damit diese die Stiele selbst auf ihre gewünschte Länge schneiden konnten, das war durchaus möglich. Oder stammten die Abdrücke vom Täter? Und wenn ja, wieso war er dann so unvorsichtig gewesen und hatte keine Handschuhe getragen?

»Unsere vielversprechendste Spur ist derzeit Noltes mögliche Verbindung ins Drogengeschäft. Die Vernehmung von Wigands Sohn war wenig aufschlussreich, aber es muss noch deutlich mehr Quellen als ihn geben. Zapfen Sie Ihre Kontakte an, gehen Sie die Prozessakte von Wigand senior durch. Wen hat Matilda beliefert? Zu welchen von Wigands anderen Dealern hatte sie eine Verbindung?« Sie wandte sich an Janosch und Nehring. »Sie beide haben ein Date mit Dennis Braun. Ich habe Frau Noltes Ex-Freund für eine Speichelprobe hierhergebeten. Bei der Gelegenheit können Sie ihn auch gleich noch einmal vernehmen.«

...

»Keine Ahnung, was Quester neuerdings für einen Narren an dir gefressen hat«, murrte Nehring, als er mit Janosch zu seinem Büro lief. »Von mir brauchst du so was auf jeden Fall nicht zu erwarten. Ich bin froh, wenn ich dich aus den Füßen habe.«

»Beruht auf Gegenseitigkeit«, erwiderte Janosch trocken.

Nehring zog die Brauen zusammen. Er schien seinen Ohren nicht trauen zu können. »Hör mal zu, für mich gibt es eine ganz einfache Regel: Befehl und Gehorsam. Dieser ganze neumodische Quatsch geht mir am Arsch vorbei. Flache Hierarchien, Führen im Dialog, Ringelpiez mit Anfassen, als wäre das hier eine basisdemokratische Angelegenheit … Wir haben Dienstgrade, und die hat man zu respektieren. Verstehen wir uns?«

Janosch verdrehte die Augen. »Meinetwegen.«

Ein Beamter wartete bereits mit Dennis Braun auf den Besucherstühlen vor Nehrings Büro.

»Die Speichelprobe haben wir, er gehört ganz Ihnen«, sagte der Beamte.

Nehring bedankte sich bei ihm, stellte sich und Janosch vor und bat Braun in sein Büro. Darin hing nur allzu deutlich Nikotingeruch in der Luft, eine Packung Gauloises lag noch auf dem Schreibtisch.

Schnell ließ Nehring die Zigaretten in einer Schublade verschwinden und setzte sich in seinen Sessel. Janosch und Braun nahmen ihm gegenüber Platz.

Janosch hatte noch Brauns Bild aus der Akte in Erinnerung gehabt und hätte ihn beinahe nicht wiedererkannt. 2009 war er hager gewesen, hatte noch einen Pferdeschwanz und einen struppigen Dreitagebart gehabt, jetzt war er glatt rasiert, hatte ein Wohlstandsbäuchlein und trug seine Haare kurz und mit reichlich Wachs zurückgekämmt.

Nehring schaltete ein Aufnahmegerät ein. »Herr Braun, wie schön, dass Sie Zeit für uns gefunden haben. Lange nicht mehr gesehen. Wie ist es Ihnen denn so in den letzten Jahren ergangen?«

Während Diana Quester bei den Befragungen hoch konzentriert und direkt war, strahlte Nehring fast schon aufreizende Langeweile aus.

»Puh, neun Jahre mal schnell zusammenfassen«, sagte Braun. »Ich habe noch ein paar Semester in SoWi rumgedümpelt, aber gemerkt, dass das Thema einfach nichts für mich ist. Also Abbruch, neu orientiert, duales Studium beim Finanzamt in Fulda begonnen, inzwischen Beamter auf

Probe. Da habe ich dann auch meine Frau kennengelernt. Unser Sohn ist zwei, im Januar erwarten wir unser nächstes Kind.«

»Schön, schön.« Nehring wippte in seinem Sessel vor und zurück und kratzte sich am Kinn. »Wo wir schon beim Thema sind: Wussten Sie von Matilda Noltes Schwangerschaft?«

In Brauns Gesicht arbeitete es. Er ballte seine massigen Fäuste. »Hören Sie, ich habe mir ein schönes Leben aufgebaut, und ich lasse mich nicht mehr in diese Sache mit reinziehen.«

»Das beantwortet nicht die Frage von Herrn Nehring«, warf Janosch ein.

Braun schaute ihn finster an.

»Ich bin nicht der Vater, wenn Sie darauf hinauswollen. Das werden Sie spätestens beim Ergebnis von diesem DNA-Vergleich sehen. Ich kann mir auch gar nicht vorstellen, warum Matilda auf einmal schwanger gewesen ist. Sie war extrem vorsichtig in der Hinsicht. Sie hat die Pille genommen, trotzdem wollte sie immer noch zusätzlich mit Kondom verhüten.«

»Gab es denn jemanden in dieser Zeit, den Sie sich als Vater von Matildas Kind vorstellen könnten? Sie haben damals davon gesprochen, dass sie sich immer mehr entfremdet hat, über lange Zeit verschwunden ist, so als gäbe es da bereits jemanden.«

Braun rutschte in seinem Stuhl herum. »2009 haben wir diese Sachen doch schon endlos durchgekaut.«

»Gut kauen ist gesund«, sagte Nehring. »Also?«

»Wenn's da jemanden gab, den ich nicht kannte, dann hat sich daran bis heute nichts geändert. Der Einzige, obwohl, das ist viel zu abwegig …«

»Wen meinen Sie?«

»Salim. Ihr bester Freund damals. Die waren beide im Leichtathletikteam. Und ich war mir sehr sicher, dass es wirklich nur eine innige Freundschaft war, mehr nicht. Aber wer weiß, in dem Alter deutet man viele Dinge noch nicht so richtig …«

Janosch runzelte die Stirn. Dieser Salim musste auf eine andere Schule gegangen sein, er konnte sich nicht an ihn erinnern.

»Salim … und weiter?«

Braun überlegte. »Herter, Werther, irgendwie so was, das müssten Sie nachschauen, aber der findet sich bestimmt schnell.«

»Dann haben Sie vielen Dank«, sagte Nehring und machte sich eine letzte Notiz. »Wir melden uns, falls bei der DNA-Analyse doch etwas Überraschendes zutage treten sollte.«

. . .

»Helen Quester, 15:48: steht unsere verabredung heute abend noch? ich wollte süßkartoffel-curry mit garnelen machen, magst du das?«

Diana wischte die Nachricht weg und rieb sich über die Schläfen. Das Dinner-Date mit ihrer Tochter hatte sie vollkommen vergessen. Eigentlich hatte sie keine Zeit dafür. Sie wollte sich weiter in den alten Wigand-Prozess vertiefen, der

Fall erforderte ihre volle Aufmerksamkeit, außerdem blieben auch ihre übrigen Aufgaben als Kriminaloberrätin nicht liegen.

Der Polizeipräsident sah es kritisch, dass sie sich so sehr in die aktive Ermittlungsarbeit einbrachte. Sie wollte seine Bedenken auf keinen Fall bestätigen und ihre administrativen Tätigkeiten nicht vernachlässigen.

Trotzdem sollte sie Helen nicht hängen lassen. Bereits die letzten Abende mit ihrer Tochter hatte sie kurzfristig absagen müssen.

»Passt. Um 19 Uhr bin ich da«, schrieb sie zurück.

Sie schaute in dem SOKO-Einsatzraum auf und entdeckte einen Kommissariatsanwärter, der gerade am Handy war.

»Bringen Sie mir einen doppelten Espresso aus der Kantine.«

Der Grünschnabel starrte sie an, erst erschrocken, dann entrüstet. »Bei allem Respekt, ich ... ich bin doch kein Laufbursche.«

»Gerade waren Sie ganz offensichtlich an Ihrem Handy. Bestimmt nicht dienstlich. Dann können Sie zumindest jetzt eine etwas produktivere Tätigkeit übernehmen und mir einen Espresso bringen, damit ich diese fünf Minuten gewinne, um sie für den Fall einzusetzen.«

Er schluckte trocken. »Mit Zucker?«

»Ohne.«

Als sie endlich allein war, widmete sich Diana den Prozessakten. Wie sie bereits erwartet hatte, keine einzige Erwähnung von Matilda Nolte. Dafür stieß sie auf einen anderen Namen, der ihr Interesse weckte: Yasmina Herter. Sie war als Zeugin aufgetreten und hatte gegen Wigand ausgesagt. Sie war ungefähr im gleichen Alter wie Frau Nolte und ebenfalls Drogenkurierin gewesen. Hatten sich die beiden gekannt? Wusste Frau Herter mehr über die Rolle von Frau Nolte?

»Klopf-klopf!«

Sie schaute auf.

Nehring lehnte in der Tür. »Störe ich?«

»Nicht großartig. Wie lief Ihr Gespräch mit dem Ex-Freund?«

»Ganz gut. Wir haben zumindest einen Namen, den wir uns noch mal genauer anschauen müssen. Salim Werther, Kettler, irgendwie so was. Den Nachnamen hat er nicht mehr auf die Reihe gekriegt. Ihr bester Freund auf jeden Fall, den hatten wir uns damals sicher schon mal vorgenommen.«

»Könnte es auch Herter gewesen sein?«

»Öh, ja, stimmt, die Variante hat er auch genannt. Wie kommen Sie darauf?«

»Das glaube ich jetzt nicht …«

Sie spürte das befriedigende Kribbeln, das einen überkam, wenn sich zwei lose Fäden miteinander verbanden. Der wahre Lohn einer Ermittlerin, ein unvergleichliches Gefühl, mit Geld nicht aufzuwiegen.

Mit dem Textmarker unterstrich sie »Yasmina Herter« in der Prozessakte, drehte sie um und schob sie Nehring zu.

Dieser machte große Augen, sobald er den Namen las.

»Laden Sie die beiden für morgen vor«, sagte Diana.

»Scheint so, als würden wir ein kleines Geschwistertreffen veranstalten.«

· · ·

Der alte Ford folgte ihm jetzt schon seit Fulda. Normalerweise neigte Janosch nicht zu Paranoia, aber der dunkelblau lackierte Wagen verhielt sich wirklich seltsam.

Wahrscheinlich wäre er ihm gar nicht aufgefallen, hätte der Fahrer nicht für ein lautes Hupkonzert gesorgt, indem er auf der Hambacher Straße eine rote Ampel überfuhr, um an Janosch dranzubleiben.

Oder bildete er sich das nur ein? Wollte der Fahrer oder die Fahrerin einfach nur schnell nach Hause? Aber wieso überholte die Person dann nicht einfach? Janosch fuhr besonders langsam, aber das Auto drängelte nicht, sondern hielt einen Sicherheitsabstand zu ihm ein. Als würde der Fahrer nicht wollen, dass Janosch ihn durch den Rückspiegel erkennen konnte.

Die Landstraße führte sie immer weiter aus der Stadt hinaus. Die Sonne versank lodernd über den Wipfeln der Wälder, ein ockerfarbener Klumpen Glut. Die Scheinwerfer der Autos gleißten hell in der aufkommenden Dunkelheit.

Bei Dipperz fuhr Janosch in ein Gewerbegebiet ab. Wenn er herausfinden wollte, ob er wirklich einen Verfolger hatte, musste er nur einmal im Kreis fahren.

Tatsächlich – der Ford Escort setzte ebenfalls seinen Blinker.

So nicht!, dachte sich Janosch. Er war Polizist. Wer auch immer das war, so etwas würde er sich nicht gefallen lassen.

Wieder bog er links ab, wieder tat es ihm der andere Fahrer gleich.

Vor einem Supermarkt fuhr Janosch rechts ran, bremste abrupt ab, löste den Sicherheitsgurt und sprang aus seinem Wagen.

Er wusste nicht genau, was er vorhatte, und aus einem Impuls heraus stellte er sich mitten vor den anderen Wagen.

Die Scheinwerfer blendeten ihn. Er riss die Hände vors Gesicht.

Ohrenbetäubendes Reifenquietschen. Der Ford wich ihm im allerletzten Augenblick aus, beschleunigte sofort und jagte davon.

Janosch sah ihm blinzelnd hinterher. Es gelang ihm so gerade, das Nummernschild zu lesen. Es war ein FD-Kennzeichen, der Wagen stammte aus Fulda.

Er lief zurück zu seinem Škoda, nahm das Handy vom Beifahrersitz und wählte Tareks Nummer.

»Bist du noch im Präsidium?«, fragte er, sobald sein Kollege angenommen hatte.

»Jep, bin aber kurz vorm Gehen. Was gibt's denn? Du klingst so außer Atem …«

»Kannst du mir einen Gefallen tun und ein Nummernschild für mich prüfen? Ich gebe es dir durch.«

»Klar. Verrätst du mir auch, was es damit auf sich hat?«

»Ja, sofort.« Janosch gab das Kennzeichen durch. Er hatte Angst, es sonst vielleicht zu vergessen.

Er hörte Tareks Tastaturtippen.

»Also ... hmmm, das ist natürlich interessant.«

»Spuck's aus!«

»Ein Ford Escort, richtig? Das Auto wurde gestern früh in Fulda als gestohlen gemeldet.«

...

Der Gasthof *Zur Post* lag im Herzen von Grimmbach und verkörperte den Archetyp eines gutbürgerlichen deutschen Restaurants.

Kupferstiche und dunkles Holz dominierten den Speiseraum, es gab deftige Fleischspezialitäten, frisch gezapftes Bier, jetzt in der Herbstzeit eine Pfifferlings-Sonderkarte, die Wimpel des SV Grimmbach und des Kegelvereins hinter der Theke und wehmütige Erinnerungen an vermeintlich bessere Zeiten.

Janosch und seine Mutter hatten einen Tisch in einem der Separees erwischt, wofür er sehr dankbar war. An diesem Abend war der Gastraum fast bis auf den letzten Platz gefüllt, halb Grimmbach tummelte sich hier. Er hatte wenig Lust auf seltsame Blicke und Tuscheleien, während er in Ruhe mit seiner Mutter sprechen wollte.

Zum einen war es sein Anliegen, sie zu Lothar Malewski auszufragen. Er wollte seinen Verdacht gegen den Freund ihrer Familie so schnell es geht aus der Welt schaffen. Er hatte es eigentlich immer für undenkbar gehalten, dass Lothar etwas damit zu tun gehabt hatte, aber jetzt, wo die Vergangenheit wieder wie eine frische Wunde offen vor ihm lag, mussten teilweise die Verbände gewechselt werden. Zum anderen wollte er sie endlich darauf ansprechen, ob sie sich einen Umzug ins betreute Wohnen vorstellen könnte, das Thema, das er jetzt schon seit Monaten vor sich herschob.

Den seltsamen Vorfall mit dem Ford Escort verbannte er zunächst in die Niederungen seines Kopfes. Was hatte der Fahrer von ihm gewollt? Und wieso hatte er für seine Verfolgung extra ein Auto gestohlen? Hing das Ereignis mit dem Fall zusammen? Er musste unbedingt mit Diana Quester darüber sprechen.

Die Kellnerin kam vorbei. Sie musste achtzehn oder neunzehn sein, im selben Alter wie Matilda damals. Zu jung, um Janosch zu erkennen oder mit den Ereignissen von damals wirklich etwas anfangen zu können.

»Wissen Sie schon, was Sie essen möchten?«, fragte sie mit gezücktem Notizblock und Kugelschreiber.

Janosch schaute hoch zu seiner Mutter.

»Mama, bist du so weit?«

»Ja, ja, ich glaube schon.« Dennoch blätterte sie etwas unschlüssig in der Speisekarte herum. Mit Entscheidungen tat sie sich oft schwer. »Ich … ich nehme das Putenschnitzel mit Kroketten und Brokkoli.«

»Und ich die Pfifferling-Pasta.«

Die Kellnerin sammelte die Speisekarten ein. »Kommt sofort!«

Janosch genehmigte sich einen Schluck Pils und lehnte sich vor. »Ist doch schön, mal wieder essen zu gehen, oder?«

Seine Mutter trug eine geblümte Bluse, die ihr wahrscheinlich Papa mal vor Jahren geschenkt hatte, dazu ihren besten Schmuck.

Sie ging nur noch selten unter Leute. Als sie ihr Weißweinglas zum Mund hob, zitterte ihre Hand ein wenig.

»Sehr schön, in der *Post* war ich Ewigkeiten nicht mehr. Hier schmeckt's auch immer gut. Das letzte Mal war ich mit dem Lothar hier, glaube ich.«

»Wo du gerade von ihm sprichst«, setzte Janosch an. »Ist dir damals irgendwas Komisches an ihm aufgefallen? In der Zeit, in der der Papa gestorben ist?«

Sie wich seinem Blick aus, und ihre Augen wurden glasig. Mit den Fingerkuppen strich sie ihren Vorspeisenteller entlang, auf dem noch einige Baguettekrümel und eine Portion Butter lagen.

»Musst du jetzt dieses Thema anschneiden? Wir wollten uns doch eigentlich einen schönen Abend machen.«

»Tut mir leid«, sagte er. »Es ist nur …«

»Er hat sich damals oft mit deinem Papa gestritten, in den Tagen nach dem Unfall.« Sie nestelte an ihrer Serviette herum. »Ich weiß nur nicht mehr, worum es dabei gegangen ist. Irgendwas hat den Papa auf jeden Fall richtig wütend gemacht, so habe ich ihn selten erlebt. Er war niemand, der leicht aus der Haut gefahren ist, aber die beiden waren im Laden, und er hat rumgebrüllt, als gäbe es kein Morgen mehr.«

Janosch wollte seiner Mutter nicht den Abend verderben, und er bedauerte es bereits, die Sache überhaupt erst angesprochen zu haben, doch jetzt musste er nachhaken:

»Hast du nicht eine Vermutung, worum es gegangen sein könnte?«

»Ich habe nur aufgeschnappt, dass es mit Papas Transporter zu tun hatte. Es war, kurz nachdem er verkauft worden war, Lothar hatte ihn zum Schrotthändler gebracht, glaube ich.«

Interessant, dachte Janosch. Gab es etwas an Papas altem Lieferwagen, das die Polizei damals übersehen hatte? Hatte Lothar in all den Jahren etwas vor ihnen verschwiegen?

Das Essen kam, und sie machten sich eine Weile stillschweigend über ihre Teller her. Janosch ließ sich die sämige Rahmsoße, die Rinderfiletspitzen und frischen Pfifferlinge schmecken. Seit Tagen hatte er nicht mehr in Ruhe etwas Ordentliches gegessen.

Er suchte nach den richtigen Worten, um das nächste Thema anzusprechen, fand aber nur die falschen, sooft er sich auch eine Formulierung im Kopf zurechtlegte. Doch als sie mit dem Essen fertig waren, kam sie von selbst darauf:

»Morgen kommt ein Makler vorbei, richtig? Er hat aufs Festnetz angerufen, und ich hatte ihn zufällig in der Leitung.«

Janosch trank einen großen Schluck Bier. Er fühlte sich ertappt.

»Mama, eigentlich …«

»Nein, jetzt lass mich mal reden«, erwiderte sie unerwartet harsch. »Ich weiß, was du vorhast. Ich bin ja nicht blöd. Ich habe eine Angststörung, keine Denkstörung …«

»Das wollte ich auch nie …«

»Janosch!«

Er schwieg.

»Ich komme manchmal mit den alltäglichsten Dingen nicht mehr klar. Und ich weiß, wie schwierig das für dich sein muss – hierher zurückzukehren, dich um alles zu kümmern. Dafür bin ich dir sehr, sehr dankbar! Aber ich bitte dich: Behandle mich nicht wie ein Kind. Schließ mich nicht aus! Bezieh mich in deine Pläne ein!«

Ihre Lippen bebten. Nach dieser Ansprache sackte sie in sich zusammen, sichtlich erschöpft.

»Mama, es tut mir leid!« Er legte seine Hand auf ihren rauen Handrücken. »Ich wollte mit dir sprechen, ich wusste nur nicht, wie. Wir treffen diese Entscheidungen natürlich zusammen.«

»Das ist lieb von dir.« Sie legte wiederum ihre freie Hand auf seine. »Ich will vor allem, dass du dein Leben lebst. Dass du glücklich bist. Du sollst dich nicht rund um die Uhr um deine Mutter sorgen müssen.«

»Aber ich will auch, dass es dir gut geht. Wir verkaufen das Haus nur, wenn das für dich in Ordnung ist. Und in dem Fall sollst du dann ganz allein entscheiden, wie es weitergehen soll.«

»Vielleicht hätten wir es schon direkt nach Harrys Tod verkaufen sollen«, meinte sie. »Die Erinnerungen wird man ja doch nicht los. Und eine kleine Wohnung, wo ich mich nicht mehr um alles kümmern muss, das kann ich mir schon sehr schön vorstellen.«

Sie klang nicht gerade überzeugt von diesem Gedanken, eher so, als würde sie es nur sagen, um ihm einen Gefallen zu tun.

Es brach ihm fast das Herz. »Wir warten erst mal ab, was der Makler sagt, in Ordnung? Ganz in Ruhe.«

»Jetzt bin ich aber auch wirklich müde.« Sie gähnte hinter vorgehaltener Hand.

Sie gönnten sich noch einen kleinen Nachtisch – Schokoeisbecher für sie, Tiramisu für Janosch –, dann ließen sie die Rechnung kommen. Janosch zahlte und spendierte ein üppiges Trinkgeld. Im Ort sollte sich nicht auch noch herumsprechen, dass man bei den Janssens geizig war.

Auf dem Weg hinaus blieb sein Blick am Barbereich hängen. Ein paar alteingesessene Grimmbacher saßen auf den Hockern vor ihren Biergläsern und Pinnchen. Im hinteren Teil lief das melodische Dudeln eines Spielautomaten.

Wenn er herausfinden wollte, was in Grimmbach vor sich ging, dann war dieser Ort der beste Anlaufpunkt.

»Mama, wär's okay, wenn du schon mal vorgehst?«, fragte er. »Ich glaube, ich genehmige mir noch einen Absacker.«

. . .

»Sehr, sehr lecker!«

Diana verspeiste die letzte in Curry getränkte Garnele und legte ihr Besteck beiseite.

»Freut mich, dass es dir geschmeckt hat«, sagte Helen. »Magst du noch Wein?«

»Gern!«

Ihre Tochter griff nach der Flasche Gewürztraminer und goss ihr nach. »Schön, dass du gekommen bist. Ich hätte nicht mehr damit gerechnet. Bei euch ist ja einiges los.«

»Ich muss mich auch die ganze Zeit dazu zwingen, nicht an den Fall zu denken und einfach mal abzuschalten.«

Helen lebte in einer gemütlichen kleinen Souterrainwohnung am Hang des Kirchbergs, auf dessen Spitze die Kapelle St. Konrad thronte. Das Wohnzimmer war geschmackvoll eingerichtet, mit vielen Erd- und Naturtönen, Unmengen an Kissen und Kerzen und ausgewählten Drucken von Picasso-Tierzeichnungen.

Schon in Marius' und Dianas altem gemeinsamen Haus hatte sie ihr Kinderzimmer in eine Wohlfühloase verwandelt, eine Höhle, einen Rückzugsort. »Von dir hat sie keine Geborgenheit zu erwarten, also holt sie sie sich woanders«, hatte Marius ihr in den letzten Zügen ihrer Scheidung an den Kopf geworfen.

»Abschalten tut dir mal gut. Das sage ich dir nicht als Ärztin, sondern als deine Tochter.«

»Ich weiß, ich weiß.« Diana winkte ab.

»Nimmst du die Betablocker?«

»Selbstverständlich.«

»Mama, so Herzpillen sollte man nicht auf die leichte Schulter nehmen.«

»Das ist mir klar.« Diana nahm einen großen Schluck Wein. »Aber wenn ich ärztlichen Rat will, dann gehe ich zu meinem Arzt, nicht zu einem Abendessen mit meiner Tochter.«

»Arbeitest du eigentlich mit Janosch Janssen zusammen?«

Diana verschluckte sich fast am Wein und hustete. »Wie kommst du denn jetzt auf den?«

»Was? Du wolltest doch, dass wir das Thema wechseln, und das hier ist dir jetzt auch nicht recht?«

Helens Augen funkelten angriffslustig.

»Nein, nein, alles gut. Janssen ist eine furchtbare Nervensäge. Seit dem Leichenfund habe ich ihn am Hintern kleben.

168

Zugegeben, ich habe ihn auch in die SOKO geholt, ansonsten wäre er wohl völlig freigedreht.«

»Kannst du's ihm verübeln?« Helen reckte eine Braue in die Höhe.

»Nicht wirklich.« Sie schmunzelte. Ihre Tochter schaffte es mit unschlagbarer Treffsicherheit, sie zu durchschauen. »Wie kommst du überhaupt auf ihn?«

»Ach, gestern Morgen sind wir uns in der Praxis über den Weg gelaufen. Ich habe mich gefragt, ob du vielleicht seine Handynummer hast.«

Wieder verschluckte sich Diana am Gewürztraminer. Wenn das so weiterging, würde sie eher durch Erstickung als durch ihre Herzprobleme zu Tode kommen.

»Ist das dein Ernst? Willst du was von ihm? Der Bursche ist ein nervöses Hemd, ein halbes Kind, der kommt noch nicht einmal mit seinem eigenen Leben klar.«

Dabei stimmte das gar nicht so sehr, wurde Diana klar. Janoschs Durchhaltevermögen und Schläue hatten ihr in den letzten beiden Tagen durchaus Respekt abgerungen. Aus ihm konnte vielleicht doch noch etwas werden.

Helen reagierte nicht sofort, sondern räumte die Teller ab. Wahrscheinlich musste sie ihre erste Wut herunterschlucken, das kannte Diana nur zu gut von sich selbst.

»Was hältst du von einem Deal?«, meinte Helen schließlich. »Ich behellige dich nicht mehr mit meinen medizinischen Ratschlägen, dafür mischst du dich nicht in mein Privatleben ein.«

»Einverstanden.«

»Also. Kriege ich jetzt seine Nummer oder nicht?«

. . .

»Ich nehme noch einen!« Janosch schob sein Schnapsglas über die Theke, und die Wirtin goss ihm Dinkelbrand nach.

»Ganz schön Durst, der kleine Janssen!«, kommentierte sein Sitznachbar. Der Barhocker, auf dem er saß, ächzte bedenklich unter seinem Gewicht. Er hatte einen langen weißen Bart, vom Alkohol gerötete Wangen und ein tiefes, dröhnendes Lachen.

»Trinken wir auf das Andenken deines Vaters, Gott hab' ihn selig! Prost!«

Sie stießen an und leerten ihre Gläser.

»Früher habe ich mal Führungen im Moor gegeben. Eine Schande, dass das arme Mädchen ausgerechnet dort gefunden worden ist«, sagte der Alte, der sich Janosch als Willi vorgestellt hatte. »Dann glauben die Leute wieder, dort würde es spuken. Dabei ist das genaue Gegenteil der Fall. Das Moor ist voller Leben, so faszinierend und abwechslungsreich.«

Die Gaststätte hatte sich zusehends geleert. Einige Bedienungen räumten bereits das Besteck auf den Tischen ein und bliesen die Kerzen aus.

Außer Janosch und seinem unverhofften Saufkumpanen saß nur noch ein einsamer Glückssuchender wie von den blinkenden Lichtern hypnotisiert am Spielautomaten.

Die resolute Frau hinter der Theke – die Haut wie gegerbtes Leder, die Haare nachlässig blondiert – war zugleich auch die Inhaberin und schaute Janosch hin und wieder verstohlen an.

»Letzte Runde, Jungs!«, krächzte sie, machte noch einmal

die Gläser voll und gab einen kurzen, aber heftigen Raucher-husten von sich.

»Und du? Hast du in letzter Zeit etwas Ungewöhnliches mitbekommen? Oder damals bei Matildas Verschwinden?«, fragte Janosch, ohne sich davon viel zu erhoffen.

Willi ließ sein Weihnachtsmann-Lachen vernehmen. »Wo wir gerade schon bei unheimlichen Orten sind, es gibt da tatsächlich etwas. Du solltest mal mit Pater Kristiansen sprechen, er hatte seltsamen Besuch in seiner Beichtstunde.«

Janosch lehnte die Unterarme auf den Tresen. »Inwiefern seltsam?«

»Hat Andeutungen zu dem Matilda-Fall gemacht, hat dann kalte Füße bekommen und ist abgehauen.«

»Hat der Priester die Person zu Gesicht bekommen?«

»Puh, am besten erzählt er dir das selbst.«

»Hmm.« Janoschs Familie war evangelisch, also hatte er sich bislang nur selten in die kleine Kapelle verirrt. Das letzte Mal musste vor vielen Jahren die Kommunion seines Cousins gewesen sein. Nach Papas Tod war die Familie seiner Tante väterlicherseits nach Niedersachsen gezogen, weil sie das endlose Gerede nicht mehr ertragen hatte. Janosch hatte nur noch sporadischen Kontakt zu ihnen. Aber ganz davon abge-sehen klang es so, als sollte er dem Grimmbacher Gotteshaus mal wieder einen Besuch abstatten.

Er legte den Kopf in den Nacken und kippte den Dinkel-brand hinunter. Der Schnaps brannte noch lange in seiner Kehle nach. Er wollte gerade zahlen, als die Tür aufschwang und eine Gruppe von vier jungen Männern hereinkam.

»Hey, wir schließen jetzt!«, rief die Wirtin. »Kommt morgen wieder!«

»Ach komm schon, Conny, eine Runde wird ja wohl noch drin sein!«, entgegnete einer von ihnen.

Janosch erkannte die Stimme sofort, und sein ganzer Körper wechselte in Alarmbereitschaft.

Es war Ralf Wigand, den sie noch am Morgen in der Tankstelle aufgesucht hatten.

»Wen haben wir denn da?« Wigand wankte auf ihn zu. Er lallte heftig. »Janssen! Laufen die Ermittlungen so schlecht, dass du dir den Frust wegsaufen musst?«

»Haut ab!«, erwiderte Janosch. Er knallte einen Zwanzigeuroschein auf den Tresen. »Stimmt so!«

Die anderen drei Typen schlossen zu dem Tankenstellenbesitzer auf.

»Hey, Schelli«, sprach Wigand einen von ihnen an, »hattest du nicht erzählt, der Janssen wäre heute auch deinen Eltern auf den Pelz gerückt?«

»Ganz richtig, Ralf!«

Die Kerle umringten Janosch jetzt so dicht, dass er ihren alkoholschweren Atem auf seiner Haut spürte. Er fühlte sich an so manche Pausenhof-Momente in der Schule erinnert, in denen er still geblieben war, sich nicht gewehrt hatte. Aber heute war es anders. Er war Polizist, verdammt, er würde sich nicht unterkriegen lassen.

»Ihr verpisst euch besser, wenn ihr die Nacht nicht in einer Ausnüchterungszelle verbringen wollt!«

»Und wer soll uns verhaften? Du etwa?« Wigand schaute an ihm herunter und lachte spöttisch.

Willi sprang ihm zur Seite. »Jetzt kommt schon, Jungs, macht keinen Ärger!«

»Halt du dich da raus, Santa Claus!«, herrschte ihn Wigand an. Er wandte sich wieder an Janosch. »An deiner Stelle würde ich sehr, sehr vorsichtig sein, in was ich so meine Nase hineinstecke.«

»Sonst was? Soll das eine Drohung sein?«

Er stand auf, zog sich seine Jacke über und bahnte sich einen Weg zwischen ihnen hindurch.

»Nicht so schnell, Janssen!« Der Sohn der Schellenbergs hielt ihn am Kragen zurück.

Janosch fuhr herum. »Was soll das werden? Ich schwöre euch, wenn ihr mir auch nur ein Haar krümmt, dann steht morgen das halbe Polizeipräsidium bei euch vor der Tür!«

Conny hinter der Theke stemmte die Fäuste in die Hüften. »Jetzt ist aber mal Ruhe im Karton! Ist mir scheißegal, was ihr für ein Problem miteinander habt, aber klärt das gefälligst vor der Tür!«

Danke für gar nichts, dachte Janosch. Zumindest ließ Schellenberg seinen Kragen los, und er konnte aus der Gaststätte ins Freie entfliehen.

Niemand war auf der Straße. Nur eine einsame Straßenlaterne und die Beleuchtung der Speisekarten-Auslage spendeten etwas Licht. Ein schneidend kalter Windstoß trieb etwas totes Laub über den Bürgersteig.

Die Gruppe kam wenige Augenblicke später aus der Gaststätte heraus.

Trotz der Kälte rann der Schweiß in Strömen zwischen

Janoschs Schulterblättern entlang. Kurz überlegte er, wegzu-
rennen, doch diese Blöße wollte er sich nicht geben.

»Du willst es einfach nicht wahrhaben, dass dein Vater
ein gottverdammter Mörder ist, oder? Kannst dich nicht damit abfinden, hmm?« Ralf Wigand umkreiste ihn wie ein
Wolf, der jeden Moment seine Beute erlegen wollte. »Oder
hängst du sogar selbst mit drin? Hast du sie zusammen mit
Papi umgebracht? Habt ihr es ihr vorher noch richtig gut gegeben?«

»Halt's Maul!« Janosch ballte die Fäuste. Er stapfte auf Wigand zu, der ihn umgehend von sich wegschubste.

Er trieb Janosch vor sich her, stieß ihm immer wieder gegen die Brust. Einmal konnte Janosch ihn an den Handgelenken packen und von sich wegdrängen. Wigand wankte zurück. Aber das hielt ihn nur kurz auf Distanz.

»Was willst du machen, he?«

Noch ein Stoß, diesmal härter.

»Was willst du dagegen machen, du abgebrochener Meter?«

Der nächste Stoß war so heftig, dass Janosch ins Taumeln
geriet.

»HÖRT SOFORT AUF!«

Eine Männerstimme auf der anderen Straßenseite.

Wigand ließ von ihm ab und wandte sich dem Fremden
zu. »Rich Kid Fallmer! Du jetzt auch noch?«

Ben!, durchfuhr es Janosch. Konnte das wirklich sein?
Er folgte Wigands Blick. Dort stand ein hochgewachsener,
durchtrainierter Mann in einer dicken Winterjacke. Die Ge-

sichtszüge konnte Janosch in der Dunkelheit nicht richtig erkennen.

Der mutmaßliche Ben überquerte die Straße.

»Kommt jetzt die Grätsche von unserem gescheiterten Fußballstar?«, höhnte Wigand.

Einer der anderen zwei Typen – Janosch hatte keinen Schimmer, wer die beiden Begleiter waren – stellte sich Ben in den Weg und rempelte ihn an.

Ben schlug ihm stumpf in den Magen. Der Mann krümmte sich, worauf Ben ihn an den Schultern packte und zu Boden schleuderte.

Die anderen wichen mehrere Schritte von ihm zurück.

»Ich bin nicht hier, um zu reden, Wigand!«, sagte Ben. Er reckte das Kinn hoch, ließ die Fingerknöchel knacken und öffnete den Reißverschluss seiner Jacke. »Also, wenn du Bock auf Stress hast, dann lass uns anfangen.«

»Kommt, Leute, wir verziehen uns.« Wigand spuckte aus. »Wir lassen deinen Fickfreund in Ruhe, Fallmer. Viel Spaß mit ihm!«

Schellenberg half dem jungen Mann auf, den Ben zu Boden geschickt hatte, und sie traten gemeinsam den Rückzug an.

»Janosch! Janni!« Ben legte ein breites Lächeln auf und klopfte ihm auf die Schulter. »Geht's dir gut? Alles in Ordnung?«

»Jap, mir ist nichts passiert. Ich bin froh, dass du aufgetaucht bist. Den besoffenen Wigand hätte ich noch geschafft, aber nicht seine ganze Meute.«

Sie fielen sich in die Arme, und Janosch wurde übermannt von seinen Erinnerungen. Ben musste noch immer das gleiche Deo wie damals verwenden, der Geruch versetzte ihn sofort in die Zeit zurück, in der Ben ihn zu ihren gemeinsamen Joggingrunden am Moor entlang getrieben hatte.

Als sie sich voneinander lösten, musterte er zum ersten Mal eindringlich Bens Gesicht. Zu ihrer Schulzeit war er ein regelrechter Mädchenschwarm gewesen, mit großen wasserblauen Augen, kantigen Wangenknochen und vollen Lippen, die blonden, nachgefärbten Haare kunstvoll zu einem Undercut geschnitten. Ein Fußballer-Look.

Jetzt musste man genauer hinsehen, um den gut aussehenden jungen Mann von damals wiederzuerkennen. Er war immer noch gut in Form, aber seine Wangen waren etwas aufgedunsen, außerdem unterlegten tiefe, dunkle Ringe seine Augen. Er wirkte abgekämpft, als habe er lange mit dem Leben gerungen, nur um sich am Ende geschlagen in seinem Schwitzkasten wiederzufinden.

»Ich komme von einer Nachtfahrstunde und wollte einen kurzen Spaziergang machen, um den Kopf freizubekommen. Es war purer Zufall, dass ich hier vorbeigekommen bin«, sagte Ben. In seiner Stimme lag nicht mehr derselbe Überschwang wie früher, sie war matter, leiser. »Aber ein sehr guter, glaube ich! Schön, dich zu sehen! Das haben wir viel zu lange nicht. Ich hatte von meiner Mutter gehört, dass du wieder in Grimmbach bist …«

»Eigentlich wollte ich mich auch längst mal bei dir gemeldet haben.« Janosch spürte sein schlechtes Gewissen aufsteigen.

»Ach, mach dir nichts draus. In all den Jahren hätte ich

auch mal schnell schreiben oder anrufen können. Hast du noch Lust auf ein schnelles Bier?«

Janosch nickte. »Die *Post* hat aber schon zu, fürchte ich.«

»Lass mich mal machen. Ich hole uns was für unterwegs.« Ben verschwand in der Gaststätte und kehrte kurze Zeit später mit vier Flaschen Pils zurück. »Mit der Conny kann ich gut, die gehen sogar aufs Haus. Als Dank dafür, dass ich diese Dreckskerle verjagt habe.«

Mit seinem Feuerzeug hebelte er die zwei Kronkorken auf und reichte Janosch eine der Flaschen. »Prost! Auf unser Wiedersehen!«

Sie stießen an.

Seite an Seite spazierten sie durch die verlassenen Straßen, so wie früher. Die Bewegung in Verbindung mit dem Alkohol ließ Janosch die schneidende Kälte fast vergessen.

»Stört's, wenn ich rauche?« Ben holte eine Packung Gauloises aus seiner Jackentasche.

Janosch schüttelte den Kopf.

»Willst du auch eine?«

»Immer noch aktiver Nichtraucher.«

»Auch besser so, glaub mir.« Ben steckte sich eine Zigarette an. Ihr Ende glomm in der Dunkelheit. Es war so still, man konnte sogar hören, wie der Tabak knisternd verbrannte.

»Du bist jetzt bei einer Fahrschule?«, fragte Janosch.

»Nicht nur das, ich bin sogar der Chef. Immerhin etwas, hmm?« Er nahm einen großen Schluck. »Damals war ich manchmal echt ein arrogantes Stück Scheiße. Ich weiß nicht, wie du es mit mir ausgehalten hast. Mami stopft mich mit

Geld voll, immer die neuesten Klamotten, gefühlt schon Kapitän bei der Eintracht … und dann diese Verletzung, Ende, aus; der Traum von der Profikarriere vom einen auf den anderen Tag geplatzt. Eine einzige blöde Wurzel beim Joggen hat gereicht. Ich bin froh, dass ich danach überhaupt noch einmal die Kurve bekommen habe.« Er streckte die Arme aus. »Hör mich an, ich rede wieder nur von mir selbst! Wie geht's dir denn, alter Freund? Was macht die Arbeit? Wie geht's deiner Mutter?«

»Puh, alles etwas schwierig im Moment.« Janosch erzählte von den Ermittlungen im Fall Matilda Nolte, seinen Plänen für sein Elternhaus und seine Mutter, und komischerweise musste er auch von seinem Wiedertreffen mit Helen Quester erzählen.

Auch den Fall rund um den Ferienhausvermieter Zimmer ließ er nicht unerwähnt. »Du warst doch mal mit der Sabrina zusammen in der Oberstufe? Hast du noch mal was mit ihr zu tun gehabt? Ihr Vater ist richtig übel vermöbelt worden, will aber partout nicht damit herausrücken, wer es gewesen ist. Seltsame Sache.«

Ben entließ die Luft aus den Wangen. »Der war ein netter Kerl, der Zimmer. Wie man sich den Vater seiner Freundin nur wünschen kann. Keine Ahnung, wer so was tun sollte.«

Janosch spülte mit einem großen Schluck Bier nach, so als hinterließen all seine gegenwärtigen Sorgen einen bitteren Geschmack auf der Zunge.

»Mann, Mann, Mann«, meinte Ben. »Ich dachte, ich hätte Probleme. Ich bin einfach nur vom Leben enttäuscht, aber bei dir ist die Scheiße gerade richtig am Dampfen. Die junge

Quester solltest du auf jeden Fall mal daten, ein bisschen Ablenkung würde dir guttun.«

»Ich habe ihre Nummer nicht. Ich weiß auch nicht, ob ihre Mutter so begeistert wäre.«

»Was interessiert dich denn die Mutter? Die muss es nie erfahren. Fahr noch mal in der Praxis vorbei! Klingt so, als würde die Helen auf dich stehen. Glaub mir, ich kenne mich aus mit Frauen.«

»Läuft bei dir denn im Moment etwas?«

»Sie heißt Alicia«, sagte Ben, »Bürokraft bei uns in der Fahrschule. Wir ziehen bald zusammen, nettes kleines Häuschen. Meine Mutter hat bei der Finanzierung geholfen – Fallmer-Style. Den gescheiterten Sohn ein bisschen aufpäppeln.«

Es erschreckte Janosch, wie in sich gekehrt und nachdenklich Benjamin Fallmer war. Vor zehn Jahren, vor der Verletzung, war er ein energiegeladenes Bündel aus Lebensfreude gewesen, womit er Janosch angestachelt, oftmals aber auch überfordert hatte.

»Du hast doch auch den Führerschein beim alten Gumpert gemacht, richtig?«

Janosch nickte.

»Weißt du noch, wie wir uns früher über ihn lustig gemacht haben? Weil er ständig während der Fahrstunden auf dem Beifahrersitz eingeschlafen ist? Manchmal hat er sogar richtig heftig geschnarcht …« Er leerte die erste Flasche, stellte sie neben einer Straßenlaterne ab und öffnete gleich die nächste. »In der Zeit hätte ich nie erwartet, mal der inoffizielle Nachfolger vom Gumpert zu werden.« Er seufzte. »Jetzt muss ich mich aber echt zusammenreißen, bevor ich komplett in Selbstmitleid versinke.«

»Schon gut …«

»Du hast alles richtig gemacht, als du von hier weggegangen bist«, resümierte Ben. »Umso tragischer, dass dieser Ort dich jetzt wieder in seinen Fängen hat. Grimmbach geht nicht gerade behutsam mit seinen Bewohnern um. Es frisst dich mit Haut und Haaren. Schau dir Matilda an … apropos, habt ihr schon irgendwelche Fortschritte gemacht?«

»Keine nennenswerten.«

»Ich hoffe, ihr findet denjenigen, der dahintersteckt. Dein Vater hatte das nicht verdient. Es tut mir leid, dass ich in der Zeit nach seinem Tod nicht mehr für dich da gewesen bin, aber ich war einfach so mit mir selbst beschäftigt. Die Verletzung hat mich in ein tiefes Loch gezogen … ich hab mich betäubt, mit allem, was ich in die Finger kriegen konnte.«

Janosch wurde hellhörig. »Auch mit Zeug von Wigand?«

»Klar, die Tanke war die erste Adresse für Crystal, Gras, Pillen, alles, was du wolltest«, sagte Ben mit einem bitteren Unterton. »Glaub bloß nicht, dass sich das seit dem Tod des alten Wigands geändert hat. Ralf hat das Geschäft nahtlos übernommen, er agiert nur etwas geschickter als sein Vater, viel mehr unter dem Radar. Mehr Mittelsmänner.«

»Hast du etwas davon mitbekommen, dass Matilda für ihn Kurierfahrten gemacht hat?«

Ben schaute verblüfft. »Matilda? Unfassbar. Die wirkte doch immer, als könnte sie kein Wässerchen trüben. Würde mich nicht wundern, wenn diese ganze Drogennummer bei ihrem Tod eine Rolle gespielt hat.«

Janosch nickte bedächtig.

»Und sonst so? Wie geht es deiner Mutter? Was macht das Hotel?«

»Es läuft gut, soweit ich das mitbekomme. Die Wellness-wochenenden mit den Moorpackungen sind wohl der Ren-ner, das machen immer viele Leute aus Fulda, Frankfurt oder Gießen.«

»Und dein Vater?«, fragte Janosch vorsichtig.

»Na ja, es gibt gute Tage, und es gibt nicht so gute Tage«, sagte Ben. Er schnipste die Zigarette weg, ein verglühender Punkt in der Abwasserrinne. »Er nimmt wieder etwas mehr am Leben teil, aber die klaren Momente sind rar gesät.«

Bens Papa hatte nach einem Hirn-Aneurysma mehrere Jahre im Wachkoma gelegen, mittlerweile war er wieder an-sprechbar, konnte sich aber kaum artikulieren.

Sie erreichten den Marktplatz und lehnten sich gegen den denkmalgeschützten Brunnen in seiner Mitte. Hinter den Fenstern brannte kein Licht mehr. Die Ampel auf der Haupt-straße – die einzige in ganz Grimmbach – blinkte gelb. Hier fuhren nachts so wenige Autos vorbei, dass sie abgeschaltet wurde.

Schweigend hingen sie beide ihren Gedanken nach, und für einen Moment fühlte sich Janosch in die Zeit vor zehn Jahren zurückversetzt, vor Matildas Verschwinden, vor Papas Tod, vor Mamas Angstattacken, in die Zeit, in der alles in Ordnung gewesen schien und er in dem trügerischen Glau-ben gelebt hatte, dass es immer so bleiben könnte.

DER DUFT VON WEISSEN LILIEN

8. Oktober 2018

Ein nassgrauer Morgen nahm seinen Lauf, der feuchte Dunst wollte sich nicht verflüchtigen und hing tief in den Tälern.

Ideales Friedhofswetter, dachte Janosch, als er den Konradberg erklomm. Die letzte Nacht steckte ihm noch in den Knochen, sein Magen war flau, seine Beine etwas wacklig.

Der Alte Friedhof erstreckte sich über einen Hang zu Füßen der Kapelle St. Konrad. Es gab einen kleinen Parkplatz, der auch gleichzeitig zur Kirche gehörte, aber Janosch hatte sich dazu entschlossen, die steilen, verschlungenen Treppen zu nehmen, die vom Ortskern hinaufführten. Die frische Luft würde ihm guttun.

Er brachte die letzten glitschigen Stufen hinter sich und öffnete das rostbefleckte, quietschende Gittertor. Kurz hielt er inne und warf einen Blick zurück in das Tal. Rauchschlieren entstiegen den Schornsteinen und wurden rasch eins mit der Wolkendecke, Kamingeruch, vermischt mit Tannenduft.

Janosch stellte sich vor, er könnte wie bei Puppenhäusern die Dächer dort unten abnehmen und einen Blick hinein ins Innere werfen. Was würde er entdecken? Was verbarg sich unter den Schindeln? Was versteckten die Grimmbacher auf ihren Dachböden, in ihren Kellern und Abstellkammern? Welche Geheimnisse hatten hier noch ihr Zuhause?

Er wandte sich um und fand sich im ältesten Teil des Friedhofs wieder. Wie faulige Zähne ragten die verwitterten Grabsteine krumm und schief aus dem Erdreich, manche der eingemeißelten Todestage reichten noch bis ins neunzehnte Jahrhundert zurück.

Je weiter er in Richtung Kirche ging, desto moderner wurden die Grabmäler. Schließlich entdeckte er Papas Grab und spürte, wie sich sein Magen zusammenzog.

Er erinnerte sich an die kleine Trauergesellschaft, die sich an diesem bitterkalten Februarmorgen 2009 hier eingefunden hatte. An die Urne mit Blumenmotiv in den weiß behandschuhten Händen des Bestatters. An Lothar, der noch mit erhobenen Fäusten einen aufdringlichen Journalisten verjagt hatte.

Ein plötzlicher Höllenlärm riss ihn aus seinen Gedanken. Einige Meter weiter trieben zwei Friedhofsgärtner einen Presslufthammer in die hartgefrorene Erde. Eine Schubkarre mit Spitzhacken und Schaufeln stand ebenfalls bereit.

Janosch richtete sich auf, ging auf sie zu und winkte. Sie hielten inne. Beide trugen dreckverkrustete dunkelgrüne Latzhosen, Gehörschutz, Stiefel und Arbeitshandschuhe. Der Ältere von ihnen wischte sich den Schweiß von der Stirn und blinzelte Janosch an. »Entschuldigung, wir wollten Sie nicht in Ihrer Trauer stören.«

»Alles gut, darum ging es mir gar nicht«, entgegnete er. »Ich wollte nur fragen, ob zufällig Pater Kristiansen da ist.«

»Da haben Sie Glück, er ist vor ein paar Minuten gekommen, wollte in der Kapelle nach dem Rechten sehen.« Er überreichte seinem jüngeren Gehilfen den Presslufthammer. »Ich kann ihn holen gehen. Wen darf ich denn ankündigen?«

»Janosch Janssen, Kriminalpolizei Fulda.«

Der Friedhofsgärtner zog seine Handschuhe aus und musterte ihn eindringlich. »Hmmm. Das trifft sich. Wir heben hier gerade das Grab von Matilda Nolte aus. Ihre Eltern wollen sie schleunigst beerdigen, sobald die Leiche freigegeben worden ist. Haben sich schon einen Sarg ausgesucht, soviel man weiß. Aber die Erde macht uns ziemlich zu schaffen, der Bodenfrost ist dieses Jahr extrem früh und hartnäckig.«

Als wolle selbst das Erdreich ihren Tod nicht wahrhaben, dachte Janosch. Er betrachtete das aufgerissene Stück Erde, eine schartige, tiefbraune Narbe im Grün des Friedhofsrasens. Hier sollte Matilda also ihre letzte Ruhe finden.

Der Friedhofsgärtner verschwand im Inneren der gedrungenen, weiß getünchten Kapelle. Sein rotwangiger Gehilfe schaute Janosch verdruckst an und starrte dann wenig unzeremoniell auf sein Handy.

Wenige Momente später steckte der Gärtner wieder den Kopf aus dem Portal heraus. »Er wartet drinnen auf Sie!«

»Vielen Dank!«

Janosch lief an ihm vorbei und stieß die knarzende, mit aufwendigen Schnitzereien verzierte Flügeltür weiter auf.

Ihn umfing der Geruch von Weihrauch, Zitronenreiniger und Kerzenwachs.

Pater Kristiansen saß auf der vordersten Holzbank und winkte Janosch zu sich heran. Er trug einen flauschigen Norwegerpullover, Jeans und Birkenstocks. Ein ungewohnter

Anblick, ihn nicht im Talar zu sehen. Unter seinem grauen, wild wuchernden Vollbart blitzte ein Lächeln hervor. »Herr Janssen, kommen Sie, setzen Sie sich zu mir!«

In der Gemeinde genoss Kristiansen, der Sohn dänischer Einwanderer, einen ausnehmend guten Ruf. Seine Predigten waren beschwingt und durchsetzt von popkulturellen Referenzen, er engagierte sich viel für soziale Projekte, organisierte viele Feste und hatte immer ein offenes Ohr für alle, die ihn aufsuchten.

Janosch rutschte auf die harte Holzbank.

»Herr Polizist, was führt Sie zu mir?«, fragte der Priester.

»Um ehrlich zu sein – Gerüchte.«

»Gerüchte, hört, hört. Manchmal können sie eine seltsame Eigendynamik entwickeln.«

»Mir ist zu Ohren gekommen, dass Sie bei der Beichte eine merkwürdige Begegnung hatten.«

»Ach, das!« Kristiansen schlug die Beine übereinander. »Das war in der Tat höchst seltsam!«

»Gibt es nicht das Beichtgeheimnis? Warum haben Sie überhaupt davon erzählt?«

»Genau genommen war es keine Beichte, sondern nur die Frage nach einer Beichte.«

»Okay, der Reihe nach: Wann ist das denn genau vorgefallen?«

»Lassen Sie mich nicht lügen, das muss am Vierten gewesen sein, vor ein paar Tagen.«

»Warten Sie, sind Sie sich da hundertprozentig sicher?«

Der Priester tippte sich noch einmal gegen die Stirn. »Ja, doch, auf jeden Fall. Das muss dieser Tag gewesen sein. Da hatten wir unser Seniorenfrühstück morgens im Gemeinde-haus.«

Das war am Tag vor der Entdeckung von Matildas Leiche. Konnte das ein Zufall sein? Hatte der seltsame Beichtende in spe von Matildas Leiche und ihrem baldigen Auftauchen gewusst? Aber wie sollte das möglich sein?

»Was ist passiert?«

»Jemand hat sich in den Beichtstuhl gesetzt, ein Mann. Ich konnte hören, wie schwer er geatmet hat. Seine Stimme hat gezittert, er hat ganz leise gesprochen und gefragt: ›Die Matilda Nolte … erinnern Sie sich an das Mädchen, das verschwunden ist. Ich will etwas dazu beichten, komme ich da in Schwierigkeiten?‹

Ich versuchte, ihn zu beruhigen, und erzählte ihm gerade vom Zeugnisverweigerungsrecht von Priestern, da hörte ich nur, wie er panisch aus dem Beichtstuhl stieg und aus der Kapelle rannte.«

»Haben Sie die Person erkennen können?«, fragte Janosch.

»Leider nicht, ich habe nur den Rücken gesehen, als ich ihn aus dem Portal rennen gesehen habe. Es war ein Mann, wie gesagt, aber die Stimme sagte mir nichts. Er war relativ klein und vielleicht etwas älter. Er hatte seine Kapuze ins Gesicht gezogen und trug einen schwarzen Parka. Als ich aus der Kapelle trat, war er spurlos verschwunden.« Kristiansen zuckte mit den Schultern. »Als dann wenig später in den Nachrichten kam, dass Matilda Noltes Leiche entdeckt worden ist, habe ich hin und her überlegt, ob ich damit zu Ihnen gehen soll. Jetzt sind Sie mir zuvorgekommen.«

»Haben Sie vielen Dank für Ihre Zeit. Wir werden sehen, ob sich etwas daraus ergibt.«

»Eine Sache noch«, der Priester schaute zum Altar, »irgendetwas an diesem Mann hat mir einen gewaltigen Schauer über den Rücken gejagt.«

Auf dem Rückweg über das Friedhofsgelände blieb Janosch noch einmal am Grab seines Vaters stehen. Inzwischen beackerten die Gärtner nebenan den Boden mit Schaufeln, ihr Schnauben und Ächzen war deutlich zu vernehmen.

Er verharrte und strich mit den Fingerkuppen über den kalten, feuchten Granit. Die messingfarbenen Ziffern in ihrer nüchternen Aufzählung des Geburts- und Todesdatums wurden nicht ansatzweise der Dramatik der damaligen Ereignisse gerecht. Janosch schloss die Augen und wurde von seiner Erinnerung heimgesucht.

* * *

»Kannst du einmal nach Papa im Laden sehen?«, fragte Mama. »Ich habe gestern Abend nicht mitgekriegt, dass er ins Bett gekommen ist. Bestimmt hat er wieder getrunken.«

»Ich schaue sofort nach!« Janosch trank einen letzten Schluck seines Kaffees und stellte ihn auf dem Küchentisch ab.

In den vergangenen Nächten hatte Janosch kein Auge zugetan, dafür hatte ihn der ganze Trubel um seinen Vater zu sehr mitgenommen. Die Befragungen, das unaufhörlich klingelnde Telefon, die Hausdurchsuchung vor zwei Tagen. Er hatte sich krankschreiben lassen, um zumindest den neugierigen Blicken und Fragen auf dem Pausenhof zu entgehen, aber stattdessen überhäuften ihn seine Mitschüler jetzt auf Facebook, MSN und ICQ mit ihren Nachrichten.

Erst in der letzten Nacht war Janosch in einen komatösen, tiefen Erschöpfungsschlaf gefallen und hatte nichts mitbekommen. Wie war es Papa nach der Befragung durch diese fürchterliche Quester ergangen? Hatte er sich wieder im Geschäft betrunken?

Er strich seiner Mutter über den Rücken, die in sich zusammengesunken vor ihrer unangetasteten Scheibe Marmeladenbrot saß.

»Wann hört das auf? Wann hört das nur endlich auf«, murmelte sie. »Das ist alles ein einziger Albtraum.«

»Wir kriegen das hin.«

Um in den Laden zu kommen, musste man einmal über den Hof. Er zog sich Schlappen an, nahm den Zweitschlüssel vom Haken im Flur und trat hinaus.

Der eisige Februarwind blies ihm entgegen. Dreckige Schneereste sammelten sich an den Häuserwänden, ein glitschiges Gemisch aus Streusalz und Matsch überzog den Hof. Janosch zog schnell die Tür hinter sich zu, wickelte die Strickjacke enger um seinen Körper und stapfte zur Tür vom Blumenhaus Janssen.

Auf einer der Schaufensterscheiben prangten kreisrunde Risse. Gestern hatte jemand mit einem Stein beinahe das Glas eingeworfen. MÖRDERSCHWEIN war mit schwarzem, dickem Filzstift darauf geschrieben gewesen.

Seit dem Beginn der Ermittlungen hatte sich Papa nicht mehr getraut, den Laden zu öffnen. Zu groß war seine Angst vor den Journalisten und vor weiteren Attacken.

Jetzt zog er sich nur noch in den Laden zurück, um im Hinterzimmer zu trinken. Auf der Werkbank sammelten sich bald mehr leere Bier- und Schnapsflaschen als Blumenvasen.

Durch die Fenster konnte Janosch zunächst nichts erspähen. Die Ladentür war verriegelt, das Schild auf GESCHLOSSEN gedreht. Er schloss auf.

Das Geschäft lag im Halbdunkel. Der aufdringliche Geruch von welken weißen Lilien hing in der Luft, vermengt mit dem von Alkohol. Aber da war noch etwas anderes, etwas, das Janosch nicht direkt einordnen konnte. Hintergründiger. Drohend.

»Papa?«

Keine Antwort.

»Papa?« Noch einmal lauter.

Nichts.

Mit langsamen Schritten durchmaß er den Geschäftsraum. Eine große Regalwand, überwuchert von Efeugewächs, unterteilte diesen in zwei Hälften. Zwischen den Brettern hindurch bemerkte er eine schemenhafte Bewegung.

Er lief um das Regal herum. »Pa…«

Das Bild vor ihm traf ihn mit der Wucht einer Frontalkollision. Papa hing leblos und schlaff von einem der Deckenträger, von dem sonst Blumenampeln baumelten. Um seinen Hals befand sich ein Kunststoffseil, sein Gesicht war bläulich verfärbt, die Augen weit aufgerissen, die angeschwollene Zunge ragte aus dem Mund. Zu seinen Füßen lag ein umgekippter Hocker.

Janosch schrie. So laut wie noch nie in seinem Leben. Bis es sich anfühlte, als würden seine Lungenflügel zerbersten. Rotze und Speichelfäden liefen über sein Kinn.

Mit flatternden Fingern griff er nach einem Messer, stellte den Hocker wieder auf, balancierte darauf, umfasste das Seil und zerschnitt es mit kräftigen Sägebewegungen. Schließlich fiel Papa zu Boden wie eine Stoffpuppe.

Janosch sprang vom Hocker und rollte seinen Vater auf den Rücken. Er zerschnitt das Kunststoffseil. Auf der Haut hinterließ es einen tiefen blutroten Striemen.

Vom Hof drangen die Schritte und Rufe von Mama: »Janosch? Harry? Ist alles in Ordnung?«

»MAMA!«, brüllte er. »RUF DIE 112, SOFORT!«

Sie sollte es nicht sehen. Durfte es nicht sehen.

»Janosch, was ist denn?« Ihre Stimme schrill, durchsetzt vom Zittern der Panik.

»RUF DEN NOTARZT, BITTE!«

Zum Glück ging sie zurück ins Wohnhaus.

Janosch presste die Fäuste auf den Brustkorb seines Vaters und fing an zu drücken. Er öffnete seine längst erkalteten Lippen, beatmete ihn. Immer wieder. Immer wieder.

Er hörte nicht auf.

Wenn er es nur lang genug versuchte, würde Papa wieder aufwachen, ganz sicher.

Sirenen. Blaulicht flackerte hinein. Sanitäter und Notarzt eilten ins Geschäft.

Er hörte nicht auf.

Erst als sie ihn mit vereinten Kräften von seinem Vater wegzerrten, ließ er ihn los.

Starke Arme um seine Ellenbogen, beschwichtigende, aber doch so routiniert klingende Worte, der leblose Körper, seine Mutter weinend an der Schulter einer Nachbarin, auf dem Boden die zertretenen weißen Lilien.

HOTEL MOORBLICK

»Sie wandern gerne?«, fragte Quester plötzlich aus dem Nichts.

Janosch starrte sie irritiert an.

Sie zeigte nur auf seinen Unterschenkel.

Jetzt verstand er. Als er die Beine übereinandergeschlagen hatte, war sein Hosenbein etwas hochgerutscht und entblößte nun die Tätowierung über seinem rechten Knöchel: *Not all those who wander are lost* in einer geschwungenen Schrift.

»Oh, nein, nein«, sagte er. »Das ist ein Zitat von J. R. R. Tolkien.«

»Nie gelesen, nie geschaut.«

»Mein Vater hat mir damals die Bücher gegeben.« Er zupfte seine Hose zurecht, sodass sie das Tattoo wieder verdeckte. »Irgendwann wollten wir zusammen alle drei Extended-Editions der Filme hintereinander schauen. Das haben wir leider nicht mehr geschafft.«

Quester wandte den Blick ab. Etwas an seiner Antwort schien sie getroffen zu haben. Ihre Lippen schienen kurz ein Wort zu formen, dann blieb sie aber doch still.

Sie saßen beide im Besprechungsraum der SOKO und hatten sich über die jüngsten Entwicklungen auf den neuesten Stand gebracht. Janosch hatte von dem Vorfall im Wirtshaus, seinem Verfolger und dem seltsamen Friedhofsbesucher berichtet, Quester hatte von den Geschwistern Herter erzählt, die heute zur Vernehmung ins Präsidium kommen würden.

Lothar Malewskis Streit mit seinem Vater hatte Janosch bewusst unterschlagen. Bevor er den Freund der Familie ins Visier von Quester brachte, wollte er der Sache erst selbst nachgehen.

»Sieht aus, als hätten wir mächtig Staub aufgewirbelt«, sagte Quester. »Wenn Sie jetzt schon verfolgt werden, ganz zu schweigen von diesen Idioten, die auf Sie losgegangen sind … Wollen Sie Anzeige erstatten?«

»Ich will es nicht größer aufblasen als nötig.«

»Verstehe. Nichtsdestotrotz frage ich mich, was diese Leute zu verbergen haben. Allmählich kommt mir Grimmbach wie das deutlich tiefere und tückischere Moor vor.«

»Glauben Sie, der Fahrer, der mich gestern verfolgt hat, ist der Täter?«

»Wir gehen der Sache auf jeden Fall nach. Ich habe zwei Beamte losgeschickt, die die Hintergründe des Autodiebstahls überprüfen sollen. Davon erhoffe ich mir nicht allzu viele Erkenntnisse, aber wer weiß.«

Quester stand auf und lief zu einer der Tafeln, an der Bilder vom Fundort und von der Leiche mit Magneten befestigt waren. Sie trank einen kleinen Schluck Kaffee. »Eine Frage lässt mich nach wie vor nicht los, Herr Janssen: Wo ist Frau

Nolte getötet worden? An der Unfallstelle haben wir damals keinerlei Blutspuren finden können.«

»Vielleicht direkt im Roten Moor?«, warf Janosch ein.

»Bislang ist die SpuSi dort auf keine Hinweise gestoßen. Ich mache mir nach so vielen Jahren keine großen Hoffnungen darauf, dass sie überhaupt welche finden werden. Meine Theorie war sehr lange Zeit, dass sie in einem Fahrzeug getötet worden ist. Damals habe ich angenommen, Ihr Vater habe einen Komplizen gerufen, der mit seinem Auto gekommen ist und Matilda verschleppt hat. Sie haben Matilda im Wagen getötet und das Gärtnermesser aus dem Fenster geworfen. Es wurde in einem Waldstück am Straßenrand in etwa einem Kilometer Entfernung gefunden, das würde zu dieser Theorie passen. Dann haben sie Matilda im Moor versenkt – entweder direkt nach der Tat, oder sie wussten zunächst nicht, wohin mit ihr, haben sie ein, zwei Tage im Wagen versteckt.«

»Lächerlich.« Janosch schüttelte vehement den Kopf. »Was soll mein Vater überhaupt für ein Motiv gehabt haben! Es war purer Zufall, dass sie ineinandergefahren sind. Wie soll er das geplant haben, geschweige denn einen Komplizen gehabt haben?«

Quester hielt den Blick gesenkt. »Ich sage auch nicht, dass ich das heute noch denke. Aber das Messer ließ damals kaum eine andere Ermittlungsrichtung zu. Vielleicht gab es etwas über Ihren Vater, das selbst Sie nicht wissen, vielleicht hatte der Komplize ein Motiv, es könnte viele Gründe geben.«

»Alles reine Spekulation.« Janosch verschränkte die Arme vor der Brust.

»Sie nennen es Spekulation, ich nenne es eine Hypothese,

der wir werden nachgehen müssen. Dafür werde ich wohl auch noch einmal Ihre Mutter befragen. Vielleicht hat sie damals mehr mitbekommen, als wir bisher gedacht haben.«

»Halten Sie meine Mutter da raus!«, sagte Janosch scharf und erhob sich im selben Atemzug. Er schmiss seinen Kaffeebecher weg und schnaubte: »Ich bin weg, ich habe zu tun.«

»Wundern Sie sich übrigens nicht über einen unverhofften Anruf«, rief sie ihm hinterher, als er schon halb zur Tür heraus war.

Stirnrunzelnd wandte er sich um. »Wie bitte?«

»Meine Tochter hat, wie es aussieht, einen furchtbaren Männergeschmack.«

· · ·

»Wo ist Janssen? Ich dachte, er sollte auch dabei sein.« Frank Nehring zog das letzte Mal an seiner Zigarette.

»Ist abgerauscht. Das Thema ›Befragung seiner Mutter‹ hat er nicht ganz so gut aufgenommen«, sagte Diana.

»Ah, daher weht der Wind.« Er drückte die Kippe im Aschenbecher aus.

Sie standen am Haupteingang des Präsidiums und schnappten noch einmal frische Luft, bevor sie in die Vernehmung des Geschwisterpaars gingen.

»Er vertraut uns nicht. Und warum sollte er?«, sagte sie.

Sie grüßten noch zwei Kollegen, die gerade ankamen, traten wieder ein und durchquerten die Flure.

»Vertraust du ihm denn?«, fragte Nehring.

»Ich weiß es nicht. Wir müssen aufpassen, dass er uns

nicht entgleitet und irgendwelche Dummheiten anstellt. Die Ermittlungen befinden sich an einem kritischen Punkt. Wir dürfen uns jetzt keine Fehler erlauben.«

Sie hatten beschlossen, Salim und Yasmina getrennt voneinander zu befragen. Diana würde sich Salim vorknöpfen, Nehring würde mit Yasmina sprechen.

Eine Beamtin informierte sie darüber, dass die Zeugen bereits in den entsprechenden Besprechungszimmern saßen, gegenüberliegend auf dem gleichen Flur.

»Bloß nicht lockerlassen!«, sagte Diana und nickte Nehring zu. Dann verschwanden sie durch die Türen.

Salim Herter saß nicht am Tisch in der Mitte des Raums, sondern lehnte an der Wand. Seine dunklen Haare waren zu einem Zopf geknotet, der Bart akkurat getrimmt. Er trug eine Brille mit breitem Rahmen, ein Jeanshemd mit hochgekrempelten Ärmeln, eine beige Stoffhose und Sneaker, so bunt und extrovertiert, dass sie nach Sammlerstücken aussahen.

»Herr Herter, vielen Dank, dass Sie hergekommen sind. Bitte setzen Sie sich!«

Er erwiderte die Begrüßung nicht und machte auch keine Anstalten, auf einem der Stühle Platz zu nehmen. »Können wir bitte schnell machen? Ich habe am frühen Nachmittag noch ein Kundenmeeting.«

Diana ließ sich nicht aus der Ruhe bringen, setzte sich, trank einen Schluck Wasser und schlug ihre Unterlagen auf. »Wie schnell das hier geht, hängt ganz von Ihnen ab.«

Herter verdrehte die Augen, rückte den Stuhl zurück und ließ sich darauf fallen.

»Salim Herter, Sohn einer libanesischen Mutter und eines

deutschen Vaters. Sie haben gemeinsam mit Matilda Nolte das Gymnasium in Fulda besucht und waren auch im selben Leichtathletikverein. Was machen Sie mittlerweile?«

»Ich bin Softwareentwickler in einem Start-up in Frankfurt. Habe in Berlin und London studiert, bin schon ein bisschen rumgekommen und sehr stolz auf das, was ich erreicht habe. Ich habe keine Lust, mich von meiner Schwester wieder in irgendetwas reinziehen zu lassen. Das sieht ihr ähnlich.«

»Wenn wir nur an Ihrer Schwester interessiert wären, dann hätten wir auch nur sie eingeladen.«

»Aber das ist es doch, worum es geht? Oder?« Er wirkte, als wolle er am liebsten auf den Boden spucken. »Yasmina hat ständig nur Ärger gemacht und dadurch ihr eigenes und das Leben von anderen sabotiert, meines miteingeschlossen.«

»Was meinen Sie?«

»Matilda brauchte Geld. Sie wollte nach der Schule in die Welt hinaus, aber ihre Eltern konnten ihr das nicht finanzieren. Also kam Yasmina auf die glorreiche Idee, sie für ihre Kurierfahrten anzuheuern. Dadurch ist sie in irgendetwas Übles hineingeraten, da bin ich mir sicher.«

»Was für üble Dinge meinen Sie genau?«

»Die Wigands haben ihr Zeug von irgendwelchen osteuropäischen Lieferanten bezogen. Wer weiß, in was die noch dringesteckt haben.«

»Sie kannten Matilda gut, oder? Woher kam ihr Drang, so schnell wie möglich aus Grimmbach zu verschwinden?«

Herter zuckte mit den Schultern. »Ist das nicht ganz normal? Wenn man jung ist, zieht es einen doch in die große weite Welt hinaus. Hatten Sie keine Träume als junge Frau?«

Diana ignorierte seine Frage. »Für die Erfüllung ihrer Träume verwickeln sich die wenigsten jungen Frauen in Drogengeschäfte. Das wirkt bei Matilda eher wie Verzweiflung statt Sehnsucht.«

»Haben Sie mal mit Matildas Eltern gesprochen?«

»Selbstverständlich.«

»Diese ganze Esoteriknummer und das spirituelle Geschwurbel wirkt von außen vielleicht ganz putzig, aber die Eltern stecken in Strukturen drin, die auf mich eher wie Sekten gewirkt haben. Davon wollte Matilda so schnell wie möglich loskommen.«

»Diese Gruppierung haben wir damals überprüft, daraus haben sich keine konkreten Verdachtsmomente ergeben«, entgegnete Diana.

»Ich sage ja auch nicht, dass die irgendwas mit ihrem Verschwinden zu tun gehabt haben. Aber bestimmt damit, dass Matilda unbedingt von hier wegwollte.«

»Mit Ihrer Schwester verstehen Sie sich also nicht sonderlich gut?«, wechselte Diana das Thema und hoffte, ihn damit aus der Reserve zu locken.

»Heute ist das erste Mal seit Jahren, dass wir uns sehen.« Sein Blick ging ins Leere.

»Sie haben für den Zeitpunkt von Matildas Verschwinden kein Alibi. 2009 waren Sie auch auf der Vorabi-Party, aber nach zwölf Uhr finden sich keine Augenzeugen mehr, die Sie am Veranstaltungsort gesehen haben.«

»Was wollen Sie damit andeuten?«, empörte er sich. »Ich

bin in der Nacht früh nach Hause gefahren. Damals habe ich noch sehr ernsthaft Leistungssport betrieben und keinen Alkohol getrunken. Ab einer gewissen Uhrzeit fällt es dann nüchtern schwer, so eine Feier auszuhalten.«

»Kann das jemand bezeugen?«

»Das macht Ihnen jetzt Spaß, oder?« Seine Augen verengten sich zu Schlitzen. »Sie haben keinen einzigen Anhaltspunkt und setzen lieber Zeugen unter Druck wie damals den armen Janssen, um irgendetwas Brauchbares aus ihnen herauszupressen.«

Diana hielt seinem Blick stand, auch wenn sie der Vorwurf härter traf als erwartet. Könnte ein Mensch noch leben, wenn sie etwas behutsamer gewesen wäre? Nicht jetzt. Nicht ablenken lassen. Sie konzentrierte sich wieder auf Herter.

»Matildas Ex-Freund hat die Vermutung geäußert, dass Sie und Matilda sich in den Wochen kurz vor ihrem Verschwinden nähergekommen sind.«

»Das sieht Dennis ähnlich«, sagte Salim verächtlich. »Er war schon immer ein eifersüchtiger Gockel gewesen. Der ach-so-freigeistige Student. In sein kleingeistiges Weltbild hat es am Ende doch nicht reingepasst, dass man als Mann rein platonisch mit einer Frau befreundet ist.«

»Gut, wenn das so ist …« Diana schlug einen freundlicheren Ton an. »Sie werden als Matildas bester Freund doch ein Interesse daran haben, dass ihr Mörder gefasst wird. Ist Ihnen zuletzt irgendetwas an ihr aufgefallen? Hatte sie einen neuen Liebhaber? Gibt es jemanden aus der Drogenszene, der ihr hätte gefährlich werden können?«

Kurz leuchtete in Salim Herters Augen etwas auf, als

überkäme ihn eine plötzliche Erinnerung. Er blinzelte. Dann war der Ausdruck wie fortgewischt, ersetzt durch eine undurchdringliche Miene.

»Nein, da war nichts, woran ich mich erinnern könnte«, sagte er, und Diana hatte schon gewusst, dass er log, bevor er überhaupt den Mund aufgemacht hatte.

. . .

»Schön, dass du vorbeikommst!« Lothar klopfte Janosch auf den Rücken. »Kann ich dir was anbieten? Wasser? Kaffee? Ein Bierchen?«

»Ich bin im Dienst.«

»Ach, das macht doch nichts. Komm, setz dich!« Er deutete auf die Eckbank in seiner Küche.

Janosch nahm Platz und ließ sich von Lothar einen Instantkaffee mit zwei Döschen Kondensmilch servieren.

Mit einem *Plopp!* öffnete Lothar den Bügelverschluss einer Flasche Bier. Es war noch nicht einmal dreizehn Uhr.

»Prost!« Er rülpste leise und genehmigte sich einen großen Schluck. »Wie geht es deiner Mutter?«

»Heute kommt der Immobilienmakler vorbei, allmählich nehmen die Dinge Fahrt auf. Wir hatten gestern Abend ein Gespräch, das viel geholfen hat, glaube ich.«

»Und die Ermittlungen? Wie laufen die?«

»Könnten besser laufen.«

Janosch kratzte sich im Nacken und trank von dem furchtbar schmeckenden Kaffee. Er wusste nicht so recht, wie er sein Anliegen am besten einleiten sollte. Auf gar keinen Fall wollte er den Eindruck erwecken, er würde Lothar verdächtigen. Andererseits hatten ihn die Worte seiner Mutter verstört. Was für einen Streit hatte es zwischen ihm und seinem Vater gegeben? Was hatte er mit dem Lieferwagen zu tun gehabt?

Seit 2009 war er nicht mehr bei Lothar zu Hause gewesen, und ihn schockierten die Umstände, unter denen er lebte.

Lothar bewohnte ein kleines Haus – eigentlich vielmehr eine Hütte oder einen Verschlag – am Waldrand unweit von Grimmbach, umgeben von hohen dunklen Tannen. Der Garten war überwuchert und vollgestellt mit Gerümpel, halb verrosteten Geräten und Paletten von Baumaterialien, mit denen er irgendwann mal einen Anbau hatte errichten wollen. Das Innere der Behausung grenzte an einen Messie-Haushalt. Überall standen überquellende Aschenbecher, leere Flaschen und Becher, es stapelten sich Verpackungen, schmutzige Kleidung und jeder erdenkliche Krimskrams. Von irgendwoher drang ein undefinierbarer, aber entsetzlicher Gestank.

Nach dem Aus für Papas Blumenladen war Lothar beruflich nicht mehr auf die Beine gekommen und lebte seit Jahren von Sozialhilfe, wobei er sich ab und an noch schwarz etwas durch kleinere Reparaturdienste und Handel auf Onlineplattformen dazuverdiente.

Ölig braunes Licht fiel durch das verschmierte Fenster über der Spüle, aus der Türme aus schmutzigem Geschirr ragten. Aus dem altertümlichen Radio im Küchenregal lief leise irgendein Song aus den Achtzigern.

»Du, Lothar, ich will nicht, dass das komisch klingt, aber könnte ich dir eine Frage stellen?« Er verschränkte die Finger ineinander und legte sie auf den klebrigen Küchentisch.

»Klar doch, schieß los!«, erwiderte der hagere Mann betont gelassen.

»Meine Mutter hat erzählt, du hättest dich nach dem Unfall noch mit meinem Vater gestritten, dabei ging es um den Wagen. Irgendwas mit dem Verkauf. Erinnerst du dich noch, was da genau vorgefallen ist?«

»Oh, Janosch, das ist ein dunkles Kapitel, an das ich nicht gerne denke.« Seine Züge zerliefen wie Kerzenwachs, er sah aus wie besiegt.

»Ich genauso wenig. Leider habe ich keine andere Wahl.«

»Dein Papa war mein Anker. Nicht nur des Ladens wegen, sondern auch, weil er ein echter Freund war. Ein Mann, dem man zu zehntausend Prozent vertrauen konnte. Solche Menschen trifft man in seinem Leben nur sehr selten, das wirst du noch früh genug merken. Dein Papa … aber wem sage ich das, ihr beiden wart schließlich auch unzertrennlich. Er wäre stolz auf dich, wenn er dich jetzt sehen könnte.«

»Wie war er zu dir in den Tagen, bevor … bevor es geschehen ist?«

»Wie ausgewechselt. Ganz verschlossen, reizbar, aber wer sollte es ihm verübeln? Jedenfalls war der Transporter – oder besser das, was nach dem Unfall von ihm übrig war – in die Werkstatt abgeschleppt worden. Totalschaden. Harry wollte ihn so schnell wie möglich loswerden, verkaufen, verschrotten lassen. Ich wollte mich darum kümmern, habe bei den Schrotthändlern und Werkstätten in der Umgebung rumgefragt, einen akzeptablen Preis bekommen, alles geregelt.«

»Das kann noch nicht der Grund für den Streit gewesen sein, oder?«

»Es war ganz seltsam, das schwöre ich dir.« Lothar leerte das Bier und stieß erneut auf. »Ein oder zwei Tage nachdem ich den Transporter verkauft hatte, fragte mich dein Papa auf einmal ganz panisch, ob ich ihn zuvor auch wirklich komplett ausgeräumt habe. Ich sagte: ›Natürlich! Die Geräte, die Pflanzen, das Handschuhfach. Ich habe das Auto leer abgegeben, das versteht sich doch von selbst.‹ Er packte mich an den Schultern, schüttelte mich: ›Und das Geheimfach?‹«

»Geheimfach?«, hakte Janosch irritiert nach.

»Wir hatten ein kleines Extrafach eingebaut, in dem wir ab und an empfindliche und wichtige Sträuße sicher transportieren konnten. Sehr teure Hochzeitssträuße oder Trauerkränze zum Beispiel. Und tatsächlich, ich hatte vergessen, dort hineinzuschauen. Eigentlich hätte dein Vater solche Blumen gar nicht an Bord haben sollen. Ich nahm an, es wäre leer gewesen.«

Janosch schluckte trocken. »Weißt du, was sich darin befunden hat?«

Lothar schüttelte den Kopf. »Ich bin noch einmal beim Schrottplatz vorbeigefahren und habe gefragt, ob sie etwas im Wagen entdeckt haben, ob sie es vielleicht aufgehoben haben, aber Fehlanzeige. Nichts. Das Auto hatten sie bereits ausgeschlachtet und verschifft.«

Nachdenklich wickelte Janosch eine seiner Locken auf. Was war in dem Fach gewesen? Was hatte so eine Panik in seinem Vater ausgelöst, dass er – völlig entgegen seinem Naturell – seinen engsten Freund dermaßen angegangen war?

»Welcher Schrottplatz war das?«

»Der in der Nähe von Grimmbach – Olgur. Zwielichtiger Typ, wenn du mich fragst.«

»Danke«, sagte Janosch. »Ich werde mal vorbeifahren. Wer weiß, vielleicht hilft es Olgurs Gedächtnis auf die Sprünge, wenn man ihm einen Polizeiausweis unter die Nase hält.«

Lothar stierte auf seine faltigen, schwieligen Hände. Erst hatte er seine Familie verloren, dann auch noch Papa, der für ihn wie ein Bruder gewesen war. In der verwahrlosten Küche sah er aus, als hätte man auch ihn hier drin vergessen.

...

Diana und Salim Herter verließen im gleichen Moment den Besprechungsraum wie Frank Nehring und die Schwester.

Über SMS hatten Diana und ihr Kollege die Enden ihrer Gespräche abgestimmt, damit sie das Zusammentreffen der Geschwister auf dem Flur erleben konnten.

Die Reaktion der beiden war erwartbar und wenig spektakulär. Sie sprachen kein Wort miteinander, Salim warf Yasmina nur einen kalten, verachtungsvollen Blick zu.

Im Gegensatz zu ihm war sie nicht stylish herausgeputzt. Sie trug einen schlabbrigen Kapuzenpullover und Jeans mit ausgefransten Hosensäumen. Ihr schwarzes Haar war lose zu einer Art Palme gebunden, sie sah übernächtigt und blass aus.

Ihren Bruder würdigte sie keines Blickes.

»Ein freudiges Wiedersehen«, schloss Nehring, als die Geschwister fort waren. »Wie lief es bei Ihnen?«

»Leider wenig erfolgreich. Er hat mich eigentlich nur mit dem unkonkreten Gefühl zurückgelassen, dass ihm irgendetwas furchtbare Angst bereitet.« Sie rieb sich die Augenpartie so fest, bis flirrende Pünktchen vor der Schwärze ihrer geschlossenen Lider erschienen. »Bitte sagen Sie mir, Sie haben mehr vorzuweisen.«

»Ein wenig. Zu Matildas Privatleben hat Yasmina nur das erzählt, was wir ohnehin schon gewusst haben. Sie wusste nichts von einem neuen Freund, noch von Feinden, nichts. Jedoch hat sie eine höchst interessante Personalie erwähnt.«

»Lassen Sie hören!«

»Ich habe sie danach gefragt, wen Matilda auf ihren Botenfahrten am häufigsten beliefert hat. Darauf konnte sie mir eine sehr klare Antwort geben. Mit Abstand am meisten hat sie das Haus der Fallmers angefahren.«

»Die Fallmers, hm?« Diana gab ein Pfeifen von sich. »Das ist in der Tat höchst interessant.«

Mit Gabriela Fallmer war sie gemeinsam zur Schule gegangen. Schon damals hatte sie ein unfassbares Talent dafür gehabt, sich alles und jeden gefügig zu machen. Dass sie bei der Bank Karriere machen würde, war vielen wie eine logische Konsequenz vorgekommen. Wenn sie wollte, konnte sie dem Papst ein Doppelbett andrehen – und die Einrichtung für ein Kinderzimmer gleich mit. Sie und Diana hatten sich eher gemieden, nicht weil sie sich unsympathisch gewesen wären, wie Diana im Nachhinein glaubte, sondern weil sie sich zu ähnlich waren. Beide dominant, beide ehrgeizig, zwei Persönlichkeiten, die sich gegenseitig wohl entweder neutralisiert oder pulverisiert hätten.

»Ist ihr Sohn nicht derjenige gewesen, bei dem Janosch Janssen in der Nacht abgeholt werden sollte?«

»Ganz genau. Benjamin Fallmer. Ich frage mich, ob die Drogen für ihn gewesen sind oder für seine Mutter. Hat Yasmina dazu etwas gesagt?«

»Nein, dazu konnte sie nichts sagen. Auch nicht darüber, was Matilda dort genau für Zeug vertickt hat. Vielleicht war es auch für den Vater.«

»Frank!«, nannte sie ihn in ihrem Entsetzen ausnahmsweise beim Vornamen. »Der Mann liegt im Koma, soweit ich weiß, seien Sie nicht so pietätlos.«

Er zuckte zusammen wie unter einem Peitschenhieb.

»Wie auch immer, wir sollten den Fallmers einen Besuch abstatten«, sagte Diana. »Ich nehme Janssen mit. Ich bin gespannt, wie er auf die Familie seines alten Schulfreunds reagiert.«

· · ·

Auf dem Display von Janoschs Handy erschien eine unbekannte Mobilfunknummer. Er nahm den Anruf an und stellte auf Lautsprecher, während er weiter über die Landstraße fuhr.

»Ja, hallo? Wer ist da?«

»Helen. Helen Quester. Ich hoffe, es ist nicht komisch, wenn ich mich einfach so melde.«

Janoschs Puls beschleunigte sich. Unbewusst nahm er den Fuß vom Gas und bemerkte es erst, als der BMW-Fahrer hinter ihm seine Lichthupe betätigte. Wie angekündigt! – Hatte sie tatsächlich ihre Mutter nach seiner Nummer gefragt? Er riss sich zusammen und sagte mit gespielter Überraschung:

»Mit dir hätte ich gar nicht gerechnet!«

Sie lachte auf, glockenhell und fröhlich. »Ich hoffe sehr, du bist ein besserer Polizist als Schauspieler. Meine Mutter hat mich angekündigt, oder?«

»Hat sie.« Er seufzte ertappt. Wenigstens sah sie über das Telefon nicht, wie er längst wieder rot angelaufen war.

»Ich … ich hätte mich auch früher oder später bei dir gemeldet«, stammelte er. Seit seine Chefin Helens baldigen Anruf erwähnt hatte, hatte er bei jeder Gelegenheit überlegt, was er sagen sollte.

»Aber ich bin froh, dass du es getan hast«, fuhr er fort und wählte Ehrlichkeit. »Ich bin nicht wirklich gut in solchen Dingen.«

»Ach, denkst du, es ist immer noch die Pflicht und Aufgabe des Mannes, die Frau anzusprechen?«, fragte sie. »Immerhin leben wir doch inzwischen im einundzwanzigsten Jahrhundert, Herr Janssen, selbst wir hier in der Rhön.«

»Ich … ähm … das meinte ich nicht so … es ist nur …«

Wieder lachte sie auf, und am liebsten hätte er diesen Laut wie in seiner Musik-App auf *Repeat* gestellt.

»Das war ein Witz, so ernst meine ich das gar nicht. Es macht einfach zu viel Spaß, dich in Verlegenheit zu bringen.«

»Oh, will ich dann dieses Gespräch überhaupt weiterführen?«, gab er zurück. Er agierte gleich gelöster. Unterhaltungen fielen ihm leichter, wenn die Grenzen und Verhältnisse klar gesteckt waren und er wusste, woran er war.

»Oh, jetzt wirst du auf einmal auch frech«, sagte sie amüsiert. »Gib mir doch trotzdem eine Chance. Wie wäre es, wenn wir uns gleich heute Abend treffen? Neunzehn Uhr?«

»Moment, da war etwas!« Er durchforstete sein Gedächtnis. Natürlich! Er tippte sich gegen die Stirn. »Da haben wir eine Besichtigung von einem Immobilienmakler.«

»So lange wird das doch nicht dauern. Ich hole dich einfach danach ab, hmm?«

»Einverstanden!«

»Ich freue mich, bis heute Abend!«

Er legte auf, und das Blut rauschte schnell und heiß durch seine Venen.

Bis zu dem Schrotthändler waren es nur noch wenige Minuten. Eine schmale Asphaltpiste führte von der Landstraße weg zu der Adresse von Olgurs An- und Verkaufsstelle.

Gerade hatte er den Blinker gesetzt, als die Freisprechanlage die Nummer von Diana Quester zeigte. Mein Gott, dachte er, heute bin ich bei der Familie Quester aber hoch im Kurs.

Er ging dran.

»Herr Janssen, sind Sie überhaupt noch einmal irgendwann im Präsidium, oder steht Ihr Schreibtisch hier nur zur Dekoration? Wo sind Sie?«

»Ich … ich musste nur einmal zu Hause nach meiner Mutter schauen«, log er.

»Aha«, erwiderte sie wenig überzeugt. »Dann haben Sie

doch das nächste Mal die Freundlichkeit und melden Sie sich ab. Wir brauchen Sie hier sofort. Es gibt eine neue Spur.«

»Ich … äh …«

»SOFORT!«

Er seufzte. »Bin unterwegs.«

...

Das *Hotel Moorblick* thronte auf einem sanft geschwungenen Hügel entlang der B284, unweit des Eingangs zur Kaskadenschlucht. Von hier aus bot sich der namensgebende spektakuläre Blick über das Rote und Schwarze Moor, halb verborgen unter den dunklen Wipfeln der umliegenden Fichtenwälder.

Diana lehnte an der Motorhaube ihres Wagens und wartete darauf, dass Janssen endlich auf dem Hotelparkplatz aufkreuzte. Die Geschichte mit seiner Mutter hatte wie eine billige Ausrede geklungen. Es gehörte zu ihrem Job, Lügen zu erkennen. Wenn er ihr etwas vormachen wollte, musste er sich schon etwas mehr anstrengen. Was führte ihr junger Kollege im Schilde? Sie hatte ihn in die SOKO geholt, damit er nicht mehr auf eigene Faust ermittelte. Wieso setzte er das aufs Spiel? Glaubte er, sie würde mit ihren Drohungen nicht Ernst machen?

Hier oben pfiff ein kräftiger Wind, der ihr ordentlich das Haar zerzauste. Sie wischte sich die Strähnen aus der Stirn und ließ den Blick über die Rhön treiben. Von hier aus konnte man beinahe den Flugplatz der Fliegerschule an der Wasserkuppe sehen. Im Sommer zogen von dort die Segelflugzeuge über den Himmel, weiße Kreuze vor diesem blauen Trapez.

Vor vielen Jahren hatte sie einmal zusammen mit Marius einen Tandem-Gleitschirmflug von dort gemacht. Sie erinnerte sich noch an den atemberaubenden Blick über die Rhön, den Wind im Gesicht, die herunterbaumelnden Beine, ihre Rufe, das unvergleichliche Gefühl von Freiheit. Manchmal fragte sie sich, wohin diese Unbeschwertheit verschwunden war.

Der Škoda von Janssen erschien auf der Zufahrtsstraße. Er parkte in der Nähe und stieg aus, der Gesichtsausdruck angemessen zerknirscht. Der Wind spielte mit seiner Lockenmähne, und er zog den Reißverschluss seines olivgrünen Anoraks zu.

»Langsamer ging es nicht mehr?«, begrüßte sie ihn.

Er kniff die Augen zusammen, gab aber erst mal keine Widerworte. Gestern hätte er wohl noch eine sarkastische Bemerkung zurückgegeben, aber sein Geheimtrip hatte ihn kleinlaut gemacht.

»Entschuldigen Sie, ich habe zu spät gesehen, dass Sie doch zum Hotel gefahren sind.«

»Ich habe Frau Fallmer nicht bei ihr zu Hause angetroffen, also probieren wir es jetzt hier. Kommen Sie!« Sie drückte sich von der Motorhaube weg und lief auf den Eingang des Foyers zu. »Über Ihren kleinen Ausflug reden wir später.«

In einigen Metern Abstand trottete er ihr hinterher. Ein roter Teppich lag auf den Stufen zur Glastür. Eilfertig kam ihnen ein Portier mit einem goldfarbenen Gepäckwagen entgegen.

»Die Dame, der Herr, haben Sie Koffer dabei? Darf ich Ihnen behilflich sein?«

Diana machte eine wegwerfende Handbewegung. »Wir sind nicht als Gäste hier.«

Sie scheuchte ihn zur Seite, und sie betraten das weitläufige Foyer. Eine Glaskuppel spannte sich über ihnen auf und spendete großzügig Tageslicht. Ihre Schritte hallten auf dem hellen Marmorboden. In einer der eleganten Sitzgruppen brütete eine Gruppe Touristen im Rentenalter über einer Wanderkarte. In Vitrinen lagen verschiedenste Rhön-Souvenirs zur Schau – Schirmmützen, T-Shirts, Tassen und Schnabeltassen, Gutscheinbücher, Kühlschrank-Magneten. Ein Hinweisschild vor den Fahrstühlen zeigte den Weg zu Suiten, Restaurant, Wellnessbereich, Sauna und Massageräumen.

»Wirklich beachtlich, was Frau Fallmer nach der Übernahme hieraus gemacht hat«, sagte Diana. »Ich erinnere mich noch sehr gut daran, was das hier vorher für ein muffiger Achtzigerjahre-Schuppen gewesen ist. Die Renovierungsarbeiten müssen ein Vermögen gekostet haben.«

Sie meldeten sich bei der Frau an der Rezeption und fragten nach Gabriela Fallmer. Die Rezeptionistin bat sie um einen Moment Geduld, griff nach dem Telefon und kündigte sie ihrer Chefin an.

»Sie wird sofort bei Ihnen sein«, verkündete sie schließlich mit einem professionellen Lächeln.

Sie vertraten sich in der Lobby die Beine. Janssen musterte die ausgehängte Preisliste, Diana blätterte in einem Prospekt über die neuen Bungalow-Ferienhäuser in der Nähe des Roten Moors, die das Hotel seit Anfang des Jahres zusätzlich als Unterbringung anbot.

Das Stakkato von hohen Absätzen näherte sich.

»Guten Tag, willkommen im *Moorblick*! Ich hoffe, ich habe Sie nicht zu lange warten lassen.«

Gabriela Fallmer trat aus einem Flur hinter der Rezeption. Sie trug einen grauen, teuer aussehenden Hosenanzug und Stilettos. Mit perfekt aufgetragenem Make-up hatte sie sicherlich fünf Jahre weggeschminkt, das dunkelblonde Haar hatte sie zu einem Dutt gebunden.

In den vergangenen Jahren hatte Diana sie hauptsächlich in Zeitungsaufnahmen gesehen – sei es bei der Begrüßung eines neuen Küchenchefs oder als Gastgeberin eines Benefizabends. Auch jetzt wirkte ihr Lächeln so gestellt wie auf diesen Bildern.

»Diana Quester!«, rief sie freudig, als sie sich die Hände schüttelten. »Wir haben uns ja seit Ewigkeiten nicht mehr gesehen. Wir können uns eigentlich auch duzen, oder? Wie damals in der Schule.«

»Ich würde bevorzugen, wir täten es nicht.«

Fallmers Lächeln verschwand einige Momente, und sie starrte sie irritiert an, sie fing sich aber schnell wieder. »Klar, dafür braucht es schließlich immer zwei.« Sie wandte sich an Janosch. »Ah, und wen haben wir denn hier? Janosch! Wie schön, dich zu sehen. Gut siehst du aus! Bei dir ist Duzen okay, oder?«

Janssen zuckte mit den Schultern, warf einen kurzen Seitenblick auf Diana und sagte: »Klar.«

»Sehr schön! Ach, das war für uns alle eine schwere Zeit damals. Benjamin hat dich sehr vermisst, als du ins Ausland bist. Wo war das noch mal? Australien?«

»Neuseeland!«

»Stimmt, der Tolkien-Fan!«

Diana verdrehte die Augen. Gabriela Fallmer hatte stets ein Talent dafür besessen, naive Leute wie Janssen mit einer Mischung aus Komplimenten und vorgetäuschtem Interesse um den Finger zu wickeln. Diana würde das sicherlich nicht passieren.

Ihre einstige Schulkameradin richtete sich wieder an sie. »Womit kann ich *Ihnen* denn helfen?«

»Ihnen wäre sicher daran gelegen, wenn wir das Thema in einem etwas ungestörteren Umfeld besprechen.«

Falls die Hotelchefin ahnte, aus welchem Grund sie hierhergekommen waren, so ließ sie es sich zumindest nicht anmerken. »Aber selbstverständlich! Bitte folgen Sie mir!«

Janssen und sie liefen mit ihr den Flur hinter der Rezeption entlang, vorbei an Pausen- und Verwaltungsräumen, bis sie schließlich in ihr riesiges Büro gelangten. Die bodentiefen Fenster boten einen imposanten Blick über beinahe die gesamte Hotelanlage: das Schwimmbecken und die Whirlpools, aus denen der Dampf in die kühle Herbstluft entstieg, die Terrasse des Restaurants mit ihren zusammengeketteten Außenmöbeln, den kleinen Park.

Der wuchtige Schreibtisch stand direkt vor der Fensterfront, und Fallmer bot ihnen mit einer Handgeste an, auf den Besucherstühlen davor Platz zu nehmen.

An den Wänden hingen Urkunden und Auszeichnungen,

außerdem Bilder von Fallmer zusammen mit prominenten Hotelgästen. Diana erkannte unter anderem einige Schlagersternchen, einen in die Jahre gekommenen TV-Moderator und einen Kommunalpolitiker.

Sie knöpfte ihren Blazer auf, setzte sich in ihren Vitra-Drehsessel und schlug die Beine übereinander.

»Also, was führt Sie her?«

»Der Fall Matilda Nolte«, begann Diana. »Haben Sie eine Idee, warum wir deshalb bei Ihnen gelandet sind?«

Sie wollte sie nicht sofort mit ihren Erkenntnissen konfrontieren, wollte zuerst einmal sehen, wie sie überhaupt auf den Namen reagierte. Ob sie von sich selbst heraus etwas preisgab.

Auf dieses Spiel ließ sich Fallmer leider nicht ein. Sie lehnte sich zurück und blies die Wangen auf. »Keinen blassen Schimmer. Klären Sie mich auf!«

»Sehr gern. Wir können durch Zeugenaussagen belegen, dass Matilda Nolte in den Jahren 2008 und 2009 für den verurteilten Drogenhändler Wigand Kurierfahrten mit illegalen Substanzen gemacht hat. Klingelt es jetzt?«

»Wird das hier eine Rateshow? Nein, ich habe keine Ahnung. Kommen Sie zum Punkt!«

»Wir haben Grund zu der Annahme, dass Frau Nolte bei ihren Lieferfahrten äußerst häufig bei Ihrer Privatadresse gewesen ist. Kommt Ihnen das bekannt vor?«

Fallmer blätterte desinteressiert einige Unterlagen durch. »Ich befürchte, da muss ein Irrtum vorliegen. Ich kann mich nicht daran erinnern, das Mädchen jemals bei uns zu Hause angetroffen zu haben. Ich glaube, ich sollte das immer noch am besten wissen, schließlich bin ich diejenige, die dort wohnt.«

Mit keiner anderen Antwort hatte Diana gerechnet. So leicht würde es Fallmer ihnen nicht machen. Sie tippte Janssen am Oberarm an. Anstatt nur als stiller Beisitzer dabei zu sein, konnte er sich auch etwas nützlich machen.

»Herr Janssen, helfen Sie mir kurz auf die Sprünge: Wie wäre unser weiteres Vorgehen in diesem Fall?«

Ihr junger Kollege schaute einen Moment zwischen ihnen beiden hin und her, verstand aber und spielte artig mit:

»Wir könnten einen Durchsuchungsbefehl der Privat- und Geschäftsräume erwirken, Sie offiziell zu einer Vernehmung vorladen, Mitarbeiterinnen und Mitarbeiter befragen, die ...«

Fallmer unterbrach ihn. »Alles klar, verstanden, verstanden. Sie können aufhören.« Sie seufzte. »Wenn ich Ihnen erzähle, was Sie hören wollen, können wir das hier dann unter der Decke halten und nicht an die große Glocke hängen?«

»Einverstanden«, sagte Diana.

Fallmer stand auf und musterte mit hinter dem Rücken verschränkten Händen die Aussicht. Graue, undurchdringliche Wolkenbänder zogen schnell über den Himmel, die Ankündigung eines aufkommenden Sturms.

»2008 hatte ich meine Stelle verloren, damals noch im Bankwesen, Schließung meiner Filiale in Grimmbach. Einsparungsmaßnahmen. Ich stand vor dem Nichts. Mein Mann im Koma, der Job weg, die Finanzierung unseres Hauses auf der Kippe. Und in der Stadt war ich praktisch eine Persona non grata. Die Leute hatten schon immer neidisch auf unser

Geld geschaut, fühlten sich wegen Krediten übers Ohr ge-
hauen, aber jetzt verkörperte ich für sie auch noch alles Böse,
was die Bankenkrise über meine Branche ans Licht gebracht
hatte. Das Einzige, was ich noch hatte, war ein Traum. Der
Traum, in dem Sie sich gerade befinden. Dieses Hotel.«

Sie wandte sich um, das Gesicht verhärtet.

»Ich hatte ein kleines Startkapital, keinerlei Vorerfahrung
in der Hotel- oder Gastrobranche. Und glauben Sie mir, der
Umstand, dass ich eine Frau bin, hat mir auch nicht gerade
geholfen.«

Da haben wir was gemeinsam, dachte Diana.

»Ich hatte das Glück, die passenden Investoren und ein fä-
higes Team zu finden, dennoch stand ich in der Anfangszeit
unter einem enormen mentalen Druck.« Sie seufzte tief. »Ich
musste diese Zeit durchstehen, das habe ich nicht auf eigene
Faust geschafft. Wie jeder andere im Ort kannte ich die Gerüchte über Wigand. Also habe ich ihn kontaktiert.«

»Was haben Sie genommen?«, fragte Diana.

»Tut das was zur Sache? Matilda war bei uns, ist ein- oder
zweimal in der Woche vorbeigekommen. Das wollten Sie
doch bestätigt haben.«

»Wenn unser kleiner Deal wirklich Bestand haben soll,
dann brauche ich mehr als das. Uns geht es um jedes noch so
kleine Detail, alles, woran Sie sich erinnern können.«

Fallmer presste die Lippen aufeinander. »So ganz genau
weiß ich das nicht mehr, ich habe ziemlich viel ausprobiert.
Upper, Downer. Ich brauchte Zeug, das mich unermüdlich
arbeiten ließ und irgendwann dafür sorgte, dass ich überhaupt noch einmal schlief.«

»Ist Ihnen in dieser Zeit etwas an Matilda Nolte aufgefallen?«

»Puh, ich muss gestehen, dass ich mit ihr nicht wirklich eine tiefgehende Beziehung aufgebaut habe. Sie kam über die Hintertür zu uns und hat mir einen Umschlag mit den gewünschten … Artikeln … gegeben, ich habe den vereinbarten Betrag in kleinen Scheinen ebenfalls in einem Umschlag ausgehändigt, das war's. Dabei haben wir keine großen Worte gewechselt. Eines Tages ist sie dann nicht mehr aufgekreuzt, und ich habe von ihrem Verschwinden in den Nachrichten gehört.«

Janssen lehnte sich vor. »Hatten Sie die Vermutung, dass Matildas Verstrickung in die Drogengeschäfte dabei eine Rolle gespielt haben könnte?«

»Ausschließen würde ich es nicht.« Sie zuckte mit den Schultern. »Aber wer weiß, was dem armen Kind zugestoßen ist. In dieser Welt gibt es eine Menge seltsame, düstere Gestalten, auch hier bei uns.«

Diana malmte die Kieferknochen aufeinander. Wieder eine ergebnislose Befragung. Die Zeit rann ihnen durch die Finger. »Wie ich höre, übernachten im Moment eine ganze Reihe Medienvertreter und sogenannte True-Crime-Fans bei Ihnen«, sagte sie bitter. »Schön, zu sehen, dass die Region zumindest am Tod dieser jungen Frau verdient.« Sie erhob sich aus dem Stuhl und strich ihren Mantel glatt. »Kommen Sie, Janssen, wir sind hier fertig. Vielen Dank für Ihre Mithilfe, Frau Fallmer!«

»Einen Moment!«, warf ihr junger Kollege mit einem Mal ein.

Sie schaute ihn verwundert an.

»Es ist eine Kleinigkeit und hat auch nichts mit Matilda zu tun, aber ich bin letztens durch Zufall auf eine Anwohnerin Ihrer Ferienbungalows getroffen«, erzählte er. »Sie hat sich über Ruhestörung beschwert, ein Mann und eine Frau haben sich wohl sehr heftig gestritten. Wie gesagt, eine Lappalie, aber wenn sich hier gerade die Gelegenheit ergibt, mit Ihnen zu sprechen … die Dame wollte auch noch einmal bei uns vorbeikommen und protokollieren, was sie genau gehört hat.«

Diana war so perplex, dass ihr zunächst gar keine passende Schelte einfiel. Hatte Janssen jetzt komplett den Verstand verloren? Sie ermittelten hier in einem komplexen Mordfall, und er kam auf einmal mit dem Thema Ruhestörung um die Ecke!

Dann betrachtete sie wieder Gabriela Fallmer. Und erschrak. Die Hotelmanagerin sah aus, als hätte sie einen Geist gesehen. Ihr Gesicht nahm die Farbe der weißen Marmorfliesen an. Fallmer schüttelte sich, blinzelte, sagte wie ein Roboter:

»Ja, ja, klar, vielen Dank für den Hinweis. Wir werden künftige Gäste noch einmal besonders darauf aufmerksam machen, die Ruhezeiten einzuhalten.«

Zurück in der Lobby, rechnete Janosch mit einer Ansage von Quester, aber nichts dergleichen geschah.

»Woher auch immer Sie diese Information hatten, das haben Sie sehr gut gemacht«, sagte sie. »Haben Sie gesehen, wie fassungslos Fallmer plötzlich gewesen ist? Kreidebleich! Ein Bild für die Götter.«

»Ähm, vielen Dank«, erwiderte er verwirrt, als sie ins Freie traten. »Eine alte Dame hat mich beim Einkaufen darauf angesprochen.«

»Haben Sie ihre Kontaktdaten?«

»Nein.«

»Dann sorgen Sie dafür, dass Sie sie bekommen. Sofort! Machen Sie die Frau ausfindig, und finden Sie heraus, was sie noch gesehen hat. Fallmer hat seelenruhig von ihrem Drogenkonsum erzählt und nicht einmal mit der Wimper gezuckt, aber bei dieser Nichtigkeit verliert sie völlig den Boden unter den Füßen. An dieser Geschichte muss etwas dran sein.«

»Ich mache mich gleich auf den Weg.«

. . .

An einem Ort wie Grimmbach, wo jeder jeden kannte, war es ein Kinderspiel, die Adresse der alten Frau aufzutreiben.

Er fuhr bei *Obst & Gemüse Scheyer* vorbei. In dem Lebensmittelladen war nur wenig zu tun, die Verkäuferin an der Kasse – Mittfünfzigerin, rot gefärbte Haare, rot gefärbte lange Fingernägel, rote Wangen – nahm sich ausgiebig Zeit für seine Fragen.

Die Beschreibung der alten Frau war zunächst wenig zielführend, anscheinend gab es viele Kundinnen in diesem Alter. Als er jedoch die Geschichte mit der Ruhestörung erwähnte, hellten sich ihre Augen auf.

»Ah, das muss Frau Bungert sein! Die geht hier ein und aus! Von der Story hat sie mir auch erzählt. Die wohnt direkt an der Alten Heide, Haus Nummer sieben oder acht. Wir haben ihr die Einkäufe abends vorbeigebracht, als sie mal so schlecht zurecht gewesen ist.«

Janosch bedankte sich für die Hilfe und machte sich auf den Weg zu der Adresse. Frau Bungert wohnte in einem Mehrfamilienhaus gleich gegenüber von einem dichten Tannenhain, in dessen düsterem Schatten sich der Bungalow verbarg. Das Ferienhaus war ein moderner Neubau mit weiß getünchter Fassade und dunkelgrauen Fensterrahmen, umgeben von einem Band aus weißem Kies und akkurat gestutzten Hecken.

Als Janosch aus dem Wagen stieg, nahm er eine Bewegung hinter den Vorhängen wahr, ein Huschen, ein Vorbeigehen.

Er zuckte mit den Schultern und ging zu dem verklinkerten Wohnhaus auf der anderen Straßenseite. Er entdeckte *Bungert* auf dem Klingelschild, drückte den Knopf, erklärte der alten Dame sein Anliegen und musste dreimal nacheinander Kaffee und Kuchen ablehnen.

Mit dem Hintern versank er tief in dem mit Kissen überladenen Sofa. Im Fernsehen lief in ohrenbetäubender Lautstärke eine Nachrichtensendung. Während Frau Bungerts weiße, flauschige Katze seine Waden umschmiegte, fragte er sie eingehend nach den Protagonisten des Streits, den sie mitgehört hatte.

»So richtig gut konnte ich die beiden nicht erkennen. Es war schon stockfinster«, sagte sie.

»Haben Sie den Wortlaut der Unterhaltung mitbekommen?«

Die Dame schüttelte den Kopf. »Das war einfach nur ein furchtbares Getobe und Gezeter. Ich weiß nicht, worum's da ging.«

Großartig, dachte Janosch. Bin ich umsonst hierhergefahren? Er rief sich noch einmal das entsetzte Gesicht der Hotelmanagerin vor Augen, als er sie auf die Ruhestörung angesprochen hatte. Er hatte eine Eingebung. Natürlich! Schnell holte er sein Handy heraus, googelte *Gabriela Fallmer* und zeigte Frau Bungert eines der Bilderergebnisse.

»Könnte es sich bei der Streitenden um diese Frau gehandelt haben?«

Die alte Dame rückte ihre Brille zurecht und kam mit dem Gesicht fast eine Handbreit an den Smartphone-Bildschirm heran. Das breit lächelnde Gesicht von Gabriela Fallmer spiegelte sich in ihren Brillengläsern.

»Ja«, sagte sie vorsichtig, während er noch durch einige weitere Bilder von Fallmer scrollte. »Ja, das könnte sie sein, das könnte sie wirklich sein.«

»Vielen Dank, das hilft uns sehr weiter«, sagte Janosch.

Dann blieb zu klären, wer die andere Person war. Vor allem aber fragte sich Janosch, ob dieses Ereignis in irgendeiner Verbindung zum Fall Matilda stand.

Er verabschiedete sich von Frau Bungert, musste noch ein letztes Mal Kaffee und Kuchen ablehnen und trat hinaus auf die Straße. Es war bereits später Nachmittag, Dunkelheit kroch an den Himmelsrändern empor.

Wieder betrachtete Janosch den Bungalow, hielt nach einer Bewegung Ausschau. Er überquerte den Asphalt, folgte dem Pfad zur Eingangstür und klingelte.

Die Melodie des Läutens drang vernehmlich bis zu ihm nach draußen und verhallte bald wieder. Er lauschte auf Schritte. Nichts. Kein Licht brannte hinter dem Ornamentglas der Tür auf. Er klingelte ein weiteres Mal. Wieder keine Reaktion.

Hatte er sich die Bewegung hinter den Vorhängen eingebildet? Aber er war sich ganz sicher, da war jemand gewesen. Er konnte sich unmöglich getäuscht haben.

Vielleicht hatte er eine bessere Chance beim Wohnzimmerfenster. Er betrat die Rasenfläche und spähte durch den Spalt zwischen den Vorhängen. Nur die schattenhaften Umrisse von Möbelstücken in der Dunkelheit. Was machte er hier eigentlich gerade? Er sollte lieber zurück ins Präsidium, statt irgendwelchen Hirngespinsten nachzujagen.

Dennoch kribbelte es in seinem Nacken, als er zum Auto zurücklief, und ihn überkam das unbestreitbare Gefühl, beobachtet zu werden.

· · ·

»Wie sicher ist sich die Zeugin?«, hakte Diana noch einmal nach.

»So sicher, wie sich eine ältere Dame mit schwachen Augen in der Dunkelheit sein kann«, antwortete Janssen, der gerade auf der Rückfahrt aus Grimmbach war.

»Das wird reichen müssen. Vielen Dank, wir sehen uns später.«

Diana legte auf und triumphierte innerlich. Sie lehnte sich in ihrem Bürosessel zurück. Sie konnte es kaum erwarten, Gabriela Fallmer wieder zu Gesicht zu bekommen und ihr diesen Fakt unter die Nase zu reiben. Sicherlich würde sie es erneut abstreiten, und mit der Aussage der Nachbarin hatten sie auch nicht wahnsinnig viel gegen sie in der Hand, nichtsdestotrotz war Diana gespannt auf die Reaktion.

Ihr Festnetztelefon klingelte und zeigte die Nummer des Empfangs.

Sie runzelte die Stirn und nahm den Hörer ab. »Ja, bitte?«

»Frau Quester, entschuldigen Sie die Störung, aber hier ist jemand, der Sie sprechen möchte. Ein Herr Nolte.«

Sie schluckte. Matildas Vater. Ihr Herzschlag beschleunigte sich. Es gab nicht vieles, was sie nervös machte, aber diese Situation zählte auf jeden Fall dazu.

»Schicken Sie ihn zu mir hoch«, sagte sie gequält.

Unruhig tigerte sie in ihrem Büro auf und ab und überlegte, was Ludger Nolte von ihr wollen könnte. Die Noltes hatten sich nie sonderlich in die Ermittlungsarbeiten eingemischt oder Druck auf sie ausgeübt. Wurden sie jetzt womöglich doch ungeduldig?

Dianas Blick blieb an dem Foto von Helen auf ihrem Schreibtisch hängen. Es war eine ältere Aufnahme, die sie kurz nach ihrem Abitur zeigte und die eigentlich längst einmal ausgetauscht gehörte. Sie trug ihr dunkelblaues Kleid, posierte vor dem Kirschlorbeer im Garten ihres alten Hauses und strahlte in die Kamera. Was hätte ich getan, wenn dir so etwas zugestoßen wäre?

Ohne ein Klopfen öffnete sich ihre Bürotür, und Ludger

Nolte marschierte herein. Der schlanke, hoch aufgeschossene Mann mit der langen grauen Haarmähne hielt etwas Großes und offensichtlich Schweres in seiner Hand.

Ehe Diana es richtig erkennen konnte, knallte er es auf ihre Schreibtischplatte. Es war ein verwitterter Pflasterstein.

»Der hier ist letzte Nacht um zwei durch unser Küchenfenster geflogen«, erklärte er schnaubend. Er griff in seine Hosentasche, holte einen zerknüllten Zettel daraus hervor und legte ihn neben den Stein. »Und der hier war darum gewickelt.«

LASST ENDLICH DIE VERGANGENHEIT RUHEN! AKZEPTIERT WAS PASSIERT IST!, stand darauf in schwarzen Druckbuchstaben.

»Haben Sie eine Ahnung, wer das gewesen sein kann?«, fragte er gereizt. »Der Täter, irgendwelche Leute aus dem Ort? Was immer der Grund dafür ist, dass wir jetzt so was abbekommen, es muss aufhören!«

Von dem jovialen Musiklehrer, den sie vor fast zehn Jahren bei den Ermittlungen kennengelernt hatte, schien nicht mehr viel übrig geblieben zu sein. Herr Nolte wirkte übellaunig und nervlich am Ende.

»Als läge es in der Hand von mir und meiner Frau, dass diese Ermittlungen weiterlaufen.«

»Wir werden der Sache nachgehen«, versicherte sie ihm. »Ich entschuldige mich für die Umstände, die wir Ihnen durch diese Situation bereiten, aber Sie müssen verstehen – vor allem ja auch im Interesse Ihrer Tochter –, dass wir endlich die Chance haben, die Wahrheit ans Licht zu bringen.«

Insgeheim sah sie diese blindwütige Attacke in Richtung

der Noltes als ein positives Zeichen. Was auch immer den oder die Übeltäter zu diesem Mittel bewogen hatte, irgendjemanden mussten sie aufgeschreckt haben. Diana ging nicht davon aus, dass es sich bei dem Steinewerfer um den Mörder von Matilda handelte, aber sehr wahrscheinlich gab es mehr als nur eine Person in Grimmbach, die etwas zu verbergen hatte.

...

»Wie sieht's eigentlich bei dir aus? Hat sich Zimmers Tochter mittlerweile an den Song erinnert?«, fragte Janosch in die konzentrierte Stille hinein.

Tarek und er saßen im Büro und starrten auf ihre Monitore. Nach wie vor arbeitete sein Kollege an dem Fall von Körperverletzung aus Gersfeld, während Janosch noch einmal die Fuldaer Partygäste aus der Nacht von Matildas Verschwinden wälzte.

»Fehlanzeige«, sagte Tarek und schlürfte etwas Tee. »Das Radio hat Frau Zimmers Gedächtnis bisher nicht auf die Sprünge geholfen. Wenn das so weitergeht, können wir den Fall bald erfolglos zu den Akten legen. Ich tappe im Dunkeln. Wie läuft es bei dir? Fortschritte?«

»Nichts, was man eine richtig heiße Spur nennen könnte«, erwiderte Janosch.

Abgesehen vom Schrottplatz, dachte er, aber selbst Tarek würde er nicht in diese neuen Erkenntnisse über Lothar und seinen Vater einweihen, sosehr er dem Kriminalkommissar aus Duisburg auch vertraute. Er hoffte auf eine baldige Gelegenheit, dort vorbeifahren zu können, ohne bei Quester Verdacht zu erregen.

»Heute Abend schon was vor?«, fragte Tarek. »An der Pauluspromenade hat ein neuer Burgerladen aufgemacht, den ich mal ausprobieren wollte.«

»Tut mir leid, ich muss passen. Ich bin schon verabredet.«

»Aha!«, rief Tarek und reckte die Augenbrauen hoch. »Nicht etwa ein Date?«

Janosch spürte, wie seine Wangen glühten, und kam sich wahnsinnig unreif vor. Herrgott, er war kein Teenager mehr!

»Richtig geraten!«, sagte Tarek, der die Antwort von seinem Gesicht abgelesen hatte. »Wer ist denn die Glückliche?«

Aus demselben Grund, aus dem er ihm auch nichts von seinen privaten Ermittlungen erzählte, weihte Janosch ihn auch nicht darin ein, dass es sich um niemand anderen als die Tochter von Diana Quester handelte. Tarek war eine furchtbare Tratschtante. Und wenn Quester Wind davon bekam, dass das im Präsidium die Runde machte, würde sie ihm die Hölle auf Erden bereiten.

»Ich erzähl's dir, wenn es spruchreif ist«, wiegelte er seinen Kollegen ab und merkte beim Gedanken an Helen sein wild pochendes Herz.

...

»Ein schönes Häuschen, das Sie hier haben. Daraus lässt sich etwas machen!«

Herr Kudrewicz machte sich eine Notiz auf seinem Klemmbrett, schaute sich noch einmal in Janoschs Jugendzimmer um und trat dann wieder auf den schmalen Flur. Der Immobilienmakler war Mitte vierzig, hatte ein unvorteilhaftes fliehendes Kinn, und sein Bauch sah aus, als habe er einen Medizinball verschluckt. Seinen schlecht sitzenden Anzug vollendete eine rot-blau gestreifte Krawatte von ausgesuchter Scheußlichkeit.

Er schaltete das Licht im Bad am Ende des Flurs ein.

»Schade, leider kein Tageslichtbad.« Sein Kugelschreiber kritzelte über das Dokument. »Hmmm, und das ist natürlich äußerst renovierungsbedürftig, machen wir uns nichts vor. Hier müssten die neuen Eigentümer einiges reinbuttern.«

Kudrewicz musterte ein letztes Mal die verfärbte, zerkratzte Badewanne, dann wandte er sich dem Elternschlafzimmer zu. Janosch und seine Mutter folgten ihm auf Schritt und Tritt.

Wie auch sonst, wenn Gäste da waren, hatte Mama den Immobilienmakler überschwänglich begrüßt, Kaffee und Kekse angeboten.

Aber je länger Kudrewicz durch das Haus streifte und mit sachlich-nüchterner Stimme die Zimmer bewertete, in denen sich so viele große Momente ihres Lebens abgespielt hatten, desto stiller wurde sie und desto entrückter wurde auch ihr Blick.

Auch Janosch überkam eine ungeahnte Beklemmung, wenn er sich vorstellte, dass bald eine andere Familie diese vier Wände mit Leben füllen sollte. Wie oft hatte er hier als kleines Kind in der Besucherritze im Bett seiner Eltern geschlafen, im Flur mit seinem Papa erbitterte Holzschwert-Duelle geführt, sich an den Weihnachtstagen ins Wohnzimmer geschlichen, um morgens Cartoons und Märchenfilme zu schauen. Ihn überkam eine heftige Melancholie, und wenn sie bittersüß war, dann in so einem ungleichen Mischverhältnis, dass er nur die Bitterkeit wahrnahm.

»Können Sie den Verkaufspreis denn schon ungefähr einschätzen?«, fragte Janosch, als sie wieder ins Erdgeschoss gingen.

Kudrewicz kratzte sich an seiner Halbglatze. »Puh, hundertvierzig Quadratmeter, die Sanierungsarbeiten … wir reden hier natürlich nicht von zentraler Innenstadtlage in Frankfurt, das müssen Sie sich vor Augen führen. Ich kann Ihnen da noch keine verbindliche Einschätzung geben, aber wahrscheinlich landen wir bei dreihunderttausend Euro.«

Das war deutlich weniger, als Janosch erhofft hatte. »Okay, dann müssen wir mal schauen, wie wir weitermachen.«

»Ich kann das Ganze mal durchrechnen, am Verkaufspreis lässt sich bestimmt noch ein wenig drehen, es gibt viele junge Familien, die im Moment suchen. Einverstanden?« Kudrewicz nahm seine Jacke vom Kleiderhaken. »Und Sie beide können sich das noch einmal in Ruhe durch den Kopf gehen lassen.«

»Uff!«, gab Janosch von sich, als sie sich von dem Makler verabschiedet und die Tür hinter ihm geschlossen hatten.

Seine Mutter hatte sich an den Küchentisch gesetzt, ein Häufchen Elend, die Schultern herabhängend, den Kopf gesenkt.

»Mama? Alles in Ordnung?«

»Ja … ja«, sagte sie, »ich hätte nur nicht gedacht, dass mich das so mitnehmen würde. Die ganzen Erinnerungen, die hier an diesem Haus hängen. Ich bin gerade ziemlich durch den Wind.«

Er setzte sich neben sie, nahm ihre Hand. »Wir müssen das nicht machen. Wir können hier auch einfach noch eine Weile gemeinsam wohnen.«

»Nein, schon in Ordnung. Ich will dich nicht an diesen Ort binden, nach allem, was passiert ist. Du willst doch zurück nach Frankfurt. Und du sollst dir nicht ständig Sorgen um mich machen müssen.«

»Aber das ist doch selbstverständlich, ich werde da sein, ich …«

Es klingelte an der Tür. Janosch schaute auf die Küchenuhr. »Das muss Helen sein.«

Als er Mama vor dem Besuch des Maklers von seinem Date erzählt hatte, war sie noch ganz aufgeregt und freudig gewesen: »Ach, Janni, schau mal einer an! Führt eine nette Frau zum Abendessen aus, dann auch noch eine Ärztin!«

Aber jetzt schien sie abwesend, schien das Klingeln überhaupt nicht registriert zu haben.

Janoschs Brustkorb zog sich zusammen, als wäre in ihm ein plötzliches Vakuum entstanden. Er war im Zwiespalt. Er wollte seine Mutter nicht in diesem Zustand zurücklassen, aber Helen absagen wollte er auch nicht.

»Geh schon!«, ermutigte sie ihn. »Du hast dich doch so auf diese Verabredung gefreut.«

Sie hatte ihm noch dabei geholfen, ein Hemd für das Date auszusuchen. Bei der ganzen Prozedur war er sich wie ein furchtbares Muttersöhnchen vorgekommen, aber er hatte ihr die Freude gelassen, ein Teil des Ganzen zu sein.

»Ach, Hemden mit so einem ähnlichen Muster hat der Papa auch immer getragen«, hatte sie gesagt und ihn nachdenklich angesehen. »Richtig gut siehst du aus, das kann ja nur was werden.«

Erneut klingelte es.

»Es ist wirklich okay?«, fragte Janosch.

Sie strich ihm über die Wange, ihre Finger ganz kalt und rau. »Wirklich.«

DATE NIGHT

Für diesen Abend hätte sich Diana deutlich angenehmere Verabredungen als die mit Staatsanwalt Quentin Nussbaum vorstellen können.

Sie hätte nichts dagegen gehabt, Cornelius zu sich einzuladen, selbst mit Helen hätte sie sich jetzt liebend gern wieder getroffen. Aber stattdessen saß sie hier im *Ristorante Di Matteo* nahe der Fuldaer Staatsanwaltschaft und schaute in die vorwurfsvollen Augen von Nussbaum.

Sähe man sie hier so sitzen, im schummrigen Kerzenschein und bei einem Glas Primitivo, würden sie leicht den Eindruck erwecken, dies hier wäre ein freundschaftliches oder gar intimes Abendessen, doch nichts könnte ferner liegen. Je opulenter und persönlicher der Rahmen, desto unschöner war zumeist Nussbaums Anlass. Lob und Anerkennung verteilte er am liebsten im Vorbeigehen im Flur, für harte Kritik nahm er sich hingegen gerne und großzügig Zeit.

Der Staatsanwalt wurde in den Medien oftmals als »charismatisch« bezeichnet, eine Beschreibung, die Diana durchaus nachvollziehen konnte – solange man Nussbaum nicht näher kennengelernt hatte. Er war gut aussehend, mit grau meliertier halblanger Lockenmähne, scharfkantigen Zügen und wachen Augen, was ihm beinahe schon etwas Aristokratisches verlieh, aber im direkten Umgang nutzte er sein Charisma eher aus, um zu manipulieren und seinen Vorteil auszuspielen. »Gerissen«, das wäre das Adjektiv, das Diana für ihn wählen würde.

»Immer bist du entweder zu schnell oder zu langsam, Diana, weißt du?« Er schwenkte sein Rotweinglas. »Das letzte Mal, als ich dich zu *Di Matteo* eingeladen habe, war nach Henrik Bergius' Bankraub: Da warst du zu langsam, der Kerl hat Wind von der Sache bekommen und konnte vor dem Zugriff verschwinden, zusammen mit seiner Beute. Beim Verschwinden von Matilda Nolte: zu schnell, dieser Blumenhändler – wahrscheinlich unschuldig – fühlt sich so sehr in die Enge getrieben, dass er sich umbringt. Und jetzt, bei den Mordermittlungen im Fall Nolte, wieder zu langsam: Wo sind die heißen Spuren? Wo sind die Verdächtigen? Tag um Tag vergeht, ohne dass wir etwas Konkretes vorzuweisen hätten. Die Eltern, die Presse, alle sitzen uns im Nacken. Lass mich hier nicht hängen, Diana. Lass es mich nicht bereuen, dass ich dir bislang immer vertraut, dich immer gefördert habe.«

Auch das Duzen war nicht etwa ein Zeichen von persönlicher Nähe und Vertrauen, sondern Ausdruck seiner Position. Nussbaum hatte Wind davon bekommen, dass Diana auf dem Siezen beharrte, und sie plötzlich, ganz ohne zu fragen, mit Du angesprochen. Sie hatte die Ansprache gezwungenermaßen erwidert, was war ihr anderes übrig geblieben.

Sie ließ ihm gerne seine Machtspielchen, solange er sie gewähren ließ und sie von ihm das bekam, was sie brauchte.

Henrik Bergius. Sie ließ diesen Namen noch einmal auf sich wirken, wälzte ihn in ihren Hirnwindungen umher, betonte in Gedanken jede Silbe. Es hatte Zeiten gegeben, in denen er wie ein Tinnitusgeräusch unaufhörlich in ihr nachgehallt hatte. Ein Name, der sie bis tief hinein in ihre Träume verfolgt hatte.

»Bergius …«, sagte sie und spießte so heftig eine Garnele auf, als wäre sie der Kopf des Geldtransporter-Räubers.

»Der sonnt sich wahrscheinlich immer noch mit seinen Millionen auf den Malediven.« Nussbaum wickelte elegant Spaghetti um seine Gabel und stopfte sie sich in den Mund.

Der Pianist an dem Steinway-Flügel, der auf einer niedrigen Empore am Ende des Gastraums stand, stimmte sein nächstes Stück an. Etwas Langsames von Chopin, wenn Diana nicht alles täuschte.

»Die Leute haben ihn fast wie einen Volkshelden gefeiert«, fuhr Nussbaum fort. »Das war auf der Höhe der Finanzkrise, auf die Banken war in dieser Zeit niemand gut zu sprechen.«

»War jemals irgendjemand gut auf Banken zu sprechen?« Nussbaum hob einen Mundwinkel an.

»Das ist alles Schnee von gestern, Bergius auf und davon, lass uns nicht wieder damit anfangen«, sagte Diana. »Das Zögern beim Zugriff war eindeutig mein Fehler, das nehme ich auf mich. Aber bei Harry Janssen … wir hatten begründeten Verdacht gegen ihn, und niemand konnte ahnen, dass er sich das Leben nehmen würde, auf so eine tragische Art und Weise. Diesen Schuh lasse ich mir nicht anziehen. Genau wie jetzt mit Nolte. Wir sind erst seit einigen Tagen dran, Ermittlungen in so einem Cold Case brauchen Zeit.«

»Rechtfertigst du dich gerade etwa?«, fragte Nussbaum süffisant und leerte sein Weinglas.

Sie spürte, wie die Wut in ihr aufstieg, und ihre Wangen glühten. Wenn sie nicht aufpasste, wäre ihr Gesicht wohl bald genauso rot wie der Wein.

»Ich rechtfertige mich nicht«, erwiderte sie harsch, »du stellst Behauptungen auf, ich lege Gründe dar, warum diese nicht zutreffend sind. Fertig. Kommen wir zur Sache. Wozu hast du mich hierher eingeladen? Doch sicher nicht nur, um mir Druck zu machen, hmm? Ich kenne dich lange genug, Quentin, worum geht es konkret?«

»Die Frage ist eher, um *wen* es geht.«

Diana runzelte fragend die Stirn.

Nussbaum sagte: »Ich will, dass du Janssen von dem Fall abziehst.«

●●●

Die meisten jungen Menschen in Grimmbach zog es nach Fulda, wenn sie ausgehen wollten. Blieben sie doch im Ort, fiel die Wahl zwangsläufig auf das *Wine 'n' Fine*, den einzigen Laden, der zumindest ein wenig auf sie zugeschnitten war.

Er befand sich in einer Seitenstraße der winzigen Fußgängerzone und war eine Mischung aus Café und Weinbar.

Zu dieser Jahreszeit gab es *Pumpkin Spice Latte*, natürlich auch Kürbissuppe, Kürbis-Flammkuchen und Kürbisgratin.

Es gab Sitzbänke aus Europaletten und eine zusammengewürfelte Sammlung von Möbelstücken aus den verschiedensten Jahrzehnten und Stilen.

Alles, was vor fünf Jahren mal in der großen Stadt hip gewesen war, hätte Janosch an schlechten Tagen gesagt. Aber er freute sich auf den Abend mit Helen, und so schien ihm auch die Einrichtung gar nicht mehr so angestrengt modern.

Helen und er hatten sich einen Sitzplatz in der Ecke gesichert und gerade ihre Flammkuchen verspeist.

Sie erzählte dabei von ihrem Medizinstudium in Würzburg, ihrer Zeit bei *Ärzte ohne Grenzen* in Kenia, ihrer Rückkehr nach Grimmbach, der Arbeit in der Praxis, den letzten Konzerten, die sie besucht hatte (sie stellten fest, dass sie beide riesige George-Ezra-Fans waren).

Auch Janosch kam ins Reden, resümierte seine Zeit in Neuseeland, die Ausbildung in Frankfurt und seine Rückkehr in die Rhön.

Ihr Gespräch floss ganz natürlich. Dennoch konnte er sich nicht vollkommen auf den Abend einlassen, zu präsent waren noch der Fall und die Entwicklungen des Tages, zu drängend all die Hinweise, denen er noch nachgehen wollte.

In ihrem dunkelblauen Kleid und mit den aufwendig frisierten blonden Locken sah Helen umwerfend aus, aber er ertappte sich immer öfter dabei, wie sein Blick von ihr abwich, ins Leere ging.

»Alles in Ordnung?« Sie legte den Kopf schief. Sie klang nicht verärgert, eher besorgt. »Tut mir leid, wenn ich das sage, aber du wirkst ein wenig abwesend. Ist etwas nicht okay?«

Er fühlte sich ertappt und senkte den Blick.

»Sorry, ich wollte nicht den Eindruck vermitteln, ich wäre irgendwie desinteressiert, das ist überhaupt nicht so, ganz im Gegenteil.« Er merkte, wie schnell er redete, und bremste sich. »Es ist nur – der Fall, er geht mir gerade einfach nicht aus dem Kopf. Es gibt da eine Sache, die ich unbedingt abklären muss.«

»Ich kenne diesen Blick nur zu gut«, sagte Helen. »Meine Mutter hat oft genug genauso geschaut, weil sie nicht abschalten konnte. Vielleicht seid ihr beide euch doch ähnlicher, als ihr denkt.«

»Puh, das bezweifle ich.«

»Worum geht's denn? Was musst du untersuchen?«, fragte sie.

»Ich müsste bei einem Schrottplatz vorbei und dort die Leute befragen. Um diese Zeit ist wahrscheinlich niemand mehr dort. Ganz davon abgesehen habe ich auch schon ordentlich was getrunken«, sagte er. »Ich mach's einfach morgen. Ich habe wenig Lust, noch bei den Kollegen von der Verkehrspolizei ins Röhrchen zu pusten.«

»Was wäre, wenn ich dich vorbeifahre? Ich hatte ein Glas weniger als du.«

»Das würdest du tun?«

Sie nickte.

»Eine Sache«, warf er ein, »diese Ermittlungen, die ich da gerade betreibe, sind ein wenig inoffiziell. Deine Mutter weiß nichts davon. Es wäre toll, wenn das so bleiben könnte.«

Sie zog die Augenbrauen zusammen, das gleiche Mienenspiel wie Diana Quester. »Glaubst du im Ernst, ich würde ihr davon auch nur ein Sterbenswörtchen erzählen? Ich bin enttäuscht!«

»Ich meine es ernst. Ich könnte in echte Schwierigkeiten kommen.«

Sie zog einen Mundwinkel hoch. »Keine Sorge, ich werde schweigen wie ein Grab.«

...

»Zugegeben, ich hatte meine Vorbehalte gegenüber Janssen, aber er hat sich zu einer elementaren Hilfe in der Fallarbeit gemausert.« Diana musste darauf achten, ihre Stimme nicht zu erheben, so wütend war sie. »Ich werde ihn ganz sicher nicht aus der SOKO verbannen, ich werde ihn ohnehin nicht daran hindern können, zu ermitteln. Dafür ist diese Geschichte für ihn viel zu persönlich.«

Unbeeindruckt goss sich Nussbaum Primitivo nach. »Wenn er nicht davon ablassen kann, dann beurlaube ihn zur Not, oder bekomm ihn irgendwie sonst in den Griff.«

»Aber so weit kommt es gar nicht, weil ich ihn nicht von den Ermittlungen abziehen werde«, beharrte Diana. »Ich finde es ohnehin höchst bemerkenswert, dass sich die Staatsanwaltschaft so sehr für die Belange eines einfachen Kriminalkommissars interessiert.«

»Man könnte sich auch darüber wundern, warum sich eine Kriminaloberrätin so sehr in die Niederungen der klassischen Fahndungsarbeit begibt, Befragungen führt, Zeugen aufsucht ... Mir kommt so einiges zu Ohren.«

Diana schwieg und strich mit der Fingerkuppe über den Rand ihres Weinglases.

Nussbaum fuhr fort: »Ich komme nicht darum herum, mich auch mit der Außenwirkung unseres Tuns und Handelns zu befassen …«

Diana lachte in sich hinein. Der Staatsanwalt stellte es so dar, als wäre dies ein Ärgernis für ihn, dabei liebte er nichts mehr, als sich im Licht der Öffentlichkeit zu sonnen.

»… die Presse fängt an, Fragen zu stellen. Ich weiß, dass eine große Frankfurter Tageszeitung einen Artikel über Janssens Rolle in dem Ganzen plant. Warum darf der Sohn des einstigen Hauptverdächtigen jetzt selbst bei den Ermittlungen mitwirken? Ist er nicht befangen? Ich will dir nur aufzeigen, dass du nicht im luftleeren Raum agierst, Diana, jede Handlung hat Konsequenzen und muss gerechtfertigt werden, sosehr dir das auch zuwider ist.«

»Was ist dir wichtiger?«, erwiderte sie. »Dass die Journalisten sich nicht mehr über Janssen wundern oder dass wir einen Ermittlungserfolg vorweisen können?«

»Das eine darf das andere nicht ausschließen.«

»Wenn du Ergebnisse haben willst, dann lass mir freie Hand. Ein bisschen mehr Vertrauen von deiner Seite darf nicht zu viel verlangt sein.«

Nussbaum strich sich über das Kinn. »Ich will dir vertrauen, Diana, die Frage ist eher: Vertraust du ihm? Bist du wirklich sicher, dass er dir nicht in den Rücken fällt?«

Diana überlegte und beobachtete die flinken Hände des Klavierspielers auf der Tastatur.

»Ja«, sagte sie schließlich, »ja, ich vertraue ihm.«

...

Helen lenkte Janoschs Škoda über die schmale, dunkle Straße. »Auch noch ein Schrottplatz, ein klassischer Krimischauplatz.«

Der zweite Anlauf für heute, dachte er. Er malte sich keine großen Erfolgsaussichten aus. »Wahrscheinlich stehen wir sowieso nur vor verschlossenen Toren.«

»Sieh doch, dort ist Licht!« Helen deutete die Windschutzscheibe hinaus.

Tatsächlich! Am Ende der Straße zeichneten sich gleißende, weiße Lichtpunkte ab. Ein dunkelroter Wellblechzaun umschloss das Gelände, OLGUR – ANKAUF – VERKAUF – ABHOLUNG – ALTMETALLHANDEL prangte auf einer rostzerfressenen Tafel über der Einfahrt. Das Schiebetor war geöffnet. Helen fuhr hindurch und parkte auf dem Vorplatz.

Berge aus Schrott türmten sich vor ihnen in die Höhe, die erst bei genauerer Betrachtung eine grobe Ordnung offenbarten. Manche bestanden aus ausgeschlachteten Waschmaschinen, andere aus Rohren, Draht und Schläuchen oder einem Gewirr aus Kabeln.

Ein Bagger mit hell leuchtenden Scheinwerfern leerte einen Container mit Elektroschrott aus, sein Greifarm glich dem gierigen Schlund eines Urzeitwesens.

»Ich hoffe, es geht schnell«, sagte er zu Helen und stieg aus. Ein beißender Geruch von verbranntem Gummi und Metall hing in der Luft. Er schlug den Kragen seiner Jacke hoch.

Mit ohrenbetäubendem Lärm fraß sich der Bagger wieder in das Gewimmel der Altgeräte und hielt dann mitten in der Bewegung inne.

Ein untersetzter Mann kletterte schwerfällig aus dem Führerhaus und lief auf ihn zu. »Hey, wir haben geschlossen! Haben Sie nicht die Öffnungszeiten gesehen?«, rief er. »Ich bin nur hier und habe das Tor offen gelassen, weil ich noch eine späte Fuhre ablade.«

»Kriminalpolizei. Janssen.« Janosch holte seinen Ausweis hervor. »Mein Anliegen ist außerhalb der Geschäftszeiten auch ganz gut aufgehoben, glaube ich.«

Der kahlköpfige Mann mit dem grau durchwirkten Bart – Janosch schätzte, dass es sich bei ihm um Olgur handeln musste – verzog sein Gesicht. Seine Latzhose war ölverschmiert, seine Jeansjacke ausgefranst. »Ich wüsste nicht, was wir miteinander zu besprechen hätten.«

Demonstrativ ließ er seinen Blick über den Schrottplatz schweifen. »Sie haben doch sicher Kaufbelege und Nachweise über die legale Beschaffung all dieser Gerätschaften und Materialien? Oder sollte ich mal die Kollegen vorbeischicken, um das zu überprüfen?«

»Botschaft angekommen.« Olgur rollte mit den Augen und sagte zähneknirschend: »Gehen wir in mein Büro.«

Er führte ihn in einen schmucklosen Container am Fuße der Müllberge. Hier roch es stark nach Zigarettenqualm und verbrühtem Filterkaffee. An der Wand hinter dem Schreibtisch hing ein Monatskalender. Das Oktobermotiv zeigte eine leicht bekleidete Blondine, die sich auf einem Motorrad rekelte. Auf dem Schreibtisch selbst herrschte ein Chaos aus Aschenbechern, Schnellheftern, Unterlagen, Kaffeebechern und Essensresten. Auf der Fensterbank dudelte ein Antennenradio vor sich hin.

Der Polstersessel quietschte bemitleidenswert, als sich Olgur hineinfallen ließ. Besucherstühle gab es nicht, also blieb Janosch etwas verloren inmitten des Containers stehen.

»Also, wie kann ich Ihnen behilflich sein?«, fragte der Schrotthändler brüsk.

»Es geht um Matilda Nolte. Dass ihre Leiche entdeckt worden ist, haben Sie sicher aus den Nachrichten mitbekommen«, sagte Janosch.

»Ich wüsste nicht, was das mit mir zu tun haben sollte.«

»Seit wann betreiben Sie schon diesen Schrotthandel?«

Olgur zuckte mit den Schultern. »So zwanzig, einundzwanzig Jahre.«

»Dann erinnern Sie sich sicher noch daran, dass der Unfallwagen hier verschrottet wurde. Ein Transporter. Lothar Malewski hat ihn gebracht.«

»Kann sein. Spontan klingelt da nichts bei mir. Ich habe in meinem Leben eine ganze Menge Autos gekauft und verschrottet, da müssen Sie mir schon etwas Genaueres liefern, wenn ich Ihnen helfen soll.«

»Das Fahrzeug soll ein Geheimfach gehabt haben. Und Malewski müsste einige Tage später hier aufgetaucht sein, weil er den Wagen noch einmal sehen wollte. Können Sie sich daran erinnern?«

»Jetzt auch noch irgendwelche Geheimfächer, das klingt immer abenteuerlicher.«

»Ist das ein Ja oder ein Nein?«

»Ein Nein, natürlich!«

Janosch trat auf den Tisch zu und lehnte sich auf ihn. »Meine Kollegen beim Zoll und beim Finanzamt sind bestimmt nicht so geduldig wie ich. Nehmen Sie sich ruhig Zeit, kramen Sie in Ihrem Gedächtnis. Ist Ihnen nichts aufgefallen?«

Olgur zündete sich in aller Seelenruhe eine Zigarette an, nahm einen Zug und blies Janosch den Qualm ins Gesicht.

Beim Grinsen entblößte er einen Goldzahn. »Da gab es wirklich diesen Wagen von irgendeinem Blumenladen. Ich weiß noch, ein oder zwei Tage nachdem ich ihn angekauft hatte, gab es hier auf dem Gelände einen seltsamen Einbruch, jemand hatte wahrscheinlich mit einem Bolzenschneider ein Loch in den Zaun geschnitten.«

»Was war an dem Einbruch seltsam?«, fragte Janssen.

»Nicht so hetzen, junger Mann. Seltsam an der Sache war, dass keine Wertsachen gestohlen worden waren. Kein Kupfer, keine Motorteile, nichts. Noch nicht einmal meine Kasse war aufgebrochen worden. Erst dachte ich, nichts wäre angerührt worden, aber am nächsten Tag habe ich bemerkt, dass besagter Transporter aufgemacht worden war.«

»War das, bevor oder nachdem Lothar Malewski wiedergekommen ist, um den Transporter zu sehen?«

»Hier ist nie jemand aufgetaucht, glauben Sie mir, daran hätte ich mich bestimmt erinnert.«

Das Atmen fiel Janosch mit jedem Luftholen schwerer. Als wäre der Sauerstoff in dem engen, stickigen Container verbraucht.

Er flüchtete ins Freie, lehnte sich gegen die Außenwand

des Bürocontainers und pumpte die kalte Nachtluft in seine Lungen.

Helen stieg aus dem Auto aus und kam zu ihm. »Du bist ja ganz blass! Was ist los?«

»Entweder dieser Olgur hat mir nicht die Wahrheit erzählt – aber dafür hätte er keinen Grund –, oder ein Freund meiner Familie hat mich jahrelang belogen.«

Auf der Rückfahrt fuhr Helen plötzlich rechts auf einen Feldweg. Die Rhön lag in tiefer Dunkelheit, weit entfernt glommen vereinzelt die Lichtflecken von Dörfern und Weilern wie die funkelnden Augen von Bestien, die auf ihre Beute lauerten.

Den Hügellandschaften von Janoschs Heimat wohnte eine ganz eigene Poesie inne, die sich mit jeder Jahreszeit, mit jeder Tageszeit veränderte und jedes Mal völlig neue Töne und Themen anschlug. Manchmal vergaß er fast, wie schön es hier war, so sehr überlagerten die Schatten seiner Vergangenheit diesen Landstrich.

»Warum stoppst du? Ist alles okay?«, fragte er.

»Ich muss dir was gestehen.«

Janosch schaute sie aus weit offenen Augen an. Was kam jetzt? War sie bereits vergeben und hatte es ihm verheimlicht? Den ganzen Abend über hatte sie eine seltsame Unruhe ausgestrahlt, die er nicht zu deuten gewusst hatte. Steckte diese Offenbarung dahinter?

»Uff, es ist schwierig und hört sich total blöd an.«

Sie fuhr sich über die Stirn. Im bläulichen Halbdunkel

der Armaturenbeleuchtung wirkte ihre Miene beinahe beschämt.

»Ich hatte einen superschönen Abend mit dir«, setzte sie an.

Janoschs Herz rutschte ihm in die Bauchhöhle. Folgte nun das klassische »Aber«? Dass der Funke nicht übergesprungen war?

»Gerade deshalb will ich ehrlich zu dir sein«, erklärte sie. »Eigentlich wollte ich nur ein Date mit dir, um meiner Mutter damit eins reinzuwürgen.«

Die Worte entsprachen zwar überhaupt nicht Janoschs Befürchtungen, dennoch trafen sie ihn mit unverminderter Härte. »Bitte, was?«

Helen biss sich auf die Unterlippe. »Ich weiß auch nicht, was ich mir dabei gedacht habe … Es tut mir leid. Es wirkt so absolut kindisch. Seit du beim Präsidium Fulda bist, beschwert sich meine Mutter in einer Tour über dich. Ich habe es immer gehasst, wie sehr sie Menschen vorverurteilt und abstraft. Ich wollte ihr beweisen, wie falsch sie liegt, wie sehr sie sich in jemandem täuschen kann.«

Janosch presste den Kopf gegen die Nackenstütze. Er musste diese Information erst einmal sacken lassen. Plötzlich ergab alles einen Sinn. Schon von Anfang an hatte er sich gefragt, woher Helens Interesse an ihm gekommen war.

Sein Schweigen schien Helen nur unruhiger zu machen, und sie redete weiter wild drauflos:

»Ich hätte es auch nicht gemacht, wenn ich dich überhaupt nicht hätte ausstehen können. Also, da war schon etwas da …«

»Alles nur, um deiner Mutter eins auszuwischen«, konstatierte Janosch. Er schüttelte den Kopf. »Diana Quester hat wirklich ein Talent dafür, Menschen gegen sich aufzubringen.«

»*They fuck you up, your mum and dad.*
They may not mean to, but they do.
They fill you with the faults they had
And add some extra, just for you.«

Helen beendete ihre spontane Rezitation und verlor sich in der Betrachtung des Ausblicks jenseits der Windschutzscheibe.

»Philip Larkin«, sagte sie. »Der Dichter all derjenigen, die von ihren Eltern enttäuscht worden sind. Also so ziemlich neunundneunzig Komma neun Prozent der Menschheit.«

Wem sagst du das, dachte Janosch, wollte sich aber nicht ablenken lassen.

»Es tut mir leid. Wirklich.« Sie wandte sich zu ihm, schaute ihm tief in die Augen. »Ich fänd es toll, wenn wir uns wiedersehen könnten.«

Janosch seufzte. Ihre Entschuldigung klang aufrichtig, trotzdem fühlte er sich gekränkt. Er wollte kein Vehikel sein, um Diana Quester eins mitzugeben, auch nicht im Ansatz. Er kam sich ausgenutzt vor.

»Darüber muss ich nachdenken«. Er wandte sich von ihr ab.

»Verstehe.«

»Außerdem«, fügte er hinzu, »wenn wir jetzt sowieso schon so ehrlich zueinander sind: Ich werde wahrscheinlich nicht mehr lange in Grimmbach bleiben, nur so lange, bis das Haus verkauft ist und es meiner Mutter etwas besser geht.«

»Was ist mit dem Fall?«, fragte sie.

Er dachte an Lothar, hatte wieder vor Augen, wie er ihm in seinem Zuhause gegenübergesessen und ihn hemmungslos angelogen hatte. Einige Dinge würde er auf jeden Fall noch zu klären haben, bevor er von hier weggehen konnte. Aber wer konnte vorhersagen, wie lange sich die Ermittlungen noch ziehen würden? Es konnten noch Monate, wenn nicht sogar Jahre vergehen, bis sie einen Tatverdächtigen finden würden.

»Ich weiß es nicht«, sagte er. »Grimmbach, die Vergangenheit, das tut mir alles nicht gut, so gerne ich auch den Schuldigen finden würde. Ich muss von hier wieder weg, sobald ich kann.«

. . .

Helen fuhr bei sich auf den Hof. Auf der Fahrt dorthin hatten sie geschwiegen, und zum Abschied gab sie ihm einen flüchtigen Kuss auf die Wange. Dann verschwand sie hinter der Haustür.

Die Situation war klar, der Ball lag bei Janosch. Er musste entscheiden, wie er mit dem Wissen um ihre anfängliche Intention umgehen wollte.

Er schwang sich wieder selbst hinter das Lenkrad und fuhr die restlichen Meter bis zu seinem Elternhaus.

Es war halb zwölf. Er rechnete damit, dass ihn das Plärren des Fernsehers empfangen würde und seine Mutter bestimmt vor dem Bildschirm eingeschlafen war. Aber er täuschte sich. Stille und Dunkelheit umfingen ihn im Flur. Es war ungewöhnlich kalt, und von irgendwoher wehte ein kalter Luftzug.

In der Küche stand noch das Geschirr von ihrem Abendessen auf dem Tisch, das er schnell in die Spülmaschine räumte.

Dann zog er Jacke und Schuhe aus und erklomm auf Zehenspitzen die Treppe nach oben. Wenn sie schon im Bett lag und schlief, dann wollte er sie bloß nicht wecken.

Die Tür zu Mamas Schlafzimmer stand einen Spaltbreit offen, doch ihr Schnarchen war nicht zu hören. Vorsichtig warf er einen Blick hinein.

Das noch frisch gemachte Bett war nicht angerührt, niemand zu sehen. Schlagartig wurde er hellwach und alarmiert. Adrenalin schoss ihm durchs Blut.

Etwas stimmte hier nicht.

Wo war seine Mutter?

»Mama?«, rief er. »Mama, bist du hier irgendwo?«

Er hetzte von Raum zu Raum, aber das ganze Haus war verwaist. Auf der Ablage im Wohnzimmer fand er ihr Handy und ihre Brieftasche. Endgültig überlief ihn ein eisiger Schauer. Ohne diese beiden Dinge würde sie normalerweise niemals vor die Tür gehen.

Er setzte sich an den Küchentisch und schnaufte tief durch. Langsam. Was war die logischste Erklärung hierfür? Was waren die sinnvollsten nächsten Schritte?

Als Erstes zückte er sein Handy und rief die Krankenhäuser der näheren Umgebung an, gab Mamas Namen und eine grobe Beschreibung von ihr durch. Keine der Kliniken hatte in den vergangenen Stunden eine Patientin aufgenommen, auf die diese Merkmale zutrafen.

Anschließend versuchte er es bei seinen Kollegen in Fulda und Gersfeld, fragte nach, ob eine der Streifen vielleicht eine etwas verwirrt wirkende Frau bemerkt hatte. Ebenfalls Fehlanzeige. Er bat noch darum, dass sie die Augen offen hielten, und legte auf.

Sein Atem ging flatternd. Er konnte sich keinen Reim auf all das machen. Er beschloss, sich auf eigene Faust auf die Suche zu begeben.

Wieder angezogen und zurück im Auto, rief er sich einen groben Plan von Grimmbach vor Augen und legte eine Route für sich fest, auf der er möglichst viele der Straßen abfuhr. Es war eine surreale Situation, wie aus einem grotesken Albtraum entsprungen, die nächtlich verlassenen Straßen seiner Heimat entlangzufahren und seine Mutter zu suchen.

Innerhalb einer halben Stunde sah er insgesamt nur vier Menschen – einen Taxifahrer, der vor seinem Wagen rauchte, zwei Jugendliche mit ihren Mofas am Marktbrunnen, einen bierbäuchigen Mann, der seinen Hund Gassi führte –, von Janoschs Mutter keine Spur.

Er fragte am Kiosk und beim Gasthof *Zur Post* nach, auch dort war niemandem etwas aufgefallen. Selbst zur Tankstelle der Wigands wagte er sich vor, wo glücklicherweise eine gelangweilte Aushilfe Dienst hatte, die ihm aber auch nicht weiterhelfen konnte.

Auf dem Kundenparkplatz von *Obst & Gemüse Scheyer* hielt er kurz an. Er hatte jetzt fast die gesamte Ortschaft abgesucht. Sicher, er konnte den Radius noch auf die Landstraßen und die nähere Umgebung ausweiten, aber in der Dunkelheit machte er sich wenig Hoffnung, sie zu finden.

Noch konnte er nicht von einem Vermisstenfall oder gar einem Verbrechen ausgehen. Sie war eine erwachsene Frau, sie konnte auf sich aufpassen.

Aber ihre Angstzustände machten es ihr mitunter schwer, Situationen richtig einzuschätzen, das Leben zu meistern. Diese Sorge konnte er nicht abtun. Er musste sie ausfindig machen.

Ihm kam noch eine Idee.

Konnte es so einfach sein? So naheliegend?

Er startete den Motor.

Lothar hatte er ohnehin einen Besuch abstatten wollen.

Lothar empfing ihn im Bademantel und in Flip-Flops. Er schaltete das Außenlicht ein und blinzelte Janosch verwirrt an. »Janni! Gott, du hast mich geweckt. Was willst du denn hier?«

Rote Venen verästelten sich auf seinen Wangen und seiner Nase, der Blick seiner Augen war verschwommen, und starker Alkoholdunst hing in seinem Atem.

»Ich muss mit dir reden«, sagte Janosch kalt. »Ist meine Mutter hier?«

»Deine Mutter?« Lothar starrte ihn noch entgeistert an. »Nee, die Susanne habe ich nicht mehr gesehen, seit ich das letzte Mal bei euch gewesen bin. Wie kommst du darauf?«

»Sie ist verschwunden.«

»Oh Gott, Junge!« Lothar legte ihm die zitternde, spindeldürre Hand auf die Schulter. »Komm erst mal rein, und erzähl es mir in Ruhe.«

Argwöhnisch folgte Janosch ihm ins Innere des heruntergekommenen Hauses. Die Reaktion auf Mamas Verschwinden wirkte glaubwürdig, dennoch traute er Lothar im Moment keinen Zentimeter über den Weg.

»Willst du was trinken?«, fragte Lothar, öffnete den Kühlschrank und machte sich selbst schon mal ein Bier auf.

Janosch schüttelte den Kopf. »Ich will Antworten. Ich will die Wahrheit.«

Erst jetzt bemerkte er, wie sehr er die Fäuste geballt hatte. So fest, dass die Fingernägel schmerzhaft in seine Handflächen schnitten.

Lothar hatte gerade den Flaschenhals an die Lippen gesetzt. Er hielt inne, senkte das Bier wieder, ohne davon getrunken zu haben. Auf seinem Gesicht lag keine Überraschung, er schaute auch nicht ertappt, eher war es eine stille, stoische Akzeptanz. Der Ausdruck eines Mannes, der sein Schicksal lange hatte kommen sehen und es nun widerstandslos hinnahm.

Er sackte auf einen der Küchenstühle.

»Janni …«

»Ich war bei Olgur«, fuhr Janosch mit bebender Stimme fort. »Bei ihm wurde eingebrochen, das Geheimfach in Papas altem Transporter ausgeräumt. Und er schwört, dass du niemals bei ihm gewesen bist. Mir fällt kein Grund ein, warum er mich in dieser Sache anlügen sollte. Die einzige Erklärung wäre also: Du bist derjenige, der gelogen hat. Was ist damals wirklich passiert?«

Unter jedem seiner Worte zuckte Lothar zusammen, starrte ihn an wie ein geprügelter Hund.

»Mir war klar, du würdest hinfahren«, sagte Lothar. »Ich hatte nur geglaubt, Olgur könne sich nicht mehr so genau erinnern. Aber … aber es ist auch an der Zeit, dass es rauskommt. Ans Licht kommt. Weil's mich zerfrisst, Janni.«

»Dass was rauskommt? Komm schon, sag's!«

»Dein Papa hat mir gesagt, was sich in dem Geheimfach befunden hat. Es war Geld, sehr, sehr viel Geld. Und eine Packung Medikamente.«

Janosch war wie paralysiert. »Geld?«, fragte er atemlos.

»Dreißigtausend Euro in Fünfhundert- und Zweihunderteuroscheinen. In einem blauen Müllsack, daran erinnere ich mich noch genau.«

»Und das Medikament? Was war das?«

»Insulin, glaube ich.«

»Was ist mit dem Geld passiert?«

Lothar vergrub das Gesicht in den Händen.

»Als dein Papa mir davon erzählt hat, habe ich mich dazu entschlossen, bei Olgur einzubrechen. Ich wollte nicht, dass der Schrotthändler es findet, das hätte nicht gut für deinen Papa ausgesehen.« Seine Stimme drang gedämpft zwischen seinen Fingern hervor. »Ich habe einige Zeit gewartet und es dann auf mein Konto eingezahlt … aber, aber schau dich hier um. Ich habe es nie ausgegeben. Keinen einzigen Cent. Ich konnte es nicht. Es hat sich falsch angefühlt, als klebte Blut daran.«

Janosch stützte sich auf der Rückenlehne eines Stuhls ab. Ihm war speiübel, und er musste heftig schlucken.

»Woher soll mein Papa so viel Geld gehabt haben? Warum soll er es in bar bei sich gehabt haben? Und das Insulin – niemand in meiner Familie ist Diabetiker. Was bedeutet das?«

»Ich weiß es nicht, Junge, ich weiß es nicht. Bevor ich ihn richtig zur Rede stellen konnte, hatte er sich bereits das Leben genommen.« Jetzt war es eindeutig nicht mehr der Alkohol allein, der Lothar so abgekämpft und müde aussehen ließ. »Das sind die Fragen, die ich mir jetzt schon seit Jahren stelle. Ich habe sie mit mir herumgetragen wie einen Stein um meinen Hals.«

»Warum hast du uns nichts gesagt? Oder bist zur Polizei gegangen?«

»Junge, versteh doch … ich habe immer an die Unschuld deines Papas geglaubt, das stand für mich nie zur Debatte. Aber dieses Geld, es hätte komische Fragen aufgeworfen. Die Quester hatte ihn sowieso schon auf dem Kieker, vielleicht hätten sie ihn dann erst recht in die Mangel genommen, hätten nach seinem Tod irgendwelche wilden Theorien entwickelt. Ich wollte nicht, dass sie sein Andenken in den Schmutz ziehen, dafür hat mir Harry zu viel bedeutet. Dein Papa hat das nicht verdient gehabt.«

»Mein Papa hat die Wahrheit verdient. Wie wir alle«, sagte Janosch. »Aber was … was wenn er es doch war?«

Allmählich ordneten sich seine Gedanken. Mehrere Schichten aus purer Verwirrung waren abgetragen, unter ihnen trat eine einzelne klare Frage hervor:

Warum war sein Vater in der Nacht von Matildas Verschwinden mit dreißigtausend Euro unterwegs gewesen?

DIE TOTENSÜMPFE

9. Oktober 2018

Der Halbmarathon in Fulda lag gerade einmal einen Monat zurück, aber Maya trainierte schon für den nächsten. Ihre Zeit hatte bei einer Stunde und achtundvierzig Minuten gelegen, das galt es im nächsten Jahr zu schlagen. Sie liebte es, sich zu pushen und ihre körperlichen und mentalen Grenzen auszuloten.

An anderen Stadtläufen nahm sie nicht teil, ihr ging es nicht um das Event, nur um das Joggen an sich.

»Für mich gibt es nur zwei Läufe: Fulda und dann irgendwann New York«, hatte sie Paul im Scherz gesagt.

Ihren Freund konnte sie nicht dazu bewegen, morgens mit ihr die Runde im Roten Moor zu laufen. Er betrieb lieber Kraftsport in seinem kleinen Fitnessstudio in Gersfeld.

Von ihren Freunden wurden sie *Power Couple* genannt – nur halb im Spaß. Paul baute sein Food-Start-up auf, sie arbeitete gerade an ihrer BWL-Doktorarbeit an der Hochschule Fulda. Mayas allmorgendliche Läufe waren eine willkommene Abwechslung zu den vielen Stunden vor dem Laptop.

Heute früh waberten besonders dichte graue Nebelbänke zwischen den Karpatenbirken entlang der Bohlenwege.

Feucht und schwer füllte die Luft ihre Lungenflügel. Mit federnden Schritten rannte Maya über die Holzplanken, die über das Moor führten, und überprüfte hin und wieder ihre Geschwindigkeit und ihre Herzfrequenz auf der Smartwatch.

Über 5:30 pro Kilometer. Das konnte sie besser!

Sie beschleunigte ihr Tempo, während sie immer tiefer ins Moor hineinspurtete.

Vor einigen Tagen hatte sie ihre Läufe hier pausieren und auf andere Routen ausweichen müssen. Die Polizei hatte die Leiche dieses verschwundenen Mädchens im Moorsee gefunden – Maria oder Matilde –, und tagelang war hier ein ganzer Zirkus aus Ermittlern, Presse und Schaulustigen unterwegs gewesen. Mittlerweile hatte sich die Lage jedoch entspannt, und sie konnte wieder ungestört ihre Runden drehen.

Aus ihren Bluetooth-Kopfhörern pumpten die Bässe von X Ambassadors' *Jungle*, ihrem Lieblingslied auf der Jogging-Playlist.

Ihre Motivation stieg, und im Kopf ging sie schon einmal die To-dos für den Tag durch.

Aber irgendetwas unterbrach ihre Gedanken.

Drängte sich in ihr Bewusstsein

Etwas stimmte nicht.

Da war etwas Bleiches, etwas seltsam Geformtes am Wegesrand. Es stach nur allzu deutlich aus dem purpurroten Torfmoos heraus, das dem Roten Moor seinen Namen gegeben hatte.

Maya verlangsamte ihre Schritte.

Im ersten Moment hielt sie es für einen seltsam verwucherten Pilz oder vielleicht einen verlorenen weißen Handschuh.

Aber nein.

Es ragte aus einem der Mooraugen.

Aus dem Gewässer.

Nein, das konnte nicht sein.

Es war eine Hand, ganz verkrümmt.

Mayas Knie wackelten. Ihr leerer Magen zog sich zusammen.

Sie trat näher auf das Moorauge zu und duckte sich unter dem Geländer hindurch, um eine bessere Sicht zu haben.

Schaute hinein.

Das erstarrte Gesicht einer Frau schaute zurück, der Mund zu einem stummen Schrei verformt.

. . .

Janosch öffnete seine vor Tränen verklebten Augen. Blinzelte. Rieb sich über das Gesicht. Orientierte sich.

Er konnte nicht mehr sagen, was ihn am Ende zum Weinen gebracht hatte, es spielte auch keine Rolle mehr. Das Verschwinden seiner Mutter, die Offenbarungen von Helen und Lothar oder die pure Anstrengung, vielleicht auch alles auf einmal.

Stumpfes, trübes Licht fiel durch die verschmierten Scheiben seines einstigen Kinderzimmers. Er schlug die Bettdecke zurück und setzte sich auf.

In seinem Hinterkopf pochte es schmerzhaft. Sein Mund

war trocken, und seine Zunge fühlte sich pelzig an. Er nahm einen Schluck Wasser aus dem Glas auf dem Nachttisch.

»Mama!?«, rief er noch einmal auf gut Glück. »Mama, bist du wieder zu Hause?«

Seine Worte versickerten unbeantwortet in der Stille des leeren Hauses.

Er seufzte und schaute auf sein Handy. Hoffentlich hatten die Kollegen etwas gehört oder irgendjemand anderes sie gesehen und sich bei ihm gemeldet.

Sechs verpasste Anrufe von Diana Quester erschienen auf dem Screen. Sein Herz machte einen Satz. Hatten sie Mama gefunden? Aber warum meldete sich dann Quester höchstpersönlich bei ihm?

Er wählte Questers Nummer.

Zweimal klingelte es, dann ging sie dran.

»Janssen, na endlich! Wissen Sie nicht, wie man sich einen Wecker stellt?«

»Entschuldigen Sie«, murmelte er gehetzt. »Was gibt es denn?«

Quester seufzte. »Hören Sie zu, es gab noch einen weiteren Leichenfund im Moor. Eine Frau.«

Janoschs Körperinneres sank weit unter den Gefrierpunkt. Beinahe rutschte ihm das Handy aus der Hand. Konnte das Mama sein?

»Wi-wissen Sie, wer es ist?«

»Nein. Ich bin selbst gerade auf dem Weg dorthin. So weit sind wir noch nicht«, sagte Quester. »Treffen Sie mich am Moor. Ich habe die Vermutung, dass der Fund mit Matilda Nolte in Verbindung steht.«

Ohne ein weiteres Wort legte sie auf.

Janosch ließ das Handy fallen, als ging ein elektrischer Schlag von ihm aus. Er zitterte am ganzen Körper, unschlüssig, wie er in seinem Zustand überhaupt die Fahrt ins Rote Moor überstehen sollte.

...

»Das ging aber auch schon mal schneller!«, rief Janosch.

Während er schon längst die Spitze des hölzernen Aussichtsturms erreicht hatte, erklomm sein Papa noch die letzten Treppenstufen.

»Komm du erst mal in mein Alter«, erwiderte sein Vater japsend. Er trat auf die kleine überdachte Aussichtsplattform, wischte sich den Schweiß von der Stirn und lehnte sich gegen die Brüstung.

»Ach, Junge, dieser Blick ist die Plackerei aber auch jedes Mal wert.«

Das Rote Moor tat sich vor ihnen auf, überspannt von einem wolkenlosen, strahlend blauen Himmel. In der Ferne konnte man sogar noch erahnen, wo sich der Torfabbau bis in die Siebziger hinein in das Hochmoor gefressen hatte.

Janosch stellte sich neben seinen Vater und ließ das wohlvertraute Panorama auf sich wirken. Auch der Sendemast auf dem Heidestein, dem höchsten Berg der Rhön, war bei diesem klaren Wetter gut erkennbar.

»Ich will nicht wieder zur Schule gehen«, sagte Janosch.

Papas Autounfall und das seltsame Verschwinden von Matilda lagen jetzt eine Woche zurück. Seitdem war nichts mehr wie zuvor. Die Welt hatte sich für immer verändert.

»Die anderen werden mir so viele Fragen stellen.«

»Das musst du auch nicht«, sagte Papa. »Lass dich weiter krankschreiben von Frau Dr. König. Nimm dir die Zeit, die du brauchst.«

In den ersten Tagen hatte es viele Genesungswünsche und Anteilnahme für Papa gegeben, sogar Karten und kleine Geschenke. Aber je länger die Suche nach Matilda anhielt und je häufiger diese Furcht einflößende Hauptkommissarin Quester bei ihnen auftauchte, desto misstrauischer wurden die Menschen in Grimmbach.

Auch Papa sah immer schlechter aus, die Augen blutunterlaufen und das Gesicht eingefallen. Selbst jetzt an der frischen Luft konnte Janosch noch den Alkoholdunst riechen, der von ihm ausging.

Er hatte Papa vorgeschlagen, einen kleinen Spaziergang zu unternehmen, und er hoffte, dass ihn der Ausflug zumindest für eine Weile auf andere Gedanken bringen konnte.

»Erinnerst du dich noch an Der Herr der Ringe?«, fragte Papa plötzlich. »Da durchquert Gollum mit Frodo und Sam die Totensümpfe, um sie nach Mordor zu führen. Ein gefährlicher Ort, voller Untiefen und giftiger Gase. Als ich die Bücher das erste Mal gelesen habe, da habe ich mir die Totensümpfe immer als das Rote Moor vorgestellt.«

»Na ja, das Rote Moor ist aber viel schöner«, wandte Janosch ein. »Außerdem gibt es hier keine Geister, die einen vom Weg abbringen und zu sich holen wollen.«

»Wer weiß«, warf Papa ein und setzte eine undeutbare Miene auf. »Seit dem Unfall habe ich das Gefühl, nur noch Geister zu sehen.«

»Wie meinst du das?«

»Ach, nichts.«

• • •

Janosch hatte das Gefühl, ein grausiges Déjà-vu zu durchleben.

Wieder hielt er an einem nebligen Morgen auf dem Parkplatz Moordorf. Wieder standen Streifenwagen und Fahrzeuge der Spurensicherung dort. Wieder trudelten Schaulustige und Reporter ein.

Nur diesmal war es nicht Matilda, deren Anblick im Roten Moor auf ihn wartete.

Was, wenn es diesmal seine Mutter war?

Im Laufschritt überquerte er die Bundesstraße, passierte den Moorweiher und folgte den Bohlenwegen tiefer ins Moor hinein. Er drängte sich an einer Gruppe von Wanderern vorbei, darunter Familien mit Kindern, Senioren und junge Pärchen, und zeigte dem Beamten an der Absperrung seinen Dienstausweis.

Er bückte sich unter dem Flatterband hindurch und entdeckte Quester und Nehring, die beide am Rande des Holzweges knieten. Sein Herzschlag beschleunigte mit jedem seiner Schritte, er hatte Angst, auf den letzten Metern zu kollabieren.

Bitte nicht Mama, bitte nicht Mama, bitte nicht Mama …

Diana Quester sah ihn herannahen, stemmte sich hoch und kam auf ihn zu. Ihre Miene war düster.

Oh Gott.

»Herr Janssen …«

»Wer ist die Tote?«, brach es aus ihm heraus.

»Wir kennen sie beide, sie …«

Er ließ Quester nicht ausreden. Drängte sich an ihr vorbei.

Sie kannten sie beide? Hieß das, es war Mama?

Auch Nehring wandte sich jetzt zu ihm. »Janssen, was ist denn in Sie gefahren?«

Janosch beachtete ihn gar nicht, sondern lehnte sich über das Geländer, um besser sehen zu können.

Da war die Tote. Sie lag auf einer weißen Plane gleich neben dem Plankenweg. Die Rechtsmedizinerin, die vor ihr kniete, stand gerade auf und gab die Sicht auf ihren Kopf frei.

Ein vertrautes Gesicht.

Aber es war nicht das von Mama.

Er brauchte einige Momente, bis er verstand, wen er da gerade vor sich sah.

»Gabriela Fallmer«, hauchte er.

»Ganz richtig«, sagte Quester in seinem Rücken. »Unsere Gesprächspartnerin von gestern. Und können Sie mir jetzt einmal erklären, was Ihr eigentümliches Verhalten soll? Nicht, dass mich bei Ihnen irgendetwas noch groß wundern würde.«

»Ich … ich dachte, die Tote wäre meine Mutter«, flüsterte er, noch immer überwältigt von einer Mischung aus Erleichterung und Verwirrung.

»Wie kommen Sie denn auf die Idee?«, fragte Nehring.

»Sie ist seit gestern Nacht verschwunden. Ich hatte auch schon auf dem Revier Bescheid gegeben.«

»Seltsam«, sagte Quester.

Janosch sammelte sich allmählich. Er atmete tief durch und begann zu begreifen, was die neue Tote bedeutete.

Es war nicht seine Mutter, aber es war die von Ben.

Wusste er es bereits?

»Ben … ich meine, Benjamin Fallmer. Ist er informiert?«

»Nein«, sagte Nehring. »Aber wenn Sie schon so fragen: Wie wäre es, wenn Sie ihn darüber in Kenntnis setzen?«

»Identifizieren muss er Frau Fallmer jedenfalls nicht mehr«, warf Quester ein. »Wir haben sie ja beide noch allzu gut vor Augen.«

»Haben Sie schon etwas zur Todesursache?«, fragte Janosch.

»Aufgesetzter Schuss auf die Brust. Wahrscheinlich genau ins Herz. Kleinkalibrig. Genaueres wird die Gerichtsmedizin liefern«, antwortete Nehring.

»Ansonsten keine Fesselmale, keine Spuren von weiteren Verletzungen. Der Täter muss ihr genau gegenübergestanden und abgedrückt haben«, ergänzte Quester. »Nicht auszuschließen, dass sie sich gekannt haben.«

»Sie stirbt einen Tag nachdem wir sie zu Matilda befragt haben«, sagte Janosch nachdenklich. »Das kann kein Zufall sein.«

»Jetzt müssen wir umso dringender herausfinden, was Fallmer mit diesem Fall verbindet. Sie haben von einem Mann erzählt, mit dem sie sich in dem Ferienbungalow gestritten hat. Wer war er? Was hat sie da so in Angst und Schrecken versetzt?«

»Hoffentlich kann Ben uns da weiterhelfen«, sagte Janosch.

Noch einmal betrachtete er das Gesicht von Gabriela Fallmer. Ihr selbstbewusstes, forsches Auftreten. Das angriffslustige Funkeln in ihren Augen. Alles fortgewischt von einer Grimasse des Entsetzens.

»Warum macht sich jemand die Mühe, sie hier im Moor abzulegen?«, gab Diana zu bedenken. »Wenn er sie hier verstecken wollte, hat er einen denkbar schlechten Job gemacht. Diese Mooraugen sind gerade einmal hüfttief, sie konnte gar nicht richtig versinken. Außerdem ist der Ablageplatz viel zu nah an den Wanderwegen.«

»Als wäre es Absicht«, überlegte Nehring laut, »als sollte sie so schnell wie möglich gefunden werden.«

Während er und Diana weiter ihre Gedanken und Hypothesen miteinander teilten, hing Janosch einer anderen Frage nach:

Wo war seine Mutter?

...

Diana, Janssen und Nehring sprachen gerade mit der Rechtsmedizinerin, als an der Absperrung Tumult aufkam.

Sie reckten die Köpfe.

»Lassen Sie mich durch!«, brüllte jemand. »Verdammt, das ist meine Mutter, die dort ist.«

Benjamin Fallmer, dachte Diana. So schnell hatte sie ihn hier noch nicht erwartet. Verdammte Rhön! Hier konnte niemand etwas für sich behalten! Hatte einer der Kollegen ihm etwas gesteckt?

Sie pfiff die beiden Beamten zurück, die den hünenhaften Fallmer nur mit vereinten Kräften bändigen konnten.

Die Szene ließ sich nicht mehr vermeiden, aber sie ließ sich zumindest eindämmen.

»Lassen Sie den Mann durch!«

Die Polizisten lösten ihren Griff. Fallmer warf den beiden noch einen bösen Blick zu, stieg über das Flatterband und hielt auf sie zu.

»Wo ist sie?«, fragte er mit bebenden Lippen.

»Überlegen Sie sich gut, ob Sie das wirklich sehen wollen!«, rief Diana.

»Ben! Bitte!« Janssen baute sich vor seinem Freund auf, nahm ihn in den Arm, konnte ihn auf diese Weise zurückhalten, tröstete ihn, sprach ihm zu. Der riesige Athlet, versunken in den Armen des zwergenhaften Janssen – ein beinahe komisch anmutender Anblick, wenn die Umstände nicht so düster gewesen wären. Fallmer drückte sein Gesicht in Janssens Schulter, heftige Schluchzer schüttelten seinen ganzen massigen Körper durch.

»Wie … wie ist es passiert?«, fragte er.

»Ein Schuss in die Brust. Sie wird nicht lange gelitten haben«, sagte Janssen.

»Oh Gott, oh nein, nein, nein.« Fallmer sank auf die Knie, heulte auf wie ein Hund.

Hinter der Absperrung leuchtete das grelle Blitzlicht von Kameras auf.

»Verschaffen Sie uns hier mal ein wenig Privatsphäre!«, brüllte Diana ihren Leuten zu. »Herrgott noch mal!«

Unfassbar, hatte sie es eigentlich nur mit Amateuren zu tun?

Ihre Herzregion krampfte sich zusammen. Alles schien ihr schwerer zu fallen, das Denken, das Atmen. In der Aufregung dieses Vormittages hatte sie ganz vergessen, ihre Betablocker zu nehmen.

Sie trat zu Fallmer und Janssen.

»Auch von meiner Seite möchte ich größte Anteilnahme zum Ausdruck bringen«, spulte sie die üblichen Floskeln ab, nur um dann sofort zu fragen: »Wann haben Sie Ihre Mutter das letzte Mal gesehen?«

Fallmer biss sich auf die Zunge. »Das muss schon vier, fünf Tage her sein. Wir sehen uns nicht allzu häufig.«

»Wo waren Sie gestern Nacht?«

Janssen funkelte sie wutentbrannt an. »Kann das nicht erst mal warten? Der Mann hat gerade erfahren, dass seine Mutter ermordet worden ist. Geben Sie ihm einen Augenblick!«

Diana ließ sich davon nicht beeindrucken. »Je schneller wir Antworten bekommen können, desto eher können wir denjenigen finden, der sie umgebracht hat.«

»Schon gut, Janni.« Fallmer klopfte Janssen auf die Schulter. Er zog geräuschvoll die Nase hoch und schaute Diana direkt an. »Ich hatte eine Nachtfahrstunde mit einer meiner Fahrschülerinnen, die jetzt kurz vor der Prüfung ist.«

»Haben Sie auch einen Namen für uns?«

Diana bedeutete Nehring, dass er mitschreiben sollte.

»Nicole Maczurek«, entgegnete Benjamin Fallmer. »Ist das Ihr Ernst? Glauben Sie wirklich, ich könnte etwas damit zu tun haben?«

»Zum derzeitigen Stand können wir nichts ausschließen.«

Fallmer lief rot an. »Haben Sie so auch Janoschs Vater ins Grab gebracht? Weil Sie den Leuten einfach keine Ruhe lassen können?«

Janssen redete auf ihn ein: »Ben! Beruhig dich, das sind Standardfragen. Wir können sonst auch später weitermachen.«

»Nein, schon gut. Was wollen Sie noch wissen, Frau Quester?«

»Haben Sie irgendeine Ahnung, wer im Umfeld von Ihrer Mutter zu so einem Verbrechen in der Lage wäre? Gab es jemanden, den sie sich zum Feind gemacht hat?«

»Sie kennen meine Mutter, Sie war gut darin, Menschen gegen sich aufzubringen«, sagte der junge Mann. »Damals mit der Bank, Mitarbeiter im Hotel, auch viele Neider, immer schon ... aber ich kann mir bei niemandem vorstellen, dass er sie so eiskalt erschießt.«

»Das reicht für den Moment erst mal. Wir melden uns noch einmal bei Ihnen für eine ausführlichere Vernehmung«, sagte Diana. »Janssen, warum begleiten Sie Herrn Fallmer nicht nach Hause?«

. . .

»Eine echte Hexe, diese Quester!«, meinte Ben, als er den Motor startete. »Zumindest deinem Papa kann sie diesen Mord nicht mehr anhängen.«

»Du bist sicher, dass du fahren kannst?«, fragte Janosch.

»Wer, wenn nicht ich, hm?«

Ben war in seinem Fahrschulauto gekommen. Die Zusatz-Außenspiegel versetzten Janosch in die Zeit zurück, in der er selbst den Führerschein gemacht hatte. Er war ein schlechter Fahrschüler gewesen, viel zu nervös und übervorsichtig. Die Sonderlackierung des VW Golf zeigte gekreuzte Rallye-Fahnen und den Schriftzug *Fahrschule Fallmer – Wir machen dich flott! Die Nummer 1 in Grimmbach!*. Die Nummer eins in Grimmbach zu sein war Janoschs Wissen nach nicht besonders schwer. Es gab keine andere Fahrschule im Ort.

Während der Fahrt zu Ben nach Hause musste er außerdem aufpassen, nicht versehentlich auf die Pedale im Fußraum des Beifahrers zu treten.

»Falls du einen Notfallseelsorger brauchst, irgendjemanden …«, setzte Janosch an.

»Schon in Ordnung«, sagte Ben. »Irgendwie komme ich schon klar. Ich … ich kann's gerade noch überhaupt nicht richtig begreifen.«

»Das ist ganz normal«, erwiderte Janosch. »Ich kann mir sehr gut vorstellen, was im Moment in dir vorgeht.«

»Wer, wenn nicht du, hm?«, meinte Ben bitter. »Erst dein Vater, jetzt meine Mutter.«

»Du kannst mich jederzeit anrufen, das weißt du.«

»Danke. Ich bin froh, dass du da bist«, sagte Ben.

Janosch betrachtete ihn nachdenklich, diesen nahezu aufgeschwemmten Athleten, dem nach und nach all seine Träume entrissen worden waren. In den nächsten Tagen würden Bürokratie und Organisation des Todes über ihn hineinbrechen – Beerdigung, Versicherungen, das Haus, das Konto, die Ämter. Und wie würde es mit seinem pflegebedürftigen Vater weitergehen?

»Sie hat alles für dieses Hotel gegeben. Weihnachten und Silvester feiern konnte man mit ihr vergessen, sie war in den letzten Jahren immer nur dort«, sagte Ben. »Für den Laden wird das ein schwerer Schlag sein, keine Ahnung, ob die sich davon erholen werden. Ob wir jemanden finden, der genauso viel Herzblut da reinsteckt.«

»Du hast dich damals oft mit ihr gestritten«, erinnerte sich Janosch.

»Du hast sie ja selbst erlebt, sie war nicht wirklich die Vorzeigemutter. Ich habe ihr nie genügt, das hat sie mich immer spüren lassen … aber in letzter Zeit war es besser geworden, wir waren echt auf einem guten Weg. Und jetzt das.«

»Jetzt das …«, murmelte Janosch.

Im Radio spielten die ersten Akkorde des nächsten Songs. Janosch erkannte ihn sofort: Es war *Heroes* von David Bowie.

»Matilda hat diesen Song gehört«, sagte Ben gedankenversunken.

»Ja, ich mag ihn auch sehr«, erwiderte Janosch. Er schaute Ben von der Seite an. »Hast du es damals eigentlich mitbekommen, dass Matilda deine Mutter mit Drogen versorgt hatte?«

Beinahe unmerklich verkrampften sich Bens Hände um das Lenkrad. »Ich habe sie zwei- oder dreimal bei uns gesehen. Irgendwann habe ich die leeren Tütchen bei meiner Mutter entdeckt, da konnte ich mir das Ganze zusammenreimen.«

»Glaubst du, deine Mutter hatte etwas mit dem Verschwinden von Matilda zu tun?«, fragte Janosch weiter.

»Ich kann's mir eigentlich nicht vorstellen. Aber diese ganze Drogengeschichte rund um Wigand, wer weiß, wie tief meine Mutter und Matilda da dringesteckt haben?«

Sie erreichten Bens Zuhause. Er wohnte gleich über seiner Fahrschule. Das Schild an der Eingangstür war auf *Geschlossen* gedreht.

»Danke fürs Mitfahren«, sagte Ben, als er die Handbremse angezogen hatte.

»Jederzeit.«

»Kommst du wieder von hier weg?«

»Mach dir keine Sorgen um mich. Kann ich noch irgendwas für dich tun?«

»Alicia wird sich um mich kümmern, keine Sorge.« Er schaute aus der Windschutzscheibe heraus nach oben.

Janosch folgte seinem Blick. Hinter einem der Fenster im oberen Stockwerk des Hauses stand eine junge Frau mit rabenschwarzen Haaren und winkte ihnen zu.

»Wenn ich sie nicht hätte …«, murmelte Ben.

Sie stiegen aus, verabschiedeten sich und umarmten sich fest.

Janosch schaute seinem Jugendfreund noch lange nach, selbst als die Haustür längst wieder hinter Ben ins Schloss gefallen war.

. . .

Vor dem Wohnhaus von Gabriela Fallmer stieß Janosch wieder zu den übrigen Ermittlern. Der Begriff *Haus* war für den Neubau am Rande von Grimmbach eigentlich eine Untertreibung, *Villa* traf es viel besser. Es musste mit weitem Abstand das architektonisch aufregendste Objekt des Ortes sein, wenn nicht sogar der ganzen Rhön.

Das Haus war ein großes Dreieck, ein einziger spitzer Giebel, wodurch es von der Form her zunächst an eine alte Bauernkate erinnerte. Jedoch waren Vorder- und Rückseite fast vollständig verglast, die beiden anderen Seiten aus Stahlbeton. Es lag etwas abseits der Straße, umringt von dunklen Tannenwäldern.

Wenn Janosch bei Ben übernachtet hatte, hatte er die nächtliche Finsternis jenseits der Fensterfronten immer unheimlich gefunden, so als würden tausend Augenpaare aus der Dunkelheit zurückstarren.

Die Pflegerin von Fallmers Mann empfing sie an der Tür. Die gedrungene Frau war kreidebleich und klimperte mit dem Schlüsselbund in ihrer zitternden Hand.

»Nach Ihrem Anruf bin ich sofort hierhergefahren, um nach Anno zu schauen. Ihm geht's gut, ihm ist nichts passiert«, sagte sie atemlos.

»Haben Sie hier drin ansonsten irgendetwas angefasst?«, fragte Diana Quester.

Die Pflegerin überlegte einen Moment und schüttelte schließlich den Kopf.

»Sehr gut. Wir haben veranlasst, dass Herr Fallmer für die Zeit der Spurensicherung in ein Krankenhaus verlegt wird. Der Rettungswagen für den Transport ist bereits auf dem Weg hierher. Ich würde Sie bitten, hier draußen zu warten und gegebenenfalls dabei zu unterstützen.«

Die Frau nickte eilfertig.

»Wann haben Sie Frau Fallmer das letzte Mal gesehen?«, fragte Nehring.

»Gestern Abend«, antwortete sie. »Sie kam nach Hause,

als ich mich gerade zum Gehen fertig gemacht hatte. Herr Fallmer war für die Nacht vorbereitet und schlief. Die Geräte, die Medikamente, alles war in Ordnung. Wir haben noch einen Augenblick geredet, vielleicht fünf Minuten, dann bin ich gegangen …« Ihre Augen wurden wässrig. »Unfassbar, dass sie jetzt tot ist.«

»Hat Frau Fallmer auf Sie anders gewirkt als sonst?«

»Irgendwas schien sie zu beschäftigen, sie wirkte abwesend. Ich habe geglaubt, dass es bei ihr im Hotel gerade stressig ist, ihr Job lässt sie manchmal überhaupt nicht los.«

Interessant, überlegte Janosch. Waren das noch die Nachwirkungen der gestrigen Vernehmung gewesen? Er musste an seinen Besuch bei dem Ferienbungalow denken. An den Streit, von dem er erfahren hatte. War der Mann, mit dem sie sich das Wortgefecht geliefert hatte, auch der Täter?

Quester, Nehring und er hüllten sich in weiße Overalls und zogen Kunststoff-Stulpen über ihre Schuhe, um den möglichen Tatort nicht zu verunreinigen. Nacheinander betraten sie das Haus. Die Einrichtung war geschmackvoll und augenscheinlich teuer, aber auch gleichzeitig kalt und unpersönlich. Viel Weiß, viel Grau, keinerlei Familienfotos.

Der Chef der Kriminaltechnik trat zu ihnen. »Wir haben Einbruchspuren in der Küche gefunden, das Schloss ist aufgebrochen worden. Jemand hat sich Zugang verschafft.«

»Oder ihr Mörder will es so aussehen lassen«, erwiderte Quester. »Gibt es ansonsten bisher Spuren für ein Verbrechen?«

Der Kriminaltechniker schüttelte den Kopf. »Wenn ja, dann sind sie gut verwischt worden. Wir setzen natürlich noch Luminol ein, aber bisher haben wir keine mit bloßem Auge sichtbaren Blutspuren entdeckt.«

»Also ist sie wahrscheinlich nicht hier gestorben. Wurde sie direkt im Moor erschossen?«, fragte sich Nehring.

»Das wissen wir noch nicht. Sie könnte vorher auch auf dem Mond gewesen sein«, sagte Quester. »Klar ist: Sie wurde entweder entführt – falls die Einbruchspuren echt sind –, hat sich mit ihrem Täter getroffen oder wurde von ihm in eine Falle gelockt. Ich schließe erst mal aus, dass es eine Zufallsbegegnung war.«

In all der Aufregung um den neuen Fall und das Verschwinden seiner Mutter hatte Janosch es bislang verdrängt, ihr von seinen Ermittlungen auf eigene Faust zu berichten. Jetzt, wo die Ereignisse sich so zuspitzten, durfte er damit nicht mehr länger warten. Ein Teil von ihm wehrte sich mit aller Kraft dagegen. Quester hatte ihn eigens in die SOKO geholt, um seinen Alleingängen schnell den Riegel vorzuschieben. Nicht auszumalen, wie ihre Reaktion sein würde.

»Frau Quester …« Er räusperte sich betreten. »Hätten Sie einen Moment, um unter vier Augen zu sprechen?«

»Wir stehen hier mitten in einem potenziellen Tatort, falls Ihnen das noch nicht aufgefallen ist. Glauben Sie echt, das ist gerade der richtige Zeitpunkt?«

»Ich muss dringend etwas loswerden.«

Sie verdrehte die Augen. »Dann kommen Sie mit vor die Tür.«

Gemeinsam gingen sie auf die Terrasse hinaus. Laubbedeckte Schutzfolien verhüllten bereits die Loungemöbel, auch der Aufstellpool war abgedeckt.

»Spucken Sie's aus, Janssen!«, forderte ihn Quester auf. »Was gibt es so Wichtiges, das nicht warten kann? Jede Minute, die wir hier statt dort drinnen verbringen, spielt dem Täter in die Karten.«

Er brachte die Worte stockend über seine Lippen: »Ich habe weiterermittelt, ohne Sie einzubeziehen …«

Diana Quester schwieg sehr lange. Sie redete sich nicht sofort in Rage, auch die Ader an ihrem Hals pochte nicht. Sie wurde ganz ruhig – und das machte Janosch noch mehr Angst als eine scharfzüngige Tirade.

»Was haben Sie denn zutage gefördert?«, fragte sie sachlich.

Er erzählte ihr von seinem Gespräch mit Lothar und dem Besuch bei dem Schrotthändler Olgur (ließ dabei allerdings aus, dass er in Begleitung von Helen gewesen war). Als er den Geldbetrag und das Blutzuckermedikament aus dem Geheimfach erwähnte, zuckte eines ihrer Augenlider.

Er war mit seinem Bericht am Ende und senkte den Blick in Erwartung einer Wutrede.

»Ich dachte wirklich, ich könnte Ihnen vertrauen«, sagte sie ermattet, ganz leise, ihre Stimme durchsetzt von Enttäuschung.

»Sie müssen verstehen, Lothar ist zerbrechlich, ein gebrochener Mann. Ich hatte Angst, Sie könnten ihn bei einer Vernehmung zu hart rannehmen. Dass er … dass er genau so etwas tut wie mein Vater.«

»Sie haben mir nicht vertraut.« Sie musterte den Waldrand jenseits des Gartengeländes. »Die Staatsanwaltschaft wollte, dass ich Sie von der SOKO ausschließe. Ich habe Sie trotzdem verteidigt, habe zu Ihnen gehalten. Ein Fehler, wie es sich jetzt herausstellt.«

»Frau Quester, ich …«

»Ersparen Sie uns beiden jedes weitere unnötige Wort. Gehen Sie, Herr Janssen, Sie sind mit sofortiger Wirkung nicht mehr Teil der Sonderkommission *Rotes Moor*. Mischen Sie sich nie mehr in diesen Fall ein.« Sie zog die Terrassentür auf, wandte sich aber noch einmal um, bevor sie ins Innere ging. »Aus Ihnen könnte mal ein wirklich guter Polizist werden. Setzen Sie das nicht mit irgendeiner Dummheit aufs Spiel.«

PALSTEK

Zurück in seinem Škoda, lehnte Janosch die Stirn gegen das Lenkrad und schloss die Augen. Scheiße! Scheiße! Scheiße! Wie konnte er nur so dumm sein?

Wie sollte es jetzt weitergehen? Was würde mit Lothar geschehen, wenn Quester ihn in die Zange nehmen würde? Wie würde er jetzt noch mitbekommen, wie die Ermittlungen vorangingen?

Er wusste nicht, wie er weitermachen sollte. Und dann war da noch die drängendste Frage: Wo war seine Mutter? War ihr etwas zugestoßen?

Sein Handy klingelte und zeigte *Tarek* an. Janosch nahm ab und schaltete auf Lautsprecher.

»Was gibt's?«, fragte er.

»Deine Mutter ist hier, Janosch! Sie ist hier! Sitzt bei uns im Büro«, rief sein Kollege aufgeregt.

Er blieb sprachlos. Verarbeitete das Gehörte.

»Janosch? Bist du da?«

»Ja … ja, klar, ich bin da. Wie geht es ihr?«

»So weit gut. Sie ist mit einem Priester zusammen hier

im Präsidium aufgetaucht. Kristiansen, Kristofferson, so was. Aus Grimmbach, er meinte, du kennst ihn.«

Janosch hatte das Gefühl, eine Verzögerung von einer Minute läge zwischen ihm und der Welt, als stecke er in seiner ganz eigenen Zeitzone.

»Janosch? Bist du noch da?«, erkundigte sich Tarek.

»Ich mache mich sofort auf den Weg!«

Es ging gerade auf halb zehn zu, und die letzten Pendler heizten in Richtung Fulda. Nichtsdestotrotz legte Janosch die Strecke in einer neuen persönlichen Rekordzeit zurück.

Er hetzte durch die Korridore des Präsidiums und stürzte in sein Büro. Dort schauten ihm Pater Kristiansen, Mama und Tarek entgegen – eine reichlich seltsame Versammlung hier in diesem kleinen Raum. Der Pater und Mama zwängten sich hinter Janoschs Schreibtisch, Tarek hielt noch seine Teekanne in der Hand und goss gerade dem Priester nach.

»Mama!«

Die Tränen schossen ihm in die Augen. Er sah wieder das angstverzerrte Gesicht von Gabriela Fallmer vor sich, ihr bleiches Gesicht inmitten des braun-grauen Moorauges. Genauso gut hätte es Mama sein können.

Noch bevor sie aufstehen konnte, fiel er ihr in die Arme. »Wo hast du gesteckt? Wo warst du?«

»Ach, Janni.« Sie drückte ihr warmes, verschwitztes Gesicht an seine Schulter.

»Wir lassen die beiden lieber einmal für sich sein«, schlug Tarek dem Priester vor. »Herr Kristiansen, soll ich Ihnen nicht einmal in der Küche meine weitere Teeauswahl zeigen? Ich habe einen himmlischen Assam! Wenn wir dabei sind, kann ich Ihnen auch gleich eine Führung durchs Revier geben.«

Die beiden verschwanden aus der Tür, und Janosch empfand tiefe Dankbarkeit für Tarek, der so lässig und ruhig mit der Situation umging.

Er setzte sich auf Tareks Bürosessel gegenüber von seiner Mutter. »Geht's dir gut? Bist du verletzt?«

Sie schüttelte den Kopf. »Nein, nein, alles gut, ich bin heil.«

»Also, Mama, wo bist du auf einmal hin? Ich hatte so eine entsetzliche Sorge um dich!«

»Ich … ich weiß, es tut mir leid, so furchtbar leid …«

Sie zupfte ein Taschentuch aus der Packung und wischte sich über die Augen.

»Schon gut, alles in Ordnung, ich bin einfach froh, dass du wieder da bist.«

Er fürchtete, seine Worte könnten zu vorwurfsvoll geklungen haben, dabei wollte er einfach nur wissen, wo sie gewesen war.

»Der Besuch dieses Maklers, das hat mich alles doch mehr mitgenommen, als ich gedacht hätte«, sagte sie. »Als du mit Helen fort warst, da bin ich in ein ganz seltsames Loch gefallen. Ich war ganz durch den Wind. Plötzlich habe ich den Papa überall im Haus gesehen, in jedem Winkel … in seinem Lesesessel, durch das Fenster draußen im Garten beim Umgraben, in der Küche, wenn er seinen viel zu starken Kaffee gebraut hat. Es hat sich wie Verrat an ihm angefühlt. Ich … ich wollte nur noch raus, zu ihm. Ich habe mir meine Jacke übergezogen und bin zum Friedhof gelaufen. Seit Jahren bin ich nicht mehr dort gewesen. Vor Papas Grab bin ich zusammengebrochen, es war einfach zu viel.«

»Und Pater Kristiansen hat dich dann gefunden?«

Sie nickte. »Ich weiß nicht, wie viel Zeit vergangen war, es musste schon tiefste Nacht sein, als er auf mich stieß. Er wollte einen Krankenwagen rufen, aber ich habe es abgelehnt. Ich wollte nicht ins Krankenhaus, und ich wollte nicht nach Hause. Du solltest in Ruhe deine Verabredung genießen. Also hat mir der liebe Kristiansen ein Gästezimmer in der Pastorei angeboten. Ich wollte frühmorgens zurück sein, bevor du überhaupt etwas mitbekommst.«

Die Schuldgefühle raubten ihm den Atem. Was hatte er seiner Mutter da angetan? Hätte er das nicht kommen sehen können?

»Ich … ich weiß nicht, was ich sagen soll. Wir müssen das alles nicht machen. Wir können auch eine andere Lösung finden …«

Er bemerkte, dass sie ihm gar nicht mehr zuhörte. Stattdessen starrte sie auf die Unterlagen, die auf seinem Schreibtisch ausgebreitet lagen. Aus einem der Ordner waren Fotos herausgerutscht, die Detailaufnahmen von Papas Suizid zeigten.

Oh Gott! Nicht auch noch dieser Anblick! Zum Glück zeigten die Bilder nicht die Leiche selbst. Hastig schob er sie wieder zurück.

Plötzlich packte ihn seine Mutter am Handgelenk.

Unerwartet fest.

»Warte!« Ihre Augen waren weit aufgerissen.

»Mama, tut mir leid, dass du das sehen musstest. Ich hätte die Akten wegräumen sollen.«

»Nein, Janni, das ist es nicht«, erwiderte sie. Mit einem Mal war ihre Stimme ganz klar und fest. »Zeig mir bitte noch einmal das Foto vom Seil, das um den Pfosten geknotet war.«

»Bist du sicher?«

Sie nickte entschlossen.

Janosch holte wieder die Aufnahme heraus, die das geknotete Kunststoffseil zeigte, an dem Papa sich erhängt hatte.

»Kein Palstek«, hauchte Mama.

»Kein was?«

»Dein Papa hat immer einen Palstek-Knoten gemacht, ausnahmslos«, erklärte sie. »Opa war ja ein alter Seemann und hat ihm den beigebracht. Er war ganz stolz darauf. Was auch immer das da für ein Knoten ist, das ist keiner. Kein Palstek.«

Janosch nahm ihr das Bild aus der Hand und starrte es mit völlig neuen Augen an. Wie hatte er das all die Zeit nicht bemerken können? Eine heiß-kalte Woge glitt über ihn hinweg.

Hieß das, Papa hatte gar keinen Selbstmord begangen?

War auch er umgebracht worden?

. . .

Diana durchsuchte systematisch das Arbeitszimmer von Gabriela Fallmer. Bei den Summen, die in den Kontoauszügen und Steuererklärungen auftauchten, konnte einem schon mal schwindlig werden. Beträge, die sich als Beamtin im öffentlichen Dienst nicht einmal ansatzweise erwirtschaften ließen. Jahr für Jahr grub sie sich weiter in die Vergangenheit zurück, durchforstete Kaufurkunden, Verträge, Notizbücher und Kalender, aber bislang waren ihr noch keine Unstimmigkeiten aufgefallen.

Vielleicht würde Fallmers digitale Ablage mehr Erkenntnisse zutage fördern als die analoge. Tablet, Handy und Laptop waren alle passwortgeschützt, die IT-Experten der Kriminaltechnik arbeiteten bereits daran, sie zu entsperren.

Außerdem gab es noch einen in die Wand eingelassenen Safe, für den sie bislang weder Schlüssel noch Kombination gefunden hatten. Auch hier waren bereits Fachleute angefragt, um ihn zu öffnen.

Das lichtdurchflutete Arbeitszimmer befand sich im ersten Obergeschoss des Hauses, dominiert von einem großen Glastisch, weißen Bücherregalen und einem Monet-Nachdruck.

Diana legte eine Pause ein. Auch wenn ihre Arbeit noch keine Früchte getragen hatte, zumindest lenkte sie von ihrer Wut auf Janssen ab. Dabei habe ich gerade angefangen, ihn zu mögen, dachte sie. Was fiel diesem Zwerg ein? Wie konnte er sie dermaßen hintergehen und ihr Vertrauen missbrauchen?

Hast du ihm nicht auch allen Grund dafür gegeben?, fragte eine zweifelnde Stimme tief in ihrem Inneren, die sie schnell wieder zum Schweigen verdammte.

»Frau Quester?« Nehring erklomm die Treppe ins Arbeitszimmer.

»Was gibt es?«

»Die Kollegen, die in der Nachbarschaft rumgefragt haben, sind möglicherweise auf etwas Brauchbares gestoßen.«

Der Hüne hatte Janssens SOKO-Aus mit stiller Gleichgültigkeit hingenommen. Jetzt glomm Jagdtrieb in seinen Augen, ein alter Hofhund, der Witterung aufnahm.

Sie folgte ihm herunter in den Flur. Dort stand eine junge Beamtin und verkündete mit unverhohlenem Stolz:

»Eine der Nachbarinnen hat ausgesagt, dass gestern Abend gegen neun Uhr ein schwarzer BMW bei Fallmer vorgefahren und ein junger Mann ausgestiegen sei.«

»Kann sie die Person beschreiben?«

»Schwarze Haare, Zopf, sehr teuer und bunt gekleidet. Das Auto hatte ein Frankfurter Kennzeichen. Außerdem hat die Nachbarin gesagt, der junge Mann wäre regelmäßig bei Fallmer vorbeigekommen, ungefähr einmal im Monat. Daher kann sie sich auch so genau an ihn erinnern.«

Nehring und Diana schauten sich an.

Die Beschreibung traf auf Salim Herter zu.

• • •

Der Mordfall Matilda Nolte stellte einen riesigen, wild ineinander verflochtenen Knoten dar, ein ganzes Geflecht aus Schlingen und Schlaufen, das keiner ersichtlichen Logik folgte. Aber jetzt hatte Janosch zum ersten Mal das Gefühl, dass er sich ein Stück weit löste, dass man mit etwas Anstrengung den Knoten weiter lockern könnte.

Janosch fuhr mit seiner Mutter bei der Praxis von Dr. Nadine König vor. Zwar versicherte ihm Mama nach wie vor, dass ihr nichts fehlte, aber er wollte sichergehen. Wer wusste, was ihr Zusammenbruch an Papas Grab für Folgen hinterlassen hatte?

Die ganze Fahrt über hatte er an den Palstek-Knoten denken müssen. Wenn Mama davon erzählte, klang es so, als hätte sein Vater den Palstek von Kindesbeinen an gelernt, Fingerbewegungen, die ihm wohl längst in Fleisch und Blut übergegangen waren. So was hätte ihm auch im Rauschzustand reflexartig von der Hand gegangen sein müssen. Natürlich konnte es eine simple Erklärung dafür geben, warum Papa nicht seine übliche Knotentechnik angewandt hatte. Und doch ...

»Das ist wirklich nicht nötig«, sagte Mama, als sie die Praxisräume betraten. »Du brauchst auch nicht auf mich zu warten, ich kann von hier aus ja auch nach Hause laufen.«

»Kommt gar nicht infrage«, erwiderte Janosch.

Sein Herz wummerte. Die Gedanken an den Palstek wurden kurzzeitig verdrängt. Dort drin würde er Helen zum ersten Mal nach ihrem Date wiedersehen. Und er hatte keine Ahnung, wie er sich verhalten sollte.

Er schilderte der Sprechstundenhilfe den Zustand seiner Mutter und überreichte ihre Krankenkassenkarte. Es war dieselbe Frau, mit der er bereits bei seinem letzten Besuch gesprochen hatte.

»Oje, die arme Susanne! Wie furchtbar! Frau Dr. König wird sofort nach ihr sehen«, sagte sie.

Janosch gab seiner Mutter die Karte zurück und legte den Arm um ihre Schulter. »Du kannst dich ins Wartezimmer setzen.«

Er wollte ihr gerade folgen, als Helen aus einem der Behandlungszimmer trat. Als sie ihn sah, verharrte sie in der Bewegung und schaute ihn an wie eine Halluzination. Ihr Haar war leicht zerzaust, sie wirkte übernächtigt.

»Janosch …« Sie kam auf ihn zu und sprach mit gesenkter Stimme weiter: »Was machst du hier? Ich hatte nicht erwartet, dich so schnell wiederzusehen.«

In knappen Worten erzählte er ihr von den Ereignissen nach ihrem gestrigen Abschied. Sie hielt sich die Hand vor den Mund. »Oh Gott, zum Glück ist alles gut ausgegangen.«

»Für Gabriela Fallmer kann man das leider nicht behaupten«, sagte Janosch.

»Der arme Ben. Dabei hatte ich gerade das Gefühl, er käme wieder auf die Beine.«

Als er den Streit mit Diana Quester und seinen Ausschluss aus der SOKO erwähnte, winkte Helen ab. »Gib ihr etwas Zeit, sie wird dir verzeihen.«

Plötzlich kam ihm ein Gedanke. Er dachte wieder an das Gespräch mit Olgur in der letzten Nacht. Das Insulin, von dem der Schrotthändler gesprochen hatte. Es war riskant, viel zu fordernd, eine hirnrissige Idee, doch die Worte stahlen sich schon von seinen Lippen: »Helen, kannst du herausfinden, ob jemand im näheren Umfeld von Matilda Nolte an Diabetes leidet?« Er ratterte die Namen herunter, die ihm spontan in den Sinn kamen: »Björn Richter, die Wigands, Salim Herter …«

Sie schaute ihn entgeistert an. »Spinnst du? Hast du schon mal von ärztlicher Schweigepflicht gehört? Ich kann nicht einfach durch die Patientenakten wühlen, wie ich lustig bin.«

»Vergiss es«, wiegelte er ab. »Es war blöd von mir, überhaupt erst danach zu fragen. Deine Mutter würde mich sowieso umbringen, wenn ich immer noch weiterermittle.«

»Moment, Salim Herter sagt mir etwas«, kam auf einmal von der Seite.

Helen und Janosch wandten sich um. Die Sprechstundenhilfe schaute zwischen ihnen beiden hin und her und lächelte unsicher. »Salim Herter hat Diabetes Typ eins, war jahrelang hier bei Frau Dr. König in Behandlung.«

»Gudrun, bist du von allen guten Geistern verlassen!?«, zischte Helen.

»Was denn? Muss ja keiner erfahren«, erwiderte sie. »Wenn ich damit helfen kann, dass Matildas Tod endlich aufgeklärt wird, dann gerne.«

Janosch folgte der Diskussion nur noch mit halbem Ohr.

»Ich muss telefonieren«, sagte er abwesend.

Draußen vor der Praxis probierte er es bei Quester. Sofort erklang das Besetztzeichen. Sie hatte ihn blockiert. Er rollte mit den Augen. Typisch.

Er durchsuchte sein Adressbuch und stoppte beim Namen *Nehring*. Einen Versuch war es wert.

• • •

»Was haben Sie für mich?«

Diana setzte sich an den kleinen Konferenztisch und klickte nervös mit ihrem Kugelschreiber. Wildes Blättern, einige Räusperer, Kaffeeschlürfen.

Die drei Beamten, die sie auf Herter angesetzt hatten,

schauten sich gegenseitig an. Keiner von ihnen wollte anscheinend beginnen.

»Ähm, also ich kann gerne anfangen«, wagte sich endlich Roggatz vor. Ein stiller, in sich ruhender Kriminalhauptkommissar, sehr beflissen und korrekt, aber alles andere als einfallsreich. »Wir haben noch einmal das Eco-Start-up überprüft, das Herter als seinen Arbeitgeber angegeben hat. Es hat vor zwei Jahren Insolvenz angemeldet, es existiert nicht mehr.«

»Woher kommt dann sein Geld?«, fragte Diana.

»Er hat regelmäßig hohe Bargeldsummen auf sein Girokonto eingezahlt. Immer zweitausend bis fünftausend Euro.«

»Dazu habe ich eine höchst interessante Ergänzung«, sagte einer seiner Kollegen. »Wir konnten die Tage nachvollziehen, an denen er in die Rhön gefahren ist. Meistens hat er mit seiner Kreditkarte bei einer besonders günstigen Tankstelle in Grimmbach bezahlt. *EXPRESS*.«

»Wigand …«, murmelte Diana.

Der Beamte fuhr fort: »Die Einzahlungen erfolgten regelmäßig nach den Besuchen in der Rhön, immer ungefähr zum Fünfzehnten oder Sechzehnten eines Monats.«

»Gabriela Fallmer hat ihn bezahlt«, schloss Diana. »Ein Schweigegeld? Bestechungsgeld? Konnten Sie zurückverfolgen, wie lange diese Zahlungen schon andauern?«

»Seit dem Frühjahr 2009.«

»Seit Matildas Verschwinden.«

Diana spürte ein Kribbeln im Nacken. Hatte sie den Mörder von Matilda Nolte und Gabriela Fallmer im Vernehmungsraum vor sich sitzen gehabt? War Salim Herter so eiskalt und abgebrüht, dass er ihr so einfach etwas hatte vormachen können? Ihr im Gegenzug sogar noch Vorwürfe gemacht hatte?

»Frau Quester?« Nehring steckte den Kopf in das Konferenzzimmer hinein. »Haben Sie eine Sekunde?«

Sein Blick fügte noch hinzu: *Streng vertraulich.*

»Sie entschuldigen mich einen Moment!«, sagte Diana den anderen Beamten und trat zu Nehring.

»Sie werden nicht glauben, wer mich gerade angerufen hat«, sagte er mit gesenkter Stimme. »Janssen!«

Sie reckte die Augenbrauen. »Ich hätte nicht geglaubt, dass er jetzt Sie belagern würde.«

»Er hat mir zwei Dinge erzählt, die ich Ihnen beide nicht vorenthalten wollte. Ansonsten habe ich ihn schnell wieder abgewimmelt.«

»Nun? Ich hatte ihn dazu aufgefordert, seine Privatermittlungen einzustellen. Auf seine Karriere bei uns scheint er wirklich nicht viel zu geben …«

»Er hat mir auch versichert, dass das seine allerallerletzten Bemühungen in diese Richtung gewesen sind, auf die er auch eher zufällig gestoßen ist.«

Diana legte den Kopf schief.

»Schießen Sie los!«

»Erstens: Keine Ahnung, wie er darauf gestoßen ist und wie das relevant sein soll, aber Salim Herter hat wohl Diabetes Typ eins. Das sollte ich Ihnen auf jeden Fall mitteilen.«

Die Medikamente, die angeblich in dem kleinen Fach im Transporter gewesen waren. Konnten sie von Herter gewesen sein? Diana wollte lieber nicht wissen, wie Janssen das ausgegraben hatte.

»Die andere Sache: Er hat einen Hinweis darauf, dass sein Vater womöglich doch keinen Selbstmord begangen hat. Dass er getötet worden ist.«

»Jetzt dreht er völlig durch …«, zischte Diana.

Die Beamten wandten die Köpfe zu ihnen. Als Diana ihre Blicke erwiderte, schauten sie schnell wieder weg.

Dachte sich Janssen nun solche Hirngespinste aus, um sich auf diese Weise wieder einen Platz in der SOKO zu erschleichen?

Die Schuld an Harald Janssens Freitod hatte über Jahre hinweg Dianas Denken und Handeln bestimmt. Jetzt wandelte sie sich in eine neue Last um, einen neuen Vorwurf: Warum hatte sie diesen Mann nicht geschützt, statt ihn zu verdächtigen?

»Für so etwas brauchen wir mehr als nur lose Hinweise«, sagte sie und hoffte zu verbergen, was gerade in ihr vorging. »Wie kommt er überhaupt darauf? Was soll das für ein Hinweis sein?«

»Hat er nicht gesagt.«

»Dann schnappen Sie ihn sich bei der nächsten Gelegenheit, und pressen Sie es aus ihm heraus.«

Sie schob den Gedanken an Harald Janssen fort. Trotzdem pochte die Frage weiter in ihrem Hinterkopf: War es doch kein Selbstmord gewesen?

»Wo Sie schon einmal hier sind, Nehring«, sagte sie, »setzen Sie sich mit unseren Kollegen in Frankfurt in Verbindung. Ich erwirke bei der Staatsanwaltschaft einen Haftbefehl für Salim Herter. Wir müssen den Zugriff vorbereiten.«

Der Garten war in einem erbarmungswürdigen Zustand.

Unkraut spross aus den Fugen zwischen den Terrassenplatten, die Beete erinnerten an das Niemandsland von Weltkriegsschlachtfeldern, und die Rasenfläche war mit braunen Flecken übersät. Die Teichanlage, die mal der ganze Stolz von Janoschs Papa gewesen war, hatte sich in einen gräulichen, fast völlig ausgetrockneten Tümpel verwandelt. Früher hatte sie Wasserläufern, Libellen und Fröschen eine Heimat geboten, jetzt fragte sich Janosch, ob sie überhaupt noch irgendeine Form von Leben beherbergte.

Mit dem Handy am Ohr setzte er sich auf einen der rostbesprenkelten Gartenstühle.

Es klingelte zweimal, dann meldete sich der Immobilienmakler. Janosch ließ den Kerl erst gar nicht groß zu Wort kommen, sondern machte sofort sein Anliegen klar:

»Vielen Dank noch einmal für die Besichtigung, Herr Kudrewicz, leider haben sich meine Mutter und ich nun doch dagegen entschieden: Das Haus steht nicht mehr länger zum Verkauf.«

Der Makler sprach sein Bedauern aus, aber Janosch hörte ihm nur mit halbem Ohr zu. Als die Frage kam, was sie denn zu diesem Umdenken bewogen hätte, sagte er nur:

»Ich bleibe doch in der Rhön.«

Damit legte er auf.

Die Dämmerung breitete sich über ihm aus, Kälte kroch

vom Boden empor. Eine Krähe hockte sich in den Kirsch-
baum am Ende des Gartens und keckerte Janosch an.

Es reichte! Er konnte sich diesen Acker nicht mehr länger
ansehen.

Er stapfte zurück ins Haus, schnappte sich einen Schlüssel von der Ablage im Flur, kehrte in den Garten zurück und
schloss den alten, spinnenverseuchten Geräteschuppen auf.

Papas alte Gartensachen – Heckenschere, Rasenmäher,
Spaten, Harke, Säge –, alles war da. Er entdeckte sogar noch
einige Tütchen mit Saatgut.

Aus dem Haus drangen Schritte. Seine Mutter stand in
der Gartentür. Sie hatte wohl bis gerade geschlafen, müde
von den Ereignissen der vergangenen Nacht.

»Janosch, was machst du denn da?«

»Alles gut, leg dich wieder hin. Ich bringe nur den Garten
wieder auf Vordermann.«

»Aber jetzt? Lohnt sich das überhaupt noch?«

»Das Haus steht nicht mehr zum Verkauf.« Er zog sich
Handschuhe über und nahm eine große Schaufel. »Ich bleibe
hier. Ich gehe nicht mehr weg, bevor ich alles in Ordnung gebracht habe. Und hier fange ich an.«

GRIMMBACHS GEHEIMNIS

Gegen Salim Herter bestand dringender Tatverdacht.

»Sehen Sie, es geht doch!«, hatte Nussbaum gönnerhaft am Telefon gesagt, als Diana ihn wegen des Haftbefehls gesprochen hatte.

Dann war alles ganz schnell gegangen. Kurze Abstimmung mit Nehring, »Soll das SEK den Zugriff vornehmen – ja oder nein?«, die Fahrt nach Frankfurt, die A66, die Skyline in der Ferne, das wummernde Herz, Ausfahrt Richtung Frankfurt-Rebstock, ein anonymes Neubaugebiet.

Jetzt saß sie zusammen mit Nehring und Frankfurter Beamten im Einsatzwagen auf der gegenüberliegenden Straßenseite von Herters Meldeadresse und fühlte sich wie hierhergebeamt.

Nehring hielt Funkkontakt zum Leiter des Sondereinsatzkommandos und gab letzte Anweisungen weiter. In dieser Besserverdiener-Gegend, zwischen Biosupermarkt und Kinderspielplatz, wirkten die vermummten Sondereinsatzkräfte wie außerirdische Invasionstruppen. Mit vorgehaltenen Maschinenpistolen näherten sie sich dem Hauseingang, das Licht ihrer aufmontierten Taschenlampen huschte durch die Dunkelheit.

Herter hatte kein Alibi für die Nacht, in der Matilda gestorben war. Er war gestern bei Gabriela Fallmer gewesen, hatte Zahlungen von ihr erhalten, stand womöglich sogar mit dem Geheimfach in Harald Janssens Transporter in Verbindung. Alles sprach für ihn. Nur eine Frage ließ Diana nicht los: Warum? Was hätte sein Motiv dafür sein können, Matilda umzubringen? War er der Vater des Kindes gewesen, war das der Grund? Und warum hatte er daraufhin Geld von Fallmer erhalten? Hatte sie ihn dazu beauftragt? Warum sollte sie das tun? Und wieso hatte er nun sie umgebracht?

Hoffentlich wird er uns all das bald selbst beantworten, dachte Diana.

Nehring schaute sie triumphierend an. »Gleich ist er fällig!«

Der herbeigerufene Hausmeister öffnete dem SEK die Tür ins Treppenhaus. Durch die Glasfassade hindurch konnten sie genau beobachten, wie die Beamten Etage für Etage erklommen.

Bis sie schließlich im vierten Stock ankamen.

Selbst von ihrem Einsatzwagen aus war das Gebrüll und Getöse zu vernehmen, als die Wohnungstür aufgebrochen wurde und die Einsatzkräfte hineinstürmten.

Sekunde um Sekunde verging.

Die Lichter der Taschenlampen zuckten ab und an aus den Fenstern heraus.

Unter den Frankfurter Kollegen kam allmählich unruhiges Gemurmel auf.

Nehring hielt sich das Funkgerät vor die Lippen. »Bitte um Lagebericht.«

»Verdächtiger nicht in der Wohnung«, kam die Antwort, »wiederhole, Verdächtiger nicht in der Wohnung. Wir haben Hinweise darauf, dass er geflohen ist.«

Nehring und Diana starrten sich an.

Nein, nicht so, nicht wie damals!, durchfuhr es sie. Es war genau wie bei Bergius. Hatte sie wieder zu lange gezögert? Zu lange gebraucht?

»Ich muss sofort in die Wohnung!«

Nehring hielt sie zurück. »Warten Sie doch, bis das SEK sie gesichert und freigegeben hat.«

Sie riss sich von ihm los und brüllte: »Finger weg!«

Schnellen Schrittes überquerte sie die Straße und erklomm an dem Hausmeister und einer erschrockenen Nachbarin vorbei das Treppenhaus.

In der Wohnung von Herter waren inzwischen alle Deckenlampen eingeschaltet. Einer der SEK-Beamten starrte sie an, selbst durch den schmalen Schlitz seiner Gesichtsmaske hindurch war ihm seine Entrüstung anzusehen. »Was wollen Sie hier? Die Wohnung ist noch nicht gesichert.«

»Hören Sie auf mit der Sucherei. Er wird nicht hier sein.«

Diana zwängte sich an ihm vorbei ins Wohnzimmer und schritt von dort die kleine Singlewohnung ab. Einige von Fallmers monatlichen Zahlungen waren augenscheinlich in Designermöbel investiert worden. Auf dem Bett lag ein Haufen zerwühlter Kleider, auch darunter waren zahlreiche teure Marken.

Handy, Geldbeutel, Pässe – nirgendwo zu sehen.

Auch elektronische Geräte wie Laptops oder Tablets fehlten. Entweder Herter hatte nichts davon besessen – was unwahrscheinlich war –, oder er hatte sie ebenfalls mitgenommen.

Dianas Herz polterte wie ein Pendel gegen ihre Rippen. *Plock! Plock! Plock!* Ihr wurde schwindlig. Sie stützte sich an einem Türrahmen ab. Wie hatte das passieren können?

Wie hatte Herter von dem Zugriff erfahren? War er gewarnt worden? Oder war er bereits direkt nach seinem letzten Besuch bei Fallmer geflohen? Wenn er schon gestern Nacht aufgebrochen war, konnte er längst außerhalb des Landes oder gar des Kontinents sein.

Wo steckten die Frankfurter Kollegen? Sie brauchten sofort eine Ringfahndung.

• • •

Völlig durchgeschwitzt und im spärlichen Licht der Terrassenbeleuchtung beendete Janosch seine Arbeit. Er hatte die Beete umgegraben, altes Wurzelwerk entfernt, neuen Rasen ausgesät, das Unkraut gejätet.

Für zwei Stunden hatte er alles vergessen, hatte sich nur auf die körperliche Arbeit konzentriert. Es hatte sich angefühlt wie früher in den ersten Apriltagen, kurz vor Ostern, in denen er seinem Vater immer dabei geholfen hatte, den Garten für den Frühling vorzubereiten.

In der Küche trank er ein Radler aus dem Kühlschrank, dann stieg er die Treppe hoch und stellte sich unter die Dusche. Unter dem heißen Brausestrahl kehrten langsam die Gedanken an den Fall zurück.

Hatte die SOKO neue Fortschritte machen können? Waren Nehring und Quester dem Hinweis auf den möglichen Mord an seinem Vater nachgegangen? Konnte eine andere Knotentechnik tatsächlich die Grundlage für diesen neuen Verdacht sein?

Was, wenn du gar nicht sterben wolltest, Papa?

Aber wer hat es getan? Dieselbe Person, die auch Matilda und Fallmer umgebracht hat?

Als er sich gerade ein T-Shirt und eine Jogginghose übergezogen hatte, klingelte es an der Tür.

Auf dem Weg nach unten steckte seine Mutter den Kopf aus dem Schlafzimmer raus. »Janni, erwartest du jemanden?«

Er schüttelte den Kopf. »Ich schaue, wer es ist.«

Er spähte aus dem Küchenfenster hinaus. Lothar! Schnell lief er zur Tür und zog sie auf.

Der alte Freund seines Vaters trug eine marineblaue Regenjacke, eine ausgeblichene Jeans und Arbeitsschuhe. Er hielt ein Bündel fest umklammert, das in einen Jutebeutel eingewickelt war.

»Komm aus der Kälte! Was willst du hier?«

»Danke, Janni … ich … ich wollte dir etwas geben.«

Auf dem oberen Treppenabsatz tauchte Mama auf. »Ach, Lothar, ganz unangekündigt! Schön, dich zu sehen.«

Lothar räusperte sich. »Hallo, Susanne! Du, ich müsste einmal kurz mit dem Janosch unter vier Augen sprechen, okay?«

»Alle haben nur noch Geheimnisse hier. Am meisten vor

mir.« Sie schüttelte resigniert den Kopf und ging zurück ins Schlafzimmer.

Janosch schaute ihr kurz schuldbewusst hinterher, dann führte er Lothar in die Küche. Als sie sich auf die Eckbank gesetzt hatten, faltete Lothar den Beutel auseinander, holte ein großes Bündel Geldscheine daraus und legte es auf den zerkratzten Küchentisch.

»Das ist das ganze Geld. Dreißigtausend Euro. Ich kann sie nicht länger bei mir behalten. Bitte, nimm es!«

Die absurd große Menge Bargeld brachte Janosch aus der Fassung. Nur bei einer Beschlagnahmung in Frankfurt hatte er einmal eine ähnliche Summe zu Gesicht bekommen.

»Nein, ich will es auch nicht. Woher auch immer dieses Geld stammt, ich will nichts damit zu tun haben. Spende es! Mach damit, was du meinst. Aber lass es nicht hier. Daran klebt Papas Blut.«

Lothar flehte ihn an: »Kauft euch damit etwas Schönes. Tu Susanne etwas Gutes. Bitte!«

»Nein, dabei bleibe ich.« Mit spitzen Fingern schob Janosch das Geld von sich weg. »Wenn du helfen willst, dann sag mir lieber, ob mein Papa jemals etwas mit einem Salim Herter zu tun hatte. Er ist so alt wie ich, sportlicher Typ, war ein Freund von Matilda.«

Lothar überlegte einen Moment. »Nee, nie gehört. Wieso?«

»Ach, es war einen Versuch wert …« Janosch stand auf und ging zum Kühlschrank. »Magst du ein Bier?«

»Nur ein Wasser, bitte. Ich versuche, damit aufzuhören.«

Janosch schüttete ihnen zwei Gläser Sprudelwasser ein.

»Sag mal, Lothar, wenn mein Papa Blumenampeln aufgehängt hat oder die Herbstdeko, da hat er doch immer einen bestimmten Knoten gemacht, oder?«

»Ja, das war der Palstek, den hat er immer gemacht, das war sein Steckenpferd, der war ihm in Fleisch und Blut übergegangen. Die Storys von deinem Opa, dem Seefahrer, hingen mir aber irgendwann zu den Ohren raus, muss ich gestehen. Warum fragst du?«

»Hmmm. Nur so.« Janosch nippte an seinem Wasser.

»Mir ist noch etwas eingefallen.« Lothar nestelte an den Gummibändern herum, die die Geldbündel zusammenhielten. »Als dein Papa mir von dem Geld erzählt hat, da hat er gesagt, es … es wäre gestohlen. Nur so ein Halbsatz.

Ich habe ihn gefragt: ›Harry, hast du es gestohlen?‹

›Nein, natürlich nicht‹, erwiderte er prompt. ›Es wurde mir gegeben.‹«

»Aber von wem?«, fragte sich Janosch und fixierte den Haufen Geld auf dem Küchentisch. Worum ging es hier eigentlich wirklich?

...

10. Oktober 2018

»Die Polizei fahndet weiter nach dem dringend Tatverdächtigen Salim Herter. Wer Hinweise zu seinem Aufenthaltsort oder andere sachdienliche Informationen hat, soll sich bitte unter der eigens eingerichteten Hotline des Polizeipräsidiums Osthessen melden. Die Nummer ist …«

Diana schaltete das Autoradio aus. Sie war ohnehin schon auf der Haimbacher Straße und würde jeden Moment beim Präsidium eintreffen. Sie musste ihr Versagen nicht auch noch vor Arbeitsbeginn vorgehalten bekommen.

Weiterhin fehlte von Herter jede Spur. Sie hatten seine Freunde und Verwandten abgefahren, werteten Autobahnkameras aus, überprüften Grenzkontrollen und Ausreisemöglichkeiten. Nichts.

Normalerweise konnte sie selbst in größten Drucksituationen nachts in betonschweren Schlaf versinken, aber gestern wollte es ihr nicht gelingen. Bruchstücke von Momenten und Wortwechseln hatten sich immer wieder in ihren Gedanken verhakt:

Die traurigen, sanften Augen von Harald Janssen, in denen sich die grellen Neonröhren des Vernehmungsraums spiegeln. »Frau Quester, wie oft soll ich es Ihnen noch sagen!? Ich habe der Matilda kein einziges Haar gekrümmt!«

Nussbaum am Telefon, seine Stimme zitternd, die Wut nur gerade so unterdrückt: »Wie kann Ihnen wieder ein Verdächtiger durch die Lappen gehen! Klären Sie diesen Mist, verdammt noch mal! Langsam macht mir das Innenministerium Druck!«

Helen, halb vorwurfsvoll, halb besorgt: »Mama, Herzprobleme sind nichts, was man ewig ignorieren darf.«

Als sie auf dem Parkplatz vorfuhr, war ihr Herz ein Ballon, gefüllt mit Druck, kurz vorm Platzen. Sie atmete schwer, hielt sich am Armaturenbrett fest. Aus ihrer Handtasche holte sie Betablocker und Schmerzmittel, legte sich blindlings mehrere Tabletten unter die Zunge und schluckte sie herunter.

Zähne zusammenbeißen. Weitermachen. Das würde sie schon durchstehen. Im Spiegel der Sonnenblende richtete sie ihre Frisur und stieg aus.

Sie machte erst gar nicht den Umweg über ihr Büro, sondern ging direkt in den Besprechungsraum der SOKO. Dort kam Nehring sofort auf sie zugestürmt.

»Quester! Wir haben vor ein paar Minuten den Anruf von den Tauchern bekommen, die im Roten Moor unterwegs gewesen sind. Sie haben eine Waffe gefunden! Einen Revolver!«

Sie hielt den Atem an. »Welches Modell!?«

»Smith & Wesson Model 637 Airweight, Kaliber .38«, sagte er. »Sie stimmt mit der Kugel überein, die in Fallmers Brust gefunden worden ist. Ich hoffe, die Kriminaltechnik wird uns schnell sagen können, ob sie Fingerabdrücke sichergestellt haben.«

»Wo wurde die Waffe genau gefunden?«

»Im Moorsee, also in demselben Gewässer, in dem wir schon Matilda Noltes Leiche entdeckt haben. Allerdings befand sich die Waffe an der gegenüberliegenden Seite des Sees, nahe des Spazierpfads.«

Smith & Wesson. Airweight. Kaliber .38. Das Modell kam Diana bekannt vor. Es löste eine tiefe, flirrende Aufregung in ihr aus, die sie noch nicht ganz deuten konnte. Ihr Unterbewusstsein hatte bereits die Schlüsse gezogen, für die ihr Verstand noch etwas brauchte.

Nehring bemerkte offenbar ihren leeren Blick. »Frau Quester? Stimmt etwas nicht?«

»Pssst!«

Sie wollte diese Ahnung, diesen losen Gedankengang

nicht verlieren. Sie ging die weiteren Beweismittel durch: das Brillenetui von Optiker Schellenberg. Das Insulin. Die Zahlungen an Herter. Matildas Fahrten als Drogenkurierin.

Natürlich! Es ergab alles einen Sinn.

Grimmbachs Geheimnis lag mit einem Mal offen vor ihr.

...

24. November 2008
11:38

In der Innenstadt von Fulda hatte bereits der Weihnachtsmarkt eröffnet. Bergius schlängelte sich zwischen den Buden hindurch, umwabert vom Geruch nach Bratwürstchen, Glühwein und gebrannten Mandeln.

Die harmlosen, wohlvertrauten Düfte hätten in keinem größeren Gegensatz zu seinem Vorhaben stehen können.

Er drückte die große Sporttasche enger an sich, lief an der großen Weihnachtspyramide auf dem Universitätsplatz vorbei und überquerte den Jesuitenplatz, dann bog er in das Geflecht der Seitenstraßen ab.

Eisiger Schneeregen fegte über ihn hinweg und trieb die meisten Menschen in ihre Häuser. Sehr gut, dachte Bergius. Auch das Wetter spielt mir in die Karten.

Er näherte sich der Rückseite der Sparbank-Hauptfiliale und zog sich die Kapuze seiner schwarzen Fleecejacke noch tiefer ins Gesicht. Jetzt zählte es.

Der Geldtransporter stand mit dem Heck direkt vor dem Hintereingang der Bank, und die beiden Sicherheitsmitarbeiter verluden Safebags und Geldkassetten.

Alles war genau wie angekündigt: wann sie eintrafen, wer die beiden Fahrer waren, welchen Wagen sie nutzten.

Die kleinkalibrige Smith & Wesson in der Innentasche seiner Jacke drückte gegen seinen Brustkorb. Das Adrenalin strömte durch seine Adern, als hätte sich irgendwo in seinem Körper eine Pipeline geöffnet.

»Der Entzug war nicht leicht für dich«, hörte er ihre Stimme in seinem Kopf. »Schaffst du das? Kriegst du das hin? Bist du wirklich clean? Kannst du dich konzentrieren?«

Er spürte das altbekannte Zittern und fragte sich, ob es ihn jemals wieder loslassen würde.

Nicht zögern, sagte er sich. Kein Mitleid. Du musst entschlossen sein. Nichts darf dich zurückhalten. Sie dürfen in keinem Moment glauben, du würdest nicht sofort abdrücken.

Er lief auf den Transporter zu und öffnete den Reißverschluss seiner Jacke, griff hinein, holte den Revolver hervor. Richtete den Lauf auf einen der Sicherheitsmänner.

»Nicht bewegen, Daniel, dann passiert dir nichts!«, sprach Bergius den Mann bei seinem Vornamen an.

Der gedrungene Kerl Mitte dreißig starrte ihn mit einer Mischung aus Entsetzen und Verwirrung an, fragte sich wohl, woher Bergius seinen Namen kannte.

»Konzentrier dich auf Daniel Röhl«, hörte er einen der Ratschläge von gestern Abend in seinem Ohr. »Er ist Familienvater, seine Frau ist gerade wieder schwanger, achter Monat. Er hat am meisten zu verlieren.«

Kurz schaute er in die Augen des Sicherheitsmannes, entdeckte in ihnen eine existenzielle, wilde Furcht.

Tut mir furchtbar leid, dachte er.

Kein Mitleid. Hier ging es um alles oder nichts. Er durfte nur an sich selbst denken.

Die Scham, die Schulden, das würde alles bald ein Ende haben.

»Geld her! Los!«, brüllte er.

Der andere Sicherheitsmann machte Anstalten, in die Filiale zu laufen.

Bergius richtete die Waffe auf ihn. »Stehen geblieben!«

Der Fahrer namens Daniel nutzte diesen Moment der Ablenkung, um nach seinem Holster zu greifen.

Bevor er seine Waffe in die Hand bekam, versetzte Bergius ihm mit dem Revolver einen Hieb gegen die Schläfe.

Der Mann schrie auf, taumelte zurück und hielt sich den Kopf. Blut quoll zwischen seinen Fingern hervor und tropfte auf den Boden.

»Keine Spielchen mehr, verstanden?« Bergius visierte abwechselnd die beiden Sicherheitsleute an. Sie nickten eilfertig.

Jetzt Beeilung, dachte er sich. Auf den Überwachungskameras, die die Rückseite der Filiale filmten, war er sicherlich bereits gesehen worden, der stille Alarm längst ausgelöst.

Er ließ die Sporttasche von seiner Schulter gleiten und deutete mit dem Revolverlauf auf das Innere des Geldtransporters.

»Vollmachen! Bis oben hin!«

. . .

»Du hast echt einen Todeswunsch, oder?«, zischte Tarek, als sich Janosch in den Besprechungsraum vorwagte.

»Ich will doch nur ein Mal kurz schauen! Außerdem liegt die Einsatzzentrale genau auf dem Weg Richtung Kantine.

Es ist also praktisch reiner Zufall, dass wir kurz abgebogen sind.«

Tarek folgte ihm seufzend in den Gang hinein. »Ich wollte einfach nur was zu Mittag essen und nicht in Teufels Küche landen.«

Im Versammlungsraum der SOKO herrschte gespenstische Leere. Alle waren ausgeflogen.

Sein Blick wanderte zwischen den Stellwänden und Schreibtischen hin und her, auf der Suche nach neuen Beweisstücken und Hinweisen.

»Sie können es auch echt nicht lassen!«, erklang hinter ihnen eine tiefe, grollende Stimme.

Tarek und Janosch fuhren herum.

Nehring stand mit verschränkten Armen in der Tür und funkelte sie an. »Ich hab mir schon gedacht, dass Sie hier früher oder später aufkreuzen würden.«

»Ich wollte nur …«, stammelte Janosch.

»Fangen Sie erst gar nicht mit irgendwelchen Ausflüchten an.« Nehring ging ans Fenster, machte es auf und nahm seine Packung Gauloises hervor. »Sie können froh sein, dass ich gerade äußerst gute Laune habe. Wir wissen nämlich endlich, wer der Mistkerl ist. Vielleicht ist meine Laune sogar so gut, dass ich Sie nicht an Frau Quester verpfeife.«

Janosch weitete die Augen. »Sie kennen den Täter? Wer ist es?«

»An Ihrer Stelle würde ich mir mal die Unterlagen auf dem Schreibtisch dort hinten anschauen.« Nehring steckte sich eine Zigarette in den Mundwinkel und deutete auf einen Tisch in der Raummitte.

Tarek und Janosch näherten sich dem Tisch so ehrfürchtig, als würden sie auf einen Altar zuschreiten. Wie konnte es jetzt so schnell gegangen sein?, fragte sich Janosch. Was war der entscheidende Auslöser gewesen?

Er besah kurz die Akten und runzelte die Stirn. »Das gehört alles zu einem Geldtransporterraub. Ich verstehe den Zusammenhang noch nicht.«

»Wir haben im Moor die Tatwaffe im Fall Gabriela Fallmer sichergestellt. Es ist dieselbe, mit der Henrik Bergius den Überfall in Fulda begangen hat. Von diesem Punkt an hat sich eine Sache zur anderen gefügt.«

»Dieser Bergius … hat er …?« In Janoschs Kopf hatte das entscheidende Zahnrädchen noch nicht klick gemacht.

»Wir hatten zunächst angenommen, er wäre nach dem Überfall ins Ausland geflohen. Aber was, wenn er Grimmbach in den Wochen und Monaten danach überhaupt nicht verlassen hat? Wenn er die ganze Zeit vor Ort geblieben war?«

»Er war drogenabhängig …« Janosch blätterte weiter. »Und er hat Diabetes Typ eins.«

»Was, wenn die Drogenlieferungen von Matilda gar nicht für Gabriela Fallmer bestimmt gewesen waren? Er war Brillenträger, ein Hinweis auf das Etui und die Verschlossenheit der Optiker Schellenberg. Dann ist nur die Frage, was das Etui bei Matilda zu suchen gehabt hat.«

»Haben die Wigands auch gewusst, für wen die Drogen in Wahrheit gedacht gewesen sind? Hat die Arztpraxis von ihrem neuen Diabetespatienten gewusst?« Vor Janoschs geistigem Auge erschien der riesige Haufen Geldscheine auf seinem Küchentisch. »Und er hatte Unmengen von Bargeld bei sich.«

Tarek schaute zwischen ihm und Nehring hin und her. »Das heißt, das ganze Dorf hat es gewusst?«

»Der ganze Ort. Ganz Grimmbach. Alle hingen mit in der Sache drin«, stellte Janosch tonlos fest.

»Wir gehen davon aus, dass er mit Gabriela Fallmer zusammengearbeitet hat. Erst kurz vor seinem Überfall war ihre Sparbank-Filiale geschlossen worden. Sie kannte nach wie vor die Routen der Geldtransporter, die Fahrer und die Zeitpunkte, an denen sie die höchsten Summen geladen haben.«

»Aber Fallmer und Bergius, woher sollen sie sich gekannt haben?«

»Einige Jahre zuvor hatte er mal ein Vorstellungsgespräch für eine Ausbildung bei ihr gehabt. Die Stelle hat er nicht bekommen, aber offenbar sind sie über die Jahre miteinander in Kontakt geblieben. Bergius ist nie einer geregelten Arbeit nachgegangen, hat sich immer so durchgeschlagen, obwohl er ein findiger Kopf war, guter Abischnitt, trotzdem hat er es nie so wirklich aus der Drogennummer rausgeschafft. In der Zeit vor dem Raub ist er jedoch nie aktenkundig geworden. Entweder hatte er bis dahin eine weiße Weste, oder er hat sich einfach nicht erwischen lassen.« Nehring blies Rauch aus. »Aber ich gehe von Letzterem aus. Wie gesagt, ein gerissener Typ, das muss man ihm lassen. Die leeren Geldkassetten konnten wir in einem Müllcontainer in Fulda sicherstellen. Wie wir später rekonstruiert haben, hat er die Farbbeutel in den Geldkassetten außer Gefecht gesetzt, indem er sie in

Trockeneis gegeben hat. Die extreme Kälte hat die Farbe eingefroren, konnte den Scheinen aber nichts anhaben.«

»Warten Sie mal«, sagte Janosch, »das ganze Kapital für Gabriela Fallmers Hotel. Das kam aus diesem Raub?«

»So unsere Vermutung«, sagte Nehring. »Ich bin gerade dabei, ihre Finanzen aus dieser Zeit zu überprüfen.«

»Er hat sich bei den Fallmers versteckt …« Janosch schnappte nach Luft. Das hieß, dass auch Ben davon gewusst haben musste. Dass Bergius sogar dort gewesen sein musste, als Janosch Ben zu Hause besucht hatte. Er versuchte, sich an Auffälligkeiten aus dieser Zeit zu erinnern. Die Fallmers hatten einen kleinen Partykeller gehabt, in dem Janosch und Ben oft über den Beamer Filme geschaut hatten. Der war vor dem Tod von Janoschs Vater mal eine Zeit lang renoviert worden, und sie hatten ihn nicht betreten dürfen.

»Ben hat mich belogen«, hauchte er. »Aber warum? Hatte Bergius etwas mit Matildas Tod zu tun?«

»Irgendwann muss Bergius dann doch aus Grimmbach abgehauen sein, als sich der Staub etwas gelegt hatte. Aber jetzt … jetzt ist er anscheinend zurückgekehrt, um hinter sich aufzuräumen. Nur wieso!? Warum ist er zurückgekommen?«

Das Auto, das ihn verfolgt hatte. Die versuchte Beichte. Das musste alles Bergius gewesen sein.

»Wo ist Frau Quester?«, fragte er. »Ich muss unbedingt mit ihr sprechen. Das ändert alles.«

»Sie ist in Grimmbach und überprüft alle Zeugen. Wir wissen nicht, wer noch alles von Bergius gewusst hat, ihn gedeckt hat, Geld von ihm bezogen hat.«

Janosch ließ sich auf einen Stuhl sacken. Sein Hirn arbeitete jetzt auf Hochtouren und bombardierte ihn mit den furchtbaren Schlussfolgerungen aus dieser Erkenntnis.

War Bergius auch der Vater von Matildas Kind? Den Akten nach zu urteilen, war er ungefähr zehn Jahre älter als sie. Das Fahndungsfoto von 2008 zeigte ihn als unverschämt gut aussehenden Kerl mit Dreitagebart, Hundeblick und in die Stirn gekämmten, schulterlangen Haaren.

Hatte er Matilda getötet? Hatte sie ihn und die Fallmers auffliegen lassen wollen? Musste sie deswegen sterben?

∙ ∙ ∙

28. November 2008
08:37

»Wir haben ihn!«

Nehring hielt Diana das Blitzerfoto dicht vor das Gesicht.

»Seine Visage! Das Kennzeichen! Wunderbar zu sehen!«, rief er aufgeregt.

Sie riss ihm den Ausdruck aus der Hand. Die Aufnahme war grobkörnig, ein Teil des Gesichts war vom Rückspiegel verdeckt. »Konnten wir ihn schon erkennungsdienstlich erfassen?«

»Henrik Bergius, neunundzwanzig, bislang noch nicht straffällig geworden, schlägt sich anscheinend mit Gelegenheitsjobs durch.«

»Sind wir denn sicher, dass er es ist?«

»Ein Augenzeuge hat beobachtet, wie er in einem Hinterhof den Fluchtwagen gewechselt hat und jetzt dieses Auto fährt, anscheinend sein eigenes Fahrzeug. Sein Aussehen trifft auf die Beschreibung der Si-

cherheitsmänner zu. Die Fahrtrichtung passt, die Zeit der Aufnahme. Er hat einfach den Fehler gemacht, bei seiner Flucht ein bisschen zu sehr aufs Gas zu drücken.«

Diana zögerte. Dieser Moment war die Gelegenheit, um in ihrer Karriere einen gewaltigen Sprung nach vorne zu machen. Andererseits war die Aufnahme wirklich nicht sehr aussagekräftig – und der Polizeipräsident legte enormen Wert auf besonnenes Vorgehen. Sie durfte nicht vorschnell handeln.

»Diana!«, sagte Nehring mit Nachdruck. Er sprach sie bei ihrem Vornamen an, eine absolute Ausnahme. »Wir brauchen einen Zugriff! Jetzt!«

Sie hatte ihren Entschluss gefasst. Wo kämen sie hin, wenn sie sich so von ihrem Kollegen antreiben ließ? Sie drückte ihm wieder das Blitzerfoto in die Hand.

»Wir warten. Ich will erst mal einen vernünftigen Hintergrundcheck.«

• • •

Diana saß mit Benjamin Fallmer im schmucklosen Vortragsraum seiner Fahrschule. An den Wänden hingen Poster mit den geläufigsten Verkehrszeichen, Erklärungen zu rechts vor links und Aufklärungstafeln zum Thema *Drogen am Steuer*.

Der Sohn der ermordeten Gabriela Fallmer sah abgekämpft aus, die Augen gerötet und entzündet, das Haar zerzaust.

»Sie haben es die ganze Zeit verheimlicht, sogar Ihren besten Freund Janosch Janssen angelogen«, sagte Diana. »Ich kann verstehen, dass Bergius und Ihre Mutter Sie damals als jungen Menschen eingeschüchtert haben müssen, Sie womöglich bedroht haben. Aber spätestens nach dem Mord an Ihrer Mutter hätte ich fest damit gerechnet, dass Sie uns aufklären würden.«

»So einfach ist das leider nicht.« Benjamin Fallmer wrang die Hände und wich ihrem Blick aus.

»Ich kann es Ihnen aber ganz einfach machen«, sagte Diana. »Sie haben Angst, selbst belangt zu werden. Weil Sie Mitwisser sind, möglicherweise sogar aktiv den Täter verschleiert haben. Also lassen Sie mich Folgendes vorschlagen: In Absprache mit der Staatsanwaltschaft kann ich Ihnen Straffreiheit im Gegenzug zu Ihrer Aussage anbieten.«

»Das … das ist ein sehr großzügiges Angebot.«

»Und es gilt nur für sehr kurze Zeit. Ich würde Ihnen dringend dazu raten, den Mund aufzumachen, Herr Fallmer. Lassen Sie uns doch erst einmal etwas formlos miteinander plaudern, dann können wir zusammen entscheiden, wie wir am besten mit der Situation umgehen.«

Er nestelte an einem Stapel Theorie-Fragebögen herum. »Also schön, machen wir es so. Was wollen Sie wissen?«

»Wann sind Sie Henrik Bergius das erste Mal begegnet?«

»Das muss irgendwann Ende November 2008 gewesen sein. Meine Mutter bat mich darum, mich mit ihr an den Küchentisch zu setzen. Da wusste ich sofort, dass es um ein ernstes Thema gehen musste.

›Ben, was ich dir jetzt erzähle, muss wirklich unter uns bleiben‹, sagte sie. ›Du darfst es niemandem gegenüber erwähnen, nicht einmal Janosch. Verstanden?‹

Ich nickte, und sie fuhr fort.

›Draußen wartet ein Mann, der einige Tage – vielleicht auch etwas länger – bei uns wohnen wird, unten im Partykeller. Den Mann hast du vielleicht schon mal in den Nachrichten gesehen. Er heißt Henrik Bergius.‹

›Der Bankräuber?‹, entfuhr es mir.

›Ja, genau der. Ich hatte keine andere Wahl, das musst du wissen.‹

›Bedroht er dich? Zwingt er dich dazu, dass er bei uns wohnen kann?‹

›Nein, Ben, ich habe mit ihm zusammengearbeitet. Die Schulden für das Haus, die Kosten für Papas Pflege, ich hatte keine Wahl. Als dann die Sparbank meine Filiale geschlossen und mich rausgeworfen hat, habe ich ihn kontaktiert. Ich wusste, dass er dazu in der Lage sein würde. Dass er ein schlauer Kopf ist, der genauso verzweifelt war wie ich selbst. Wir stecken unter einer Decke, jetzt weißt du es. Und bei seiner Flucht ist etwas schiefgelaufen, er muss untertauchen. Deshalb muss er zu uns.‹

Ich wich vom Küchentisch zurück. Ich konnte nicht glauben, dass die Person, die da gerade mit mir sprach, meine Mutter sein sollte. Jemand hatte sie ausgewechselt, hatte sie durch einen Menschen ersetzt, der mir völlig fremd war.

›Das … das glaube ich nicht … du bist eine Verbrecherin.‹

Sie lehnte sich vor, schaute mir tief und eindringlich in die Augen. ›Genau wie du. Du weißt es jetzt auch. Du bist Mitwisser. Und falls du uns jemals verraten solltest, werde ich dafür sorgen, dass man dich auch drankriegt.‹

Das war das erste Mal, dass ich Angst vor meiner Mutter hatte.

›Du willst doch weiter so unbeschwert leben, oder? Keine Geldsorgen haben?‹, sagte meine Mutter. ›Wenn ich das nicht getan hätte, dann hätten wir all das hier verloren, das Haus … wer weiß, was aus Papa geworden wäre.‹

›Ich will nicht, dass ein Verbrecher bei uns lebt!‹, schrie ich sie an.

›Lern Henrik doch erst einmal kennen. Er ist sehr nett!‹

Dann hat sie ihn hereingebeten und mir vorgestellt.«

Bei seiner Erzählung zitterten Benjamin Fallmers Hände zusehends stärker.

»Ich kann mir kaum ausmalen, wie schwer diese Situation für Sie als Jugendlicher gewesen sein muss, unter was für einem enormen Druck Sie gestanden haben.« Diana rückte auf ihrem Stuhl zu ihm vor. »Wie war Ihr erster Eindruck von Henrik Bergius?«

»Er war nett, ein zurückhaltender junger Mann. In den ersten Tagen hat man überhaupt nicht gemerkt, dass er im Haus gewesen ist, er hat sich wie ein Geist bewegt. Es gab nur allerkleinste Anzeichen, die auf seine Anwesenheit hindeuteten. Mal ein Klecks heruntergefallene Zahnpasta im Waschbecken, ein extra Teller in der Spüle, ein Hemd oder eine Hose in der Wäsche.«

»Und sein Verhalten?«

»Irgendwann hat er sich etwas mehr aus dem Keller herausgetraut. Meistens frühmorgens oder nachts, wenn keine große Gefahr bestand, dass er zufällig gesehen werden könnte. Mir gegenüber hat er sich beinahe wie ein großer Bruder verhalten, auch wenn ich ihm gegenüber zuerst so ablehnend und distanziert war. Er hat mit mir gezockt, bei

Schulsachen geholfen, mir ein, zwei Handwerkssachen beigebracht.«

»Haben Sie gemerkt, dass er drogensüchtig und auf Entzug gewesen ist?«

»Erst mit der Zeit. Manchmal war er zittrig, richtig abwesend, konnte sich auf nichts so wirklich konzentrieren und
schwitzte heftig.«

»Dann muss früher oder später Matilda bei Ihnen aufgetaucht sein. Die Kurierfahrten.«

Fallmer nickte. »Ich weiß nicht, wie lange sie ihn schon
beliefert hat. Ich bin ihr eines Tages im Flur begegnet, sie
hat mich ganz erschrocken angestarrt und ist schnell zur Tür
hinausgerannt.«

»Aber sie war bei Weitem nicht die Einzige, die Bergius
beliefert hat, oder? In Grimmbach haben noch mehr Leute
davon gewusst.«

»Ja … natürlich. Es ließ sich nicht vermeiden. Irgendwann brauchte er eine neue Brille, er ist extrem kurzsichtig.
Also mussten wir die Schellenbergs einweihen und heimlich
einen Sehtest mit ihm machen. Auch die Apotheker wussten
es damals, schließlich brauchte er ja auch sein Insulin. Wigand selbstverständlich auch. Salim Herter als Matildas bester Freund hatte bestimmt auch von ihm erfahren. Irgendwann ging der Großteil von Bergius' Beute nicht mehr für
Drogen, sondern für Schweigegeld drauf. Ein richtiges Kon-
junkturpaket für Grimmbach.«

»Dass der Fall jetzt wieder neu aufgerollt wird, hat also
wohl bei einigen Grimmbachern zu ziemlichen Stressreak-
tionen geführt, hmm?«

»Oh ja.« Ben verdrehte die Augen. »Wigand junior ist wohl auf die großartige Idee gekommen, den Noltes ein Fenster einzuschmeißen. Als ob die Eltern es in der Hand hätten, die Ermittlungen zu stoppen.«

»Aber kommen wir zurück zu Matilda«, sagte Diana. Langsam näherten sie sich den entscheidenden Fragen. Ihr Herz pochte so heftig, als wollte es zerbersten. »Wie haben Sie das Verhältnis zwischen Matilda und Bergius erlebt? Wie würden Sie es beschreiben?«

»Erst ging es bei den Besuchen nur um Drogen. Doch dann … sie blieb teilweise stundenlang … ich habe ihre Augen gesehen, kurz bevor sie in den Keller hinuntergegangen ist. Sie hat Bergius geliebt.«

»Wie ging es dann weiter? Was ist in der Nacht im Februar geschehen?«

»So richtig kann ich diese Frage nicht beantworten. Ich war die ganze Nacht damit beschäftigt, mich in meinem Zimmer um den sturzbetrunkenen Janosch zu kümmern. Ich habe lediglich mitbekommen, wie sich Matilda und Bergius sehr, sehr heftig gestritten haben. Dann sind sie mit Matildas Wagen weggefahren.«

»Konnten Sie hören, worum es in diesem Streit ging?«

»Nur bruchstückhaft.« Er knibbelte weiter an den Übungsheften herum. »Es ging um ein Kind. Ob man es behalten soll oder nicht. Ob man nicht im Krankenhaus Fragen nach dem Erzeuger stellen würde.«

In Dianas Kopf setzten sich die Geschehnisse dieser Nacht immer weiter zusammen, ergaben ein Mosaik, in dem nur noch wenige Steinchen fehlten:

Bergius saß zusammen mit Matilda in ihrem Wagen.

Wohin sie auf dem Weg waren? Das wussten sie noch nicht. Aber vielleicht spielte das auch gar keine große Rolle.

Durch den Streit war Matilda bei der Fahrt womöglich abgelenkt, kam von der regennassen Fahrbahn ab, fuhr in den Transporter von Harald Janssen.

Was dann geschah, war noch etwas unklar. Bergius musste irgendwann den Entschluss gefasst haben, Matilda zu töten. Er musste keinen anderen Ausweg mehr gesehen haben.

Nachdem Matilda den Notruf abgesetzt hatte, schlug er zu. Überwältigte sie. Wie schaffte er sie danach von dort weg? Die Unfallstelle und das Moor lagen einige Kilometer voneinander entfernt. Gab es noch einen Komplizen, der sie mit dem Wagen abholte, bevor die Streife eintraf?

Außerdem musste es eine Interaktion zwischen Bergius und Harald Janssen gegeben haben. Hatte er ihm das Geld gegeben, um sein Schweigen zu erkaufen? Hatte Janssen das Insulin in seinem Wagen mitgenommen, weil Bergius es verloren hatte?

Aber Sie konnten es nicht mit Ihrem Gewissen ausmachen, sprach Diana in Gedanken zu Janssen senior. Sie wollten zur Polizei gehen, haben Bergius noch einmal konfrontiert. Und der hat Sie am Ende umgebracht, um Sie endgültig zum Schweigen zu bringen.

Sie senkte den Blick. Janoschs Vater war in einem furchtbaren Dilemma gewesen, war direkt von Bergius bedroht worden. Statt Harald Janssen Hilfe anzubieten, hatte sie nur zusätzlichen Druck auf ihn ausgeübt, hatte ihm gar nicht erst die Möglichkeit geboten, sich ihr anzuvertrauen.

Plötzlich wurde sie wütend. Sie schaute auf, durchbohrte Benjamin Fallmer mit ihrem Blick.

»Sie … wenn Sie damals schon all das erzählt hätten, dann könnte der Vater Ihres besten Freundes vielleicht noch am Leben sein.« Eine Feststellung, kalt und erbittert.

Inzwischen hatte Fallmer einen der Übungsbögen vollständig zerknüllt. Seine Hand war zu einer Klaue verkrampft.

Sein Atem ging schwer.

»Ich weiß.«

. . .

Grimmbach war das wahre Moor.

Geheimnisse versanken in seinen Tiefen, trieben bis zum Grund, aber sie verschwanden nie, wurden nur konserviert, überdauerten die Jahre, um im entscheidenden Moment wieder an die Oberfläche zu steigen, so unverändert erschütternd wie zuvor.

Janosch lehnte sich in seinem Bürosessel zurück, tief in seine düsteren Gedanken verstrickt. Ihn widerte schon der Gedanke an, den Ort wieder zu betreten. Wie viele hatten von Bergius und Fallmer gewusst? Wie viele hatten profitiert? Und wie viele schwiegen bis heute? Donny von der Pizzeria? Die Inhaber des Gasthofs? Pater Kristiansen?

Jahrelang hatte er zwischen diesen Lügnern und Mitwissern gelebt. Hatte bei ihnen eingekauft, bei ihnen gegessen, sie beim Spaziergang gegrüßt.

Eine verschworene Gemeinschaft, im wahrsten Sinne des Wortes.

Wenn nur eine einzige Person geredet hätte, wäre die ganze Sache sofort aufgeflogen. Matilda könnte noch leben. Sein Papa könnte noch leben. Sein ganzes Leben hätte einen von Grund auf anderen Verlauf nehmen können. Einen besseren, einen glücklicheren.

Am liebsten hätte er sofort jeden Einzelnen von ihnen ins Präsidium geschleift und zur Rechenschaft gezogen, doch so einfach war es nicht. Es war nicht mehr sein Fall, nicht mehr seine Befugnis.

Er trieb seine Fingernägel in den schwarzen Schaumstoff der Armlehnen, bis sie schmerzten. Fühlt sich so Hass an?, fragte er sich.

Ben, dachte er, wie soll ich dir jemals wieder in die Augen sehen? Wie konntest du mir das verheimlichen?

»Hey, Janosch!? Huhu!« Tarek schnipste und winkte.

Er schüttelte sich und schaute zu seinem Kollegen hinüber.

»Ah, doch noch jemand anwesend! Du hast so düster ins Leere gestarrt, ich habe schon befürchtet, du schmiedest jetzt selbst Mordpläne.«

»Ich bin zumindest kurz davor.«

»Und ich habe den Verdacht, dass auch eine Tasse von meiner neuen Lieferung ausgezeichneten Sencha-Grüntees deine Stimmung nicht heben könnte?«

»Das könnte gerade nichts auf der Welt.«

»Ich versteh dich, Bruder.« Tarek schaute ihn voller Mitgefühl an. »Falls ich auf irgendeine Weise helfen kann, dann …«

Sein Festnetztelefon klingelte, aber er ignorierte es.

»… dann sag einfach Bescheid, hörst du?«

»Danke!«, sagte Janosch abwesend.

Das Läuten des Telefons ging weiter.

»Jetzt geh schon ran, ist in Ordnung«, ermunterte er Tarek. »Wenigstens einer von uns muss auch noch arbeiten.«

Sein Kollege bedachte ihn noch mit einem langen, nachdrücklichen Blick, dann nahm er den Hörer ab. »Ach, hallo! Frau Zimmer, schön, dass Sie sich bei uns melden!«

Janosch lauschte dem Gespräch nur mit halbem Ohr und widmete sich wieder seinem Bericht zu den jüngsten Entwicklungen, an dem er bereits viel zu lange saß.

Als Tarek schließlich auflegte, klopfte er gegen Janoschs Monitor, um seine Aufmerksamkeit zu erlangen. »Alter, das glaubst du nicht!«

»Heute kann mich nicht mehr viel schocken«, erwiderte er. »Was ist es? Will der alte Zimmer endlich verraten, wer ihn so heftig zusammengeschlagen hat?«

»Das leider nicht, aber seine Tochter hat sich wieder an den Song erinnert.«

»Den Song?«

»Das Lied, das ohrenbetäubend laut lief, während sie den Streit gehört hat. Keine Ahnung, wie uns dieses Detail auf irgendeine Weise weiterhelfen soll, aber es ging ihr nicht aus dem Kopf, sie kam nur nicht mehr auf den Titel. Jetzt ist bei ihr jedoch der Groschen gefallen, der Song lief wohl gestern irgendwann im Radio – es war *Heroes* von David Bowie.«

Janosch blinzelte ihn an.

»Alles in Ordnung?«

»*Heroes?* Wirklich?«

»Das hat sie mir gerade so gesagt. Du schaust mich an, als würdest du mir das nicht abnehmen.«

»Tarek – ich muss sofort in die Asservatenkammer.«

HEROES

Diana massierte ihre Schläfen, goss sich Kaffee nach und ignorierte weiter die Enge in ihrer Brust. Wahrscheinlich wäre es für ihre Gesundheit förderlicher, wenn sie wie Janssen auf Tée umsattelte. Aber das konnte warten, bis sie diesen Fall zu Ende gebracht hatte – was womöglich in gar nicht allzu ferner Zukunft lag.

In der Einsatzzentrale der SOKO herrschte Betriebsamkeit wie in einem Bienenstock, Beamte eilten ein und aus, sammelten sich um die Tischgruppen, trugen Akten und Ergebnisse zusammen.

Die Fahndung nach Henrik Bergius lief auf Hochtouren. Sie gingen davon aus, dass er sich mindestens seit einer Woche wieder in Grimmbach oder Umgebung aufhielt, wenn nicht sogar länger. Entweder hatte er die Solarkugeln, die sie zu Matildas Leiche geführt hatten, aus unerfindlichen Gründen selbst platziert, oder er jagte denjenigen, der es getan hatte. Diesmal würde sie ihm keine Chance lassen. Die Grenzkontrollen an den Flughäfen und Autobahnen waren in erhöhte Alarmbereitschaft versetzt, eine Ringfahndung eingeleitet. Du gehst uns nicht noch einmal durchs Netz, dachte Diana.

Sie trat zu Nehring, der auf einer Tischkante saß und gerade mit einer jungen Beamtin sprach.

»Lagebericht!«, forderte sie ihn auf.

Als die junge Kollegin merkte, dass sie damit nicht gemeint war, nickte sie Diana erleichtert zu und ergriff umgehend die Flucht.

Nehring ächzte und wandte sich ihr zu. »Auf der Tatwaffe aus dem Moor konnte die KTU bislang nur unvollständige Abdrücke sicherstellen, keine brauchbaren Details.«

»Wie unbefriedigend. Weiter!«

»Ganz ehrlich, ich kann mir noch keinen Reim darauf machen, wie Salim Herter noch ins Bild passen soll. Warum seine überstürzte Flucht, wenn er anscheinend nicht der Täter ist?«

Diana trank einen Schluck aus ihrer Diddl-Maus-Tasse (sie hatte die erstbeste aus dem Küchenschrank gegriffen und erst zu spät ihren Fehler bemerkt) und schüttelte innerlich den Kopf über Nehrings engstirnige Denkweise. »Ist Ihnen schon der Gedanke gekommen, dass Herter womöglich gar nicht vor uns geflohen ist, sondern vor Bergius? Vielleicht hatte er Angst, der Nächste auf seiner Liste zu sein. Wo wir schon dabei sind: Gibt es einen neuen Anhaltspunkt, wo Bergius sich befinden könnte?«

Nehring zog die Schultern hoch. »Bislang nichts Konkretes. Wir gehen davon aus, dass der Ferienbungalow von Fallmer der letzte Aufenthaltsort gewesen ist. Nach ihrem Streit hat Bergius ihn wahrscheinlich verlassen. Wir hören uns noch einmal bei den Anwohnern und den Hotelmitarbeitern um, ob sie etwas mitbekommen haben. Er könnte überall sein ... in Fulda, Gießen, Frankfurt.«

»Ich gehe stark davon aus, dass er noch immer in der Umgebung ist. Er wollte mit allen Mitteln verhindern, dass die Wahrheit ans Licht kommt, das konnte er nur hier.«

»Er wird auf jeden Fall nicht weit kommen. Wir haben Leute in ganz Grimmbach, befragen alle, die nicht bei drei auf den Bäumen sind. Seit die Nachricht die Runde macht, dass wir von Bergius' Sponsoren und Förderern aus Grimmbach wissen, melden sich reihenweise reuige Sünder bei uns. Das ist ein einziger Sumpf aus Schweigegeldern, Verstrickungen, Geldwäsche, das wird uns noch monate-, wenn nicht jahrelang beschäftigen.«

Diana stellte ihre Tasse ab. Ihre Hände zitterten, und sie verbarg sie, indem sie sie unter ihre Schenkel schob. »Wir zeigen keine Milde, diese Arschlöcher sollen die volle Härte des Gesetzes zu spüren bekommen. Ich werde bei Nussbaum dafür sorgen.«

»Sie haben jahrelang dichtgehalten. Obwohl diesem Versteckspiel am Ende ein Mädchen zum Opfer gefallen ist.«

»Eine junge Frau«, korrigierte ihn Diana beiläufig und sagte: »Viele von ihnen hat es vor dem finanziellen Ruin gerettet, über die Runden geholfen. Oder so reich gemacht wie Fallmer. Mir tun vor allem die Noltes leid. All die Zeit haben sie zwischen Menschen gelebt, die vielleicht den entscheidenden Hinweis hätten liefern können, wer ihrer Tochter das angetan hat. Jeder ist sich selbst der Nächste, auch im beschaulichen Grimmbach.«

Sie dachte an Janosch Janssen. Fast zehn Jahre hatten sie geglaubt, sein Vater hätte sich selbst gerichtet. Dabei hatte es überhaupt nichts gegeben, wofür er sich hätte richten müssen. Die Erleichterung, dass sie durch ihre unbarmherzigen Verhörmethoden keine Schuld an Harald Janssens Tod trug, hatte nur kurz gewährt. Sie war schnell einem tiefen Mitgefühl für Janosch Janssen gewichen.

Er hatte recht gehabt.

Er hatte die ganze Zeit recht gehabt.

• • •

Endlich erreichte er Matilda.

Hier, inmitten der Tanzenden, war die Luft stickig und heiß. Janosch konnte kaum Atem holen und schwitzte aus jeder Pore seines Körpers.

Im Zucken der Stroboskoplichter wurde Matildas Gesicht immer nur einige Herzschläge lang erhellt. In einem dieser Momente schaute sie ihn direkt an, in ihrer Miene Überraschung.

Ihr Mund formte Worte, aber der Lärm machte sie zu einer Stummfilmdarstellerin. Janosch lehnte sich vor, hielt ihr sein Ohr entgegen.

Er spürte ihren Atem warm auf seiner Wange, er roch nach Lakritz und Cola. »Janosch!«, rief sie gegen die Bässe an. »Ich wusste gar nicht, dass du tanzt!«

Sie wechselten ihre Kopfpositionen, sodass jetzt Janosch den Mund an Matildas Ohr hielt. In dieser Nähe konnte er die feinen goldenen Härchen auf ihren Schläfen und in ihrem Nacken erkennen.

»Tue ich auch nicht! Ich wollte dir das hier geben.«

Er drückte ihr die CD-Hülle in die Hand.

Verwundert schaute sie erst auf die Hülle, dann in sein Gesicht.

Ihm wurde unendlich heiß unter seiner Jacke.

Auf einmal kam ihm das alles hier wie eine fürchterlich dumme Idee vor.

»Ich ... ich habe ein paar Songs für dich zusammengestellt«, stammelte er. »Die mir selbst sehr gefallen, und ich ... ich habe gehofft, du magst sie. Neue Musik kennenlernen, das ist ja nie verkehrt ...«

Gott, was redete er da gerade?

»Komm mit!« Ohne Umschweife packte sie ihn am Handgelenk und zerrte ihn von der Tanzfläche.

Sie suchte ihnen eine leere Sofaecke im hinteren Bereich des Clubs. Hier war die Musik zwar immer noch unfassbar laut, aber man konnte miteinander sprechen, ohne sich gleich die Lunge komplett aus dem Hals zu schreien.

Matilda hielt die CD-Hülle mit beiden Händen fest und drehte sie hin und her. »Das ist superlieb von dir«, sagte sie, »aber ich werde nicht mehr lange hier sein. Ich will nur noch von hier weg. Ich möchte nur nicht, dass du dir irgendwelche Hoffnungen machst.«

Das Blut schoss ihm ins Gesicht. Abwehrend hob er die Arme. »Oh nein, nein! So war das überhaupt nicht gemeint. Also ... ich wollte dir einfach nur etwas Musik zum Hören geben. Ein kleines Mixtape. Mich würde es einfach nur freuen, wenn es dir gefällt.«

Sie senkte den Blick. »Danke, Janosch.«

»Bist du denn okay?«, fragte er. »Warum willst du weg? Wenn du reden möchtest ...«

Ein bitterer Zug bildete sich um ihren Mundwinkel, den er so noch nie zuvor an ihr wahrgenommen hatte. Sie schaute auf und blinzelte heftig.

Ihr Handy klingelte. Sie holte es aus ihrer kleinen schwarzen Lederhandtasche. Der Bildschirm gleißte blau und hell, leuchtete ihre Züge aus, die sich immer weiter verhärteten.

Was sie da auch las, es schien sie in noch größere Unruhe zu versetzen.

»Du würdest es nicht verstehen«, sagte sie. »Niemand wird es verstehen.«

»Lass es mich doch zumindest versuchen!«

»Das geht leider nicht.« Sie stand auf und stopfte Handy und Mixtape in ihre Tasche. »Ich muss los.«

»Matilda …« Er streckte die Hand nach ihr aus.

Sie verharrte einen Moment. Wandte sich zu ihm um. In ihren Augen flackerte eine unbestimmte, tiefgreifende Angst, die etwas in seiner Brust zusammenzucken ließ.

Ehe Janosch ihr noch einmal etwas nachrufen konnte, wandte sie sich von ihm ab und verschwand in der Menge.

· · ·

»Weißt du eigentlich, wie verdammt schwer es ist, hier einen funktionierenden CD-Player aufzutreiben?« Tarek hielt das batteriebetriebene Radio hoch, als er vor der Asservatenkammer auf Janosch traf. »Das hier habe ich jetzt aus dem Büro des Hausmeisters geliehen. Dafür muss ich ihm nächste Woche eine Currywurst ausgeben.«

»Tausend Dank!«, erwiderte Janosch.

»Verrätst du mir denn jetzt, wofür wir das Schätzchen brauchen?«

»Das wirst du gleich sehen – beziehungsweise hören«,

sagte er. »Ich muss nur etwas überprüfen. Ich muss ganz sicher sein.«

Sie meldeten sich bei dem blassen Kollegen am Eingang der Asservatenkammer an und trugen sich in die Liste ein.

»Fall Matilda Nolte, 2009«, gab Janosch an, als der Mitarbeiter ihn fragte, welche Beweismittel sie bräuchten.

»Der könnte auch mal wieder etwas Sonnenlicht vertragen«, raunte Tarek ihm zu, als sie durch die streng gesicherte Gittertür traten und die hohen Regalreihen abschritten, die mit penibel beschrifteten Kisten vollgestellt waren. Waffen, Wertgegenstände und Drogen befanden sich noch einmal in einem eigens gesicherten Raum, der nicht ohne Weiteres zugänglich war.

Es roch staubig, die Luft war trocken und kühl.

Janosch entdeckte das Aktenzeichen zu dem Fall von 2009, zog die dazugehörigen Boxen aus den Regalen und stellte sie auf einen der Edelstahltische. Staub wirbelte von den Deckeln auf, geriet in seinen Rachen, und er hustete heftig.

Tarek klopfte ihm auf den Rücken, bis der Hustenreiz nachließ und er wieder frei atmen konnte.

»Wonach suchen wir?«, fragte er, während sie sich Latexhandschuhe überzogen.

»Moment …«

Sorgsam nahm Janosch nacheinander die Beutel mit den Beweisstücken heraus – verschiedenste Gegenstände aus dem Führerhaus des Transporters und dem Fiat, Schuhabdrücke, das Handy von Matilda. Als er das Gärtnermesser in Händen hielt, überkam ihn eine Gänsehaut.

»Da ist es!«

Mit zitternden Fingern befreite Janosch die Mixtape-CD aus dem Kunststoffbeutel, strich über seine eigene schwarze Edding-Schrift *Für Matilda*.

Janosch betätigte den *Open*-Knopf des CD-Players, legte die Silberscheibe hinein und drückte auf *Play*.

Er spulte die Songs vor, bis er schließlich bei Lied Nummer acht landete.

Die ersten Takte von David Bowies *Heroes* schallten durch die Asservatenkammer. Der träumerische Gesang bildete einen absurden Kontrast zu der staubig-grauen Behördenatmosphäre.

Janosch blätterte die Fallakte durch, die er mitgebracht hatte, und zeigte auf einen markierten Satz im Bericht der Streife, die als erste an der Unfallstelle eintraf.

»Hier, hier steht's!« Er tippte auf das Papier. »Die CD im Player hat gehangen – wahrscheinlich durch den Aufprall. Er hat in Dauerschleife immer und immer wieder die erste Strophe von *Heroes* abgespielt.«

Tarek blinzelte verwirrt. »Okay, verstehe, es ist derselbe Song wie der, der mutmaßlich während des Angriffs auf Zimmer lief, so weit komme ich noch mit. Aber in welchem Zusammenhang sollen die beiden Fälle bitte schön stehen? David Bowie ist jetzt nicht gerade ein unbekannter Indie-Rock-Künstler, das ist ein absolut populärer Song, der seit Jahren im Radio rauf und runter läuft. Wie soll das mehr sein als reiner Zufall?«

»Genau das gilt es herauszufinden«, erwiderte Janosch unbeirrt.

Tareks Einwände waren mehr als berechtigt, an seiner Stelle hätte Janosch wahrscheinlich genau dieselben Fragen gestellt und große Zweifel gehabt, dennoch ließ ihn diese offensichtliche Parallele nicht mehr los.

»Wundert dich nicht der zeitliche Zusammenhang? Dieses Lied spielt, während Zimmer vermöbelt wird, und wenige Tage später sorgt jemand mit dieser Poolleuchte dafür, dass Matildas Leiche wieder auftaucht.«

»Janosch, Mann!« Tarek seufzte schwer. Er schien hin- und hergerissen. Auf der einen Seite wollte er Janosch wohl weiter uneingeschränkt unterstützen, aber auf der anderen Seite war ihm nur allzu deutlich anzusehen, dass er seine Schlüsse überhaupt nicht nachvollziehen konnte. Nach einer langen Pause, in der nur David Bowies Stimme aus den Lautsprechern des CD-Players drang, sprach er weiter:

»Hast du nicht das Gefühl, dass du dich da in etwas verrennst?«

»Warum finden wir es nicht einfach heraus?« Janosch drückte auf die *Stop*-Taste. »Fahren wir bei Herrn Zimmer vorbei.«

...

Nehring wälzte den riesigen Turmbau aus Bilanzen, Jahresabschlussberichten, Kredit- und Steuerunterlagen und Mailverläufen.

Draußen dämmerte es allmählich, und jemand schaltete die hell strahlenden Deckenspots an.

»Oberflächlich betrachtet gehen die Zahlen des Hotels

auf«, sagte Nehring. »Unsere Finanzexperten sind ebenfalls an der Sache dran, die werden hieraus noch mal schlauer als ich. In den Jahren nach Fallmers Übernahme tauchen einige Ungereimtheiten auf, hohe Zahlungen aus ihrem Privatvermögen, die aus dem Nichts auftauchen.«

»Irgendwas Neues von den Hotelangestellten? Ein Hinweis auf Bergius' Versteck?«, fragte Diana.

Nehring schüttelte den Kopf. »Fehlanzeige.«

»Verdammte Scheiße.«

Sie fühlte sich abgekämpft und ermattet. Den ganzen Tag hatte sie in dem großen umgebauten Konferenzraum zugebracht und sich ausschließlich von Kaffee und Energieriegeln ernährt. Ihr Magen grummelte. Sooft sie auch ihre körperlichen Bedürfnisse zu zügeln versuchte, sie ließen sich nicht ewig unterdrücken.

Sie schob ihren Stuhl zurück und stand auf. »Ich hole mir was zu essen.«

Auf dem Weg zur Kantine kamen ihr Janssen und sein Kollege Tarek Güler entgegen. Eilig huschten sie an ihr vorbei Richtung Haupteingang – Güler grüßte sie flüchtig, Janssen und sie ignorierten sich.

Wohin war er so zielstrebig auf dem Weg? Ging es um einen der Fälle aus seinem Ermittlungsalltag? Oder verfolgte er doch wieder eine Spur in Sachen Matilda?

Einen Moment lang überlegte sie, ihn anzuhalten und sich bei ihm zu entschuldigen. Für die schreiende Ungerechtigkeit, die seiner Familie und ihm widerfahren war. Auch ihretwegen. Aber bevor sie den Mund aufbekam, waren sie schon zur Tür hinaus.

In der Kantine angelangt, nahm Diana sich ein Tablett und griff nach einem Blaubeermuffin und einem Joghurt. Sie war gerade dabei, einen Espresso zu bestellen, als ihr Handy vibrierte.

Die Mobilnummer auf dem Display sagte ihr nichts.

»Quester. Wer ist da?«, meldete sie sich.

»Benjamin hier … Benjamin Fallmer.«

Seine Stimme ein rauer Bariton.

Diana runzelte die Stirn. Mit Gabriela Fallmers Sohn hatte sie erst vor wenigen Stunden gesprochen. Warum meldete er sich so schnell wieder bei ihr?

»Ich weiß, wo sich Henrik Bergius aufhält«, presste er hervor.

Das Zittern ihrer Hand übertrug sich auf das Tablett. Muffin und Joghurtbecher rutschten hin und her. Schnell stellte sie es ab.

Sie musste sich zurückhalten, nicht einfach »Wo? Wo ist er?« in das Telefon zu brüllen.

»Dann lassen Sie mich an Ihrem Wissen teilhaben«, sagte sie und versuchte, dabei möglichst gefasst zu klingen.

»Es gibt einen alten Forstweg in der Nähe des Roten Moors. Am Rande des Weges befindet sich eine kleine Lichtung. Da steht ein Wohnmobil, in dem Bergius zurzeit lebt. Ich bin in der Nähe, ich beobachte es aus dem Wald heraus. Es brennt Licht, er muss noch dort sein.«

Das war nicht weit von den Fundorten seiner mutmaßlichen beiden Opfer entfernt.

»Woher wissen Sie das?«, fragte sie.

»Ich mache oft Spaziergänge in dieser Gegend, Janosch

hat mir früher einmal die Strecke gezeigt. Heute bin ich hier unterwegs gewesen, um etwas runterzukommen, ein wenig Abstand zu gewinnen. Und dann bin ich an dem Wohnmobil vorbeigekommen. Einen Moment lang habe ich einen Blick durch das Fenster erhascht. Ich habe nur eine Sekunde lang sein Gesicht gesehen, aber ich bin mir sicher, dass er es ist. Einhundert Prozent. So was vergisst man nicht.«

»Vielen Dank für Ihren Anruf. Begeben Sie sich am besten direkt nach Hause, im Moor ist es nicht sicher für Sie. Wir kümmern uns um Bergius.«

Sie legte auf.

Die Thekenkraft schaute sie unschlüssig an. »Öhm, kann ich Ihnen noch weiterhelfen?«

Diana ignorierte sie und verließ die Kantine. Sie nahm den Hinterausgang und trat ins Freie, lehnte sich an die Wand neben der Tür.

Das Grau des Tages verfinsterte sich zusehends zum Dunkelgrau der Dämmerung, nur um bald ins Pechschwarz dieses Herbstabends überzugehen. Die Schattierungen dieses Herbstes.

Zum ersten Mal seit Langem schlug ihr Herz ruhig und regelmäßig, von der Gewissheit umfangen, dass sie ihn bald haben würde.

Sie hatte den Eindruck, dass alles, was in den letzten Jahren passiert war, genau hier münden musste, dass es von Anfang an so vorgesehen war.

Bergius. Dieser Mann hatte inzwischen zwei Menschenleben auf dem Gewissen – und wer wusste, was er in all der Zeit noch getrieben hatte, welche Kollateralschäden er auf seiner Flucht noch verursacht hatte? Er hätte sie beinahe um ihren Job gebracht, hatte sie ihre Ehe gekostet, von ihrem Seelenfrieden erst gar nicht anzufangen.

Im Grunde genommen wäre das weitere Vorgehen simpel: Sie würde SOKO, Polizeipräsident und Staatsanwaltschaft über diese neue Information in Kenntnis setzen, schnellstmöglich einen Zugriff beantragen, zusammen mit allen nötigen Einheiten das Wohnmobil einkreisen und Bergius stellen.

Nein, dachte sie, nein, diesen Moment will ich ganz für mich allein. Ich will ihn allein stellen. Danach konnten die Kollegen mit ihm machen, was sie wollten, der Justizapparat würde Bergius seiner gerechten Strafe zuführen, davon war sie überzeugt.

Aber diesen Moment, diesen einen Moment wollte sie nur für sich haben.

Du und ich, Bergius.

Nur du und ich.

...

Tarek und Janosch parkten auf der gegenüberliegenden Straßenseite von Leon Zimmers Haus.

Die Wohngegend am Rande von Gersfeld war so verlassen und ruhig wie bei ihrem Besuch vor wenigen Tagen. Dass die beiden Taten zusammenhängen könnten, hätte er damals nicht im Traum gedacht.

Sie stiegen aus und betraten den akkurat gepflegten Vorgarten von Zimmers Haus.

»Was hast du jetzt vor?«, fragte Tarek, während sie über den gefliesten Weg Richtung Eingangstür liefen. »Willst du ihm *Heroes* vorspielen und hoffen, dass er etwas ausspuckt?«

»So etwas in der Art.«

»Das Haus eines großen Ferienwohnungsvermieters. Genau so hätte ich es mir vorgestellt.« Tareks Blick glitt über die Klinkerfassade, die Engelsfiguren in den Beeten und die weiße, frisch gestrichene Gartenbank, die mit einem Fahrradschloss an einem Lüftungsgitter festgekettet war.

Tarek pfiff durch seine Schneidezähne. »Es gibt ja sogar einen Pool.«

Janosch drückte die Klingel.

Fröhliches Glockengebimmel drang aus dem Inneren.

Sie warteten. Tarek wippte mit den Füßen auf und ab, Janosch malmte die Zähne aufeinander.

Nichts regte sich.

Er klingelte noch einmal.

»Vielleicht ist der alte Zimmer auch einfach nicht zu Hause«, gab Tarek zu bedenken.

Nachdem sie auch ein drittes Mal die Türglocke betätigt hatten, drang schließlich ein heiseres Rufen aus dem Haus: »Verschwinden Sie! Ich rede mit niemandem!«

»Auch nicht über die Nacht, in der Matilda Nolte verschwand?«, erwiderte Janosch.

Wieder das Rufen, diesmal klang es jedoch etwas näher: »Ich weiß nicht, wovon Sie reden! Hauen Sie einfach ab!«

Janosch schaute überlegend zur Seite. Er bemerkte Lampen in Kugelform, die auf dem Swimmingpool herumdümpelten.

Natürlich, dachte er, so ein Mann wie Zimmer würde nur etwas kaufen, das er kannte, von dem er wusste, dass es sich bewährte.

Es war eine waghalsige Vermutung, aber sie war einen Versuch wert. Janosch trat dicht an die Tür heran und rief:

»Sie haben uns die Irrlichter hinterlassen, Herr Zimmer! Sie wollten doch, dass wir Matilda finden!«

Tarek starrte ihn ungläubig von der Seite an.

»Wie kommst du denn auf einmal darauf?«, flüsterte er.

Im Flur des Hauses erklangen Schritte.

»Scheint aber auf jeden Fall zu funktionieren.«

Die Tür wurde ruckartig aufgezogen.

Leon Zimmer war einer der wenigen erwachsenen Menschen, die genauso groß – oder besser: klein – waren wie Janosch. Seine eingefallene Gesichtshaut war so papieren und bleich, es hätte Janosch nicht überrascht, wenn man durch sie hindurch auf seinen Schädel hätte blicken können. Nach wie vor zeigten sich die Blessuren, die er bei dem Angriff davongetragen hatte: Sein linkes Auge war noch leicht verquollen, auf seinem Nasenrücken wölbte sich ein Pflaster, Schrammen überzogen seine Stirn. Er trug ein kariertes Hemd, Jeans und Birkenstocksandalen in Wollsocken.

»Es musste ein Ende haben«, sagte er, seine Worte an niemand Bestimmtes gerichtet. »Es musste einfach ein Ende haben.«

IRRLICHTER

»Ich hätte das hier schon viel früher tun sollen.«

Leon Zimmer stand vor seinem wuchtigen weißen Ledersofa. Seine rot-braun getigerte Katze balancierte über die Lehne, und er streichelte abwesend ihren Rücken.

Auf der Massivholzwohnwand stand ein silbern gerahmtes Foto, das allem Anschein nach seine verstorbene Frau zeigte, umringt von einigen Kerzenständern.

»Sie wollten auch bei Pater Kristiansen beichten und haben es im letzten Moment dann doch nicht getan«, sagte Janosch. »Warum nicht früher? Warum ist Ihnen der Gedanke nicht schon viel früher gekommen?«

»Angst. So wie bei dem ganzen verdammten Rest von Grimmbach und allen anderen, die noch in der Sache drinhängen. Aber keiner so wie ich. Keiner so tief wie ich.«

»Angst vor was?« Tarek trat neben Janosch.

Sie standen beide etwas unschlüssig inmitten des Wohnbereichs.

»Vor den Konsequenzen. Aber vor allem vor ihm. Er ist unberechenbar. Und er ist zu allem fähig.«

»Sie meinen Bergius?«, fragte Janosch.

Zimmer entließ die schnurrende Katze aus seinem Griff und wandte sich um. Ein bitterer Zug umspielte seine Mundwinkel.

»Bergius?« Er lachte auf. Es hörte sich an, als hätte er sich an etwas verschluckt und müsste würgen. »Sie haben wirklich keine Ahnung, oder? Glauben Sie, Bergius hat mir das hier angetan?« Er zeigte auf sein lädiertes Gesicht. »Glauben Sie, er hat Matilda umgebracht? Oder die Fallmer?«

Janosch machte einen Schritt auf ihn zu. Das Blut rauschte durch seine Ohren. »Sie sagen, Henrik Bergius ist nicht der Täter?«

»Wenn's um Geldtransporterausrauben geht – ja. Aber Mord? Nein, auf keinen Fall.«

»Moment, mir geht das alles ein wenig zu schnell«, wandte Tarek ein. »Spulen wir noch mal kurz zurück. Sie sind derjenige, der diese Lichtkugeln im Moorsee versenkt hat. Sie wussten, wo sich Matilda Noltes Leiche befindet. Heißt das, Sie haben sie umgebracht?«

»Nein, aber ich weiß, wer es getan hat. Ich habe geglaubt, Ihre Leute könnten ihn endlich stellen, wenn Sie nur die Leiche hätten, wenn Sie die Ermittlungen noch einmal neu aufrollen würden.« Er schüttelte den Kopf. »Aber weit gefehlt, wie es aussieht.«

Janoschs Blick wanderte zu dem Plattenspieler, der auf einem Sideboard vor der Fensterfront stand. Neben ihm waren mehrere Dutzend LPs aufgereiht, die vorderste von ihnen ein Album von David Bowie.

Das Lied, dachte Janosch. Schon die ganze Zeit über hatte er das Gefühl gehabt, etwas Entscheidendes wäre ihm entgangen, hätte sich aus dem Griff seines Bewusstseins gewunden.

Jetzt trat es mit unvermittelter Wucht vor ihn.

Er glaubte zu wissen, wer Matilda getötet hatte.

Und wünschte sich nichts mehr, als damit falschzuliegen.

· · ·

Draußen in der Rhön besaß die Dunkelheit eine andere Präsenz als in der Stadt, war greifbarer, bedrohlicher. Wie ein Vorhang legte sie sich über die Wälder und verschluckte jede Erinnerung an so etwas wie Licht.

Diana spürte das Pistolenholster, das unter ihrem Blazer gegen ihre Brust drückte. Das letzte Mal, dass sie ihre Dienstwaffe hatte zücken müssen, lag mittlerweile so lange zurück, dass sie sich nicht einmal mehr daran erinnern konnte.

Aber sie würde nicht zögern, wenn es so weit kommen sollte. Sie würde abdrücken, würde Bergius keine Chance lassen.

Auf dem Präsidium hatte sie Nehring eine vage Erklärung gegeben und war sofort in ihren Wagen gestiegen.

Sie brauste die letzten Meter über die Landstraße und machte schließlich einen dicht von Kiefern umstandenen Waldpfad aus.

Leichter Regen hatte eingesetzt.

Sie parkte gleich zu Beginn des Weges, damit das Licht ihrer Scheinwerfer Bergius nicht alarmierte. Als der Motor erstarb, blieb als einziges Geräusch das lautstarke Pochen ihres Herzens, verbunden mit einem rhythmischen ziehenden Schmerz.

Was tust du hier?, fragte sie sich einen Moment. War dieser blinde Aktionismus nicht genau das, was sie Janssen ständig vorgeworfen hatte?

Aber es gab Prinzipien. Und es gab *Prinzipien*.

Sie stieg aus in den immer stärker werdenden Regen, schlang den Mantel enger um ihren Körper.

Genau wie in der Nacht, in der Matilda verschwunden ist, ging es ihr durch den Kopf. Ein unablässiger, intensiver Schauer, wie unter einem Brausekopf.

Sie knipste ihre Taschenlampe an. Schon nach wenigen Metern verschluckte die Finsternis des Waldes den Lichtkegel.

Der Pfad tat sich dunkel und abweisend vor ihr auf. Sie wusste nicht, was an seinem Ende auf sie wartete, aber es kam ihr vor, als würde sie ihn schon seit Jahren beschreiten.

• • •

7:21 Uhr morgens, Frankfurt Flughafen, Gate B46.

Der erste Flug nach Bangkok.

Nur noch wenige Stunden, dann würde Matilda für immer von hier fort sein.

Fort aus Grimmbach, fort aus der Rhön, fort von allem, was sie eingeengt und ihr die Luft zum Atmen geraubt hatte.

Nur noch Henrik, sie und das kleine Leben, das in ihr heranwuchs.

Sie startete den Motor des Fiats und fuhr vom Parkplatz des Scott's Palace herunter. Ein paar Leute aus ihrer Stufe, Schulter an

Schulter und Sektflaschen schwingend, liefen an ihr vorbei und winkten ihr zu. Die Gewissheit, sie bald nie mehr wiederzusehen, löste ein Kribbeln in ihrer Magengrube aus.

»Du musst bis zum Schluss den Anschein erwecken, als wäre alles normal«, hörte sie Henriks Stimme in ihrem Kopf. »Mach alles, was du sonst auch machen würdest.«

Vor einer Woche hatten sie sich das letzte Mal gesehen, kurz bevor er nach Frankfurt gefahren war. Dort kannte er jemanden, der für sie neue Pässe besorgen konnte. Gabriela hatte er erzählt, dass er es nicht länger in dem Gästezimmer bei ihr zu Hause aushalte und ein paar Tage in der Stadt bräuchte.

»Ich warte auf dich in Frankfurt. Wir buchen die Flüge direkt vor Ort im Flughafen, damit vorher niemand etwas ahnen kann. Deshalb muss ich meine Sachen erst mal bei den Fallmers lassen. Kannst du sie in der Nacht vorher holen?«

»Natürlich. Und dann von Thailand aus weiter nach Indonesien? Von dort aus nach Australien?«

»Ja, wohin auch immer wir wollen. Ich habe es satt, mich hier zu verstecken.« Er hatte sie zu sich herangezogen und ihr einen Kuss auf die Stirn gehaucht. »Mein Engel … aber das ist leider noch nicht alles, was du tun musst. Eine Sache gibt es da noch. Wir werden Geld brauchen, wenn wir untertauchen wollen. Viel Geld. Hör gut zu …«

Ihr Blick fiel auf die CD-Hülle, die sie auf den Beifahrersitz geworfen hatte. Einen Moment lang glitten Matildas Gedanken zu Janosch, den sie ratlos auf der Party stehen gelassen hatte. Sie mochte den schüchternen, leicht verschusselten Jungen aus ihrer Stufe. Er konnte gut zuhören, war schlau und bisweilen richtig lustig.

Aber er war nicht Henrik.

Und Henrik war so wie niemand anderes sonst, dem sie bislang begegnet war. So sanft, verständig, einfühlsam, ein Mensch, dem das Schicksal übel mitgespielt hatte, damit aber keine Verbitterung, sondern Stärke hervorgebracht hatte.

Wenn sie mit ihm zusammen war, schien es keine Grenzen mehr zu geben, die ganze Zukunft offen und endlos vor ihr ausgebreitet.

Sie ließ die Lichter Fuldas schnell hinter sich und fuhr durch die dunkle Rhön nach Hause.

Im Radio lief nur ein langweiliges Klassikkonzert, also legte sie kurzerhand die CD von Janosch ein.

Der erste Song drang aus den Lautsprechern des Fiats, unterlegt vom Prasseln des Regens und dem Knattern des altersschwachen Motors, der sich in der Hügellandschaft immer schwerer tat.

Es war Kaputt von Wir sind Helden.

Spannender Musikgeschmack, dachte Matilda.

Während Judith Holofernes von kaputten Vätern und Müttern sang, dachte Matilda an ihre eigenen Eltern. Frühestens im Laufe des nächsten Tages würden sie erkennen, dass etwas nicht stimmte, dass ihre Tochter verschwunden war.

Es tat ihr leid, und bei dem Gedanken wurde ihr flau im Magen. Am liebsten hätte sie sich ordentlich bei ihnen verabschiedet, hätte ihnen alles erklärt. Aber das ging einfach nicht. Vielleicht irgendwann, ein Anruf aus einem weit entfernten Land …

In Grimmbach hatte man ihre Eltern zwar immer für ihre spleenigen Ansichten belächelt, aber die Leute machten sich keine Vorstellung davon, wie sie wirklich waren. Wie einengend und bestimmend sie sein konnten. Die seltsamen Kindercamps, zu denen sie geschickt worden war. Die Verbote. Die Verschwörungstheorien. Die Vorbehalte gegen alles, was nicht in ihr Weltbild passte.

Sie parkte zwei Straßen entfernt von ihrem Zuhause, schlug sich durch die Büsche im Garten und betrat ihr Zimmer über die Terrassen-tür.

Mit leisen, wohlüberlegten Bewegungen holte sie ihren Rucksack aus dem Schrank und packte einige Kleider ein. Nicht viel, nur das Nö-tigste für zwei bis drei Tage. Henrik würde ihnen neue Sachen besor-gen, sobald sie erst einmal im Ausland waren.

Einen Moment lang überlegte sie, auch noch ihr Zitatebuch aus dem Versteck hinter der Wand mitzunehmen.

Nein, das war ihr altes Leben. Ihr Fernweh würde sie bald sowieso ausleben.

Als sie gepackt und den Reißverschluss ihres gelben Fjällrä-ven-Rucksacks zugezogen hatte, schaute sie sich noch einmal in dem Raum um, der für so viele Jahre ihr Rückzugsort gewesen war.

Dachte an das Puppenhaus, das sie gemeinsam mit Papa aufge-baut hatte, die klischeehaften, inzwischen peinlichen Boybandplakate, den ersten Kuss, schüchtern auf der Bettkante sitzend. Daran, wie sie die Stereoanlage voll aufgedreht und so lange getanzt hatte, bis sie sich keuchend und erschöpft in ihren Sitzsack geworfen hatte.

Aber gleichzeitig auch an lautstarken Streit mit ihrem Vater, Tü-renknallen, das Eingraben unter der Bettdecke und ihr Schluchzen.

Die vielen Stunden, in denen sie sich in Bücher und ihre Fantasie geflüchtet hatte.

Die Sommer, in denen sie in irgendwelchen Camps trommeln und singen musste, statt mit ihren Freundinnen zusammen wegzufahren.

Bye-bye, Vergangenheit.

Sie kam sich vor wie eine Einbrecherin – wie eine Fremde –, als sie durch den Garten zurück zum Auto schlich.

Zeit, bei den Fallmers vorbeizufahren.

...

Bereits nach wenigen hundert Metern machte Diana zwischen den Kiefernzweigen ein schwaches orangefarbenes Glimmen aus. Im kleinen Seitenfenster des Wohnmobils schien Licht.

Hastig schaltete sie die Taschenlampe aus, ging leicht in die Hocke und näherte sich dem Gefährt.

Auch im abendlichen Halbdunkel ließ sich gut erahnen, in was für einem erbarmungswürdigen Zustand es sich befand. Die eidotterfarbenen Außenwände waren von Dreck überzogen, die Fenster schmutzverschmiert.

Hier hauste er also ...

Plante seine Taten, harrte aus, allein mit sich und der Vergangenheit.

Sie entsicherte ihre HK P30 und steuerte auf die Tür des Wohnmobils zu, da drang plötzlich ein Rascheln aus dem Wald neben ihr.

Sie fuhr herum, den Lauf ihrer Pistole auf den ungefähren Ursprungsort der Laute gerichtet.

»Wer ist da?«

Ein Mann trat mit erhobenen Händen aus dem Dickicht.

»E-Entschuldigen Sie, ich wollte nur abwarten, ob Sie den Weg finden oder noch Hilfe brauchen.«

Es war Benjamin Fallmer. Kiefernnadeln und Laub hingen in seinem Haar. Er trug eine bis zum Kinn zugezogene Lederjacke, Jeans und Stiefel.

»Sind Sie ganz allein hier? Ohne Verstärkung?«, fragte er verwundert.

»Das geht Sie nichts an!«, blaffte sie ihn an. »Ich hatte doch am Telefon gesagt, dass Sie von hier verschwinden sollen! Na los!«

»Okay, okay, schon gut!«

Er begab sich auf den Pfad und machte ein paar Schritte rückwärts.

Sie schüttelte den Kopf und senkte leicht die Waffe. In diesem Moment erklang ein Quietschen hinter ihr.

Oh Gott!

Sie wirbelte herum, hob den Lauf.

Die Tür war offen.

Dort stand er, ein Schemen im Gegenlicht der Innenbeleuchtung des Wohnmobils: Henrik Bergius.

Er sah aus wie der Veteran seines eigenen persönlichen Krieges, die einstmals jungenhaften Züge von einem wilden Vollbart überwuchert, die Augen tief in ihren Höhlen versunken, der Ansatz seiner langen dunklen Haare weit zurückgewandert. Er trug ein Jeanshemd, darunter ein weißes T-Shirt, eine Trainingshose und Schlappen.

Mehr als sein Aussehen überraschte Diana aber noch der Umstand, dass er keine Waffe in den Händen hielt. Stattdessen war es eine halb geöffnete Dose Baked Beans.

»Diana Quester …«, hauchte Bergius, halb überrascht, halb niedergeschmettert. Selbst wenn er laut und vernehmlich sprach, klang seine Stimme immer wie ein Wispern.

Das ist also der Mann, der mir jahrelang entkommen ist, dachte Quester mit einem Anflug von Enttäuschung. Das Gefühl des Triumphs wollte sich nicht einstellen. Der Mann, der mir so viel Kopfzerbrechen bereitet hat, nicht mehr als ein gebrochener, trauriger Versager.

Doch das machte ihn nicht weniger gefährlich.

Er hatte mindestens zwei Menschenleben auf dem Gewissen.

»Nehmen Sie die Hände hoch!«

»Ich … Sie verstehen nicht richtig …« Während er sprach, streckte Bergius widerstandslos die Arme in die Höhe, was beinahe wie eine seltsame Anpreisung der Dose gebackener Bohnen wirkte.

»Oh, ich befürchte, ich verstehe sehr gut. Ich verhafte Sie wegen des Mordes an Matilda Nolte und Gabriela Fallmer – außerdem noch für den Überfall der Fuldaer Sparbank-Filiale.«

»Ich habe sie doch nicht umgebracht!«, brüllte Bergius mit einem Mal. »Ich habe sie geliebt!«

»Das wird dann die Staatsanwaltschaft klären«, erwiderte Diana ruhig. »Treten Sie langsam vor, einen Schritt nach dem anderen. Dann drehen Sie sich um.«

Sie griff nach ihren Handschellen.

Warum ergibt er sich so einfach, nachdem er jahrelang geflohen ist?, fragte sie sich, als Bergius auf sie zulief. Sicher, seinen Revolver hatte er in den See geworfen, aber er hatte doch bestimmt eine zweite Waffe.

Irgendetwas stimmte nicht.

»Sie machen einen gewaltigen Fehler«, sagte Bergius.

»Den habe ich 2008 gemacht, als Sie mir entkommen sind. Heute berichtige ich ihn endlich.«

»Frau Quester, Sie verstehen nicht!« Bergius war jetzt nur

noch wenige Schritte von ihr entfernt und starrte sie durchdringend an. »Ich bin hierher zurückgekehrt, als ich erfahren habe, dass Matildas Leiche entdeckt worden ist. Ich will dasselbe wie Sie: ihren Mörder finden!«

Ihr Herz schlug schneller und schneller und schneller.

»So ein Blödsinn! Sie wollten doch nur Ihre Spuren verwischen! Niemand sollte von Ihrer Beziehung erfahren, das Kind in ihrem Bauch war eine Gefahr. Sie mussten sie töten.«

Bumm-bumm. Bumm-bumm. Bumm-bumm. Der luftraubende, schmerzhafte Trommelschlag ihres Herzens.

Bergius riss die Augen auf. Er hielt an. Seine Lippen bebten. »Matilda. Sie … sie war schwanger?«

Seine Reaktion war echt, daran hatte Diana keinen Zweifel. Er hatte es nicht gewusst? Aber was war dann sein Motiv gewesen?

Auf einmal wich sein tränenerfüllter Blick von ihr ab, richtete sich auf einen Punkt in ihrem Rücken.

Entsetzen flackerte in seinen Augen auf. Er ließ die Dose Bohnen zu Boden fallen.

Dann das Klicken einer entsicherten Waffe.

Direkt hinter ihr.

· · ·

Inzwischen war Matilda bei Lied vier von Janoschs Mixtape angelangt: The Pretender von den Foo Fighters.

Dave Grohls Stimme röhrte aus den Boxen. Es regnete in solchen Strömen, dass selbst die höchste Stufe der Scheibenwischer nur für einen Wimpernschlag etwas Sicht freigab.

Sie drosselte ihre Geschwindigkeit. Sie musste vorsichtig sein. Nicht nur auf sich selbst musste sie jetzt aufpassen, sondern auch auf das kleine Leben, das in ihr heranwuchs.

Drei Monate.

Im Internet hatte sie gelesen, dass es jetzt nicht mehr als Embryo, sondern als Fötus galt. Dass die Anlage der inneren Organsysteme bald vollendet sein würde.

Lange hatte sie hin- und herüberlegt, ob sie es behalten sollte oder nicht. Sie hatte Henrik nichts erzählt, weil sie die Entscheidung allein treffen wollte.

Noch keine zwanzig und schon ein Kind …

Eigentlich hatte sie sich nie als Mutter gesehen – und definitiv noch nicht jetzt, nicht bevor sie dreißig war. Sie wollte frei sein, das Leben auskundschaften und ausprobieren. Aber musste das eine das andere ausschließen? Konnte sie nicht auch all das tun, während sie gemeinsam mit Henrik ein Kind großzog? Lag es nicht an ihr, diese Rolle so auszufüllen, wie sie wollte?

»Du wirst schon wissen, was das Richtige ist«, hörte sie Salims Stimme im Kopf. »Aber bist du wirklich sicher, dass du das mit so einem Typen durchziehen willst? Der Vater deines Kindes wird ein drogensüchtiger Straftäter sein! Ihr werdet nie ein sicheres und ruhiges Leben führen können, es kann jederzeit geschehen, dass er doch noch gefasst wird und im Knast landet!«

Ihr bester Freund war der Einzige, der von der Schwangerschaft wusste. Sie sah wieder seine sorgenvollen Augen vor sich, blendete sie aber schnell wieder aus.

Sie hatte sich entschieden.

Sie würde es behalten. Und Henrik vor vollendete Tatsachen set-

zen. Sie hatte genau diesen Moment abgewartet, wenn es für ihn kein Zurück mehr gab und sie beide im Flugzeug saßen.

Kein Zurück mehr.

In dem spitz zulaufenden Dreieck, das die Silhouette vom Haus der Fallmers bildete, brannte noch Licht, ganz oben im Giebel.

Mist! Ben war noch wach. Sie hatte gehofft, sie könne sich einfach hineinschleichen, das Geld und Henriks Sachen einpacken und unbemerkt verschwinden.

Jetzt würde sie besonders vorsichtig sein müssen.

Sie hielt in etwas Entfernung zum Haus und griff nach dem Schlüsselbund, den ihr Henrik kurz vor seiner Fahrt nach Frankfurt gegeben hatte.

Sie nahm eine große Sporttasche vom Rücksitz, stieg aus und lief auf das Haus zu.

Wenn sie Ben dort drin erwischte, würde er sich nicht mit einer einfachen Ausrede beschwichtigen lassen.

Bei ihren Besuchen musterte der Sohn der Fallmers sie stets misstrauisch, ab und an hatte sie sogar das Gefühl gehabt, dass er Henrik und sie belauschen würde.

Sie schloss leise die Tür auf und huschte die Treppe hinauf in die Zwischenetage. Das Herz schlug ihr bis zum Hals. Jetzt stand der schwierigste Teil dieser Aufgabe an.

Sie hörte wieder Henriks Stimme in ihrem Kopf: »Auf diesem Zettel hier steht der Code für Gabriela Fallmers Wandtresor. Ich konnte sie einmal heimlich dabei beobachten, wie sie ihn eingegeben hat. Wir werden auch ihren Teil der Beute brauchen, wenn wir auf lange Sicht durchkommen wollen. Es tut mir so leid, dass du das tun musst, aber wir haben keine andere Wahl. Sie darf erst so spät wie möglich bemerken, dass das Geld weg ist.«

Vor Gabriela Fallmers Schreibtisch hielt sie inne und lauschte. Nichts zu hören, das Haus war still. Nur der Regen prasselte mit unverminderter Stärke gegen die Fensterfront.

Sie holte tief Luft. Jetzt musste sie das nur noch hinter sich bringen.

Den Tresorcode hatte sie längst auswendig gelernt. Blieb nur zu hoffen, dass Frau Fallmer das Passwort nicht in der Zwischenzeit geändert hatte.

Matilda trat hinter den Schreibtisch und tippte die Zahlenfolge in das Tastenfeld ein. Voller Erleichterung hörte sie, wie der Tresor entriegelt wurde.

Sie zog die Tür auf.

Den Schmuckschatullen, Wertpapieren und Dokumenten widmete sie nur einen Seitenblick. Sie interessierte sich nur für das untere Fach, das über und über mit Geldbündeln gefüllt war. Noch nie in ihrem Leben hatte sie so viel Bargeld auf einem Haufen gesehen. Keine Ahnung, wie viel es war. Zum Geldzählen würden sie noch genug Zeit haben.

Sie hielt die Sporttasche unter den Tresor, schob die Geldbündel hinein und zog den Reißverschluss zu. Behutsam verriegelte sie wieder die Tür.

Den ersten Teil hatte sie geschafft.

Jetzt musste sie nur noch Henriks Sachen holen.

Sie schlich wieder in den Eingangsbereich und von dort aus in Richtung Keller. Während sie die Betontreppe hinabstieg, dachte sie daran zurück, wie sie Henrik das erste Mal begegnet war.

Von Anfang an hatte sie sich gefragt, wie eine gut situierte und erfolgreiche Frau wie Gabriela Fallmer solche Drogen konsumieren konnte und man ihr dies bislang überhaupt nicht angemerkt hatte.

Matilda hatte vermutet, dass sie sie womöglich für ihren Sohn oder sogar für ihren schwerkranken Ehemann besorgte.

Bis sie eines Tages allein im Haus gewesen war.

Bei Herrn Fallmer hatte es einen Notfall gegeben, und Gabriela und Ben waren mit ihm ins Krankenhaus gefahren. Dabei hatte sie nicht nur vergessen abzuschließen, sondern auch, dass Matilda später noch vorbeikam.

Eigentlich hatte sie nur die Lieferung ablegen wollen, aber dann hatte sie ein Geräusch aus der Küche gehört, war vorsichtig herübergelaufen – und hatte Henrik an der Espressomaschine entdeckt. Bei seinem Anblick hatte sie sich furchtbar erschrocken, ihn im ersten Moment für einen Einbrecher gehalten.

»Ganz ruhig, ganz ruhig. Ich bin kein Einbrecher – na ja, zumindest nicht diese Art von Einbrecher. Im Moment wohne ich hier, wenn du so willst. Du musst Matilda sein, oder? Ich fürchte, ich bin der Konsument, für den deine Lieferungen bestimmt sind.«

Nach Wochen und Monaten, in denen sich Henrik bei den Fallmers versteckt und keinerlei Kontakt zu anderen Menschen gehabt hatte, waren die Worte nur so aus ihm herausgesprudelt.

Er hatte die Gelegenheit genutzt und sich stundenlang mit ihr unterhalten, über Gott, die Welt und alles andere.

»Versprich mir, dass du niemandem hiervon erzählst, okay?«, hatte er am Ende gesagt. »Und versprich mir, dass du wiederkommst.«

Es war seltsam, seine Schlafstätte zu betreten, ohne ihn hier anzutreffen. Auf dem Tresen des Partykellers lagen seine Bücher, in einem Regal befanden sich Waschutensilien und Kleidung, das Feldbett mit den aufgetürmten Decken und Kissen lag gleich daneben.

Beeilung!

Matilda befüllte die Sporttasche mit seinen wichtigsten Habseligkeiten.

Hinter sich hörte sie etwas auf der Treppe.

Benjamin Fallmer trabte mit federnden Athletenschritten herunter. Er war bleich, seine Züge verfinstert.

Schnell zog sie den Reißverschluss zu.

»Was zum Teufel machst du hier?«, keifte er.

»Ich … Henrik braucht ein paar Sachen in Frankfurt, die wollte ich ihm vorbeibringen«, sagte Matilda. Hoffentlich hatte er sie nicht auch schon vorher beim Tresor heimlich beobachtet, dann wäre ihre Ausrede sogleich zunichte gewesen. »Henrik hatte mir den Schlüssel gegeben. Ich will nicht groß stören. Ich dachte, ihr schlaft alle schon.«

»Schön wär's«, erwiderte Ben. »Janosch ist noch aufgetaucht, sturzbesoffen. Schläft gerade oben bei mir seinen Rausch aus. Sag mal, hast du ihm einen Korb gegeben oder so?«

»Ich … das ist schwer zu erklären.«

Der arme Janosch, dachte sie.

»Mitten in der Nacht bringst du Henrik also sein Zeug vorbei?« Misstrauisch schaute Ben auf die Reisetasche. »Wenn ich es nicht besser wüsste, dann würde ich denken, dass ihr beide abhauen wollt.«

»Du kannst denken, was du willst. Ich muss jetzt los«, sagte Matilda, drückte sich an ihm vorbei und erklomm die Treppe.

Ben folgte ihr.

»Ihr wollt zum Flughafen, oder? Weg von hier …«

»Lass mich in Ruhe!«

»Glaubt ihr echt, ihr könnt einfach ausreisen? Ihr werdet auffliegen! Und wenn ihr zusammen verschwindet, dann wird die Polizei Fragen stellen … Sie werden euch finden. Dann sind wir alle dran! Weißt du eigentlich, was ihr da tut?«

Er packte sie am Ellenbogen.

Sie riss sich los und fuhr herum. »Lass mich los, verdammt! Das geht dich nichts an.«

Vornehmlich war es nicht Wut, die sich in seiner Miene zeigte, sondern blanke Panik. »Meine Mutter hätte das niemals tun dürfen. Hätte diesen Typen niemals hier verstecken dürfen. Sie ruiniert mein ganzes Leben, das wusste ich von Anfang an.«

»Hier geht's aber nicht nur um dich! Niemand wird was mitbekommen, keine Sorge!«

»Nimm mich mit!«

Sie starrte ihn verwirrt an. »Was? Ist das dein Ernst?«

»Nimm mich mit zu Bergius. Sofort.« Er neigte den Kopf in Richtung des Festnetztelefons. »Sonst rufe ich die Polizei.«

»Das würdest du nicht tun! Dafür hättest du viel zu große Angst, dass du selbst dran bist.«

»Willst du's drauf ankommen lassen?«

Sie zögerte. Ben sah zu allem entschlossen aus. Sein Brustkorb hob und senkte sich schnell, seine dunklen Augen funkelten sie an.

Er begleitete sie hinaus zu ihrem Fiat und setzte sich auf den Beifahrersitz, während sie noch die Reisetasche in den Kofferraum stellte.

Als sie sich hinters Lenkrad setzte und den Motor startete, spürte sie seinen durchdringenden Blick nur allzu deutlich auf sich ruhen.

● ● ●

Diana fuhr herum.

Und starrte in die blitzenden Augen von Benjamin Fallmer. Die Waffe in seiner Faust war bewegungslos, kein Zittern erkennbar.

»Fallmer …«

Schnell zielte sie ebenfalls auf ihn.

Diana verstand nicht. Machte der Sohn von Gabriela Fallmer gemeinsame Sache mit Bergius? Oder steckte noch etwas ganz anderes hinter alldem?

Der Schmerz in ihrem Brustkorb war so überwältigend und luftraubend wie nie zuvor. Sie konnte kaum ihre Waffe gerade halten. Aber sie durfte sich nichts anmerken lassen. Nicht jetzt.

Ich hätte niemals allein hierherkommen dürfen …

»Das Ende dieser Geschichte wird ganz einfach sein«, sagte Fallmer. Er wirkte wie ausgewechselt. Keine Spur von der vorherigen Ängstlichkeit, jetzt war er ganz ruhig und gelassen. »Soll ich es Ihnen erzählen? Kriminaloberrätin Quester ist auf eigene Faust einem anonymen Hinweis nachgegangen, um den Räuber und Mörder Henrik Bergius zu stellen. Sie und Bergius haben sich einen Schusswechsel geliefert, bei dem sie beide tödlich verwundet worden sind. Ein passender Schluss, oder?«

»Sie waren es«, setzte Diana an. Vor Schmerz konnte sie nur beschwerlich sprechen. »Sie haben Matilda umgebracht. Ihre eigene Mutter … warum?«

»Weil ich es nicht mehr ausgehalten habe!«, brüllte Fallmer mit einem Mal, eine Explosion aus Wut. »Weil dieser Typ, meine Mutter und Matilda – und dieses ganze Scheißkaff – mein verdammtes Leben ruiniert haben!«

Diana starrte ihn an. Wie konnte sie so falschgelegen haben? Wie war ihr das all die Jahre entgangen?

Ein Fiepen in ihrem Kopf.

Ein infernalisches letztes Brennen in der Herzgegend.

Dann gar nichts mehr. Keine Kraft, kein Gedanke, nur noch Schmerz. Die P30 glitt aus ihren schlaffen Fingern. Diana stürzte seitwärts ins regendurchweichte Laub.

. . .

»Ich war sein Alibi«, murmelte Janosch. »Ich war die ganze Zeit sein verdammtes Alibi.«

Tarek und Herr Zimmer schauten ihn gleichermaßen verständnislos an.

»Wie bitte?«, fragte Tarek.

»Ben hat für die Zeit von Matildas Verschwinden angegeben, dass er sich um mich gekümmert hat«, sagte er. »Ich war sturzbetrunken und habe die halbe Nacht über einem Eimer gehangen. Eine Weile war ich auch in einem komatösen Schlaf, ich kann bis heute nicht einschätzen, wie lange es gewesen ist. Es könnten Stunden gewesen sein, in denen Ben wer weiß was getan hat.«

»Moment mal, dieser Ben …«

»Ben hat mir gestern noch gesagt, dass Matilda den Bowie-Song gemocht hat. Das wusste er, weil das Lied auf meinem Mixtape lief, das sie erst kurz vor ihrem Tod von mir erhalten hat«, unterbrach Janosch ihn wieder und musterte den gezeichneten Leon Zimmer. »Benjamin Fallmer hat Sie so zusammengeschlagen, habe ich recht?«

Zimmer hielt seinem Blick stand. In seinen Augen leuchtete etwas kaum Deutbares auf, eine seltsame Verquickung aus Angst und gleichzeitiger Erleichterung.

»Ja.«

»Weil Sie ihn mit etwas konfrontiert haben, das er eigentlich für immer verborgen halten wollte.«

»Er hat sie umgebracht«, sagte Zimmer. »Hat sie einfach so abgestochen. Ich habe es mit eigenen Augen gesehen. Sie lag vor uns, bleich, ausgeblutet. Es war so …«

»Langsam, langsam, der Reihe nach«, würgte ihn Janosch ab.

Er sackte in Zimmers Fernsehsessel und wischte dabei TV-Zeitung und Fernbedienung von der Armlehne. Er konnte es nicht fassen. Ben, all die Jahre war es Ben gewesen. Wie hatte er es die ganze Zeit übersehen können? Vor allem aber: Wie konnte Ben über diesen langen Zeitraum hinweg seine Lügen aufrechterhalten haben? Wie konnte er so eiskalt und gewissenlos sein?

Der Schock wich schnell blankem, unverhohlenem Hass, den Janosch so noch nie gespürt hatte. Der inszenierte Selbstmord seines Papas – war das auch Ben gewesen?

Er erinnerte sich daran, wie er Ben in der Zeit nach Matildas Verschwinden von den Alkoholproblemen seines Vaters erzählt hatte. Wie Ben früher bei ihnen ein und aus gegangen war. Es wäre ein Leichtes für ihn gewesen, in den Blumenladen einzudringen und Janoschs benommenen Vater aufzuknüpfen.

Er atmete tief durch, schaute auf und musterte Leon Zimmer. »Ich will endlich wissen, was wirklich passiert ist. Sie haben ihm also geholfen?«

Zimmers sehnige, große Altmännerhände zitterten. »Ich wusste nicht, was er vorhatte. Es ging alles so schnell. Ich hätte ihm niemals dabei geholfen, einen Mord zu begehen …«

»Erzählen Sie, was Ihre Rolle gewesen ist«, sagte Janosch. »Alles der Reihe nach.«

...

»Was hörst du da eigentlich für eine CD?«, fragte Ben.

Es war das erste Mal, seit sie losgefahren waren, dass er etwas sagte. Aus den Boxen drang Round Here *von Counting Crows.*

»Mixtape von Janosch. Hat er mir vorhin gegeben«, sagte Matilda kurz angebunden.

· *»Er mag dich wirklich«, erwiderte Ben. »Meinst du nicht, so ein lieber Kerl wie Janosch wäre eine bessere Wahl als ein Schwerverbrecher?«*

»Das ist ja wohl meine Entscheidung!«, rief sie und presste die Lippen aufeinander, den Blick weiter auf die Straße gerichtet. Der Regen ließ sie nur wenige Meter weit sehen, der Asphalt war glatt und unberechenbar.

»Das ist nicht mehr deine Entscheidung, wenn wir alle − ganz Grimmbach − davon abhängig sind.« Er redete sich immer mehr in Rage. »Wir können alles verlieren, wenn das auffliegt! Ich habe bald mein Probetraining bei der Eintracht. Das ist meine Chance! Und ihr … ihr könnt das alles kaputt machen.«

Sie funkelte ihn wutentbrannt an. »Dir geht's doch nur um dich und deine Scheiß-Fußballerkarriere! Alles andere interessiert dich nicht, hmm? Lass uns einfach in Ruhe!«

Der nächste Song startete. Heroes *von David Bowie.*

»Und worum geht es dir? Die Schlampe dieses Verbrechers zu sein? Wie stellst du dir das vor? Glaubst du wirklich, ihr fliegt nicht auf?«

Sie versetzte ihm eine Ohrfeige, steuerte nur noch mit einer Hand.
»So nennst du mich nie wieder!«

»Schau lieber auf die Straße!«, brüllte er.

Dann ging alles ganz schnell.

Das Gleißen von Scheinwerfern auf der Gegenfahrbahn, gefolgt von einem durchdringenden, anhaltenden Hupen.

Sie war unbemerkt über den Mittelstreifen gefahren.

Ein Transporter hielt direkt auf sie zu.

Es war zu spät. Keiner von ihnen konnte noch ausweichen.

Sie trat die Bremse durch. Versuchte, das Lenkrad herumzureißen.

Das Letzte, was sie wahrnahm, war das ohrenbetäubende Knallen von Blech auf Blech, gefolgt vom Aufblähen des Airbags, der Wucht der Kollision, dem plötzlichen Schmerz.

WAS VERSUNKEN IST

»Rettungsdienst, Leitstelle Fulda. Wo befinden Sie sich?«

»Ja, hallo … hier ist Matilda … Matilda Nolte. Ich hatte einen Unfall, bitte kommen Sie schnell. Hier ist noch ein anderes Auto. Wir sind ineinandergefahren. Ich weiß nicht, was mit dem anderen Fahrer ist. Er bewegt sich nicht.«

»Ganz ruhig. Bitte sagen Sie mir erst einmal, wo Sie sind!«

»Auf der 284 Richtung Grimmbach. Ungefähr auf Höhe der Wasserkuppe, glaube ich.«

»Sind Sie verletzt? Sind außer Ihnen und dem anderen Fahrer noch weitere Personen vor Ort?«

»Nein, nur ich und der Mann im anderen Auto. Ich weiß nicht, ob er noch lebt. Er regt sich nicht. Ich … ich habe mir am Kopf wehgetan, und irgendwas ist mit meinen Rippen. Aber ansonsten bin ich okay.«

»Notarzt und Rettungswagen sind auf dem Weg zu Ihnen. Können Sie für mich nachsehen, wie es dem anderen Fahrer geht?«

»Klar, ich gehe sofort rüber. Ich weiß nur nicht, wie lange mein Handy noch durchhält. Beeilen Sie sich … bitte!«

Matilda legte auf und ließ das Handy sinken.

Längst klebten ihre Haare und ihre durchnässten Kleider an der

Haut, der Regen spülte das Blut weg, das aus der Platzwunde an ihrer Stirn strömte.

Sie hatte bewusst verschwiegen, dass Ben mit ihr im Wagen saß. Sie musste ihn dazu bringen, abzuhauen, bevor die Rettungskräfte eintrafen – und am besten noch ihre Reisetasche mitzunehmen.

Wer weiß, was er der Polizei erzählen würde, dachte sie. Er kann mich jederzeit auffliegen lassen!

Ben saß noch auf dem Beifahrersitz ihres Fiats. Bei der Kollision hatte er sich eine Knieverletzung zugezogen und bislang noch nicht getraut, das Bein zu belasten. In seinen Augen hatte blankes Entsetzen gestanden.

Aus dem Wagen drang noch immer der Refrain von Heroes in Dauerschleife.

Im Fahrerhaus des Transporters regte sich etwas. Gott sei Dank, der Mann war bei Bewusstsein! Matilda lief zu dem Wagen herüber. Erst jetzt erkannte sie den Blumenhaus-Janssen-Schriftzug auf der Außenseite. Das war ja der Vater von Janosch!

»Alles gut bei dir?«, fragte Ben. Er stieg humpelnd aus dem Fiat aus.

»Ja, ich glaube schon. Was ist mit deinem Bein?«

»Keine Ahnung«, sagte er mit schmerzverzerrtem Gesicht. »Hast du dich beim Notruf gemeldet?«

Sie nickte.

»Hast du ihnen gesagt, dass ich auch hier bin?«

»Nein, nur ich und Herr Janssen. Hau du ab, und nimm meine Reisetasche mit. Ich sehe nach ihm.« Sie riss die Fahrertür auf. »Herr Janssen, geht es Ihnen gut?«

Blut rann über seine Schläfe und seinen Hals und färbte sein Unterhemd dunkel. Halb benommen nestelte er an dem Verschluss seines Sicherheitsgurts herum.

Währenddessen ging Ben um den Transporter herum und öffnete eine der hinteren Türen.

»Was machst du da? Hau ab!«, zischte sie.

»Ich schaue nur nach einem Verbandskasten.«

Matilda wandte sich wieder dem Blumenhändler zu. »Kommen Sie, ich helfe Ihnen.«

Sie griff um ihn herum und versuchte, den Gurt zu öffnen, da hörte sie Bens schleifende Schritte hinter sich.

»Ist Janssen bei Bewusstsein?«, fragte er.

»Kaum.«

»Gut …«

Sie hielt inne. Etwas in seiner Betonung löste ein kaltes Kribbeln in ihrem Nacken aus.

Langsam drehte sie sich um.

Auf seinem Gesicht lag ein Ausdruck gefühlloser Entschlossenheit. Das Gärtnermesser in seiner Faust blitzte im Scheinwerferlicht.

· · ·

»Benjamin Fallmer klingelte mich wach, mitten in der Nacht«, berichtete der alte Zimmer. »Er forderte mich auf, zur Landstraße auf Höhe der Wasserkuppe zu kommen. Als ich fragte, worum es denn ginge, antwortete er nur: ›Ist ein Notfall. Du kannst dir sicher vorstellen, womit es zusammenhängt.‹«

»Und konnten Sie das?«, fragte Janosch.

Zimmer nickte. »Ich konnte mir denken, dass es irgendetwas mit Henrik Bergius zu tun hatte. Ich hing selbst bereits in der Sache mit drin. Nach dem Bankraub wollte Fallmer große Mengen Bargeld über meine Ferienwohnungen waschen. Bei allem, was man sich in dieser Zeit im Ort erzählte, konnte ich eins und eins zusammenzählen. Ich hatte eingewilligt und die Klappe gehalten, natürlich gegen eine entsprechende Beteiligung.«

»Sie dachten damals, Sie hätten keine andere Wahl …«

Janosch wollte Zimmer einen Ausweg bieten, die Geschichte in einem möglichst günstigen Licht für sich selbst zu erzählen. Dadurch war er hoffentlich eher bereit, Dinge preiszugeben. Ihm ging es nicht darum, den Ferienwohnungen-Mogul dranzukriegen. Er interessierte sich nur für Ben.

»Ja, zum einen das«, sagte Zimmer und stockte kurz, »zum anderen hat er gesagt: ›Und bring das ganze Bargeld mit, das du noch bei dir hast. Hinterher zahle ich es dir doppelt und dreifach zurück. Das Ganze soll sich für dich lohnen.‹«

Janosch brummte. War das der riesige Geldbetrag, den sie im Geheimfach von Papas Lieferwagen entdeckt hatten? Allmählich schien sich alles zusammenzusetzen.

»Warum ruft Ben ausgerechnet Sie an?«, fragte Janosch.

»Er war vorher mit meiner Tochter zusammen gewesen. Sabrina und er hatten sich erst vor einiger Zeit getrennt, weil er immer gereizter und verschlossener geworden ist. Irgendwas muss ihm stark zugesetzt haben. Wir haben damals recht viel Zeit miteinander verbracht, vielleicht war ich eine Art Ersatzvater für ihn. Ich habe ihn manchmal zu seinen

Spielen und Trainings begleitet, wir sind mit Sabrina zusammen im Stadion gewesen. Er hat mir vertraut.«

Davon hatte Ben damals nie erzählt. Janosch hatte er von seiner On-off-Beziehung mit Sabrina Zimmer erzählt, aber nie von der Verbindung zu ihrem Vater. Er biss sich auf die Zunge. Was hatte sein sogenannter bester Freund ihm noch alles verschwiegen?

»Also haben Sie sich in Ihren Wagen gesetzt und sind hingefahren …«

»In diesem Moment wusste ich natürlich noch nicht, was mich dort erwarten würde. Ich kam an, und da lag sie … Matilda, blutüberströmt. Ben hatte sie auf eine dieser aluminiumbeschichteten Rettungsdecken gelegt, die bei den Verbandskästen dabei sind. Damit nicht so viel Blut auf die Straße lief. Bei dem starken Regen spielte es wahrscheinlich sowieso keine Rolle. Aus Matildas Fiat lief noch der Bowie-Song in Dauerschleife, das weiß ich noch ganz genau. Das Lied hat sich mir eingebrannt wie der schlimmste Ohrwurm der Welt.«

»Und da ist Ihnen nicht der Gedanke gekommen, die Polizei zu rufen?«, rief Tarek bestürzt. Janosch hatte noch nie so einen harschen Tonfall bei ihm wahrgenommen.

Leon Zimmer versank immer weiter in sich selbst, wurde kleiner und kleiner. »Ben erklärte mir, Bergius hätte ihr das angetan. Wahrscheinlich hätten mir da schon Zweifel kommen müssen, vor allem weil seine ganze Kleidung blutüberströmt gewesen war, aber in diesem Augenblick war es eine Lüge, die ich nur allzu gern geglaubt habe. Ben wollte, dass wir die Leiche in meinem Wagen wegschaffen.«

»Er hat Sie angerufen, weil er wusste, dass Sie schon tief in die Sache verwickelt waren und ihm wohl erst mal vertrauen würden. Und von seiner Mutter wusste er wahrscheinlich auch, dass sich Ihr Schweigen im Notfall nur allzu leicht erkaufen lässt«, sagte Tarek voller Abscheu.

Leon Zimmer blitzte ihn an. »Ich brauchte das Geld. Ich stand kurz vor der Pleite! Außerdem … es ging nicht nur um Geld … ich wollte ihm erst mal wirklich helfen.«

»Kommen wir wieder zurück zu der Situation auf der Landstraße. Mein Vater, was war mit ihm?«, fragte Janosch atemlos.

»Er kam erst wieder richtig zu sich, als wir die Leiche bereits im Kofferraum verladen hatten. Er hat sie nicht gesehen. Ben bot ihm das Geld, das ich mitgebracht hatte, und verlangte dafür von ihm, der Polizei zu sagen, dass er weder Benjamin noch irgendjemand anderen hier gesehen hatte.«

Und er willigte ein, dachte Janosch fassungslos.

»Später hat ihn Ben noch panisch angerufen und verlangt, Bergius' Insulin aus dem Fiat zu holen. In der Aufregung hatten wir diesen Hinweis komplett vergessen.«

Zumindest hatte Papa die Leiche nicht gesehen, er konnte nicht geahnt haben, was sich hier wirklich zugetragen hatte. Papa, der Mann, zu dem er immer aufgeblickt hatte – in diesem Moment war er käuflich gewesen. Aber nach einigen Tagen mussten ihm Zweifel gekommen sein, hatte er wohl mit der Polizei sprechen wollen – das hatte Ben verhindert, indem er ihn ebenfalls umgebracht hatte.

»Sie haben Matilda also nicht gleich im Moorweiher versenkt.«

»Nein, wir haben sie in der Abstellkammer der Ferienwohnung untergebracht, haben abgewartet, bis die Suchaktionen vorbei gewesen waren. Zu unserem Glück war damals Nebensaison gewesen, das ganze Haus war leer. Sonst hätte vielleicht irgendwann jemand den Geruch bemerkt.«

»Wer hatte die Idee mit dem Moor?«, fragte Tarek.

»Das war ich«, gestand Zimmer mit bebenden Lippen. »Mein Vater war Jäger, ich kannte mich ein wenig aus mit … nun ja … Kadavern. Ich wusste, die Leiche würde durch die Schnitte im Bauchraum nicht mehr aufsteigen, die unberührte Seite des Sees schien wie ein perfektes Versteck. Das war es auch …«

»… wenn nicht Sie selbst irgendwann die Leuchtkugeln dort platziert hätten«, führte Janosch seinen Satz zu Ende. »Wie kam es dazu?«

»Ich wusste eigentlich von Anfang an, dass Bergius es nicht gewesen sein konnte. Ben hatte diese über und über mit Blut verschmierten Hände, diesen irren Blick. Dieses Wissen habe ich jahrelang mit mir herumgetragen. Dann kamen diesen Sommer die Finanzprobleme zurück, ich habe mich mit ein paar Grundstückskäufen verspekuliert, es sah wirklich nicht gut aus. Ich wusste, dass Fallmer meine einzige mögliche Quelle für frisches Geld war. Erst hat er es abgelehnt, meinte, ich solle mich verpissen. Dann habe ich ein paar Andeutungen gemacht, ihn hierhergebeten.«

»Bei seinem Besuch haben Sie dann laut *Heroes* gespielt, um in ihm die Erinnerung an die Mordnacht zu wecken. Ein bisschen überdramatisch, hmm?«

»Woher …?«, setzte Zimmer an.

»Ihre Tochter hat den Song gehört.«

Kurz schüttelte der Alte den Kopf. »Ja, vielleicht etwas übertrieben, aber ich wusste, dass das bei ihm funktionieren würde. Das hat es auch, wenn man so will. Aber anstatt mir Geld zu geben, hat er mir das hier verpasst.« Er zeigte auf sein lädiertes Gesicht. »Und mir noch viel Schlimmeres angedroht, wenn ich nur einen weiteren Ton über die Sache verlieren sollte. Ich hatte Angst um mein Leben – ich konnte mir auch langsam zusammenreimen, was mit deinem Papa geschehen war –, ich wusste, ich musste etwas tun.«

»Warum sind Sie dann nicht direkt zu uns?«

»Ich hänge doch viel zu tief in der Sache drin«, rief Zimmer verzweifelt. »Das ist mindestens Beihilfe, oder? Ich hatte geglaubt, wenn Sie nur die Leiche finden würden, dann würden Sie ihn schon drankriegen. Also habe ich überprüft, ob die Leuchten wasserdicht sind, habe sie noch extra befestigt, bin nachts ins Moor und habe sie hineingelassen. Ich hätte nie erwartet, dass sie so schnell gefunden wird. Da glaubte ich noch, ich könnte meinen Kopf aus der Schlinge ziehen und trotzdem unerkannt bleiben. Und wenn nicht die Polizei die Angelegenheit klärt, dann vielleicht Bergius.«

»Bergius? Er ist hier?«

Janosch dachte an den Wagen, der ihn verfolgt hatte. Den Schatten im Bungalow. Wenn Bergius Matilda nicht getötet hatte, dann hatte er sie womöglich wirklich geliebt. Und wollte ans Licht bringen, wer ihr das angetan hatte.

»Kurz nach dem Leichenfund ist er in die Rhön zurückgekehrt«, sagte Zimmer. »Und er ist auf Rache aus. Er ist alle Leute abgefahren, die damals die Fallmers und ihn unterstützt haben. Er hat nie geglaubt, dass es dein Vater gewesen ist.«

»Aber als er bei Ihnen war, da haben Sie trotzdem dichtgehalten?«

»Er durfte es nicht von mir erfahren, dann wäre ihm klar, dass ich Ben geholfen hatte. Ich weiß nicht, wozu der Mann in der Lage ist.«

»Wissen Sie, wo er sich jetzt aufhält?«, fragte Janosch.

»Ja, er hat mir gesagt, ich solle bei ihm vorbeikommen, falls mir doch noch etwas einfällt. Es ist ein Wohnmobil, gleich in der Nähe des Moors.«

. . .

Dianas Atem ging flach.

Sie kroch über Schlamm und Laub zu ihrer Waffe, ihre Bewegungen in Zeitlupe. Der Druck hinter ihrem Brustbein fühlte sich an, als würde sie jemand von innen heraus erstechen.

Kurz bevor sie nach der P30 greifen konnte, trat Benjamin Fallmer sie außerhalb ihrer Reichweite. Er bückte sich nach der Dienstpistole und hob sie mit seinen handschuhbewehrten Fingern auf.

»Das Herz, hm?«, fragte er. »Lustig, meine Mutter hatte auch Probleme damit. Die Geschichte wird immer besser. Kriminaloberrätin Quester hat einen Herzinfarkt erlitten, wodurch Bergius sie überwältigen und erschießen konnte.«

Sie wollte etwas erwidern, aber ihre Stimme versagte ihr den Dienst.

Nicht so, nicht ohne Kampf. Nicht wehrlos.

»Du Schwein!«, brüllte Bergius. »Du verdammtes Schwein!«

»Wusstest du eigentlich, dass du fast Vater geworden wärst?«, fragte Ben. »Was habt ihr euch dabei gedacht, hm? Beim Unfall ist ein Ultraschallbild aus ihrer Handtasche gerutscht – wahrscheinlich wollte sie dir das zeigen –, da wusste ich, dass ich es tun musste. Dass es keinen anderen Ausweg mehr gab. Spätestens bei der Geburt wärt ihr aufgeflogen, wir wären zusammen mit euch am Ende gewesen. Und dann … dann habe ich die Reisetasche aufgemacht und habe das ganze Geld gesehen. Mamas Teil der Beute. Ihr wolltet damit einfach abhauen, ihr wolltet uns völlig ruinieren! Nach allem, was wir deinetwegen durchgemacht haben! Meine Mutter und ihr, ihr habt alles kaputt gemacht. Ich hätte nie gedacht, dass ich mal irgendjemandem etwas antun würde, aber da, in diesem Moment, da bin ich ein anderer Mensch geworden …«

Ein unmenschliches, gequältes Heulen drang aus der Richtung des Wohnmobils. Bergius machte mehrere Schritte auf Ben zu.

»Sie hatte ein KIND! Du Bastard! Ich bring dich um!«

Fallmer drückte ab.

Das Blitzlicht des Mündungsfeuers durchzuckte die Dunkelheit.

Bergius jaulte auf, hielt sich den Oberschenkel und strauchelte.

Danach baute sich Fallmer über Diana auf.

»Jetzt zu Ihnen, Frau Quester.«

•••

Als er Quester auch nach fünf Anrufversuchen nicht erreichte, probierte Janosch es bei ihrer rechten Hand Nehring.

»Hoffentlich geht er dran«, meinte Tarek, der den Dienstwagen Richtung Rotes Moor jagte, umhüllt von einem flackernden Kokon aus Blaulicht.

Frank Nehring meldete sich sofort.

»Wissen Sie, wo Frau Quester ist?«, fragte Janosch.

»Ich dachte, das könnten Sie mir vielleicht sagen«, entgegnete der Erste Hauptkommissar angespannt. »Sie ist heute Abend bei einem Briefing einfach nicht aufgetaucht. Das sieht ihr überhaupt nicht ähnlich.«

»Wir wissen, wo Henrik Bergius ist«, kam Janosch zum Punkt und gab die Ortsbeschreibung durch. »Wir sind auf dem Weg dorthin. Und schicken Sie auch gleich einige Einheiten zum Wohnhaus von Benjamin Fallmer. Erkläre ich Ihnen später!«

»Keine Alleingänge. Ich fahre sofort mit Verstärkung los«, bellte Nehring. »Interessant, dass Sie das mit Fallmer sagen. Seine Freundin hat sich vor wenigen Minuten bei uns gemeldet, sie macht sich Sorgen um ihn. Er ist spurlos verschwunden, reagiert weder auf Anrufe noch Nachrichten …«

Janosch überlegte. Alleingänge … War Diana vielleicht auf Bergius' Versteck gestoßen? Seit Jahren wollte sie nichts mehr, als ihn zu stellen, dafür würde sie alles aufs Spiel setzen. War sie in eine Falle geraten?

»Wir dürfen keine Zeit verlieren!«, erwiderte er. »Es könnte sein, dass Frau Quester in Gefahr schwebt.«

Janosch legte auf.

Bis zum Moor waren es nur noch wenige Minuten. Er öffnete sein Holster und überprüfte die P99.

»Hast du deine Waffe schon mal im Einsatz gebrauchen müssen?«, fragte Tarek ernst.

»Nein, zum Glück nicht. In der Ausbildung war ich auch furchtbar schlecht darin, mein Schießtrainer wäre fast an mir verzweifelt. Ich habe nicht die nötige Ruhe dafür.« Er schaute zu Tarek herüber. »Und du?«

»Ein Mal in Duisburg, in einer Clan-Schießerei. Unschöne Sache.«

Janosch hakte nicht weiter nach, und sie verfielen in ein angespanntes Schweigen. Stattdessen meldete sich Janoschs alter Schießtrainer in seinem Kopf zu Wort:

»Janssen, Janssen, Janssen! Das war aber kein Ruhmesblatt. Ich will nicht dabei sein, wenn Sie mal in eine echte Schießerei geraten!«

. . .

Mit ihren allerletzten Kräften kroch Diana vor Benjamin Fallmer davon.

Er ließ sie nicht weit kommen. Er stellte einen stiefelbewehrten Fuß auf ihren Rücken und drückte sie tiefer in den Morast aus Matsch und halb verfaultem Laub.

»Sie erinnern mich an meine Mutter«, sagte er hasserfüllt, als er auf Diana zielte. »Derselbe unerbittliche Ehrgeiz, dieselbe Machtgeilheit.«

Nicht so, dachte sie, nicht durch ihn. Er durfte nicht davonkommen. Mit dem Tod konnte sie sich arrangieren. Aber nicht mit dieser Niederlage.

»Arschloch!«, presste sie aus fest aufeinandergebissenen Zähnen hervor.

Plötzlich ein Flackern in der Ferne.

Sie dachte schon, sie würde halluzinieren. Blinzelte.

Aber nein, da waren Rufe. Schritte. Sie kamen immer näher und näher.

»WAFFE FALLEN LASSEN! SOFORT!

HÄNDE ÜBER DEN KOPF! POLIZEI!«

War das Janssen?, durchfuhr es sie. War das wirklich Janssen?

Fallmer riss seine Waffe herum und feuerte in Richtung des Weges. Das ohrenbetäubende Dröhnen der Schüsse, so nah.

Das Feuer wurde erwidert. Kugeln peitschten durch den Wald, streiften Baumstämme und durchbohrten die Außenwand des Wohnmobils.

Fallmer rannte geduckt davon, vorbei am Wohnmobil, tiefer hinein in den Wald Richtung Rotes Moor.

Jemand beugte sich über sie. Es war Tarek Güler, wie sie nach einigen Augenblicken erkannte, Janssens Bürokollege.

»Hilfe ist unterwegs, keine Sorge! Ein RTW ist angefordert!«

Was interessierte sie das!? Sie mussten den Mistkerl erwischen. »Fallmer …?«, brachte sie hervor.

»Janosch wird ihn schon kriegen.«

• • •

»Bleib stehen, Ben, es ist vorbei!«, brüllte Janosch atemlos.

Er verfolgte ihn durch den Karpatenbirkenwald immer weiter hinein ins Moor. Durch seine Laufbewegungen pendelte der Lichtkegel seiner Taschenlampe wild umher, hob den Rücken von Benjamin Fallmer für Sekundenbruchteile aus der Finsternis.

Der Flüchtende schoss immer wieder blindlings Salven in seine Richtung. Kugeln schlugen in den Birkenstämmen neben Janosch ein, und er spürte die herumwirbelnden Holzsplitter in seinem Gesicht.

Der Schwingrasen unter ihm wurde zunehmend nachgiebiger. Die Oberflächen von Mooraugen schimmerten im Schein der Taschenlampe. Er musste höllisch aufpassen, wohin er trat.

»Lass es gut sein!«, rief Ben vor ihm. »Ich will dir nicht wehtun müssen.«

»Genauso wenig wie meinem Vater, hm?«

»Ich hatte keine andere Wahl«, rief er keuchend. »Ich … weißt du … aaah!«

Ben schrie auf. Ein lautes Platschen ertönte.

Mit dem Licht der Taschenlampe suchte Janosch die nähere Umgebung ab, konnte Ben aber nirgends ausmachen. Dann richtete er sie in Richtung des Bodens und entdeckte ihn schließlich.

Er steckte bis zur Hüfte in einem Moorauge. Seine Waffe musste ihm aus der Hand gerutscht sein und lag etwa einneinhalb Meter vor ihm. Er war in vollem Lauf hineingestürzt. Verzweifelt paddelnd versuchte Ben, sich an einer Wurzel aus dem Wasser zu ziehen und die Pistole zu ergreifen.

Schnell umrundete Janosch die Wasseransammlung und trat die Waffe außerhalb von Bens Reichweite.

Keuchend richtete er die Taschenlampe und den Lauf seiner P99 auf seinen einstigen Freund. Geblendet vom Licht, hielt sich Ben die Hände vors Gesicht.

»Mach keinen Scheiß, Janosch!«

Es wäre so leicht, dachte Janosch und spürte den Hass in sich brodeln. Einfach abdrücken.

Er könnte sagen, es wäre Notwehr gewesen. Ben hätte noch die Waffe in der Hand gehabt und gedroht, ihn zu erschießen. Niemand würde es anzweifeln.

Er hat Papa getötet. Matilda. Seine eigene Mutter. Er hat unsere Leben zerstört. Wenn es jemand verdient hat, dann er …

Sein Zeigefinger verstärkte leicht den Druck auf den Abzug.

· · ·

Es war Janoschs erste Nacht in Frankfurt, und er fand keinen Schlaf.

Vollgepackte Umzugskartons stapelten sich in dem winzigen WG-Zimmer, dazwischen ein halb aufgebauter IKEA-Schrank, ein paar Kakteen, einige Kleiderhaufen, sein Bürosessel.

Draußen jagten noch immer die Autos über die Darmstädter Landstraße, ihr Scheinwerferlicht flutete regelmäßig die Zimmerwände. Dank seiner überschaubaren handwerklichen Fähigkeiten hatte seine improvisierte Vorhangkonstruktion nicht lange gehalten und war irgendwann gegen drei Uhr morgens heruntergekracht.

Morgen stand der erste Tag seiner Ausbildung an. Wie sollte er dort so völlig übernächtigt mithalten können? Aber es half nichts. Er

*kam nicht zur Ruhe, sooft er sich auch hin und her wälzte. Seufzend
schaltete er die Nachttischlampe ein und blätterte durch den Stapel Bücher, den er sich für diesen Fall bereitgestellt hatte.*

*Darunter waren auch die zerlesenen alten Herr-der-Ringe-Aus-
gaben seines Papas.*

Ziellos schlug er Die Gefährten *auf und stieß auf eine Textstelle,
die Papa mit einem großen Ausrufezeichen versehen hatte:*

Viele, die leben, verdienen den Tod. Und manche, die
sterben, verdienen das Leben. Kannst du es ihnen geben?
Dann sei auch nicht so rasch mit einem Todesurteil bei der
Hand.

...

Janosch senkte die P99.

»Benjamin Fallmer, du bist festgenommen«, sagte er mit
verhärteter Stimme.

Blaulicht flackerte in der Ferne. Die Rufe Dutzender Männer und Frauen echoten durch den Birkenwald.

Die Verstärkung war da.

»Hier drüben! Ich habe den Verdächtigen!«, rief er. »Ich
brauche Hilfe dabei, ihn abzuführen.«

»Janosch! Bitte! Hör mir zu …«, japste Ben und spuckte
dabei Wasser.

»Sei still!«, zischte Janosch. »Ich will, dass du nie mehr
auch nur ein einzelnes Wort an mich richtest. Ich will nie
mehr deine Stimme hören!«

Erst hatte es in ihm den Impuls gegeben, Ben nach dem
Warum zu fragen. Warum konnte er nicht aufhören zu tö-

ten? Warum musste auch sein Vater sterben? Warum hatte er keinen anderen Ausweg sehen können?

Aber jetzt wuchs in ihm der Gedanke, dass es nie ein wirkliches Warum von Ben geben konnte. Nur Ausflüchte und Rechtfertigungen, zurechtgelegte Entschuldigungen, Dinge, die sich dieser Mörder selbst nicht erklären konnte. Es gab nichts mehr, was er Janosch sagen könnte.

Auch wenn er nicht abgedrückt hatte, Ben war für ihn in diesem Moment gestorben.

PER DU

Zwei Monate später …

Anfang nächsten Jahres stand die Renovierung an.

Janoschs Elternhaus war rundherum eingerüstet, draußen auf dem Vorplatz drehte er sich noch einmal um und besah die Gerüstkonstruktion. Jetzt im Winter waren die Fassadenarbeiten zunächst unterbrochen worden.

In der letzten Nacht hatte heftiger Schneefall eingesetzt, und noch immer überzog eine weiße, pulverige Schicht das Dach und die Metallträger.

Seine Mutter stand mit verschränkten Armen in der Tür und schaute ihm nach. »Grüß die Helen von mir, ja!?«

»Mache ich!« Er hielt seinen Blick unentwegt auf die Fassade gerichtet. »Das wird schön werden, hm? Das hier wird wieder ein richtiges Zuhause.«

Er hatte einen Kredit aufnehmen müssen, um die Sanierungsarbeiten zu bezahlen, und auch jetzt wusste er noch nicht, ob das Geld reichen würde. Aber das war es wert. Er hatte eine Entscheidung getroffen. Für Grimmbach. Für dieses Haus. Für Mama. Je länger er blieb, desto besser ging es ihr. Sie nahm wieder mehr am Leben teil. Die apathischen, angstgesteuerten Episoden wurden weniger.

»Ach, wenn der Papa das sehen könnte«, sagte seine Mutter. »Er würde sich so freuen.«

»Ja, ganz sicher …«

Der Gedanken an seinen Vater versetzte ihm immer noch einen Stich, allerdings drang er nicht mehr so tief wie früher.

Er schlief viel besser, seit Ben endlich gefasst worden war – zumindest so viel war klar. Es gab ihm Ruhe und Gewissheit, endlich zu wissen, was damals wirklich geschehen war.

Er winkte noch einmal seiner Mutter zu und lief zu seinem Škoda. Etwa eine Viertelstunde musste er dafür aufwenden, die Scheiben von Schnee und Eis zu befreien. Gut, dass er ein wenig Extrazeit eingeplant hatte.

Auf seiner Fahrt durch das abendliche Grimmbach begleitete ihn das Glitzern und Funkeln der Lichterketten und Weihnachtsdekoration. Im Zentrum glich der Ort einem dieser kitschigen Miniaturdörfer aus Keramik, die man auf Weihnachtsmärkten kaufen konnte.

Aber auch die hübsche Aufmachung konnte nicht darüber hinwegtäuschen, dass es in der Gemeinde seit Wochen brodelte. Die Ermittlungsarbeiten, die sich aus Bens Festnahme ergeben hatten und die wohl noch Jahre andauern würden, rollten allmählich an. Fast täglich stellten sich neue Mitwisser in der Hoffnung auf ein milderes Urteil den Behörden, die Lokalpresse füllte Seite um Seite mit Meldungen, Nachforschungen und Spekulationen, gegenseitige Bezichtigungen und Anschuldigungen waren allgegenwärtig.

Was so lange versunken war, kam endlich an die Oberfläche. Es machte den Eindruck, als würde sich Grimmbach einem Prozess der Selbstreinigung unterziehen, den dieser Ort dringend nötig gehabt hatte.

Auch hatte Janosch das Gefühl, dass ihn die Menschen jetzt mit anderen Augen betrachteten. Ein Bild von ihm bei der Festnahme von Ben hatte die Runde in den Medien gemacht, alle wussten, dass er maßgeblich an dem Ermittlungserfolg beteiligt gewesen war. Im Präsidium und in Grimmbach schien man ihm gehörig mehr Respekt entgegenzubringen.

Henrik Bergius musste sich für den Raub in Fulda verantworten. Soweit es Janosch von seinen Kollegen und aus den Medien mitbekam, ertrug Bergius die Prozessvorbereitungen und die fortlaufenden Ermittlungen mit einer stoischen Ruhe. Er schwieg sowohl gegenüber seinem Anwalt als auch der Justiz. Nur ein einziges Mal hatte er angeblich etwas vor sich hingemurmelt: »Matilda, es tut mir leid! Es tut mir so verdammt leid!«

Auch Salim Herter war wieder in Grimmbach aufgetaucht, als die Luft rein war. Als Matildas bester Freund war er der Einzige gewesen, der von ihrem und Bergius' Kind gewusst hatte. Dieses Wissen hatte er genutzt, um Gabriela Fallmer zu erpressen und regelmäßige Zahlungen von ihr zu verlangen. Nach ihrer Ermordung hatte er geglaubt, Bergius hätte sie umgebracht und er wäre als Nächstes dran.

Janosch parkte vor dem Mehrfamilienhaus, in dessen Erdgeschoss Helen wohnte. Sie beide hatten sich vor zwei Monaten in den Korridoren des Klinikums Gersfeld wiedergesehen, wo sie beide angespannt auf Neuigkeiten zum Zustand von Diana Quester gewartet hatten. Nur allzu deutlich erinnerte er sich daran, wie Helen irgendwann seine Hand ergriffen und sie bestimmt eine halbe Stunde lang nicht mehr losgelassen hatte.

Seitdem sahen sie sich häufiger, gingen zusammen essen, ins Kino, unternahmen lange Wandertouren in der Rhön und erkundeten dabei die teils längst zugewachsenen Routen, die Janoschs Papa ihm vor Ewigkeiten gezeigt hatte.

Auf einer dieser Strecken – als sie gerade schweißgebadet und schnaufend eine steile Anhöhe erklommen hatte – hatte sie ihn unvermittelt das erste Mal geküsst.

Er stieg aus und klingelte. Unter einem Brummen öffnete sich die Haustür. Er drückte sie mit der Schulter auf und trat in den Flur.

In Helens offener Wohnungstür stand aber nicht sie selbst, sondern Diana Quester.

Janosch schluckte trocken. Es war das erste Mal seit den Ereignissen im Oktober, dass er seine Chefin wiedersah. Bei der Konfrontation mit Henrik Bergius und Benjamin Fallmer hatte sie einen Herzinfarkt erlitten, im Krankenhaus war ihr später ein Stent gesetzt worden. So wie Helen berichtet hatte, hatte ihre Mutter keine bleibenden Schäden davongetragen. Seitdem war sie in der Reha in Bayern gewesen und jetzt über die Feiertage zu ihrer Tochter zurückgekehrt.

Sie war noch schmaler als zuvor, allerdings wirkte sie deutlich erholter. In ihren Augen lag dasselbe angriffslustige Funkeln wie sonst, jedoch jagte es Janosch keine Angst mehr ein, sondern erfüllte ihn mit Erleichterung.

»Frau Quester, Sie sehen gut aus«, sagte er.

»Ich sehe scheiße aus. Sparen Sie sich Ihre peinlichen Versuche eines Kompliments.«

»Ach, ich habe Sie vermisst«, sagte er ironisch.

Darauf erwiderte sie nichts.

»Sie gehen jetzt also mit meiner Tochter aus«, meinte sie nach einigen Augenblicken. »Sie wird man wirklich nicht los.«

»Ähm, also …«

»Ich habe ein Auge auf Sie, Janssen! Vergessen Sie das nie!«

Hinter ihr erklang aus Richtung des Badezimmers das Zischen von Spraydosen und die Stimme von Helen: »Bin sofort da, eine Sekunde! Ich muss noch meine Haare machen. Mama, sei nett zu Janosch!«

Diana lehnte sich in den Türrahmen, senkte den Blick und sagte leise: »Danke.«

»Wie bitte?«, fragte Janosch.

»Sie haben schon richtig gehört: Danke! Ohne Sie wäre ich jetzt wahrscheinlich nicht hier. Ohne Sie wäre uns wohl auch Fallmer entwischt. Sie sind ein guter Polizist, ein verdammt guter. Und ich würde mich freuen, wenn wir zusammen weiterarbeiten könnten.«

Noch war sich Janosch nicht hundertprozentig sicher, ob sie ihn nicht doch auf den Arm nahm. »Ist das Ihr Ernst? Das … das würde mich auch freuen, Frau Quester.«

Sie lächelte. »Bitte, nenn mich doch Diana.«

Per Du mit Diana Quester – spätestens jetzt entpuppte sich dieser Moment als völlig absurdes Traumszenario.

»Wirklich? Also, ich bin Janosch, ich hätte nie gedacht,

dass wir jemals per Du sein würden. Wenn ich das Tarek erzähle, der ...«

Er stockte. Ganz langsam verwandelte sich ihr Lächeln in ein breites Lachen.

»Natürlich duzen wir uns nicht! Bevor ich Sie duze, Herr Janssen, friert die Hölle ein.«

Er verdrehte die Augen. »Ihnen geht's wirklich wieder besser.«

Helen trat aus dem Bad. Sie sah wunderschön aus, die Haare hochtoupiert, in einen schwarzen Jumpsuit gekleidet.

»Und?«, fragte sie, als sie Janosch kurz auf die Wange küsste. »Hat sie sich benommen?«

»Für ihre Verhältnisse ganz okay ...«

Sie wollten sich gerade auf den Weg machen, als Diana die Hand hob. »Warten Sie, Janssen, nicht so schnell!«

Von der Kommode im Flur nahm sie einen Umschlag und reichte ihn Janosch.

»Den hat mir Nehring zugespielt. Er befand sich unter Benjamin Fallmers Unterlagen. Nehring hat ihn rausgeschmuggelt, bevor die Spurensicherung drüber hergefallen ist. Wir dachten, Sie sollten ihn haben. Wahrscheinlich hatte Fallmer den Brief an sich genommen, als er in den Blumenladen eingebrochen war und ihren Vater getötet hat.«

Janosch betrachtete das Kuvert. Die Schrift darauf erkannte er sofort. Es war die seines Vaters:

Für Janosch – Papa.

• • •

Am Morgen des zweiten Weihnachtstages erklomm Janosch die Wasserkuppe. Auf dem schneebedeckten Hang vor dem Kreisrund des Radoms blieb er stehen und setzte seinen Rucksack ab.

Dichte Nebelbänke hingen über der Rhön und verbargen die Täler unter sich. Außer ihm selbst war niemand hier.

Die Eiseskälte schüttelte seinen ganzen Körper durch. Er schloss die Augen, konzentrierte sich allein auf seine Atmung, gewöhnte sich allmählich an die Witterung.

Den Brief seines Vaters hatte er noch für mehrere Tage ungeöffnet gelassen, war sich zunächst nicht sicher gewesen, ob er seinen Inhalt wirklich erfahren wollte.

An Heiligabend hatte er sich schließlich frühmorgens in die Küche gesetzt, den Umschlag fein säuberlich mit einem Buttermesser geöffnet und die enthaltene DIN-A4-Seite glatt gestrichen. Es waren nur wenige Zeilen – viel weniger, als er sich erhofft hatte –, und inzwischen hatte er sie so oft gelesen, dass er sie auswendig konnte.

Mein lieber Junge,

ich schreibe das hier für den Fall, dass mir etwas zustoßen sollte. Ich habe Mist gebaut. Großen Mist. Ich habe von den falschen Menschen Geld genommen. Ich konnte nicht anders. Der Laden steht tief im Minus, ich wusste weder ein noch aus.

Ich will dich nicht mit dem belasten, was geschehen ist. Ich glaube, ich habe unwissentlich mitgeholfen, etwas Schreckliches zu verbergen. Ich habe mein Schweigen kaufen lassen. Und jetzt bin ich selbst derjenige, der verdächtigt wird.

Aber ich werde die Dinge richtigstellen, du wirst schon se-
hen. Ich hoffe inständig, dass du diesen Brief nie lesen musst.
Vor allem aber hoffe ich, dass du mir verzeihst. Und dass du
mal ein besserer Mensch wirst als dein Papa.

Janosch brüllte ins Tal hinaus, sodass sich eine dicke Atem-
wolke vor ihm manifestierte. Der ganze Schmerz, die Trauer,
die Angst – er entließ sie zusammen mit der Luft aus seinen
Lungen.

Schwer atmend hielt er inne. Aus seinem Rucksack nahm
er Papas Brief und das Stabfeuerzeug, mit dem Mama erst
gestern Abend noch die Kerzen auf dem Adventskranz ange-
zündet hatte.

Er musste mehrmals auf den Knopf drücken, bis die
kleine bläuliche Flamme endlich konstant brannte. Vorsichtig hielt er sie an eine Ecke des Briefs. Das Feuer setzte auf das
Papier über, wodurch es sich schnell zusammenkrümmte,
schwarz wurde und in Rauch aufging. Als die Flammen beinahe seine Hand erreichten, ließ er den verkohlten Brief in
den Schnee fallen.

In tiefen Zügen holte Janosch Luft. Er nahm deutlich den
Qualm des verbrannten Papiers wahr, aber der Geruch des
Roten Moors, der ihn so lange verfolgt hatte, war verschwun-
den.

Vielleicht sogar für immer.

NACHWORT

Zu dem Zeitpunkt, an dem ich diese Danksagung schreibe, umfasst dieses Manuskript bereits über 78 000 Wörter. Wenn es nach mir ginge, könnte ich noch mindestens 2000-mal das Wort »Danke« an sein Ende setzen.

Denn ohne die vielen Menschen, die mich tatkräftig bei der Arbeit und Recherche unterstützt haben, wäre dieses Buch niemals entstanden:

Danke an meine Lektorin Tabea Horst für ihren unermüdlichen Enthusiasmus und ihren unbezahlbaren Input.

Danke an meine Agentin Ilona Jaeger für die gewohnt allumfassende Betreuung.

Danke an Prof. Dr. Claas Buschmann für die große Hilfsbereitschaft, ungemein wichtige rechtsmedizinische Informationen und den grandiosen Ausdruck *»Dann kommt der ganz große Bahnhof!«*

Danke an Georg Hohmann für die unvergessliche und informative Führung durch das Rote Moor im Morgennebel.

Unendlicher Dank an Leandra für die entscheidenden Ideen und die Begleitung auf der Horrorfahrt Richtung Fulda.

Und – nicht zuletzt – natürlich ein großes Dankeschön an meine Familie und meine Freunde für fleißiges Probelesen, gemeinsame Schreib-Sessions und ganz viel Unterstützung.

Die Rhön und das Rote Moor sind so real, wie sie es nur sein können. Ich hoffe, diesem ganz besonderen Fleckchen Erde gerecht geworden zu sein.

Wenn Sie jedoch geplant hatten, einmal Grimmbach zu besuchen, muss ich Sie leider enttäuschen. Der Ort und seine Bewohner entspringen zu 100 Prozent meiner Fantasie.

Lars Engels,
November 2022

Du fühlst dich sicher. Aber du bist es nicht ...

Zum Buch

Eine Männerleiche, die Augenhöhlen leer, eine Plastiktüte über dem Kopf: Mordermittlerin Jagoda »Milo« Milosevic und ihr Kollege Vincent Frey stoßen auf Hinweise, dass der Tote in der Vergangenheit Frauen missbraucht hat. Ein mögliches Motiv? Der Verdacht erhärtet sich, als kurz darauf ein weiterer verurteilter Sexualstraftäter ermordet wird. Milo folgt bei den Ermittlungen ihrem Instinkt, doch sie fühlt sich zunehmend beobachtet. Erkennt sie das Böse, wenn es vor ihr steht?

Lea Adam
Stigma
Thriller

Taschenbuch
Auch als E-Book erhältlich
www.ullstein.de

ullstein